新潮文庫

夜が明ける

西 加奈子著

新潮社版

11911

目　次

夜が明ける

あなたの子供は、あなたの子供ではない。命そのものが再生を願う、その願いの息子であり、娘である。彼等はあなたを通して産まれてくるが、あなたから産まれてくるのではない。彼等はあなたとともにいるが、あなたのものではない。あなたは彼等に愛情を与えても、あなたの思考を与えることは出来ない。何故《なぜ》なら、彼等の心は、あなたが夢の中で訪ねてみることもできない、あしたの家にあるからだ。

――カリール・ジブラン「預言者のことば」

貧困とは、潜在能力を実現する権利の剥奪《はくだつ》。

――アマルティア・セン

悪人善人というのはない。人には美しい瞬間と醜い瞬間があるだけだ。

――市原悦子

前編

アキ・マケライネンのことをあいつに教えたのは俺だ。

だから俺には、あいつの人生に責任がある。マケライネンのことを教えたということは、すなわちあいつの人生を変えたということだからだ。

深沢暁《ふかざわあきら》。俺の友達。

俺は、アキと呼んでいる。マケライネンの名前と同じ「アキ」、そう呼んでくれと言ったのはあいつだった。

あいつのことを知ってほしい。きっと長い話になるけど。

アキは自分のことをほとんど語らなかった。だから俺が知っているアキは、奴《やつ》の人生のほんの一端に過ぎない。でも、俺には日記がある。アキの日記だ。俺が知らない間のアキは、その日記の中にいる。あいつの汚い字がびっしり並んだ、グレーの表紙の大学ノート。それはアキが母親からもらった初めての、そして最後のプレゼントだった。

あいつの人生を知ることが、あなたの役に立つかどうかは分からない。いや、正直言って役になんて立たないと思う。あいつの人生は「役に立つ」とか「効率」みたいなものとは、およそ無縁だったからだ。それに、真似《まね》したいかと言われると、イエスと言えるようなものではなかった、決して。

でも知ってほしいんだ。あいつが生きていたこと。この世界で、あいつの体で、どんな風に生きていたか。そして許されるのなら、俺自身のことも。

マケライネンの存在を教えたことが、アキの人生を変えた。

まずそれが、どういうことか説明しなければならない。

１９９８年、俺が15歳のときだった。初夏だ。制服が冬服から夏服に変わった日だったから、よく覚えている。俺はあいつに、アキ・マケライネン、のちにアキの人生を大きく変えることになる、フィンランドのある俳優のことを教えたのだった。

映画が好きなのは、小学生のときからだ。

その頃は、今みたいに、インターネットで手軽に映画を観《み》ることは出来なかった。

まだレンタルビデオ屋が盛況だったその時代、俺はあらゆる作品を観ていた。俺の父が収集したＶＨＳが山のようにあったからだし、その映画を観るためだけに購入された大きなプロジェクターとＶＨＳデッキもあったからだ。

父は幼い俺に観せていい映画と、観せるべきではない映画を分けておくような人ではなかった。雑誌や書籍のデザイナーをし、ありとあらゆる映画に精通していた父は同時に、相当の趣味人でもあった。彼の部屋にはＶＨＳの他に、数えきれないほどのレコード、そして書籍が溢《あふ》れ、部屋の隅には無造作に絵画が立てかけられていて、実はそれは著名な誰かが描いた作品だったりした。

その部屋を父は愛していた。でも、「取材」だと言ってありとあらゆるコンサート、映画館、美術館に出かけていて、時々それは海外にも及ぶものだから、この部屋にいることは少なかった。

母は、俺が父の部屋に出入りすることをよく思っていないようだった。でも、俺を四六時中見張っていることは出来なかったし、子供用にそれらを分類出来るような状況ではなかった（彼の膨大なコレクションの中には、古いディズニー映画やスタジオジブリ、つまり「子供向け映画」もあるものだから、話がややこしかった）。

俺は一日の大半を父の薄暗い部屋で過ごし、興味を持った映画を片っ端からデッキに放りこんだ。正直、ヤバい作品もだいたいその段階で観ていた（例えば俺が『愛のコリーダ』を観たのも、小学生の時だ）。

俺がアキ・マケライネンを知ったのは、『男たちの朝』という映画だった。

ヘルシンキで職にあぶれた男が、酒場で昔の不良仲間に会う。悪事を働く計画を企《くわだ》てようとするが、様々なタイプの邪魔が入って（酒場の主人と義弟が喧嘩《けんか》を始める、マケライネンのことを自分の死んだ夫だと思い込んだ老婆《ろうば》に話し込まれる、孕《はら》んだ猫がテーブルの下で産気づく、など）話は頓挫《とんざ》する。結果彼は、何もない朝を迎える。

派手なアクションも、危機感溢れる強盗シーンもない。映るのは寂《さび》れた酒場と疲れた男たち、そして、マケライネンのどこか諦《あきら》めたような顔だけ。密室の会話劇で、２時間を超える作品だった。

キャストや内容込みでマイナー中のマイナー映画だ。でも、後年スパイク・ジョーンズがこの作品の、そして何よりマケライネンのファンであると公言してからは、幻の作品として、映画ファンの間で認知されるようになった。

彼の最大のメジャー出演作品は、１９７８年公開のクライムムービー、『闇《やみ》からの脱走』だ。マケライネンは、人間の頭を握力だけで砕くことが出来るイカれた悪役を演じた（残念ながら日本では公開されていない。でも、『００７』でリチャード・キールが演じたジョーズをしのぐ恐ろしさだったと、タランティーノも褒めていたそうだ）。それでも、知る人ぞ知る人物であることに変わりはなく、しかもその頃には、本人はもうこの世にいなかった。酔っぱらって外で寝て凍死したからだ。40歳のときだった。

　俺自身、スパイク・ジョーンズがちょっとしたブームを作る前から、彼のことが妙に心に残っていた。誓って言いたい。当時、友人に『男たちの朝』を観ることを薦めた高校生なんて、日本でも、いや世界でも（フィンランドを入れたとしても）俺だけだったはずだ（その頃にはまだ、スパイク・ジョーンズも映画監督としてデビューすらしていなかったのだから）。

「お前はアキ・マケライネンだよ！」

　俺が初めて、アキにかけた言葉だ。

　そんなことを言ったなんて、覚えていなかった。でも、アキの日記にそう書いてある。鉛筆でぐるぐると囲ってあったから、奴が間違えるはずはない。

　お前は、アキ・マケライネンだよ。

　それにしても、初対面の人間にそんなことを言うとは。今の自分では考えられない。失礼だし、かなりバカだ。でも、本当にそう言ったらしい。そしてその後、俺はこう続けたそうだ。

「すげぇ面白い奴。どんなに悲しい状況でも、どんなに苦しい人生でも、マケライネンが演じたらとにかく笑えるんだ。なんていうか、生きる勇気をもらえるんだよ。」

15歳だった俺の「マケライネン観」は、今と何も変わっていない。マケライネンは、本当に面白い俳優だった。

まず、とても奇妙な風貌《ふうぼう》をしていた。ある程度のものなら頭頂に置くことが出来そうなガチガチの角刈りで（『ロッキー4』に出演していた頃のドルフ・ラングレンみたいな）、眉毛《まゆげ》と目が異様に近く、日向《ひなた》でも目元に影が出来た（これは『ゴッドファーザー』のマーロン・ブランドを思い出してほしい）。普通にしていても睨《にら》んでいるように見えるのは目が悪かったからだそうだ。でも、もし彼の視力が2・5あったとしても、あの目つきは変わらなかっただろう（彼は眼鏡をかけることも、コンタクトレンズをつけることも拒んだ。「これが俺の視界だ」と）。

大きな鼻は眉間《みけん》から鷲《わし》のように盛り上がり（ジャン・レノだ）、口角が下がった唇は可憐《かれん》と言っていいほど薄かった（イザベル・ユペールか）。顎《あご》はがっつりふたつに割れていて（ジョン・トラボルタで異論はないはずだ）、そんないかつい頭部を持っていながら、極端ななで肩だった（俺はダスティン・ホフマンを思い浮かべる）。そこに異様に太い腕と胴体（安易だがアーノルド・シュワルツェネッガー）、そして少しほっそりとした長い脚（『ドゥ・ザ・ライト・シング』の頃のスパイク・リーはどうだろう）がついているのだから、造形としてめちゃめちゃだった。

　とにかく目を引く男だったし、どんなシリアスな場面でも彼が登場したら、まず笑ってしまうような俳優だった。でも、例えば酒場の椅子《いす》に黙って座っているだけで、泣けてくる哀愁があった。

　彼が煙草《たばこ》を吸うと、それはこの世で最後の1本に見えたし、彼がウォッカを飲むと、それは誰かへの弔《とむら》いの酒に見えた。たいてい酔っ払いの役で、ついてなくて、いつだって己《おのれ》の人生を悔いていた。後年、俺は計7本の映画で彼を見ることになる。そのうち3本が飲みすぎて凍死する役だった。彼はつまり、自分に与えられた役どころそのままの死に方をしたのだった。

　マケライネンみたいな奴は、アメリカにもフランスにもいなかった。スティーブ・ブシェミが彼に憧《あこが》れて歯の矯正をしないでいると言っていた。でも、あの怪優ブシェミでも、滑稽《こっけい》さと悲しさにおいてはマケライネンに遠く及ばなかった、ブシェミは時々、すごくクールに見えるからだ。マケライネンにクールな瞬間なんてなかった。彼はいつだって悲しく、ずっと滑稽だった。

マケライネンに似ている15歳の日本人がいた。きっと今、あなたはGoogleでマケライネンの画像を検索しているだろう。そして、信じられない思いでいるだろう。

アキは入学式から異彩を放っていた。まず、一見して絶対に高校生には見えなかった。身長１９１センチ、みんなから頭ひとつ飛び出していて、ほとんど巨人と言っても良かった（アキ・マケライネンの身長は１９４センチ。アキは残りの３センチを、日常のあらゆる場面で背伸びをしたり、靴に細工をすることで稼いだ）。

もちろん高校生にもなると、身長が高いだけで大人びて見えるというわけではない。アキは実際に老《ふ》けていたのだ。頰にはすでに深く皺《しわ》が刻まれていて、綺麗《きれい》に剃《そ》れないのか、鼻の下や顎には黒々とした髭《ひげ》がこびりついていた。何より10代にはセットでついてくるはずの「潑剌《はつらつ》」や「はしゃぎ」を、奴は全く持っていなかった。３、４人は殺して埋めて来たような風貌で入学式に現れ、とんでもなくうすら暗い空気を発している、それがアキだった。もちろん、みんなアキを恐れた。俺も、奴と同じクラスにならなくて良かったと、心から思った。

でも結果、アキは間もなく、「取るに足らない奴」のレッテルを貼《は》られることになった。アキはそんな風貌を持っていながら、とにかくオドオドしていた。バスケ部やバレー部、野球部に柔道部、山ほど部活の誘いを受けていたが、アキはそのたび肩を縮こまらせ、まるで今まさにカツアゲに遭っています、とでもいうような顔をした。

　だから、入学から1ヶ月もすれば、アキの認識は「無駄にデカい奴（それだけの奴）」または「ただの醜い奴（アキの風貌は、10代の人間からすればそういうことになった）」ということに落ち着いた。みんなを見下ろす位置にいながら、アキは常に、みんなを見上げているようなものだった。

　アキにずっと注目していたのは、俺だけだったと思う。注目といっても、廊下で見かけたら目で追ってしまう、というくらいのものだったが。でも、とにかく、奴がマケライネンに似ていることが、ずっと気になっていた。こんなに似ている奴を見たことがなかった。マケライネンに似ている奴の中で一番似ている、ということではなく（そんな奴いなかったし）、誰かが誰かに似ている、というカテゴリーの中で頂点だったのだ。俺に言わせると、アキは「ほとんどマケライネン」だった。

　でも、俺がそれを誰かと共有することはなかった。ＶＨＳの『男たちの朝』を観ている同級生がいるとはとても思えなかったし、クラスメイトや、所属していた陸上部の仲間の間で、アキのことが話題に上ることなんてなかったからだ（誰も知らないことをわざわざ話の俎上《そじょう》に載せるほど、俺は空気の読めない奴ではない）。

　アキはその風貌をものともせず、気配を消すことにいつも成功していた。朝は誰よりも早く教室に来て席に座り、教科書を広げていた（教科書を授業以外で読む高校生がいるなんて！）。休み時間は冷水器で水を長い時間飲んでいたが、誰かが来るとすぐに譲った。廊下を歩くときは大きな体を折り曲げて人の邪魔にならないように注意し、どの部活にも所属せず、授業が終わったらすみやかに帰宅した。

でかい空気。

変な言い方だけど、アキはそんな奴だった。

俺がアキに「それ」を告げることになったのは偶然だ。

担任に呼ばれ（どういう用事だったかは記憶にない）、俺はその日職員室にいた。担任は生物の教師だった。次の授業の実験器具を運ぶ役を頼まれたのが、体の大きなアキだった。

俺とアキを待たせておきながら、担任は他の教師とぺちゃくちゃ話していた。ふたりで放っておかれて、多分気づまりだったのだろう。俺はやむにやまれず、アキにこう話しかけたのだ。

「お前はアキ・マケライネンだよ！」

多分俺は、まだアキを恐れていた。「取るに足らない奴」だと認識してはいても、アキの体が巨大であることに変わりはなかったし、3、4人殺してきた雰囲気だって健在だった。きっと俺は、思春期の男子が皆きっとそうするように、「ビビってないぜ」という態度を見せようとしたのだ。そして願わくば、ちょっと変わった奴、として認識してほしかったのだろう。

「お前はアキ・マケライネンだよ！」

　アキがマケライネンを知らないことは、もちろん承知の上だった、はずだ（知識を誇るのは俺の悪い癖だった。特に皆が知らない知識を）。アキは俺に突然話しかけられて驚いていた。というより、明らかにビビっていた。肩を震わせて、音が聞こえそうなほど、体を固くした。身長１６５センチの俺を明らかに見下ろす位置にいながら、アキはやっぱり、俺を見上げているみたいな顔をしていた。

「だ、だ、だ誰？」

　その上、アキはひどい吃音《きつおん》だった。そんなアキを見て、俺は安心したのだろう。つまり、素直になれた。

「知らないんだったらいいよ、こっちの話」、そんな風に嘯《うそぶ》く必要がなくなった。

「すげぇ面白い奴。どんなに悲しい状況でも、どんなに苦しい人生でも、マケライネンが演じたらとにかく笑えるんだ。なんていうか、生きる勇気がもらえるんだよ。」

信じられないことに、俺はその日アキを家に誘ったらしい。『男たちの朝』を観にこないか、と。アキみたいな奴と話が弾むとは思えなかったし、得体の知れない人間を家に誘うような根性は、俺にはなかった。でもそう言ったらしいのだ。

アキは日記に、こう書いている。

『家にさそってくれた。アルバイトがあったから断った。くやしい。すごく行きたかった。』


　翌日、アキは廊下で急に話しかけてきた。

「そ、そ、その人のこと、おお教えてほしいんだ。」

その様子は「必死」以外の何ものでもなかった。ほとんど命乞《ご》いするような勢いで、アキは俺に頼んだ。俺が断ったら、土下座でもなんでもしたんじゃないだろうか。


　アキの期待にはできるだけ応《こた》えてやりたかった。でも、俺だって知識は限られていたし、そもそもアキ・マケライネンの情報なんて日本に流通していなかった（みんながインターネットという「辞書」を持つようになるのは、そこから数年後の話だ）。だから俺は、アキに『男たちの朝』を貸すしかなかった。それだって一苦労だ。父の膨大なコレクションの中から、随分前に観た1本のビデオテープを探すのだから。日付が変わる頃に探し始めた結果、埃《ほこり》だらけのそれを見つけたのは、たしか明け方だったと思う。

アキは、そのビデオテープを宝物のように抱いて帰った。そして数日後、

「み、み、みみみ観たよ。」

俺の教室に、息せき切ってやって来た（何人か殺したようなあの顔で突進してくるものだから、クラスメイトの何人かは、本当に俺が殺されると思ったようだ）。

「ぼ、ぼ、僕かと思った。」

「だろ？　似てるってレベルじゃないよ。」

アキが、顔を真っ赤にしたのを覚えている。恥ずかしかったのではなく、興奮していたのだ（それとも、そのどちらもか）。

「やっぱりお前は、マケライネンだよ！」

俺の言葉に背中を押されたのだろうか。アキはその日から自身のことを、マケライネンだと名乗り始めた。

「ぼ、ぼ、僕はマケライネンだ。」

俺に「深沢」ではなく「アキ」と呼ぶことを求め、マケライネンと同じように無精髭を生やし、あげくの果てには、40歳で凍死すると宣言した。

40歳で死ぬなんて若すぎる。しかも凍死だなんて。健康な男子高校生の夢としては、あまりに悲惨な末路だ。

でも、当時15歳だった俺たちにとって、それは永遠に来ない未来の話だった。40年生きている奴なんて完全なおっさんだったし、40歳の人間のことを話すのは、ほとんど70歳の老人のことを話すのと同じだった。高校生にとって世界は「俺たち高校生とそれ以外」だ。未来なんて、遠くにありすぎて考えられない。しかも「フィンランドってどこ？」、そんな感じだ。

何よりアキにとって重要だったのは、マケライネンがもう死んでいる、ということだった。出逢《であ》ったときにすでに死んでいるということは、二度と死なないということだ。つまりマケライネンは、アキの中で永遠に生きているのと同じことになった。

アキは毎日俺の教室を訪れ、とにかくマケライネンのことを話したがった。

「か、か、顔の前でて、て、手を振るの、いい、い、いよね。」

「あ、あ、あの煙草をすす、吸うシーンでさ。」

自分に似ている、というだけでこんなに誰か（しかも奴が似ているのはウィル・スミスでもブラッド・ピットでもない。フィンランドのスーパーマイナーな役者なのだ）に夢中になるなんて、俺には理解出来なかった。アキの熱意は普通じゃなかった。それでもその時間が、俺は楽しかった。

　俺とアキの交流を奇異な目で見ていたクラスメイトも、それが日常のことになると、みんなアキに興味を持ち始めた。俺がアキと楽しそうに話していると、初め恐る恐る話しかけてきて、それから結局、アキに夢中になった。

　アキは面白い奴だった。

　アキ・マケライネンだと名乗る。つまりアブない奴ではあるが、アキは基本めちゃくちゃいい奴だった。そしていわゆる天然だった。俺たちの質問に、いつも素っ頓狂な答えを返し、俺たちが「なんだよそれ！」と笑うと、申し訳なさそうに頭を下げた。

「ご、ごごごめん、目が悪いから。」

「目じゃなくて耳だろ！」

　それはお決まりのやり取りになったけど、アキは本当に目が悪かった。なのに眼鏡をかけていないしコンタクトもつけていないのは、マケライネンと同じだった。アキはそれを喜んだ。

「じゃあ授業中どうやってノート取ってんの？　お前席一番後ろだろ？」

　出席番号やくじ引きなどに関係なく、その驚くべき座高の高さで、アキはいつも自動的に一番後ろの席にされていた。

「あ、あ、あの、よ、よくみ見えないからせん、先生の言葉を書いてる。」

「先生の？」

「せ先生が話す言葉。」

「なんだよそれ！」

「意味ねーよ！」

俺たちはアキにノートを持ってこさせ、みんなで笑った。アキの汚い字は、誰も読むことが出来なかったからだ（何故《なぜ》か、俺だけは読むことが出来た）。

「読めねーよ！」

「こえぇ！」

俺たちが笑うと、アキは不思議そうな顔をした。どうして笑われているのか、分からなかったのだろう。それでも1学期が終わる頃には、アキは学年中の男子の人気者になっていた。廊下を歩いていると声をかけられ、乱暴な愛情表現しか出来ない奴には、ケツを思い切り蹴《け》られていた。

「アキ、ものまねやってくれよ！」

アキはみんなに「アキ」と呼んでもらうことに成功していた。そして、マケライネンになる、と宣言していることも知れ渡らせた。

みんな、もちろんマケライネンのことなんて知らなかった。だからアキがそっくりそのままマケライネンの歩き方（肩を下げ、左足を少しひきずる）をしても、

「だから誰なんだよ！」

そう叫んで笑っていた。

「正解を知らねぇから！」

「似てるかどうか分かんねんだよ！」

正解を知っているのは、ずっと俺だけだった。俺から言わせるとアキのそれは、完全に「正解」だった。制服を脱いで髪を白く染めれば、本当にマケライネンそのものだった。たった数ヶ月の間で、アキはますますマケライネン化していた。

でももちろん、みんなそんなこと、どうでも良かった。まったく知らないフィンランドの俳優に似ている、だからそいつになると宣言している変な奴。それだけで笑うには十分だった。

アキは、ひひひひ、と口を横に広げる、妖怪《ようかい》みたいな笑い方をした。決して大笑いはしなかったが、嬉《うれ》しいのは分かった。まるで犬だ。誰にでもなつく犬みたいに、アキはみんなに尻尾《しっぽ》を振った。

『男たちの朝』は、アキにあげた。父が部屋にある作品をすべて把握しているとはとても思えなかったし、俺も今後『男たちの朝』を観返すことはないだろうと思ったからだ（そしてその予想は当たらなかった。俺は後年、ある理由から、何度もそれを観直すことになる）。

ビデオを手渡すと、アキは「信じられない」という顔をした。神様に会ったみたいな顔で俺を見て、何度も何度も頭を下げた。

「あ、あ、ありがとう。本当にありがとう。ああありがとう。ありがとう。」

人にここまで感謝されて、正直悪い気はしなかった。ただ、アキのそれは常軌を逸していた。まるで俺が、沈没船から離れるボートの最後の1席を、アキに譲ったみたいだった。

「ほ、ほ、本当にありがとう。ぜ、ぜ、絶対にわ、忘れないよ、ほほ、ほ、本当にありがとう。ありがとう、あ、ありがとう。ありがとう。」

アキの中で俺は、ほとんど「命の恩人」と同等の扱いになった。それはつまり、「自分の命をかけてでも守る人」ということだった。

実際俺は、アキに命を助けられている。

学校帰りだった。部活が休みになる中間試験か期末試験の前は、帰宅部のアキと俺たちで一緒に帰ることにしていた。

　学校は東京の西の端にあった。線路への飛び込み自殺者が日本一だと言われる、悪名高い路線にある駅まで10分ほどの距離を、俺たちは歩いていた。その日は曇りで、天気予報では雨のはずだった。でも帰宅まで雨は降らず、俺たちはそれぞれ畳んだ傘を手に持っていた。

　何がきっかけだったか、その傘を奪って出来るだけ遠くまで投げる、という流れになった。傘を奪い合い、奪ったものを槍投《やりな》げの選手を真似て遠くへ、それも選手と同じように大声で叫びながら投げる、ということを、俺たちは繰り返した。

「おおうらぁあああああっ！」

「どぁああああああああ！」

　全力でやればやるほどウケた。何度やっても飽きなかった。遠くに飛んだ傘をまたみんなで走って拾いに行き、持ち主の手に渡る前にまた投げた。杉本って奴の傘は木にひっかかり、元木って奴の傘は持ち手が欠けた。

　もちろん、俺の傘も狙《ねら》われた。なんの変哲もないビニール傘だったが、みんなに引っ張られた瞬間「先祖の形見なんだ！」と叫んだ。

「なんだよ先祖って！」

「その時代にビニール傘なんてねえだろ！」

もちろん俺は、傘なんてあきらめていた。奪われてずたずたに折られて放り投げられることを覚悟していた。

「やめてくれぇええええ！」

俺たちの間では、そういう暴力的なことが流行《はや》っていた。自分たちの体のせいだ。急激に増殖する男性ホルモンというやつを、俺たちは持て余していた。自慰をしてもしてもしても（本当に、どれだけこすってもこすってもこすっても）それは次から次へと溢れ、俺たちを翻弄《ほんろう》した。

廊下ですれ違うときに思い切り肩を殴ったり、「わっ」と驚かされた勢いでそのままグラウンドを何周もしたりした（2階から飛び降りて足を骨折した奴もいた）。もちろん悪ふざけだが、切実だった。そうしないと死んでしまうとすら思っていた。

「こいつ全然離さねぇ！」

「一番安そうな傘のくせに！」

俺は傘にしがみついた。地面に転がり、スタントマンさながら引きずられた。そのまま数百メートル引きずられても、絶対に離さないでいるつもりだった。つまらないことであればあるほど必死にやる、そうすれば、よりウケると分かっていたからだ

（その論理で、消しゴムや定規なんかを借りるとき、頭を地面にこすりつけて土下座するのも流行った）。

「形見なんだぁあああ！」

皆も俺の意図を察したようだった。死ぬ気で傘を取りにかかった。傘を振り回し、つまり俺の体を振り回した。俺は地面でごろごろ転がった（闘牛に突かれたマタドールみたいなイメージだ）。膝《ひざ》がすりむけ、靴が脱げ、制服がドロドロに汚れた。

アキは、少し離れたところで俺たちを見ていた。アキの、この「少し離れたところから俺たちを見ている」スタンスは、基本変わらなかった。アキは俺たちに話を振られたときだけ参加し、ひひひと笑い、決して俺たちと同じような馬鹿《ばか》騒ぎはしないのだった。

遠心力で、俺の体が転がった。そうやって倒れたままでいても、十分面白かった。でも俺は、車道へごろごろと転がることを選んだ。皆が笑う声が聞こえた。よし、やった、そう思った瞬間、参議院議員選挙立候補者の選挙カーが、角を曲がってやって来たのだった。

「危ない！」

選挙カーというものは、馬鹿みたいにうるさく、のろのろ運転をするものと相場が決まっているはずだ。なのに、それは無音だった。そして、めちゃくちゃ速かった。

「危ない！」

俺はそのまま轢《ひ》かれるはずだった。参議院議員選挙に立候補した誰かが乗ったハイエースに轢かれ、死ぬか、一生残る傷を負うはずだった。でも、そうならなかった。

目を開けた俺が見たのは空だった。青く、突き抜けた空だ。俺の周りには誰もいなかった。顔を上げても、どこも痛くなかった。ぼんやりした視界が捉《とら》えたのは大声で叫ぶ友人たちで、起き上がった俺が見たのは、道路に大の字で寝転がるアキだった。

「アキ！」

「大丈夫か⁉」

死んだ。

そう思った。

体全体が冷えた。本当に、氷水をかけられたみたいにゾッとした。

横たわったアキの体は、横たわった分大きかった。こんな大きな体が「死んでいる」ことが信じられなかった。こいつが入る棺《ひつぎ》ってあるのかな、そんな不謹慎なことを、一瞬思った。

でも、アキは起き上がった。

「うわ！」

後で皆に聞いたところ、アキは俺とハイエースの間に大きく手を上げて割って入ったそうだ（「スローモーションで見えた」「弁慶の最期《さいご》みたいだったぜ！　見たことないけど」）。運転手が咄嗟《とっさ》にブレーキを踏んだことと、体全体でぶつかったので、力が分散されたのが良かったのじゃないかという話だった。

「アキ！」

選挙カーから、わらわらと大人たちがおりて来た。立候補者のおっさんはハイエースから出てこず、窓からこちらを見ているだけだった（何故分かったかというと、車体に貼られていたポスターと同じ顔だったからだ。名前は「あんべたくま」、どこからどこまでが苗字《みょうじ》なんだよ⁉）。

大人たちは焦《あせ》っていた。肩にかけられた「あんべたくま」のタスキが震え、顔面蒼《そう》白《はく》になっている奴もいた。それはそうだろう。大事な選挙運動の最中に、罪なき高校生を轢いたのだから。散々脅して、大金をふんだくってやれば良かった。でも悔しいことに、当時の（バカな）俺たちに、そんな知恵はなかった。

「アキ！」

俺たちはとにかく興奮していた。アキの無敵さに、その勇敢さに。

「アキ、すげぇ！」

俺たちはアキの肩を、腕を、触れられるところはすべて叩《たた》いた。今思うと、怪我《けが》をしているかもしれない友人にその仕打ちはない。でも、俺たちの興奮と称賛を伝えるにはそうするしかなかった。場所中一番活躍している力士を叩くみたいに、俺たちはアキを自らの体温で讃《たた》え続けた。

「アキ！」

「アキぃ！」

でも、そんな俺たちの歓喜を邪魔する奴が現れた。大人のひとりがこそこそと割って入り、アキに名刺を渡したのだ。

「何かあったら、連絡を……。」

そして逃げ去った。俺たちは全員でそいつらに中指を立てた。杉本は中指を立てたまま雄《お》叫《たけ》びを上げた。

「あんべたくまぁ！」

みんな吹き出した。そしてもちろん、すぐに後に続いた。

「あんべたくまぁ！」

「あんべたくまぁ！」

誰だか知らない立候補者の、ただの名前だ。でも、その響きはどこか麻薬的な魅力があった。俺たちはアキを正式に讃える言葉を見つけたのだ。とにかく言葉よりも先に衝動が勝つ、そんな俺たちにとって、意味をなさない叫びであればあるほど、それは意味をなすのだった。

アキは英雄になった。俺たちの、そして特に俺のだ。当然だ。マケライネンのことを教えた、そして『男たちの朝』を譲った恩があるとはいえ、それが自分の身を挺《てい》して守ってもらうことと同等のことだとは思えない。俺はアキに、命を救われたのだ。

アキは次の日、いつもと同じように登校し、いつもと同じようにオドオドしていた。俺たちはもちろん、あの叫びでアキを讃えた。

「あんべたくまぁ！」

授業中に、どこかの教室から聞こえてくることもあった。その来歴は俺たちしか知らないはずなのに、いつの間にか学年中に広まっていた。アキの英雄的行為は、皆の知るところとなったのだ。

男子生徒だけではなく、アキのことをまだまだ遠巻きに見ていた（あるいは怯《おび》えていた）女子生徒たちも、アキを好きになった。アキはいい奴だった、これ以上ないほど。その証拠に、その後アキが俺に恩着せがましいことを言ったことやにおわせたことは、一度も、誓って一度もなかった。

「ひひひひひ。」

妖怪みたいに、いつもアキは笑っていた。

今も、アキの笑う顔を思い出すことがある。

アキの歯は黒くてガタガタで、ひとつひとつが異様に小さかった。奥まっていた目はつぶれ、ただの黒い傷みたいになった。鼻の穴はふくれあがって、太い鼻毛が飛び出た。びっくりするくらいみっともなくて、異形《いぎょう》で、でも、アキは笑っていた。

ふゆのあさに、ぼくはうまれた。

すごくさむいひだったと、おかあさんがいっていた。

ぼくはとてもおおきいあかんぼうだった。でもなくこえがちいさくて、みんなとてもしんぱいしました。からだはむらさきいろでした。あしはぶるぶるとふるえていました。ぜんしんにびっしりけがはえていました。おおかみのこどもみたいだった。

けはだんだんぬけていきましょうと、さんばさんがいったけど、ぼくはずっとけがたくさんあった。みんなはぼくのことを「ひげおとこ」とよんで、おかあさんはぼくのことを「わたしのおおかみちゃん」といった。

　おおかみはつよい。

どれだけさむくてもがまんして、にんげんよりもかしこくて、ふといあしをもっている。ぼくのゆめはずっとおおかみをみることです。よるのもりで、まっくらの、なかで、おおかみをみることが、ぼくのゆめ。

冬の朝に、アキは産まれた。

明け方に産まれたから、暁と名付けられたそうだ。

産まれたのは、母親の実家がある北の街、その外れのとても小さな集落だった。１９８２年、中曽根《なかそね》康弘《やすひろ》内閣が発足した日のことだった。

アキの母親は、19歳でアキを産んだ。アキの父親と出逢ってアキをみごもったが、アキが産まれる前に、父親になるはずの男は姿をくらました。頼るあてのなくなった母親は出産のために実家に戻り、アキを産んで、しばらくそこで育てた。

アキの最初の記憶は、台所の風景だ。

小さな台所には窓があったが、建て付けが悪いので、すきま風がひどかった。家中で一番寒く、鼠《ねずみ》すらよりつかない。流しには古びた、でもいつまでもなくならない石けんが紫色のネットに入れてつり下げられ、いたるところにホーローや空き缶が乱雑に並べられていた。雨漏りしたときに、床に置くためのものだった。

雨の日は家中がピコン、ポコンと騒がしかった。アキはその音が好きだった。家中の床に輪じみがつき、それはどれだけこすっても消えなかった。アキはその輪じみを「島」と呼び、その島しか踏んではいけないと自分に課した。島から足を踏み外すことは、死を意味した。

台所には、他のどの部屋よりもたくさんの島があった。だから家中で一番寒いその台所で、アキは大半の時間を過ごした。どれだけそこにいても、アキは風邪を引かなかった。特別寒い日に産まれたからだと、誰かが言った。

その誰か、祖母か、それとも別の人物（母ではなかったと、アキは書いている。そしてその人が誰だったかを知るのは、ずっと後のことになる）が、鮭《さけ》の腹を包丁で割いている。それがアキの最初の記憶だ。

「危ないよ。」

近くで見ようとするアキをその人は制し、大きな鮭の腹に包丁を当てる。その人の腕には金色の光る毛がびっしりと生え、山から流れる川のように、筋肉の筋が入っている。

ゾゾゾゾ、ゴリゴリゴリ、およそ生き物の皮膚を割いているとは思えない音が響く。刃先が錆《さ》びているのか、包丁がなかなか動かない。

「全然切れないじゃない、これ。だめだねぇ。」

そう言いながら、でもその人が怒っている気配はない。それどころか、はしゃいでいるように見える。だからアキも、どこかわくわくしている。台所には鮭の生臭いにおいが溢れていて、そのにおいは、その人のどこか甘いにおいと混じって、アキを落ち着かなくさせる。

「いち、にの、」

さん、とその人が言った瞬間、嘘《うそ》みたいにすべらかに包丁が動く。鮭の腹がぱっくり開くと、中は鮮やかなオレンジ色だ。びっしり詰まった筋子《すじこ》がどろりとこぼれて、生臭さは強くなる。筋子はひとつひとつが光り、濡《ぬ》れている。教えられる前から、アキはそのひとつひとつに、命が宿っていることを知っている。

「ああ疲れた。」

その人の吐く息は白く、台所に入るすきま風が、あらゆるものを冷やす。でも、よく見ると、鮭の腹からは湯気が上がっている。その人は自分の手を鮭の腹に当てて、こう言う。

「なんてあったかいんだろう。」

この記憶は、アキが2歳の頃だと言う。

人間が2歳の頃のことを記憶出来るのかどうか、俺には分からない。でも、アキがそう書いている。３歳になる前にその家を出た、と。そして俺は、無条件にアキの言うことを信じるようにしている。俺の命の恩人だからではない。何度も言う、アキは嘘をつく人間ではないからだ。あるいは嘘をつける人間であれば、生きることが少しでも容易になったかもしれないのに。

俺の最初の記憶は、４歳の初め頃の、ある風景だ。

父に連れてゆかれた野外の音楽フェスティバル、俺は、あぐらをかいた父の膝に座っている。父がはいたジーンズの、デニム生地の繊維がすりきれていたのを、そしてその手触りを鮮明に覚えている。俺の胴体にまわされた父の腕の毛が、どんな風にカールし、密生していたのかも。

記憶の中に、母はいない。家にいたのか、それとも俺たちのために何か買いに行ってくれていたのか。とにかくほとんど家にいなかった父と俺が一緒に過ごした、その最初の記憶は、のちのちとても貴重なものになった。

トランペットやホーン、ドラムの音は上昇してゆく。俺たちの足元で産まれ、それから高みを目指して昇ってゆく。だから俺は、空ばかり見ている。あの音はどこへ行くのだろう。音たちは蒸発するように空に溶ける。俺たちの周りには次々と新しい音たちが誕生していて、その全《すべ》てに色がある。

あの頃は、音の姿をはっきり捉えていた。実際俺は、音に触れようと何度も手を伸ばした。音は鮮やかで、堂々としていた。

記憶の中の父は、嬉しそうに笑っている。

アキは、人気者のまま進級した。

アキと俺は同じクラスになり、学校にいるほとんどの時間を一緒に過ごすようになった。といっても話すのはもちろん、マケライネンのことだ。

俺がどれだけ面白い映画や俳優について力説したとしても、アキがマケライネン以外に心を動かすことはなかった。『ゴッドファーザー』を見せても『仁義なき戦い』を見せても『スカーフェイス』を見せても（アキの容貌《ようぼう》を間近に見ていると、自然とこういうラインナップになるのだった）、

「お、お、おもしろかったよ。ああ、あ、ありがとう。」

そう丁寧に礼を言うだけで、『男たちの朝』で見せたような異様な興奮を示すことはなかった。それどころか、ますます『男たちの朝』にのめりこみ、劇中のマケライネンの台詞《せりふ》をすべて（完璧《かんぺき》に）覚えるに至っていた。そして、それだけでは飽き足らず、誰かと会話するとき、『男たちの朝』の台詞の中から、その会話に最適な言葉を返すようになった。

「アキ、飯どうする？」

「風任せさ。」

「お前やっぱ面白いよなぁ！」

「礼を言う。」

「アキ、ぞうきん干して来てよ！」

「いいだろう。」

問題なのは、『男たちの朝』のマケライネンが恐ろしく無口なこと（会話劇なのに！）、そしてその台詞も、結局当時の翻訳技術の産物でしかないことだ（古い映画の字幕翻訳に見られる独特の雑さ、おかしな時代観を皆覚えているだろう）。後年アキは、フィンランド語を独自で習得するまでの執念を見せるのだったが、そのときはまだ、おかしな翻訳に頼らざるを得なかった。

「やれやれ。」

それでも日常の会話をする中、臨機応変に台詞を返す技術は見上げたものだった。しかもアキは、マケライネンの言葉を口にするときだけは、絶対にどもらなかった。

「いいだろう。」

「よせ。」

そんなアキの様子は、ますます皆を笑わせた。アキはいつだって真剣だった。ふざけていなかった。だからこそ面白かった。

不思議なのは、アキのオリジンであるはずの『男たちの朝』を、誰も観《み》ようとしなかったことだし、マケライネンのことを調べる奴《やつ》もいなかったことだ。それが、俺には不満だった。『男たちの朝』はいい映画だったし、マケライネンは素晴らしかった。本当に。

「その通りだ。」

　でも、それを知っているのは、俺とアキだけなのだ。

「それでいい。」

　アキが「マケライネン」を完璧にやればやるほど、皆、「台詞以外」の言葉を話させようと躍起になった。

「アキ、血液型何だっけ？」

「好きな食べ物は？」

「俺のこと、どう思ってる？」

　便利で、だからこそムカつくのが「風任せさ」だった。

「アキ、休みの日って何してんの？」

「風任せさ。」

　もちろん「知らん」も万能だった。いらだった奴には「すまない」があったし、分からない質問には「さて」があった。それでも、うっかり言葉に詰まるときはあって、それは大抵、女子生徒からの質問だった。

「アキって彼女いるの？」

そこにはもちろん、からかいの意味がこめられていた。アキが人気者なのは間違いがなかったが、アキを恋愛対象にする女子生徒は、俺が知る限りいなかった。

「か、か、かの、か。」

そういうとき、アキは完全に深沢暁に戻った。情けないほどどもって、みっともなく顔を赤くして、ただただ、もじもじしていた。そしてそうなったことを、アキは恥じた。マケライネンはきっと、そんな風にはふるまわないからだ。アキは、次こそ絶対にしくじるまいと、決意を新たにするのだった。

「見てろ。」

アキは「深沢暁」から逃れようとしているように見えた。

その印象は日ごとに強くなった。風貌を変え、言葉を封印し、自身の思考を手放そうとしていた。マケライネンと違うところを見つけると、忌《い》むべきことのようにそれを隠し、自身の「深沢暁性」を葬《ほうむ》った。

そんなアキでも、能動的に深沢暁に戻るときが（戻らざるを得ないときが）あった。

俺と、教師に対してだ。それは3年間変わらなかった。

教師の前で「深沢暁」に戻るのには理由があった。皆アキのことを「深沢」と呼んだからだ。「名前」の持つ力を、俺はアキから学んだ。それはほとんど、呪《のろ》いのようなものだった。自身のことをいくら強固にイメージしていても、名前を呼ばれると、それも繰り返し呼ばれると、そのイメージはやがて名前の持つ力に取って代わられる。

その頃には、アキは教師たちからも一目置かれる存在になっていた。マケライネンのことを知っている教師はひとりもいなかったが、彼に似せようとしてアキがあご髭を伸ばしていることをある程度許容する教師もいたし、「剃ってこい」と命ずる教師も、どこか申し訳なさそうな顔をしていた。それでも教師たちがアキを「深沢」と呼ぶ限り、アキは深沢暁として反応することから逃れられず、結果それに囚《とら》われた。

「深沢。」

「は、は、はい。」

実際そうしなければ、例えば授業中に「アキ」と呼ばれたとしても、因数分解の答えをマケライネンとして答えることは出来なかっただろうし、参加しなかった修学旅行のことで呼び出されたときに「さて」では収まらなかっただろう。アキは深沢暁としてろくでもない点を取り、深沢暁として黒板にまるっきり外れた答えを書き、深沢暁としてみっともなく頭を下げていた。

アキが俺の前で、深沢暁でい続けた理由は分からない。アキに聞いたことはなかったし、皆も聞かなかった。ただ、いつの間にか、俺はアキの媒介者みたいな存在になっていた。

「アキに聞いといてよ。」

「アキはなんて言ってた？」

アキの「ほんとうの気持ち」、つまりマケライネンではない深沢暁としての気持ちを、皆俺に聞いた。

確かに、俺とアキはいつも一緒にいた。皆に親友だと見なされていた。だからといって、アキが俺に「ほんとうの気持ち」を打ち明けているとは、俺は思っていなかった。遠慮しているわけではない。アキの「ほんとうの気持ち」は、アキ・マケライネンとしてのアキの方が十分語っているような、そんな気がしていたのだ。

「そうかもしれん。」

その年の体育祭で、一番忙しかったのは間違いなくアキだろう。

まず、希望者の中からくじ引きで決めるはずの応援団に、アキは自動的に任命されていた。しかも2年生で応援団長だ（つまりアキは、3年生からも認められていたということだ）。

縦割りで決まった我ら白団の応援団長になったアキは、俺たちが卒業生に頼んで手に入れた長《ちょう》ランとボンタンを身につけ、マケライネン的角刈りの頭に、白のはちまきを巻いていた。そして、それだけで許された。

つまりアキは、応援団長がやるべき「フレー！　フレー！」の声がけも、団員を仕切ることもすべて免除された。そもそも大声を出すことなんて出来なかったからだし（アキはマケライネンと同じような小さな、低いしゃがれ声だった）、誰かを「仕切る」ことは言うまでもなく不可能だったからだ。アキはお飾りの団長だった。でも、黙って立っているだけで迫力があった。誰かがふざけて、アキの体に入れ墨のペイントをしたものだから、アキの迫力はますます増した。

アキはひっぱりだこだった。リレーではアンカーをつとめ（アキは驚くほど足が速かった）、騎馬戦では大将をつとめ（アキの体重を支えられる騎馬は柔道部の連中だけだった）、創作ダンスではセンターで謎《なぞ》のダンスを踊らされた（未知の動物がパニックになって暴れているみたいに見えた）。

白眉《はくび》は借り物競走だ。生徒会がふざけて作った「借り物」は、すべてがアキだった。

つまり、『目の悪い大きな人』『上半身裸の大きな人』『変な笑い方をする大きな人』といった具合だ。アキは当然、皆から取り合いになった。アキは目を細めて走り、上半身裸になって走り、あの気色の悪い笑顔を見せながら走った。もう秋の気配がしていたのに、アキはずっと汗だくだった。

　アキの忙しさは、体育祭に留まらなかった（体育祭が終わったら、すぐに文化祭がやってくるのだ！）。

　アキはそこでもフル回転だった。クラスの演劇で頭のおかしな教師役をやっただけでなく、杉本が作ったコントで、４組が開いたお化け屋敷で、部活の壁を越えて元木が組んだバンドで、アキはコンビニエンスストア店員になり、フランケンシュタインの怪物になり、楽器を何も演奏しないバンマスになった（そしてどの場所でも皆の爆笑をさらっていた）。後夜祭のキャンプファイヤーでは全身を白く塗られて踊り狂い、翌日の清掃でも背中にゴミを入れるかごを背負わされ、あらゆる場所を駆け回った。

「アキ！」

「アキ！」

　みんな、アキと写真を撮りたがった。男子生徒も、女子生徒も、教師たちもだ。あまりの人気で、後夜祭ではアキと写真を撮りたい人間たちが、長蛇の列を作るほどだった。

アキと写った写真を、俺も持っている。渡り廊下の柵《さく》にもたれて、俺はアキの肩に手を回している。ストライプのコンビニ店員の服を着ているから、コントの後だろう（杉本が作ったコントは正直見られたものではなかったが、アキのおかげで伝説に残る演目になった）。

アキはあの、妖怪みたいな笑顔を見せている。その年、間違いなく学校で一番の人気者だった、アキの上気した顔。アキのその顔は、みんなの写真に残っているだろう。いろんな格好をしたアキが、たくさんの人間の家に、存在し続けているはずだ。

でも、アキがあのときどんな生活をしていたのか、どんな人生を歩んでいたのかは、誰も知らなかった。

おばあさんは、ぼくがちいさいときにしんでしまった。

かんおけにはいっているおばあさんは、まっしろなゆきの、みたいだった。とけるようでこわかった。おばあさんが（不明）、ゆきだるまをつくった。それはほぞんされたけど、おばあさんはいません。

おとなのひとがたくさんきた。それぞれのひとのことをしらなかった。おかあさんはずっとないた。おそうしきにはさんかしなかった。おくのへやで、ずっとねた。ぼくがへやにはいると、おかあさんはなにもいわなかった。ぼくがおかあさんをなぐさめよう。でも、ぼくはできなかった。ずっと、どあのよこにたって、おかあさんのなきごえをきいていました。

アキと母親は、アキが2歳の終わり頃に東京に戻って来た。

アキは祖母の家が好きだった。すきま風が入って寒かったし、娯楽になるようなものはなかったが、家のどこかには未知の生き物の気配がして、荒れ放題の庭には、時々野生の狸《たぬき》やテンが現れた。

アキは、野生動物たちの強さが好きだった。春先に産まれた、目を見張るほど小さくか弱い赤ん坊も、次の春が来る頃には1匹で近所を徘徊《はいかい》し、獲物の血で口の周りを赤くするようになる。母親からも仲間からも独立して生きる姿は眩《まぶ》しかった。

アキは臆病《おくびょう》だった。いつも何かに怯え、大きな音がすると泣いた。数少ない集落の子供たちの乱暴な遊びには参加出来ず、ひとりで遊んだ。体の大きさが幸いして、身体的ないじめを受けることはなかったが、アキはおおむねその存在を黙殺されていた。きっと子供たちも、得体の知れないアキとどう接していいのか分からなかったのだ。

アキの最大の友は、雪だった。

アキは庭に、自分と同じくらいの大きさの雪だるまを作り、雪の家を作り、雪の城を作った。雪は周囲を完璧な静寂で満たした。アキは、自分の体を雪と同化させようとした。自分の輪郭をなくし、徹底的に雪に交わり、雪そのものになろうとした。いつか雪と同化した自分、優しい雪になった自分の上を、動物たちが歩いてくれないだろうか。彼等の口から滴《したた》る血は、自分の白い体を赤く染めるだろう。アキはそのときを夢見た。

　東京でふたりが住んだのは、１Ｋのアパートだった。

祖母の家とは、あまりにも違った。庭などなかったし、野生動物はおらず、雪は降らなかった（降っても、それはわずかで、道路の端で醜く解けてゆくだけだった）。家の近くにはたくさんの人がいて、話し声がしているのに、何故か生きている気配がしなかった。いつか見た鮭の卵、どろりとこぼれたあの命と、真逆の世界がここにはあった。

　目の届く範囲には、必ず母親がいた。アキと彼女を隔てる壁も扉も、ここにはなかった。それだけは喜ばしいことのはずなのに、アキはその状況に戸惑った。母親がこんなにも近くにいるのに、聞こえるのは孤独の音ばかりだ。

　元々母親は、強い人ではなかった。祖母や、祖母の家に出入りしていた女たち、地面に太い根を張って生きていたようなあの女たちと、彼女は明らかに違った。何かにつけ部屋にこもり、数日そこから出てこないときもあった。部屋の前で耳を澄ますと、中からは大抵、母親のすすり泣く声が聞こえた。祖母や女たちは、そんなときアキの手を引き、「ひとりにしてあげなさい」と言った。

「お母さんはびょうきなんだよ。」

何の病気なのか、アキには分からなかった。でも、

「心を病んでしまった。」

誰かがそう言うのを聞いた。

「都会でおかしくなったんだ。」

「あいつのせいで。」

アキは「あいつ」を知らなかったし、「都会」を知らなかった。ただとにかく、「あいつ」がいる「都会」という存在が、母親を「びょうき」にさせたのだと理解していた。

だから、どうして母親が再び家を出ようと思ったのか、アキには理解出来なかった。弱虫の自分はもちろんだったが、母親の細く小さな体は、「都会」の「あいつ」と闘うことに適しているようには見えなかった。彼女の決定は急だった。そして絶対だった。もちろん幼いアキには、異論を挟む権利も術《すべ》もなかった。とにかく母親は、アキを連れて東京に戻って来た。親子ふたりの生活が始まった。

救われたのは、彼女が生気に満ちているように見えたことだった。朝起きて化粧をし、足音の鳴る靴を履いて外出した。そんな母親の姿は、産まれてから一度も見た事

がなかった。「おしごとを紹介してくれる人に会う」、そう言っていた。その人が誰なのかは知らなかったが、母親の口ぶりには、その人が信頼に足る人物だということが滲《にじ》んでいた。

　母親が外出している間、アキはひとりで家にいた。外に出たらいけないと、きつく言い聞かされていたからだ。言われなくても、出るつもりなどなかった。窓を開けると、すぐ目の前に別のアパートがあった。驚くべき近さだった。そばを通る幹線道路からは、いつも車の騒音がして、隣の部屋からは、男が悪態をつく声が聞こえた。

「クソが。」

　ある日、母親が仕事を見つけて来た。彼女の顔は、汗で光っていた。

「いい仕事を紹介してくれたよ。」

　怖いものばかりだと思っていた「都会」にも、優しい人はいるのだ。母親は、口角をあげた。確かに笑った。

「おかあさん、頑張れそうだよ。」

　嬉しそうな母親、強い母親。アキを抱きしめる彼女の腕は細かったが、強かった。本当に強かった。その強さを思うと、この騒音も、この狭さも、少しずつ受け入れられるようになった。アキは耳から手を離し、薄く目を開けて、世界を見つめ始めた。

母親は翌日から、朝早く家を出て、夕方には帰って来るという生活を始めた。その間、アキは家の中で彼女の帰りを待った。幼稚園や保育園には入っていなかった。母親がそうさせなかったからだし、そんな場所があることすら、アキは知らなかった。近所の人に会ったことはなかった。母親にそう言われた訳ではなかったが、アキは近所の人に、自分の存在を知られまいとした。声を出さなかった。トイレに行っても流さず、誰かが扉をノックしても出なかった。母親が帰ってくると、小さな声で「お帰りなさい」と言った。いつも、言うのが少し遅れた。

母親と1日会えない時もあった。アキが眠っている間に出勤し、眠ってしまった後に帰って来る日があったからだ。そんなときアキは1日、声を出さないことになった。母親が置いていったおにぎりやパンを食べるときだけ、アキは自分の唇の感触を思い出した。乾燥し、ひび割れて、血の出た唇を舐《な》めた。東京の西の端、小さなアパートの一室で、アキは自分の血が、鉄の味であることを知った。

アキの家に行ったことはなかった。

周囲から親友同士と思われていても、俺自身でそう思っていても、アキの家に行こうと思ったことはなかったし、アキの方から誘ってくれたこともなかった。

アキは放課後、いつも忙しそうだった。ガソリンスタンドでアルバイトをしていると言っていた。手指はガサガサに荒れ、爪《つめ》の中まで黒くなっていた。正直言って俺は、それが眩しかった。自分の手で金を稼いでいるというだけで、アキがいっぱしの大人に見えた。自分の柔らかい手が、恥ずかしかった。

学年にはもうひとり、ガソリンスタンドでアルバイトをしている生徒がいた。遠峰《とおみね》というその女子生徒に、俺は惹《ひ》かれていた。

遠峰には見た目にも分かる強さがあった。一重の目はきゅっと吊《つ》り上がり、眉毛《まゆげ》も同じように強く引き上がっていた。細い鼻は線を引いたように長く、赤みの強い唇は滅多なことで開かなかった。だからといって愛想が悪いわけではなく、皆を包み込むあたたかさがあった。女子生徒には、「とおみ姐《ねえ》」と呼ばれていた。

遠峰はイラストがうまかった。よくせがまれて、友人の似顔絵を描いていた。どれも特徴をよく捉えていて、どんな奴でも絶対に、実際よりも愛すべきキャラクターになった。それは遠峰の優しさによるものだった。

リクエストは日々エスカレートし、いつしか遠峰は漫画を描くようになった。最初は担任の奇行を描いた4コマ漫画だったが、それがクラスで起こった日常を描いた漫画になり、ついには連載が始まった。Ａ４のレポート用紙に描かれた遠峰の漫画『にちじょう』は、有志たちによってコピーされ、ホチキス留めされ、ついには１００円で売買されるまでに到った（のちに教師に知られて販売が禁止された。禁止されたことでさらに価値は上がり、『にちじょう』は闇《やみ》取引されるようになった。一時期はなんと、８００円まで競《せ》り上がった）。

遠峰には笑いのセンスがあった。俺たちが見逃してしまうようなささやかなことを拾って、優しい笑いに昇華する。遠峰には明らかに、光る才能があった。

みんなが遠峰に「漫画家になれ」と言ったし、本当にそうなると信じていた。実際その後いろんな漫画を読んだが、高校生の遠峰が描いた『にちじょう』は、プロの作品に劣るものではなかった。でも、遠峰は笑って、首を振るだけだった。

「プロの漫画家なんて無理だよ。」

俺と遠峰は、美化委員をしていた。

美化委員は、1ヶ月に数回、昼休みに学校の清掃をする。1年から3年生まで合わせて総勢40人ほどの委員が、おのおの希望した区域を掃除する。俺はいつも、さり気なく遠峰の近くを希望することにしていた。遠峰は職員トイレや炎天下の校門付近など、皆が嫌がる場所を希望した。だから俺は、面倒なフリをして遠峰のそばにいることに成功していた。

3度ほど同じ場所を掃除して、遠峰はやっと俺の名前を覚えてくれるようになった。そしてその後は、廊下で会うと挨拶《あいさつ》を交わすようになった。

「今月号も、めちゃくちゃ面白かったよ。」

「早速読んでくれたんだね。」

「うん。てか、毎月買ってるだろ！」

「あはは、知ってる。いいカモだよ。」

「ひでぇ！」

遠峰は笑うと、細い目がますます細くなる。その笑顔を見るたび、心臓を優しくつねられたような気持ちになった。だから俺はいつも、そこで終われなかった。一言だけ話してクールに去ればいいのに、遠峰の笑った顔が見たくて、馬鹿《ばか》みたいに話し続けることになるのだった。

「やっぱ、アキの描写が秀逸だよな。」

描写、秀逸、という言葉は父が使っていた言葉だった。いい映画を観たとき、いい小説を読んだとき、父はそんな風に言った。父がどんなときより「プロフェッショナル」に見える瞬間だった。

「アキが登場しただけでほっとするし、ちゃんとオチがつくっていうの？」

アキは『にちじょう』に、「心優しい大男」として毎号登場していた。大きすぎて、いつも頭部がコマで切れていたり、ときには紙面から飛び出していた。つまり顔が判別出来なかった。でも、後ろ姿や手だけでアキだと分かった。遠峰はアキの何とも言えない哀愁を、シンプルな線で的確に捉《とら》えていた。

「ありがとう。でも、あれはさ、アキ君自身が素敵だからだよ。」

「すてき。」

「うん。アキ君って最高だよね。」

「さいこう。」

アキに嫉妬《しっと》したのは、産まれて初めてだった。

つまり俺はアキを愛しつつ、同時に見下していた。少なくとも恋愛においては圧倒的に「取るに足らない奴」だと思っていた。

自分だって、彼女が出来たことはなかった。遠峰には想《おも》いを告げられていなかったし、遠峰以外の誰からも好意を示されるようなことはなかった。それでも、アキを恋愛市場においてのライバルだと見なしたことは一度も、本当にただの一度もなかった。でもそのとき、遠峰から「素敵」を、そして「最高」を引き出したアキに、俺は猛烈に嫉妬したのだった。

「どれだけ面白く描いても、本当のアキ君よりは絶対に面白くならないんだよね。」

もちろん遠峰は、アキのことを「キャラクター」として愛しているだけだ。恋愛対象としてではない。それでも異性に対する愛情をまっすぐに口に出来る遠峰が眩しかったし、その対象がアキであるということに、下半身が疼《うず》いた。実際その後、俺はアキの幻影に苦しめられることになった。

正直に告白すると、俺は毎晩遠峰を思い浮かべながら自慰をしていた。友人たちには、本命で「できない」奴が多々いたが（「なんか汚《けが》すような気がするんだ」「分かる！」）、俺はそういうタイプではなかった。好きだからこそ、本気だからこそ、遠峰以外を思い浮かべるのは遠峰に対する裏切りのように思っていた（彼女が望んでいたことではなかったが）。

だが、遠峰の「アキ君自身が素敵」「アキ君って最高」発言があってから、その時間、俺の脳裏にアキがチラつくようになった。一生懸命手を動かしていると、ぼんやりとアキが浮かんでくるのだ。

悲しいかな、アキという男の容貌は強烈だった。遠峰の美しさを凌駕《りょうが》していた。どれだけアキの幻影を追い払おうとしても、アキの異形は常にあらゆるものに勝利した（一度など、射精の瞬間にアキを登場させてしまったことがある。それからしばらく、俺はアキに冷たかった）。

「アキ君と仲いいよね？」

「あ、うん。まあそうだな。」

「まあそうだなって。アキ君がまだ皆から怖がられてたときから仲良かったよね。見てたよ。」

「え。」

「先見の明があるんだね。アキ君が最高だって、誰よりも早く気づいてたんだから。」

「あ、いや。まあ。」

「そんな人に漫画褒めてもらえてめちゃくちゃ嬉《うれ》しいよ。」

そのときの俺は、まさに天にも昇る気持ちだった。

遠峰が俺を見ていた。正確にはアキと仲が良かった俺を見ていたのだが、そんなことはどうでもいい。遠峰は、俺のことを見ていたのだ。好意とは言わないまでも、俺のことに興味があったことに変わりはない。しかもそのときの俺は、まだ遠峰のことを知らなかった。つまり、遠峰の方から先に俺を見つけていたのだ！

一気に、未来が開けたような気持ちだった。実際俺は、遠峰と一緒に帰宅する自分、休日に遠峰と待ち合わせる自分、電話で遠峰と話す自分を、正確に夢想することが出来た（非現実的な人間ではなかったので、結婚するところまで想像することはなかった）。

それからも、俺と遠峰はよく話した。委員会で、渡り廊下で、朝の下駄箱《げたばこ》で。遠峰はいつの間にか俺の肩を叩《たた》くようになり、ふざけて足を蹴《け》るようになった。遠峰に触れられた場所は、それがどんなところであれ熱くなった。

「いってぇな！」

それで、遠峰のことを少しずつ知るようになった。

遠峰は早くに母親を亡《な》くし、父親と弟とで暮らしていた。家事は遠峰が引き受け、左手に障害がある父親を助けながら、家計の足しにアルバイトをしていた。それがガソリンスタンドだった。

「なんか、ガソリンのにおいが取れない気がして。私の鼻が、過敏になってるのかな？」

遠峰はそう言った。遠峰はいつもいいにおいがした。でも恥ずかしくて言えなかった。自分で金を稼ぐ遠峰は、格好良かった。でも女の子だし、アキの手のように荒れてしまうのではないかと、心配でもあった。

「他のアルバイトにすることは出来ないの？」

遠峰なら、どこでも雇ってくれる、そう言おうと思ったら、

「時給がいいから。」

ぴしゃりと返された。ちょっとひるむくらい、強い声だった。俺が何も言えずにいると、遠峰はとりなすように笑った。

「それでも、生活カツカツだよ！」

遠峰は自分の境遇を、よくそんな風に笑って話した。相手にも笑うことを求める、そんな笑いだった。

「そうか。」

遠峰と話していると、俺はたびたび自分のことを恥ずかしく思った。甘やかされたガキである自分が歯がゆかった。

「漫画家なんて無理だよ。私に選べる未来なんてない。」

そう言う遠峰に、俺は何も言うことが出来なかった。そんな権利はなかった。

もちろん遠峰に、漫画家になってほしかった。いや、なんでもいい。とにかく遠峰が望むものになってほしかった。少なくとも、他の女子生徒たちのように「モデルになりたい」だとか、「海外留学したい」だとか、夢を語る時間を持ってほしかった。でも遠峰は、すべて最初から決まっている、とでもいうように、かたくなだった。

「高校卒業したら働くんだ。」

遠峰は頭が良かった。テストではいつも学年の上位に入り、整理されたノートは皆が借りたがるので、長らく待たないといけなかった。難関大学でも遠峰なら受かるだろうと、誰もが思っていた。その遠峰が夢を持つことだけではなく、大学進学も諦《あきら》めると言う。

「先生は奨学金があるって言うんだけど。」

遠峰は、その話をするとき、目を伏せた。まつ毛に光が当たって綺《き》麗《れい》だった。

「いろいろ調べたら、借金を背負うようなものだなと思って。」

奨学金のことを知らない自分が恥ずかしかった。東京郊外のマンションに住み、母が作った料理を当たり前のように食べ、学費の心配などしたこともなかった自分のことが、息苦しくなるくらい恥ずかしかった。


2年生の終わりに、父が死んだ。

車の事故だった。民家の壁に激突した濃緑のミニクーパーは見るも無《む》惨《ざん》にひしゃげ、父の遺体は修復師の手でつぎはぎされた。「やれることは全部……」そう言って返された父親の頬は不自然に光っていた。

母は未亡人になり、俺は父のいない子になった。

通夜《つや》と葬式は、父が世話になっていた出版社の人が手配してくれた。母が動けるような状況ではなかったから、有り難かった。母はただショックを受け、泣き続けていた。

通夜も葬式も、驚くくらい簡素で、閑散としていた。「取材」でしょっちゅう家を空けていた父、趣味が多く付き合いで忙しそうだった男の42歳の葬式としては、あまりに寂しいものだった。俺は、ぽつぽつと焼香をしに来る人に機械的に頭を下げながら、この状況の異常さを、必死で飲み込んでいた。

父とは、あまり会っていなかった。だから俺は、父の言うこと（正確には母の言うことだったが）、「取材で忙しい」というそれを信じていた。彼の部屋にあるたくさんの書籍やレコードは増える一方だったし、たまに見る父は、いつもいい身なりをしていた。

「デザイナーってのは、常に本物を見抜く目を持ってないといけないんだ。」

いつかそう言っていた父の現実は、でも父の理想とは大きくかけ離れていた。父の「取材」は仕事ではなく、ただ個人的に映画を観たりライブに行っていただけのことで、それどころか父の仕事など、最近はほとんどなかった。当然収入は激減し、様々に届くクレジットカードの支払いも、軒並み滞っていた。

それでも父は「仕事がある」ように振る舞っていた。他人に対しても、俺たち家族に対してもだ。60年製のミニクーパーを手放すことはしなかったし、部屋にある高額なギターや絵を売ることもしなかった。仕立てのいい服にいつもアイロンをかけ、上品な靴をピカピカに磨き、あらゆる文化的情報の収集を怠らなかった。

今まで通りの生活を続けるため、父は借金をした。クレジットカードの支払いを遅らせるだけでは足りなかった。結局数社からの借金は１０００万近くになっていた。中には悪質な業者もあったようだと、親切な人が教えてくれた。中島さんという人だった。

「君が小さな頃、一度だけ会ったことがあるんだよ。」

俺の手を握った中島さんの手はとても分厚く、硬かった。

「痛い。」

思わず俺が声に出すと、

「ああ、ごめん。柔道をやってたんだ、昔ね。」

そう言って笑った。

中島さんは弁護士だった。父とは、ある小説家の装画の展覧会で出会ったそうだ。

小説家デビュー30周年を祝う展覧会には、彼が出版した書籍の全てが並べられ、そのうちの数冊のブックデザインを父が担当していた。中島さんはその小説家のファンでもあり、たまたま会場を訪れ、父と意気投合し、打ち上げまで参加したのだそうだ。

「その後は会社の権利関係の仕事もさせてもらうようになったんです。」

　フリーランスである父の仕事が激減した後も、唯一《ゆいいつ》父と連絡を取ってくれていた人らしかった。

「彼の仕事は素晴らしかった。でも、こういう時節だから厳しかったみたいで……。とても残念です。」

　出版不況というものが始まっていたそうだ。出版業界だけではない。日本経済はずっと前から崩壊への一途をたどっていた。

　映画『バック・トゥ・ザ・フューチャー2』の劇中で、主人公マーティーの上司はフジツーという名前の日本人だった。スティーブン・スピルバーグも、近未来、世界の覇権を握るのは日本だと考えていたのだろう。だが予想は外れた。映画が公開された１９８９年には、もう崩壊は迫っていた。俗に言う「バブル経済崩壊」が起こったのは、１９９１年からと言われる。

　それはニュースで知っていた。でも、バブル、というふわふわした言葉が暗示するのは、表層的なものばかりだった。その言葉と一緒に流れる映像は、例えば、体のラインを強調したミニスカート姿の女たちが、羽根飾りのついた派手派手しい扇子を振り回しながら踊り狂っているところだったり、アメリカンフットボールの防具のように角ばったスーツを着た男たちが、なかなか捕まらないタクシーに向けて万札を見せびらかす姿だったりした。

　就職活動はザルで、企業が内定した新入社員を囲い込むために（つまり新入社員は引く手数多《あまた》だったのだ）、ディズニーランドや海外旅行に連れて行ったり、高級車を買い与えたりしていた、ということを知ったのも、実際自分が就職活動を始めてからだ。俺たちが経験する時代が就職氷河期と言われ、俺たち自身がロスト・ジェネレーションと呼ばれていることを知るのも、ずっと後になってからだ。

　俺は16歳だった。社会というものが、そして経済というものが、俺の人生に影響してくることには、気付かなかった。気付こうともしなかった。俺たちの生活はこれからもこんな風に、つつがなく続いてゆくのだと思っていた。いや、そう思いもしなかった。思いを馳《は》せる必要がなかったからだ。

　遠峰の話を聞いていても、俺はただ、自分を恥じていた。それがどこか遠い場所で起こっている出来事のような気が、ずっとしていた。でも、俺の環境は大きく変わった。

父をなくした子というだけではない。俺は、父の借金を背負った子になったのだ。

借金を保険金から支払ったらどうか、そう提案してくれたのも中島さんだった。

「どれくらいの額が下りるかは、彼が入っていた保険の種類によりますが……。」

母は、中島さんの言うなりだった。自分で考えることを放棄していた。

元々そういう傾向のある人だった。母はいつも家にいて、俺と、ほとんど帰らない父のために飯を作り、部屋を清潔に保ち、テーブルの上に花を飾った。友人もいなかったし、遠くへ出かけることもなかったが、母はその生活に満足しているように見えた。そんな母が今、自分のキャパシティを大きく超えた決断を、次々と迫られている。

結局、諸々《もろもろ》のことを中島さんがしてくれた。面倒なこと、すべてだ。

父が加入していた保険金が下りれば８５０万になるということだった。それに母が蓄えていた貯金を足し、親戚《しんせき》に援助してもらえれば、なんとか返済出来るだろうという算段だった。

でも、保険会社から支払いに待ったが入った。父が加入していた保険は、自死を対象としていない、ということだった。つまり保険会社は、父の死を自死ではないかと疑っていた。強くブレーキを踏んだ形跡がないこと、多額の借金があったこと、今後の仕事の目処《めど》が立っていなかったことなどを、その理由にしていた。母は必死で食い下がったが、審査には時間がかかった。保険金が下りるのを待っていては、借金が返せない。その間にも、利子はどんどん膨らんでいく。

　結局、中島さんが間に入ってくれ、相続放棄の手続きを取ることになった。そうすれば、遺産を相続することが出来なくなる代わりに、借金の返済も免れる。でも、その分親戚に返済義務が移行し、多大な迷惑がかかる。結果、母は連日頭を下げ続けた（電話中も、つまり、相手に姿が見えない状態ですら）。親戚たちは全員、相続義務を放棄した。父の両親はすでに他界していた。一人ずついる弟妹《きょうだい》ともあまり連絡を取っておらず、借金の相談をしても良い返事は返ってこなかった。それどころか、自死したかもしれない長男のことを、彼らは恥じた。

　父が死んでからの数ヶ月、母はずっと被害者のように振る舞った。何かを強烈に憎《ぞう》悪《お》している人間の顔をしていた。母が憎んでいたのは、でも、環境ではなく、父の弟妹でもなく、父だった。きっと父が、最も憎みやすく、嫌悪しやすい存在だったのだ。

　一度、母が「騙《だま》された」と言ったのを聞いたことがある。

　その日は、雨だった。帰ってきてすぐに、家の空気がおかしいことに気づいた。

　父が死んでから、不在がちだった父でも、その存在は大きかったのだと思うことが、度々あった。家に帰るたび「家族が一人足りない家」だと、いつも思わされるのが嫌だった。

でも、その日の「不在」はそんなものではなかった。玄関の扉を開けた瞬間から、家の中に暗闇があるようだった。誰かがいない、という状況を超えて、その暗闇はほとんど、暴力的な匂《にお》いを発していた。

リビングのソファに座っている母は、俺に何も言わなかった。俺も何も聞かなかった。聞く前に気づいたからだ。父の部屋が、空っぽになっていた。ＶＨＳもスピーカーもギターも絵画もレコードも本も、全《すべ》て、綺麗さっぱりなくなっていたのだ。

母がやったことではなかった。父が借金をしていた業者がやってきて、「金目のもの」を洗いざらい没収して行ったのだそうだ。

「こんなこと、テレビでしか見たことなかったよ。」

母は、自分が思ったよりも大きな声を出していることに気づいていなかった。そういえばその頃には、母はもう泣くのをやめていた。

「いかにもな人たちが来てさ、殺されるかと思った。」

そう言いながら母が見つめていたのは、父の位牌《いはい》だった。

そんなものに父が「宿っている」とは、俺はずっと思うことが出来なかった。かと言って父の写真も、あまりに変貌した棺《ひつぎ》の中の父を思い出して苦しくなるから、直視することが出来なかった。

俺が、父を感じていたのは、だからあの部屋だった。父が自分の全てを保存していた、あの小さな部屋。あの部屋の埃《ほこり》っぽい空気、絵画やギターの静かな佇《たたず》まい、本が放つ紙の乾いた匂い。それら全てが、父を体現していた。

「すごいんだよ、手際《てぎわ》が良くって。引越し業者みたいだった。」

部屋は残ったが、もうそこに父はいなかった。つまり父は、本格的にこの家からいなくなったのだ。

「騙されたよ。」

結局俺は、何とも折り合いがつかないまま部活を引退し、ぼんやりした頭で進路を決めた。

大学には行くつもりだった。それが普通だと思っていたから（だからこそ俺は遠峰の決断を、「特別」なことだと思っていたのだ）。何かやりたいことがあるわけではない。でも、大学にはとりあえず行くのだろうと。みんなそうだから。

でも、その選択肢が重しになった。「みんな」の中から見事に弾《はじ》き飛ばされる、そんな未来が俺に訪れるなんて、思いもしなかった。

保険金はまだ下りていないようだった。係争中だと、母は言った。母はことあるごとに中島さんに連絡をし、指示を仰いだ。でも、以前のように泣いてばかりいて何も出来ない母ではなかった。泣くことも笑うこともやめ、いつも怒ったように空間を移動し、時々長い時間トイレにこもった。そして父の部屋には、決して入らなかった。

中島さんはそんな母を見守るように、日を空けず家にきてくれた。母の相談に乗り、俺の背中を叩いた。

「負けるなよ。今君はとても辛《つら》い状況にある。でも辛いのは君だけじゃないんだ。わかるね。絶対に負けちゃだめだ。」

中島さんの手はやはり大きく、分厚かった。ある日は、その大きな手で体をぐるりと抱きしめられた。尻《しり》に触れられたような気がして、後で探ると、ポケットに封筒が入っていた。中身を見ずに母に渡すと、母は札束を握りしめて、それでも泣かなかった。

「絶対に負けちゃだめだ。」

中島さんがいなかったら、俺も母も潰《つぶ》れていただろう。彼は文字通り、命の恩人だった。係争を無料で引き受けてくれ、母に仕事も紹介してくれた。中島さんの知り合いが社長をしている、業務用パンフレットなどを製作している会社の事務だ。給料は、マンションの家賃を払い、生活費を算段し、俺の学費を支払ったらあっという間になくなる額だった。それでも、もちろんありがたかった。

母は、俺に進学を勧めた。

「大学には行きなさい。」

母は高校を卒業して、すぐに働いていた。小さな出版社の事務員として働き、そこに出入りしていた父と出会って、20歳で結婚した。22で俺を産んだ母は、だからまだ若かったが、20年近く専業主婦として家にこもっていたブランクは大きかった。

母は必死で社会復帰しようとしていた。仕事から帰ってくるとソファに突っ伏して、そのまま眠ってしまうこともあった。結果家は荒れ、料理も出てこなくなった。

もちろん俺は、そんな母を責めなかった。コンビニで買った弁当を食べ（のちにそれはスーパーで半額になった弁当に、そしてさらに、半額のおかずと、家で炊《た》いた飯に変わった）、自分のできる範囲で部屋を掃除した。自分のシャツにアイロンをかけたのも初めてだったし、マンションのゴミ捨てのルールを知ったのもその頃だった。

大学の大切さを、母は俺に説いた。

父もデザインの専門学校は出ていたが、大学には入っていなかった。父が大卒だったら違ったはずだと、母は言った。だからといって、どう違ったかは説明してくれなかった。母自身も分からないからだろう。

「とにかく大学には行きなさい。」

「でも。」

そう言いながら、そこから言葉が出てこなかった。

進学を諦めたとして、俺に働くことはできるのだろうか。

おそらく以前から覚悟していた遠峰と違って、俺には何の覚悟も出来ていなかった。社会に出るのが怖かった。アルバイトもしたことがない、ただぼんやりと大学を猶《ゆう》予《よ》の時間だと思っていた自分、最近になって初めてシャツにアイロンをかけるようになった自分のような人間が、急に社会に出て金銭を得ることが出来るとは、到底思えなかった。母は、俺のそんな不安を察したのだろう。

「あんたは悪くないんだから。」

そう言った。涙をこらえたが、間に合わなかった。俺は声を出して泣いた。甘ったれた自分が恥ずかしかった。ずっと専業主婦だった母、誰にも会わずに、家にいることに満足していた母が、仕事に行き始めた。そのことにどれほどの勇気を必要としただろう。ソファで眠り込んでしまう母は、急激に老《ふ》け、小さくなったようだった。

それなのに俺は、こんな状況でもまだ社会に出るのを怖がっている。大人の体を持っていても、俺はとことんガキだった。

「だから、大学には行きなさい。」

母の声は、やはり乾いていた。大切なことを誰かに、それも家族に告げるときの声ではなかった。俺は、顔を上げた。

「その代わり、奨学金を借りなさい。」

母はまっすぐ、俺を見ていた。

「働きながら、自分で返すんだよ。」

おかあさんはぜんぜんなかなくなった。いえにいるときは、ずっとねむった。

ぼくは、おしっこをするときもしずかにおしっこした。ぱんをたべるときもしずかにたべた。ぼくはぱんばかりたべた。おかあさんはたべなかった。すごくつかれると、しょくよくがなくなるとおしえてくれた。

ぼくはおかあさんのために、ぱんをほぞんしておいた。まくらのしたにいれていたら、いしみたいにかたくなっていた。おかあさんは、それをみて、すごくおこった。

母親の帰宅は、遅くなる一方だった。

ときには朝方になって帰ってくることもあった。アキはその間一人で眠り、眠れない時は眠ることを諦め、空腹を覚えたら、家に置いてある何かしらの食料を食べた（カレーのルーをそのままかじるときもあれば、賞味期限の切れた豆腐を手でちぎって食べるときもあった）。彼らの生活には、定められた時間や規則がなかった。

母親は、いつも疲れていた。元々、人と話すことを極端に厭《いと》う人だった。祖母の家にいるときは黙りがちだったし、こうやって家にいるときはほとんど言葉も音も発しない。でも、例えば、必要に駆られてスーパーマーケットに行くときや郵便局に行くときには、アキが驚くほど饒舌《じょうぜつ》になった。天気のこと、ドラマのこと、近所にいる猫のこと。母親と繋《つな》いだアキの手は、汗でぐっしょりと濡《ぬ》れた。

そうして家に戻った後、母親は動けなくなるほど疲弊していた。アキと繋いだ手をほどき、倒れるように布団《ふとん》にへたり込む。目を瞑《つむ》って何かに耐えているような顔をし、そのまま数時間眠り続けてしまうこともあった。アキは手のひらについた汗を見た。それが自分のものなのか、母親のものなのか分からなかった。いつも、自然に乾くまで、そのままでいた。拭《ぬぐ》い取ってしまうのは、母親に対する裏切りのように思えた。

外に出るとき、母親はいつも決死の覚悟をしているように見えた。ドアノブに手をかける時、彼女が大きく息を吸い込むのが分かった。母親が摑《つか》んだドアノブは揺れ、足音は頼りなかった。母親が「おしごと」に行き続けていることが、アキには信じられなかった。

家にいる時はせめて、母親に疲れてほしくなかった。疲れることをしてほしくなかった。自分と一緒に、じっとしていてほしかった（だからアキは、母親が眠り続けていると安心した）。でも、そうしていたら家の中から食料がなくなった。ガスが止まるときもあって、そういうとき、アキと母親は数日風呂《ふろ》を諦《あきら》めた。それでも、母親はアキの体を清潔にしておくことはやめなかった。

「これで洗いなさい。」

どこかで買ってきたへちまのタワシを、アキに寄越した。アキは水道の水をつけたへちまで、体をゴシゴシこすった。皮がむけ、血が滲んだ。

「綺麗にしてないと、嫌われるよ。」

生活するために、母親は外に出て話し続ける必要があった。そんな「おしごと」も、いつからか不規則になった。母親は家にいるほとんどの時間眠り、調子が良さそうなときはどこかに電話をかけた。そして「おしごと」があるようなら、化粧をして出かけた。昼間のこともあれば夜のこともあって、全く定まらなかったが、前よりも在宅する時間は増えた。

「おしごと」を紹介してくれた「優しい人」がどうしたのか、そしてどんな人だったのかは、結局分からなかった。ある時から、母親がその人について話すのをやめてしまったからだ。

家にいる時間は増えたが、母親の疲れは変わらなかった。声を出さずに涙を流しているときもあれば、急に「あっ」と叫んで座り込んでしまうこともあった。彼女はずっと、何かに怯《おび》えているように見えた。

家に「大人」が訪ねてきたのは、母親が「おくすり」を飲むようになった頃だった。母親の錠剤は綺麗な色をしていた。それを飲んでいると、母親は元気だった。アキを抱きしめる腕にも、力がみなぎった。小さな声で歌を歌う時もあったし、話をして止まらないときもあった。でも、そのあとは決まって動けなくなった。家の中に暗い洞穴があるみたいな、いつもの疲労とは違う停滞だった。母親がそこに閉じ込められたのではなく、彼女自身が洞穴になるのだった。

母親は「おくすり」なしではスーパーに買い物に行くことも、外出することも難しくなった。かといって「おくすり」を飲んで出かければ、生活に全く必要のないもの、業務用の延長コードや男物の雨合羽《あまがっぱ》を買ってしまったり、冷蔵庫に入り切らないほどの果物を手に入れて腐らせたりする。買い物に行くのは、だからアキの仕事だった。

食べたいものを買って来なさい、そう言って渡される３００円が、アキと母親の１日分の食費だった。アキは大抵、それでパンを買った。簡単に食べられるものだったし、どんな食材を買えばどんな料理が出来るのかを、アキは何も知らなかった。

食べ物を持って帰っても、母親は食べなかった。彼女が何か食べる姿を、アキはしばらく見ていなかった。母親は驚くほど痩《や》せていたが、空腹を感じることはないようだった。だからアキは、いつも腹が減っている自分の方がおかしいのだと思った。

７本入りで１００円のスティックパンが、アキの常食になった。初めは甘いと思った。でも、いつしか分からなくなった。掌《てのひら》を見ると、皮がめくれて白く斑点《はんてん》状になっていた。アキは退屈なとき（ほとんどの時間がそうだったが）、その皮をめくった。めくった皮を日に透かすと、細かい線が走っている。アキはそれを気に入った順に、窓のサンに並べていた。それはいつしか、風に吹かれて飛ばされていった。

大人は、二人でやって来た。扉をノックし、市の職員だと名乗った。

母親の体が小さくなった。アキは咄嗟《とっさ》に息を殺した。でも、持っていた菓子パンを強く握りしめたから、ビニールの袋が音を立ててしまった。

「あ、いらっしゃいますよね？」

母親は「はい」と返事をした。アキの姿を捉えているはずの瞳《ひとみ》は、黒く、とても黒くて、光を反射していなかった。もう一度、ノックの音がすると、その黒目が、羽虫を追うようにぐるりと動いた。

「はあい！」

それは、母親が「外」で出す声だった。天気のこと、ドラマのこと、近所にいる猫のことを話し続ける時の声だった。

「ちょっと待ってくださいねー！」

そうして大人二人を家に入れた後、やはり話し続けた。彼らに返事をする隙《すき》を与えなかった。間が出来そうになると、目についた商品のラベルやカレンダーの日にちを、声に出して読み上げ、滝のような汗をかいた。とても寒い日で、アキのむき出しの脚は毛穴が浮き、乾燥して粉を吹いていた。

大人たちは黙って母親の話を聞いていた。でも、時々、アキのことを見た。一人は頭が禿《は》げあがった男で、もう一人は痩せて背の高い女だった。二人とも眼鏡をかけ、アキと目が合うと、小さくうなずいた。

「あっ、その子ですか？　４歳です、４歳になります。あれ？　５歳だっけ。体が大きいから分からないんです。ねえ。話すのが下手で。恥ずかしがり屋で。いい子なんです、よくお手伝いしてくれて。恥ずかしがり屋だけど、すごくいい子で。ねぇ、暁。暁っていうんです。恥ずかしいよね？　恥ずかしいから、あんまり話せなくて。上手じゃなくって。私と似て。ううん、似てなくて。」

　母親は止まらなかった。その姿は何故《なぜ》か、かつて祖母の家の庭で見た野鼠《のねずみ》を思わせた。誰かが撒《ま》いた殺鼠剤《さっそざい》を食べたその野鼠は、口からピンク色の泡を出して痙攣《けいれん》していた。痙攣は時に激しく、時にささやかだったが、決して止まらなかった。近くでカラスが数羽、鼠が死ぬのを見つめていたが、捕食しようとはしなかった。アキは、野鼠が死んだことよりも、カラスがそれを食べなかったことが悲しかった。野鼠の死骸《しがい》は腐臭を放ち、いつしか土と混じった。

「大きくないですよ、痩せすぎと言っていいくらいです。」

　男が言った。母親は一瞬、本当に一瞬だけ、動きを止めた。でも、すぐに手のひらをパタパタと動かして、自分をあおいだ。

「痩せすぎ。痩せすぎだって！　そうかー。あはは、暁！」

「そして、おそらく6歳のはずです。」

「ごめんなさぁい！」

アキは、またパンの袋を握りしめた。音を立ててしまうのが怖かった。でも、大人たちはもう家の中に侵入しているのだ。自分が何を怖がっているのか、アキには分からなかった。

「暁君、それ、何食べてるの？」

女が言った。笑顔だった。どことなく母親に似ている気がした。でもその母親は、今ここにいる母親ではなく、アキの頭の中にいる、いつかの母親なのだった。

「恥ずかしいよね、暁。あの、パンだよねぇ、あの、」

今ここにいる母親は、その女とは全く似ていなかった。耳に届きそうなほど口角をあげ、アキと女を、交互に見ていた。黒目がわずかに震えていて、それは母親が何かを欲しがっている時の徴《しるし》だった。

「お話しできるかな？」

女は、優しい声を出した。体を折り曲げ、アキの顔を覗《のぞ》きこんでくる。

「あはは、恥ずかしいよね、暁。」

「すみません、暁君とお話しさせてください。」

「はあい！　ごめんなさい！」

パンの袋は、もう鳴らなかった。これ以上できないほど、強く握りつぶしてしまったからだ。

それからアキは、施設と家を行ったり来たりしながら暮らすことになった。

「お母さんはちょっと、疲れているんだよ。」

大人たちはそう言った。男の名前は山際《やまぎわ》といい、女の名前は忘れてしまった。それ以降会うことがなかったからだ。

「お母さんを、少し休ませてあげようね。」

あたたかい食べ物を食べたのは久しぶりだった。野菜がたくさん入った味噌汁《みそしる》で、アキは火傷《やけど》をした。顎《あご》の裏の皮がめくれたので、指で取って見ると、掌の皮とは違った。もっと粘り気があって、日に透かすことは出来なかった。

１日３度食事ができることが、信じられなかった。アキはいつも、これが最後の食事になると覚悟した。そしていつしか、怯えるようになった。もっと食べたい。もっと。自分のその欲求が恐ろしかった。そうして怯えた後は、きっと何も食べていない母親のことを思った。アキの体は、施設に通っている間に急激に成長した。年相応に見えなかった痩せた体は成長痛に軋《きし》み、まるで骨が体から飛び出したがっているように太くなった。

時々、母親が訪ねてきた。

「暁！」

大きな声を出し、嬉しそうに笑った。そして、施設の人に何度も頭を下げた。アキは母親をうまく見ることが出来なかった。頭の上に置かれた母親の手は、やはり汗だくだった。それは間違いなく、母親の汗なのだった。そういう日は、体を洗うことを拒んだ。

小さな部屋で二人きりになると、母親は変わった。やはりぐったり疲れ、時々机に顔を突っ伏した。思い出したようにアキを見て、いつも菓子パンをくれた。彼女は、何度もため息をついた。

「かわいそうな子たちだねぇ。」

施設には様々な子がいた。頭を壁に打ち付ける４歳の男の子、自分の髪の毛を抜く11歳の女の子、絶対にトイレで排泄《はいせつ》しない５歳の男の子、職員の腕に噛《か》み付くアキと同じ年の女の子。

「かわいそう。」

母親は時々、子供達のために涙を流した。涙で落ちた化粧を直す母親は、以前よりもふっくらしたように見えた。

「パン、大切に食べてね。」

それから、手を振って帰って行った。次に会えるのは、いつなのか分からなかった。その期間は半年になったり、2週間だったり、様々だった。アキはいつの間にか小学校へ行き始め、だが生活は変わらなかった。母親と外出するときもあれば、そのまま母親と家に帰れるときもあった。数週間、数ヶ月ぶりに見る家はいつも違って見えた。新しい家具が増えていたり、高価なテレビが設置されていたり、台所に煙草《たばこ》が置かれていたりした。

「先生がくれたんだよ。」

嬉しそうに、母親がそう言った。先生、というのが誰のことなのか、アキには分からなかった。

アキの誕生日に、母親がノートをプレゼントしてくれた。シンプルなグレーの表紙の、大学ノートだった。

「誕生日おめでとう。」

母親の頬は上気し、少しだけ手が震えていた。

アキの学力は上がらなかった。話そうとすると吃音《きつおん》が始まり、授業にもついてゆけなかった。国語力をあげるために日記を書きなさいと教師に言われ、母親からもらったノートに文字を綴《つづ》るようになった。なるべく字を詰め、空白を無駄にしないようにした。書くところがなくなると、道で拾った金や、気まぐれに母がくれる金で同じノートを買った。ノートや学用品などの必需品は、施設の職員が買ってくれるはずだった。でも、アキは彼らに何かを頼むことはしなかった。ノートは増えたが、アキの学力はやはり変わらなかった。

施設から家に戻ると、学校には行かなくなった。母親が、アキが登校するのを嫌がったからだ。時には懇願しながらアキを止め、また別の日は、外で自分のことを悪く言うんだろうと責めた。

「あんたが私のこと言いつけるから、みんなが変な目で見るんだよ。」

アキは、母親を見ないようにした。

「私のことギャクタイハハだって思ってるんだ。」

母親が嫌がるからだ。

「こんなに頑張ってるのに！」

アキの体は成長を続け、11歳になる頃には、母親の身長を追い抜いてしまった。一《ひと》間《ま》のアパートは、アキには狭かった。台所に立つときや寝ている母親の横を通るとき、アキは自然と息を止め、猫背になった。母親は成長したアキに怯えた。

「いつか私に復讐《ふくしゅう》するようになるんでしょ。」

アキは自分の体を持て余した。

「私をぶつようになるんだよ。」

自分のこの大きさが、母親を脅《おびや》かしている。

「ほら、その目！」

その頃からアキは瞬《まばた》きをすることが多くなった。目が悪くなり始めたのも、同じ時期だ。世界が徐々に輪郭を失っていった。視力が悪い者のために眼鏡があることは知っていた。でも、それを自分が手にするとは思いもしなかった。アキの視力に気づいた施設の職員が、眼鏡を買いに行こうと言うこともあった。アキはそれも拒んだ。理由を聞かれても、黙っていた。お金の心配はしないで、そう言われても、絶対に口を開かなかった。

目が悪くなる前から、世界はいつもぼんやりした姿しか現さなかった。明確に見ようと思ったこともなかった。それがアキに見えるものたちだった。それがアキの世界だった。アキはそれを手放したくなかった。

母親は時々、気まぐれにアキを愛した。アキの頭を撫《な》で、アキを抱きしめた。その時だけは、アキのことを怖がらなかった。まるでアキが小さな赤ん坊であるかのように、あやし、ゆすり、歌を歌った。

「暁。暁。お母さんのこと好き？」

母親の口からは、甘い鉄のようなにおいがした。自分の血のにおいと同じであることに気づいたのは、ずっと後のことだった。

「暁、お母さん頑張ってるよね？　時々辛くあたっちゃうけど、お母さんは暁のために頑張ってるんだよ。これ以上できないくらい頑張ってるんだよ。暁がお腹《なか》に出来た時だって、本当はいらないって言われたんだよ。でも、お母さんは頑張って産んだんだよ。だって暁はお母さんの子供だもん。お母さんの大切な赤ちゃんだもん。お母さん細いじゃない？　赤ちゃんがお腹でつっかえちゃって、死にかけて大変だったんだよ。結局お腹を切って、血がいっぱい出て、それで暁が産まれたんだよ。本当に大変だったけど、お母さんは暁に会いたかったから産んだんだよ。暁はお母さんの子で嬉《うれ》しい？　お母さんは、暁のたった一人のお母さんだよ。ね？　お母さんのこと好き？」

母親はいつから、自分の背中をぶつようになったのだったか。いつから、自分の脚をつねるようになったのだったか。

「うん。」

アキは覚えていなかった。

「本当に？」

やめて、という言葉を覚える前だったのは確かだ。そして言葉を覚えた後も、アキはその言葉を使わなかった。

「だ、」

決して使わなかった。

「大好き。」

おかあさんはつかれている。

ぼくのために、いつも、がんばってくれているから、すごくつかれている。

いたいけれど、おかあさんのてのほうがいたいんだ。

おかあさんの、こころのほうがいたいんだ。

２０００年は、これまでの年と同じように、あっさりやって来た。つまり、ノストラダムスの予言は当たらなかった。翌年、俺は奨学金を得て、国立大学に進学した。そのうちの半分は、俺のように事故で親を亡《な》くした子供を支援する民間の支援団体からの無利子のものだったが、残りの半分は、学生支援機構からの有利子のものだった。

第一種奨学金は無利子だが、第二種奨学金は有利子になる。もちろん第一種に応募した。でも、高校3年生から本腰を入れた学力では到底追いつかず、あっけなく審査に落ちた。

万が一奨学金を返済出来なかった場合を考えて、機関保証制度のことも検討した。保証人となった親戚や家族に返済義務が移行しないように、機関に保証してもらう制度だ。父の死後、親戚に頭を下げ続け、でも結果助けてもらえなかった母の姿を忘れられなかった。だが、そのために、毎月７０００円が、奨学金の返済額とともに引き落とされる。それは痛かった。結局、「確実に返せばいいのだ」と自分に言い聞かせて、利用するのはやめにした。

授業料は年間およそ50万円、入学金はおよそ28万円だった。もちろん一人暮らしなどはせず、教科書代や自分の生活費は、アルバイトで稼ぐことにした。

中島さんから、学費減免制度があることも教えてもらっていた。自宅通学の場合、世帯年収が４００万円以下であったら授業料免除の目安となる。俺の家庭は十分これに当てはまった。でも、一定以上の学業成績をクリアしなければならない。金を稼ぎながら、好成績を取る。俺には、そんなミッションが課されることになった。

遠峰は、外資系ホテルの客室係の仕事を得た。アキはガソリンスタンドのアルバイトを続けていた。20円時給をあげてもらったと喜んでいた。一方で、夢を語るようにもなっていた。

「マケライネンになりたい。」

つまり、初めて会ったときからアキの夢は変わっていなかったわけだが、アキは、そのことを、もっと具体的に考えるようになった。『男たちの朝』の台詞《せりふ》を言うだけでは足りなかった。彼の真似《まね》をしているだけではなく、マケライネンそのものになるには、どうすればいいのだろうか。

「は、は、俳優になりたい。」

大事なのは「マケライネンのような俳優」になることではなく、「マケライネンのように」俳優になることだった。アキは深沢暁として俳優を目指すのではなく、完全にアキ・マケライネンになるために俳優を目指そうと決意したのだ。

とはいえ、「俳優になる」ということに関して、アキには何の知恵も知識もなかった。俺にだって分からなかった。テレビに出ている俳優たちは皆美しく、輝いていて、まるで俺たちが知るずっと以前から俳優でした、というような顔をしている。

　マケライネンはそんな俳優ではなかった。美しく輝く俳優の後ろに立ち、強烈な違和感を放ちながら、誰よりも人々の目を奪った。

「ど、どうしたらはい、俳優になれるんだろう？」

　でも、よく見ていると、日本にもそういう俳優たちはいるのだった。主役の後ろで、コマーシャルの片隅で、彼らは忘れがたい気配を我々に残していった。

「きっと日本にもマケライネンみたいな俳優がいるよ。」

　俺は、父がよく、演劇の舞台を観《み》に行っていたことを思い出した。そしてそういった俳優は大抵、何らかの劇団に所属した舞台俳優だと、父が言っていたことも。

「日本の映画業界は、そういう俳優が支えてるんだ。」

　アキが父の死に触れたことは一度もなかった。きっと、どう慰めていいのか分からなかったのだろうし、お悔やみの言葉を言えるほど器用な人間にはなっていなかった（遠峰は俺に、長い手紙をくれた。俺はそれを、卒業してもしばらく読むことが出来なかった）。そして俺にとっては、その方が心安かった。父親のことは、どう答えるのが正しいのか、どう考えるのがふさわしいのか、俺自身にもまだ全然分かっていなかったのだ。

アキは週7日、つまり休むことなくアルバイトをしていた。その頃には母親は仕事をやめており、家計はアキのアルバイト代に頼っていた。結果アキは、ガソリンスタンドだけではなく、夜中も清掃のアルバイトに出るようになった。

俺も、アルバイト生活を始めた。初めは授業に響かない単発のアルバイトだった。引っ越しや荷分け、コンサートの設営や運搬だ。時給も良かったし、部活のブランクもあって、体を動かすのはかえって気持ちが良かった。何より重い物を運んでいると、それ以外のことを考えずに済んだ。筋肉痛がひどければひどいほど給料袋が分厚くなる、そのシンプルさも心を楽にしてくれた。

やがて、出席しなくても楽に単位が取れる授業が分かってくると、単発だった引っ越しのアルバイトをレギュラーにした。レギュラーになると、途端に体にかかる負荷が増えた。肩や背中が固くなり、腕には深い筋が入った。そしてもちろん、その合間に勉強もしなければいけない。学校で友達を作る時間などなかった。アルバイト先の先輩に誘われることを除けば、俺はほとんどない空き時間を、アキに会うことで過ごした。

お互いのアルバイトの合間を縫って待ち合わせ、主に下北沢の小劇場を回った。公演を観る金はなかった。だから、入り口に大量のチラシが置いてあったら、それを片っ端から取って公園で吟味した。

　俺たちが行くのは、いつも同じ場所だった。公園なのに陽が当たらず、子供の姿はなく、朽ち果てた遊具にはいつも疲れた中年が座っていた。時々若い女二人が漫才の練習をしていて、その時だけは空気が生き返るような気がした。

『団員募集』と書いてあるところ、そうでなくても面白そうなチラシであれば連絡した。劇団員と話をするのも俺だった。アキの吃音は電話になると、より一層酷《ひど》くなるからだ。電話で志望理由を聞かれたら、とにかく興味があることを伝えた。何せ舞台を観ていないのだ。それでもとにかく、アキの姿さえ見てもらえれば何とかなる、俺はそう思っていた。マケライネンのことを抜きにしても、アキの容貌《ようぼう》は相当目を引くものだったし、他には見たことのない異様さがあった。だから、きっと、どこの劇団も欲しがるに違いないと見積もっていた。でも、現実は厳しかった。

　まず、公演を観ていないというだけで門前払いされた。アキのことだ、面接でバカ正直に観ていないと言ったに違いなかった。嘘《うそ》をつけないのだ。

　志望理由を聞かれなかった劇団でも、アキを受け入れてくれるところはなかった。高校や中学、もっと早いと児童劇団からの経験者がたくさんいる中で、全く演技経験のないアキには、オーディションは難しかった。アキの容貌を面白がる主宰者がいても、ちょっとした台本を渡され、台詞を口にすると、もうダメだった。

「いくら演技経験がないって言っても……、ちょっとひどいかなぁ。」

笑ってくれる人がいれば、まだ良かった。中にはアキが台詞を言い始めた途端、虫を追い払うように手を振る人間もいた。

決定的だったのが、やはりアキのひどい吃音だった。マケライネンとしてではなく、深沢暁として話すと、途端に出てしまうのだ。緊張すると、なおさらだった。かといって「マケライネンとしてやらせてくれ」と言うことなど出来ず、言えたところで、それを理解してくれる人はいなかった。中には「入団したいなら金を払え」という詐《さ》欺《ぎ》まがいの劇団もあった。

「マ、マ、マケライネンも、く、く、苦労したのかな。」

その時の俺たちは、マケライネンがどうやって俳優になったのかを、まだ知らなかった。マケライネンは17歳の頃、働いていた肉屋に来た劇団の団長にスカウトされたのだった。残念ながら、アキにはそんな僥倖《ぎょうこう》は訪れなかった。そしてアキは、そのことを気に病んだ。一つでもマケライネンと違うことがあるのは、アキにとっては不吉なことだった。

俺たちはそれでも、諦めなかった。あれだけの熱意を持ってやり続けられたことに、自分でも驚く。俺はほとんど寝ていなかった。いつも眠くて、いつも腹が減っていた。それはアキも同じだったはずだ。公園で話しながら、こくりこくりと船を漕《こ》ぐこともあったし、結局お互いの声より腹の鳴る音を聞くことの方が多い夜もあった。それでも俺たちは諦めなかった。特に俺の熱意は、偏執《へんしつ》的ですらあった。

俺はアキに何かを託していたのかもしれない。俺にとってアキは社会に投げつける爆弾だった。優しくて、みっともなくて、無害な奴《やつ》だったが、アキのような人間が、いや、アキのような人間こそが認められる社会であるべきだという、強い想《おも》いがあった。それで俺の生活が変わるわけではない。それでも、アキが世界で居場所を見つけることは俺にとって切実な急務だった。俺はアキを、世界に投げ続けた。

結果、夏には一つの劇団に入団が決まった。いろんな劇団のチラシを集める中で、ここはハードルが高そうだからやめておこうと、見逃していた劇団だった。いちかばちかでコンタクトを取ったら、やはりアキの容貌を面白いと感じてもらえたようだった。

「どもりは大丈夫だったのかよ？」

「な、な、なおすって。」

「え？　直す？　劇団が？」

「う、うん。」

「お前のどもりを直してくれるのか？」

「う、う、うん。」

「すげぇな。どうやって直すんだろう。」

入団させてくれる上、吃音まで直してくれる。出来すぎた話のようにも思えたが、ある意味言葉を生業《なりわい》にしているのだから、吃音を直すメソッドがあるのかもしれない。成功している劇団なだけあるなぁと、感心する俺のそばで、アキは不安そうな顔をしていた。というより、アキはいつも不安そうだった。

「ぼ、ぼ、僕、大丈夫かな。」

アキは、だらだらと汗をかいていた。俺もだ。

「大丈夫だよ。」

夏の公園は夜中でも暑い。ベンチに座った俺たちは、まるで水から上がったばかりのように濡れていた。

「お前はなんたって、マケライネンなんだから。」

『プウラの世田谷』というその劇団の主宰は、東国伸子《ひがしくにのぶこ》という若い女性だった。著名なCMディレクターの父を持ち、自身もまた才能ある演出家だった。華奢《きゃしゃ》で背が低く、一見すると少女のようだったが、12人ほどいる劇団員を束ね、信頼されている人物だった。

アキは彼女に感謝した。他の劇団幹部は軒並みアキの入団に難色を示したが、東国の一言で入団が決まったのだと教えられたからだ。

「普通だったら絶対落ちてるよ、君。」

東国はそう言って、いたずらをした子供のようにクスクスと笑った。

アキはまず、携帯電話を持つように言われた。数年前から普及しつつあった携帯電話は、新しもの好きのチャラいやつの持ち物ではなく、今や誰もが持つ必需品になりつつあった。俺は、自分には必要ないと、最後まで抵抗した（同じ理由で、ポケットベルには手を出さなかった）。でも結局便利さに負けて、一番安いものを手にしていた。

「これからいつでも連絡取れるようにしてね。」

携帯電話の申し込みには劇団員が付き添ったが、初期費用や通話料は、アキが負担することになった。他の劇団員も皆そうしているのだから、アキだけ特別扱いは出来ないということだった。アキはそのために、アルバイトの時間を増やした。

初めての携帯電話には、東国と俺の電話番号が登録された。アキは興奮していた。

「め、め、メールもできるらしいよ。」

「調子に乗ってあんまりやりすぎるなよ、あっという間に料金つり上がるんだから。」

その頃の俺の生活は、節約の毎日だった。

合コンだ、旅行だと浮かれている同級生を尻目《しりめ》に、俺は毎日アルバイトに精を出した。大きな冷蔵庫を一人で運べるようになり、依頼された部屋を見渡せば、どれくらいの時間で運び終わるか瞬時に計算出来るようになっていた。絶対に休まなかったし、勉強にも手を抜かなかった。

自分にこんな根性があるとは思わなかった。中高では陸上部も真面目《まじめ》に頑張ったし、小学校時代から、学校を休んだことはなかった。でも、それとこれとは話が別だ。自ら望んでそうしている日常と、降りかかってきた現実とは、成り立ちも、必要とされる能力の種類も違う。でも、俺はそれをこなした。確実に乗り越えて来た。母の前で泣いた夜は少し前なのに、遠い過去のことのように思えた。あの時の自分を「情けない」と、叱《しか》ってやりたいくらいだった。

先輩や社員たちからも頼りにされた。年上の人間には、俺も素直に接することが出来た。先輩たちは時々昼飯を奢《おご》ってくれ、生まれたばかりの子供の写真を見せてくれた。子供は赤黒く、小さくて、どこを見ているのか分からなかった。

父親のことは職場の誰にも話していなかった。でも、俺が「勤労学生」であることは、何故かみんな知っていた。

「がんばれよ。」

一人で飯を食べるときは必ずチェーン店の牛丼《ぎゅうどん》を食べ、給料が入ったら卵をつけた。ペットボトルに水を入れて冷凍庫で冷やし、現場に持参した。依頼主から缶コーヒーやアイスキャンディーをもらう時もあったが、少額でも現金をもらえることが一番嬉しかった。

その頃は、そんな生活にどこか満足してもいた。同級生が軒並みガキに見えたし、かつて憧《あこが》れた高校生の頃のアキや遠峰に、少しでも近づけているような気がしたからだ。体全体に分厚い筋肉がつき、日に焼け、髪を切る金が勿体《もったい》無いので、もらったバリカンで坊主《ぼうず》にした。

たまに俺がキャンパスを歩くと、皆が道をあけた。とうとう運動部からのスカウトもなくなった。正直に言うと、意識して睨《にら》みを利《き》かせているようなところがあった。俺は同級生のことを基本、バカにしていた。そして憎んでいた。大学生活を楽しんでいるだけで、憎むのに十分だった。

もちろん、学生の中には、俺のように奨学金制度を利用して、働きながら学生生活を送っている人間がいた。当時、この制度の利用学生の割合は、一般の昼間大学で30％前後だった。その後10年で、その割合は倍近くに増えることになる。つまり半数を超えることに。

当時の俺には、その30％の姿は見えなかった。見ようとしなかった。俺以外の人間は全て《すべ》潤沢《じゅんたく》に金があり、親にもらった金で一人暮らしをし、高い教科書を一度も開かないまま、キャンパス内を練り歩いているのだと思っていた。

時々、美しい女子学生とすれ違った。声をかけることなんて出来なかった。それは自分の臆病《おくびょう》さのせいではなく、生活の違いだと思うようにした。美しい女は、金持ちのチャラチャラした学生と付き合うものだと決めつけていた。そしてそんな二人を、想像の中で心底軽蔑《けいべつ》した。

俺の心の中には、ずっと遠峰がいた。彼女からもらった手紙を、俺はずっと持ち歩いていた。汚れないようにビニール袋に入れて、ことあるごとに取り出した。遠峰の手紙は長かった。その長い手紙を、俺はすぐに読むことが出来なかった。

遠峰はもちろん返事を急《せ》かしたりしなかった。俺を安易に慰めようともしなかった。ただ、いつも「見守ってくれている」という感覚だけがあった。悲しくて悔しくて、何もかもが遠くなった数ヶ月だったが、その感覚だけは俺のそばにいた。

数ヶ月後に開いた手紙には、とにかく俺の気持ちを慮《おもんぱか》る言葉と、俺の思いに寄り添おうとする言葉が並んでいた。彼女らしく、押しつけがましさのない、優しさに溢《あふ》れた手紙だった。何より俺の胸を打ったのは、最後に書かれた言葉だった。

『どうか負けないで。祈っています。』

遠峰の存在は、まさに祈りに似ていた。特定の宗教を信仰していない俺でも、他者に向けられた祈りの強さは知っていた。

『祈っています。』

遠峰からは、時々メールがきた。俺が携帯電話を持つことになったのは、もちろん遠峰の存在が大きかった。

『元気？　今帰ってるとこ。お腹減ったー。』

『元気だよ。こんな時間に帰るんだ⁉』

『最近は色々やらなきゃいけないこともあって。』

『そうか、あんまり無理するなよ。て、無理しないといけないか。』

『それはお互い様でしょ』

『無理しすぎて筋肉痛。背中と首と腕と脚。』

『それ全身っていうんだよ』

どちらからも「会おう」とは言わなかった。お互い忙しかったし、こうやって時々、なんてことのないやりとりをするだけで十分だった。それがもたらす力を、俺たちはそれぞれ分かっていた。少なくとも俺にとって、その力は絶大だった。簡単に会い、簡単に繋がる奴らと違って、こうやって「会えないけれど繋がっている」感覚を保つことで、磨かれる場所がある。どんどん透明になるものがある。

『しんどいけど、お互い負けずに頑張ろう！』

気絶しそうなほど暑い日、もうこんな大荷物投げ出してしまいたいと思うその刹那《せつな》。図書館で眠気と戦いながら勉強している時。やる気のない教授が、印税のために５０００円を越す自著を買えと言い放つとき。男子学生が下卑《げび》た表情で昨晩の合コンの成果を語り合っているとき。彼らの手首に巻かれた、学生には到底買えない高級な時計を目にするとき。

「負けちゃダメだ。」

俺は自分に言い聞かせた。

「負けちゃダメだ。」

負けるな、という言葉をくれたもう一人の人、中島さんも、連絡をくれ続けていた。

俺の状況を気にかけてくれ、でも過度な干渉は決してしない人だった。そういえば遠峰と中島さんは、優しさの表明の仕方が似ていた。

だからある日、中島さんから『一緒に飲みませんか』というメールをもらったときは驚いた。

『君が嫌じゃなければ。』

もちろん嫌ではなかった。でも、どこかで勘ぐるような気持ちもあった。

中島さんがどうして、ここまでのことをしてくれるのか、俺にはずっと理解出来なかった。父のかつての仕事相手、ということ以外、中島さんを知る手立てはなかったし、そもそも、数回一緒に仕事をしただけの人間が死んだからと言って、その家族のためにここまでのことをできるだろうか。

引っ越しをしたときも、中島さんは手伝いにきてくれた。父が選んだマンションの家賃は安くなかったし、何よりあの「事件」があった。俺たちの家は、あれ以来帰る場所ではなく「事件現場」になった。家にいるだけで、父の部屋から不穏な気配がした。空っぽになった部屋の、その重苦しい空気が母と俺を押し潰《つぶ》した。

本当は俺の卒業を待って引っ越すはずだった。でも、耐えきれなくなった母が、ある日家を決めてきた。２Ｋの小さなマンションだ。小さなテレビをキッチンテーブルに置かなければいけなかったし、風呂も古いバランス釜《がま》だったが、自分の部屋があるだけ、ありがたいと思わなければいけなかった。

　引っ越し先は元の家から近かったので、中島さんがワゴン車をレンタルしてくれた。腕まくりして次々に段ボールを運び出す中島さんは、とても父親より年上とは思えなかった。冷蔵庫を二人で運ぶとき、よろけた俺に中島さんは、

「踏ん張れ。」

　そう言った。その言葉は、後々まで耳に残った。

「踏ん張れ。」

　母親とそういう関係であるとも考えられなかった。母が中島さんを心底頼りにしているのは明らかだったが、中島さんが母に対して湿ったそぶりを見せたことは一度もなかった。

「どうしてこんなにしてくれるんだろう。」

　引っ越しの梱包《こんぽう》を解きながら、母がそう呟《つぶや》いたのを覚えている。その声には純粋な感謝と同時に、どこか疑うような気配があった。中島さんは間違いなく俺たちの恩人でもあり、同時に、得体のしれない人でもあったのだ。

『行かせてもらいます。』

俺に断る理由はなかった。中島さんに真意を聞いてみたい気持ちもあった。俺はまだ未成年で、法律的に飲酒が許されていなかったが、もちろん気にしなかったし、中島さんもそうだった。

『下北沢駅の南口で。』

若い人間が多いこの街で、中島さんは圧倒的に年を取っているはずだった。でも、駅前に立っている誰よりも屈強な体をしていた。

「逞《たくま》しくなったなぁ！」

坊主頭にし、擦り切れたTシャツを着た俺のことを、中島さんは何度も褒めてくれた。

「男はこうでないとな。」

中島さんが連れて行ってくれたのは、駅から数分歩いたビルの2階にある、穴場の焼き鳥屋だった。どこにいたんだと驚くくらい、たくさんの中年の男たちがいた。皆タバコを吹かし、一人で、あるいは二人で焼き鳥をかじり、酒をすすっている。ばかみたいに騒いでいる若いグループなんていなかった。

初めて二人で会うことが気恥ずかしく、しばらくは中島さんの顔をまともに見ることが出来なかった。それを察してか、中島さんはカウンターを予約してくれていた。

向かい合う必要がないのはありがたかった。

「何でも好きなの頼んでいいから！」

初老の男が焼き鳥を焼いている焼き場の上に、メニューが木札で貼《は》ってあった。

「めちゃくちゃ腹減ってるんだ。きっと君が驚くくらい食べるよ？」

そう言って、中島さんはワイシャツの袖《そで》をまくった。腕は真っ黒に焼け、筋肉の筋が入っている。一見して、俺の想像する「弁護士」のそれではなかった。

「弁護士ってもっと不健康な人だと思ってました。」

俺が言うと、

「ははは！　そういう人もいるけど、僕は嫌なんだ。」

中島さんは、四谷《よつや》にある弁護士会館内の事務所から自宅まで、1時間かけて走って帰宅しているそうだ。

「スーツは事務所に置いてさ、着替えて走って帰るんだよ。」

「すごいっすね。」

「いやでも、毎日は無理だけどね。事務所に毎日行くわけではないし、仕事先からそのまま帰宅ってことが多いから。」

「仕事先って裁判所ですか？」

「うーん、それはさすがにないかなぁ。裁判が終わってもやることがあるからね。でも、一度横浜で仕事した後、歩いて帰ってきたことがあったよ。」

「え！　どんくらいかかるんですか？」

「5時間くらいかかった。」

「まじすか。」

「ビールは……大丈夫だよな？」

「あ、すみません。ありがとうございます。」

「ビール二つ！」

　はーい、と言いながら奥から女将《おかみ》さんがビールを二つ持ってきた。はや、思わずそう呟くと、

「この人はビールって決まってるから。最初から最後まで、ずうっと。よく飲めるよねぇ。あたしなんかお腹いっぱいになっちゃう。」

　女将さんは、ほとんど白髪になった頭をひとつにまとめていた。皺《しわ》はあるが、滑らかな肌をしていた。

「よし、乾杯だ。」

　初めての乾杯は面映《おもはゆ》く、初めてのビールは苦かった。正直、全くと言っていいほど

美味《うま》いとは思えなかった。でも、中島さんが美味《おい》しそうに喉《のど》を鳴らして飲むので、俺も一気に飲んだ。

「あらあら、すごいじゃん、二人とも！」

女将さんは手を叩《たた》いて笑った。

「ぶはー！」

中島さんはそう言って、目を閉じた。最初の一口で半分ほどを飲んでいた。頭が少しクラクラした。でも、悪い気分ではなかった。

同級生たちも、酒は飲んでいるだろう。合コンやサークルのコンパで、正体もなく酔っ払っているに違いない。でも、チェーン店ではない焼き鳥屋、タバコの煙がもくもくと上がった、中年男ばかりのこの店に入ることが出来るのは、俺だけのような気がした。毎日汗水垂らして働いている、そして、眠気と戦って勉強している、俺だけの特権のような。

「ビールおかわり、あとポテトサラダと牛すじと鶏皮《とりかわ》ポン酢、玉ねぎスライスと冷やしトマトね。串《くし》は後で。」

中島さんに負けじと飲んだ。初めての経験だったが、自分は酒に強いのかもしれないと、その時思った。

「いいぞ、男は酒が強くなけりゃ。」

　俺たちは本当によく食べ、よく飲んだ。女将さんはそのたび手を叩いてくれたが、焼き場の男はこっちを見なかった。でも、嫌な感じではなく、この距離感がいいのだと、若い俺にも分かった。よく見ると、男の人差し指の第一関節から先がない。彼は黙々と串を焼き続けた。

「俺も飲むけど、お前もよく飲むなぁ！」

　いつの間にか中島さんは俺のことを「お前」と呼び、自分のことを「俺」と呼んでいた。俺が馬鹿みたいに飲み、食べることを、心から喜んでくれていた。

「まだ食えるか？」

「いいぞ、もっと飲め！」

　酔うと瞬《まばた》きが遅くなることを、初めて知った。瞬きの最中に、まぶたの裏を見ていた。それは思っていたより暗くなかった。店の光を反射した、柔らかな橙色《だいだいいろ》だった。そこにはわずかな時間、父親の顔が映った。隣に座っているのが中島さんではなく、父親だったら、という想像は、でも、長くは続かなかった。

「おかわりください。」

　急にオレンジジュースが飲みたくなった。それとも小さな頃にやったように、牛乳にチョコレートを溶かしたもの。コーラにアイスを浮かべたものでもいい。でも、俺の前に置かれたのは新しいビールで、それは大人の飲む物だった。

「俺にも息子がいてさ。」

　中島さんは、もう何杯目になるか分からないビールを飲み干した。声を出さず、ジェスチャーだけで、女将さんにおかわりを告げる。

「息子？」

「そう。」

　息子さんがいるのは知らなかった。というより、中島さんの家族のことなど、何も知らなかった。飲み始めてから、中島さんは俺にあらゆることを聞き続け、自分のことはあまり語らなかった。

「息子さんがいるの、知らなかったです。」

　自分のことばかり話していたことを、恥ずかしく思った。そもそも今日は、中島さんの真意を聞くという目的があったはずなのに、矢継ぎ早に質問してくれるのをいいことに、気持ちよく自分の話ばかりしていた。普段、アキ以外の人間とほとんど話すことのない俺は、どうやら酒を飲むと饒舌になるらしい。

「いたって言ったほうがいいかもなぁ。」

喉の奥が熱くなった。

「二十歳になったんだよ。こないだ。」

俺の一つ上だ。そして、生きている。ほっとしたが、いた、という言い方をする意図が気になった。

「いや、21歳だったっけな。はは、忘れた。」

吐き捨てるように言った中島さんは、でも、話を続けたがっているように見えた。

「あの、会ってないんですか？」

「会ってない。」

「離婚、されたとか？」

「いや、違うよ。家にいる。」

新しく来たビールを、中島さんはまた一気に半分ほど飲んだ。何杯目のビールでも、最初の1杯みたいな飲み方を、中島さんはした。俺たちはビールを、それぞれもう、10杯ほど飲んでいた。

「引きこもりってやつだよ。」

「なるほど。」

バカみたいな返事しか出来なかった。慰めるような言葉を思いつかなかったし、中島さんもそれを求めていないような気がした。

「甘えてんだよ。」

ジョッキを持つ中島さんの腕には、やはり筋肉の筋がはっきり入っていた。昨日今日で作られた筋肉ではない。俺のバイト先の先輩たちの腕だ。毎日酷使され、筋繊維を破壊され、太く、強くなるしかなかった腕。

「学校に行きたくても行けない奴なんて山ほどいる。学費を自分で稼いで、それで一生懸命勉強している奴も。」

そう言って中島さんは俺を見た。そして、俺の背中を叩いた。

「そしてな。そもそも俺たちは恵まれてる。だろう?」

大きな手だった。

「世界に目を向けてみろよ。どれだけの不幸がある？　餓《う》えと貧困に苦しんでる子供達。体を売らなければならない女達。戦争で命を落とす男達。俺たちは、そんな人間たちの不幸の上にあぐらをかいてるんだ。最近の若い奴は甘いよ。仕事がしんどければすぐ辞める。上司にしごかれたらすぐ辞める。それは贅沢《ぜいたく》だよ。仕事を選んでる時点で、そいつらは恵まれてるんだ。無事に学校に行って、命が脅かされない状態で勉強出来るだけで、恵まれてるんだ。それなのに、ろくに金も稼がないで、だらだらと家にこもるなんて。」

俺の背中を叩いた手で、中島さんは、握り拳《こぶし》を作った。大きな、岩のように固そうな握り拳だった。この手で、中島さんは、何人の人間を救ってきたのだろう。

「あの、」

「ん？」

「中島さんは、どうして俺たちにこんなに良くしてくれるんですか？」

「なんだよ急に。」

「お金もくれたし、保険のこととか葬式のこととか、いろんな、本当にいろんなことをしてくれて。」

「はは、なんだ。」

「今日も俺を誘ってくれたり。」

「それは、俺が会いたかったからだよ。」

「でも、父親とは数回しか仕事をしてないって。その息子ってだけなのに。どうして。」

「困ってる人がいれば、当たり前のことだろ。」

「それで、弁護士に……？」

「それもある、もちろん。でもな。それが男ってやつだよ。」

中島さんの目を直視することが出来なかった。新たに礼を言うのも卑屈すぎる気がした。自分が「助けてもらう」側であることが悔しかった。中島さんのような立派な「男」がいないと、生きてゆくことができない自分が歯がゆかった。限界まで働いて、いっぱしの人間になったつもりでいても、俺はまだガキだった。社会的には、無力な存在なのだった。

「おい、どうした！」

カウンターを見つめたまま黙り込んだ俺の肩を、また中島さんが叩いた。顔を上げると、中島さんの目がアルコールのせいで充血していた。

「俺も同じ経験があるんだよ。」

「同じ？　俺とですか？」

「そう。」

「父親が死んだんですか？」

「中学の時にな。」

中島さんはそう言って、息を吐いた。吸ったのかもしれない。とにかく俺たちを囲んでいる空気が動いた。

「首くったんだ。」

保険会社の決定は覆《くつがえ》らなかったと、中島さんに報告されたのは1年ほど前だ。力及ばずで申し訳ない、と頭を下げた彼に、俺も母親も、もっと深く頭を下げた。俺の父親のために、俺たちのために、中島さんは無償で、勝ち目のない係争を闘ってくれた。

「僕はまだ、信じています。」

そう言ってくれた中島さんは、でも今、父親の死因はやはり自死だったのだと、暗に言っている。中島さんは乱暴に自分の襟元《えりもと》を摑《つか》み、そこにネクタイがないことに、少し驚いていた。

父親は自死だった。

声に出さずに呟くと、首が少し楽になった。

父親は自殺した。

中島さんが闘ってくれていたときから、もしかしたら父親が死んだときから、俺はそう思っていたのかもしれない。父親は、俺たちを置いて、借金を残して、自殺したんだ。

「おかわりください。」

「お？　よし、俺も！」

俺たちが飲み干したビールジョッキを、女将さんは何も言わず片付けた。そして立ち去る時、俺の肩に手を置いた。

「その時かな。俺みたいな人間を守ってやる男になりたいって、俺は思ったんだ。弁護士になるのが難しいのは分かってたし、法学部も金がかかるんだ。でも、絶対に一発で合格してやるって誓った。そっからは勤労学生だよ。朝晩の新聞配達もやったし、肉体労働はなんでもやった。」

「一番辛《つら》かったことはなんですか？」

「輸入品の積み下ろしかなぁ。港で一日重い荷物を上げ下ろしするんだよ。日陰もないし、汗が止まらなくてなぁ。みんな、上半身裸でやり続けるんだ。仕切ってんのはヤクザだからさ、おっかねぇんだ。奴らは働くわけじゃないから、そんな必要ないのに、刺青《いれずみ》を見せびらかすためだけに脱ぐんだよ。弁天小僧とか大蛇とか天狗《てんぐ》とか般若《はんにゃ》とか。」

「へえ。」

「学校でも眠いんだよ、それはもう。でも寝るわけにはいかない。鉛筆で太もも刺しながら勉強した。成績はいつもトップだった。」

「すごい……。」

「一方で、親の金で悠々と学生生活を楽しんでる奴らがいて。」

「悔しかったですか？」

思ったより、大きな声が出た。あるいは随分前から、俺たちの話は周囲に筒抜けなのかもしれなかった。アルコールは自制心を失わせる。自分の体の輪郭が曖昧《あいまい》になって、自分自身の振る舞いに、どれだけの飛距離があるのか分からなくなる。

「悔しかったよ。」

中島さんの声も大きかった。中島さんも、きっと酔っている。

「そりゃあ悔しかった。」

瞬きをした。意識して、ゆっくりと閉じた。まぶたの裏に父親は浮かばず、代わりに知りもしない中島さんの息子の背中が映った。

「でもな、そこで負けちゃダメなんだ。」

息子はこちらを見ない。自分の部屋で、その暗闇《くらやみ》の中で、足を投げ出して座っている。首はがくんと垂れ下がり、首筋には垢《あか》が浮き、おそらく立派で快適な家の中で、生きながら死んでいる。

「社会に負けちゃダメだ。引きこもりなんて、社会の敗北者がすることだ。」

目を開けると、男は消えた。生きながら死んでいる男。こんな立派な父親がいて、おそらく潤沢に金があって、大学のことも未来のことも心配せずに済むのに、そこから怯《おび》えて出てこない男。

舌が回らない。それでも言葉にした。

「俺は負けません。」

結局俺たちは、閉店までそこにいた。会計は、俺がトイレに行っている間に、中島さんがしてくれていた。帰りの道で吐いた。気分は最悪だったが、誇らしかった。

東国によると、アキの吃音《きつおん》は精神的な弱さからくるものらしかった。

「まず心を強くしよう。稽古《けいこ》はそれからだね。」

東国は、アキに毎日の筋力トレーニングと発声練習、そして稽古場の雑巾《ぞうきん》がけを命じた。

「心が強くなったら自分の思う通りの発声ができるようになるし、いい演技ができるようになるんだよ。」

そしてそのためには、肉体的なルーティンワークが必要なのだという。

雑巾がけを行うのは一番の新人であるアキだけだ。それはプウラで決まっていた（劇団名をきちんと呼ぶ者はおらず、皆略して「プウラ」と呼んだ）。だからアキは、稽古が始まる2時間前に稽古場に行く必要があった。

稽古の時間がイレギュラーなので、バイトのシフトを決めることが難しかった。アキは、ガソリンスタンドと清掃のアルバイトを辞めた。その代わり東国が、新しいアルバイトを紹介してくれた。深夜のビルの警備員だった。歴代の劇団員は皆、そこで働いていた。深夜に稽古をすることは稀《まれ》だし、長年劇団員を斡旋《あっせん》してきており、業者から信頼されているので、シフトの調整が利《き》き、時給も良かった。その代わり、アキの睡眠時間は極端に削られることになった。

劇団員たちの急なシフトの変更に応じたり、稽古に使う小道具の買い出しをしたり、アキの時間は徹底的にプゥラのために費やされるようになった。目の下に隈《くま》を貼りつけたアキの人相は、ますます得体の知れないものになり、道ゆく人はアキを避けた。東国や劇団員たちだけが、そんなアキの容貌を讃《たた》えた。

「いいねぇ、もっと個性が出たね。」

本物のマケライネンも、隈がひどかった。眼窩《がんか》も窪《くぼ》んでいるから、光の当たり方によってはマケライネンの目元は真っ黒に見えた。アキは時々、鏡で自分の顔を見た。マケライネンそっくりの顔がそこにあると安心し、眠ることが出来た。

劇団員は東国を含め、まだ誰も『男たちの朝』を観《み》ていなかった。でも、アキは、マケライネンとして認めてもらえることよりも大切な何かを得ようとしていた。稽古場の鍵《かぎ》を預かるのも信頼の証《あかし》だ。誰もいない稽古場が、アキは好きだった。

プゥラは、1ヶ月後に迫った公演のための稽古をしていた。ある女の脳内世界を描いたもので、脚本・演出はいつものように、東国が全て担当した。

東国の得意としているのは、メタ構造を使った舞台だった。舞台上で演じている役者が、時々役者本人として心情を吐露し、ほかの役者の演技の説明をしたりする。その時、役者はフラフープを持つ。それを、自分を守る丸い額縁のように使うと、今自分がその場にいない、あるいは自分だけがその場にいる、という演出になる。それは時に彼らの心象にもなるし、彼らの遺影にもなる。他の役者たちは「遠景」であり、「渦中《かちゅう》」だ。時々、それぞれのフラフープは交差する。誰かと誰かが共に「いる」その瞬間、アキの胸は何故《なぜ》かいつも熱くなった。

稽古場のシーンを再現することもあった。その演技がどのような成り立ちでそこに至ったかを客に披露する。どのバージョンを採用するかは日によって違い、ストーリーも複雑になってゆく。役者たちは客たちを不安げに見ることも許されていたし、時には台本を読み直すこともあった。多くは人間の自意識に関わるもので、それが妄想なのか現実なのか演技なのか、あるいはそうではないのか、分からなくなった。劇場空間を超えた場所（それは結果彼女の脳内世界だったのだが）に観客を連れてゆくことを、彼女は目指していた。

「舞台にいると思わないで。」

彼女はよく劇団員に言った。

「自分の姿を想像しないで。」

劇団員たちが、彼女の言葉の意味をどこまで理解しているかは分からなかった。でも、なんとか東国が目指している場所に到達しようと努力している彼らの姿は単純に美しかったし、実際に完成された東国の舞台は誠実だった。

アキにとって、その過程は驚くべきことだった。全く何もない場所から、東国の脳内で形成された世界が広がり、また新しい世界となって形作られてゆく。脳内に留まっていた思考の粒のようなものが、舞台という場所で肉をつけ、骨になり、身体性を帯びてゆく。劇団員たちは言うなれば、東国の体を司《つかさど》る細胞であり、関節であり、皮膚であり血だった。

稽古場の隅には、埃《ほこり》が塊になって落ちていた。埃は人から剝《は》がれ落ちた皮膚だと聞く。髪の毛も落ちている。長いもの、短いもの、白いもの、ほとんど金色に近いもの。縮れた陰毛でさえ。日々排泄《はいせつ》される人間の残骸《ざんがい》に、アキは目が眩《くら》んだ。自分たちは日々、体の一部を手放し続けている。

ちりとりで集めたものをゴミ袋に捨て、次は水で絞った雑巾で床を拭《ふ》く。掃除機は使わないし、モップもダメだ。便利なものに頼らないことが大切なのだと、東国は言った。腰を折って埃を取り、床に這《は》いつくばって雑巾掛けをする。確かにその方が、東国の体の細胞一つ一つを磨いているような気持ちになれた。

「効率がいいのじゃ意味がないんだよ。目的は稽古場を綺麗にすることじゃなくて、君の心を鍛えることなんだから。」

一列拭くごとに雑巾を絞り、稽古場を3周するのが決まりだった。でも、正しいやり方を知っている前任者は、アキが入団する2ヶ月前に辞めていた。

「私は去る者は追わずって決めてるから。悲しいけど、あの子はこの劇団に必要な人じゃなかったんだよ。」

アキは東国の言うことを、すべて覚えていた。

「全部ご縁だから。私はね、今一緒にいるみんなとは、前世で関係があったんだと思ってる。私たちが出会うのは初めてじゃない。そういう人たちとだからやっていけるんだよ。」

そして、あのノートに記録していた。

「みんな家族なんだから。」

高校卒業を目前に控えた頃から、母親の状態は悪化するようになった。

酒を飲むか「おくすり」を飲むかしないと、家から出ることは出来なくなり、時には布団《ふとん》から出ることもままならなくなった。それなのに毎日時間をかけて化粧をし、そのまま眠ってしまうものだから、布団はべっとりと汚れた。あんなに清潔を心がけていた母親に、それはあってはならないことだった。それなのに、アキが布団を洗おうとすると母親は激怒し、アキに暴力を振るった。

「勝手なことするよね。ねえなんか、なんか、布団とか洗えない、掃除もできないこと、なんか、馬鹿《ばか》にしてる？」

自分よりうんと大きなアキの体を、母親は引っかき、つねった。彼女の爪《つめ》は長く伸びていたから、皮膚に食い込んで血が出た。そうでない場所は内出血した。施設に入っている間だけ新しい傷は出来なかったが、古い痣《あざ》はいつまでも残った。アキはその痣を隠した。優しい職員が、目ざとく見つけてしまうからだ。

母親から逃げることも出来た。母親の手を押さえることも、母親を殴り倒すことも、殺すことだって出来たはずだった。アキの体は母親の体よりゆうに大きく、彼女は度々それを恐れたのだ。でも、母親が怒りを表明すると、アキは動けなくなった。

「馬鹿にしてんの？　なんかさぁ、なに？　誰のおかげで高校行けてると思ってんの？　言っとくけど義務教育は中学までだからね？　義務でもないのに、あんたを高校に行かせてあげてんだからね？」

高校に行けと言ったのは、母親だった。高卒だとバカにされる。学歴がないと生きてゆけない。その当時の彼女は、その考えに取り憑《つ》かれていた。

「大学も行きなね、アキ。大卒と高卒じゃ全然違うんだよ。大卒だったら、なんでも、なりたいものになれるんだよ。お給料だって全然違うんだよ。学費の心配はしないで、お母さん頑張るからね。アキのこと大好きだから、お母さん頑張れるんだから。」

　そう言ってアキを抱きしめたことを、母親はもう忘れていた。自分も忘れてしまえたらどんなに良かっただろうと、アキは思った。

「教科書とか体操服とか、バカみたいに高いんだよ？　私がそれをどうやって払ったと思う？　ねぇ？　どうやって払ったと思うって聞いてんの。ふざけんな、ふざけんな、ふざけんなよ！」

　アキのアルバイト代と、時々母が手にいれるわずかな「報酬」（そういう言い方を母親はした）から家賃を払い、母親の「おくすり」代を払い、米代を、光熱費を払った。もちろん蓄えはなかったし、外に出た母親が急に高価なもの（スケート靴やホットサンドメーカー、ヨーロッパ製のボードゲームなどだ）を買ってくるので、度々ガスが止まり、電気が止まった。それでも、高校の学費を彼女が払い続けてくれていることには、感謝しかなかった。高校生活は楽しかった。

「アキ、ちゃんとお勉強してるの？」

　アキは、自分は、幸せだった。

「いつか、立派な人になってね。お母さんに、恩返ししてね。」

生活保護というシステムがあることを教えてくれたのは、山際さんだ。18歳になる前のある日、山際さんは1枚の紙をアキに渡した。少し黒が混じったような暗い黄色で、二つに折り曲げられていた。施設は18歳を超えると退所しないといけなかった。アキは施設で暮らしていたわけではなかったが、それでももう、暖かな部屋と温かな食事を諦《あきら》めなければならないことには変わりはなかった。アキはそのことを、山際さんからではなく、施設の職員から聞いた。

「残念だけど、決まりなんだよ。」

それは、アキがもう少しで慕うようになるところだった女性職員だった。彼女はアキのことを特別に気遣い、アキを見つけると飛んできて、何かと世話を焼いた。「眼鏡を作ろう」と最後まで言い続けたのも彼女だ。アキがいくら彼女の顔を見ないようにしていても、彼女はアキに愛情を注ぐことをやめなかった。名前も覚えてしまった。夢に出てきたこともあった。アキはその度、頭の中から彼女を追い出そうとした。うまくいかないときは、太ももを殴った。

そんな中で、山際さんは唯一《ゆいいつ》、アキが自ら関わった大人だった。山際さんは「市の職員」としての自分から、決してはみ出さなかった。アキや他の誰かを特別視することもなかったし、同情するそぶりも、愛情のようなものを見せることもなかった。そして、母親のことを、絶対に悪く言わなかった。

「おかしな男が。」

「言えない商売。」

「近所の人」や「すれ違う人たち」が、母親のことをそう言っているらしかった。そんな言葉を耳にしたことは一度もなかったが、母親がそう言うのだ。アキはそれを信じた。

「みんな私のこと軽蔑してる。」

みんな、母親のことを軽蔑しているのだ。

家を訪れることが出来る大人は、山際さんだけだった。山際さんは、母親に体調を聞くことはあったが、それ以外のことは何も聞かなかった。母親はやはり、滝のような汗をかいて話し続けた。でも、ある時から、山際さんは自分を傷つけないと、分かったようだった。山際さんが来ると布団から出てくるようになったし、気力がある時はお茶を出すことが出来た。そんな時も山際さんは、自分の使用する電車の切符を見るときのように、確実な、だが事務的な目で母を見るだけだった。山際さんのそういったある種の頑《かたく》なさ、潔癖さを感じていたから、アキも山際さんの目は見ることが出来た。

「あなたを手助けできるシステムはあります。」

初めて会った時よりも、山際さんは歳《とし》を取っていた。老眼鏡が必要になり、頬はこけ、手の甲にはシミが目立った。いつの間にか山際さんは、アキを大人として扱い、敬語を使うようになっていた。

「本当は、お母様にも何度かご提案差し上げたんです。当時は必要ないと仰《おっしゃ》っていましたが、私から見る限り、この状況は経済的に厳しいと思います。高校を卒業して働くのであれば、あなたに家族の扶養義務が生じます。なので、あなたが決めていいと思います。もちろん、受給にはいろいろ条件がありますが。」

生活保護、という言葉は聞いたことがあった。でも、そのことを真剣に考えてみたことはなかった。

「この１枚では何も分からないと思います。本当にざっくりしたことしか書いていませんから。福祉課の窓口に行って、個人面談を重ねて、受給資格があるかどうか、あるとしたらどれくらいの金額の補助がもらえるのか決まります。とにかく、」

山際さんはアキの目をしっかり見た。

「窓口に行ってみてください。」

アキは、黄色い紙をバッグにしまった。高校に行くときも、アルバイトに行くときも、どこに行くときも持っている擦り切れたビニールのバッグだ。万が一の時、家に帰らずに済むように、下着と髭剃《ひげそ》り、そして歯ブラシをいつも入れていた。そのバッグを握って、頭を下げた。それが山際さんに会った最後だった。

アキは、窓口に行くことを迷い続けた。

学校が終わってすぐ、ガソリンスタンドに行くのにはもう慣れていた。ガソリンの匂《にお》いも、窓を拭く時に見える自分の汚れた手にも。生活保護とは、物理的に働けない人が頼るシステムなのではないだろうか。黄色い紙には、『こんなときは福祉事務所にご相談ください』と書いてある。

◎病気などで働けないため生活ができない
◎年金が少なく生活費が足りない
◎家賃が支払えない
◎失業後、貯金などがなく生活できない
◎医療費が支払えない

自分にはどれも当てはまらない気がした。ガスや電気は度々止められたが、水道までは止められなかった。食べるものもなんとかなっていたし、家賃は毎月きちんと納めていた。母親は病んではいたが、正確な病名がつくものなのか分からず、何より、自分は健康だった。休まず高校に通い、優しい友人に囲まれていた。

こんな風に生活を楽しんでいる自分が、保護を受けていいのだろうか？

保護に値する、もっと大変な人がいるのではないだろうか？

山際さんにもらったとはいえ、この黄色い紙を持ち続けていること、それだけで、誰かを踏みにじっているような気がした。

結局一度だけ、福祉課を訪れた。アルバイト先が計量機の点検で休みになった日だった。放課後にアルバイトがない。急いで帰らなくていい。それは本当に珍しいことだった。アキはどこか惚《ほう》けた気持ちで家路についていた。

左手で持っていたバッグを右手に持ち替えようとしたとき、ふと、あの紙が顔を出した。黄色は目立った。とても目立った。それは何かの啓示のように思えた。アキは自然と、その紙に書かれた場所へ向かった。

自宅から二駅離れた住宅街の中に、古びているが汚れていない３階建ての建物があった。外階段があり、2階が入り口のようだ。アキは階段を登った。階段は一段一段が通常のものより低かった。手すりの銀色は鈍く光り、踊り場の鉢に植えられた何かの木は、葉っぱがほとんどなかった。階段を登り切る前に人が見えた。ガラスの扉の向こう側に、たくさんの人が立っていた。

中に入ると、大きなカウンターがあった。その向こうで、3人の職員が少しずつ間隔を空けて立っていた。それぞれ名前を呼んでいる。名前を呼ばれた人は前に進み、職員からいくつか質問を受けていた。フロアに入りきれないほどの人は蛇行しながら並び、皆、それぞれ別のところを見ている。高校の制服を着た自分を見る人はいなかった。

「最近病気になった？」

「なんか変わったことない？」

3人いる職員のうちの二人は若く、一人は初老だった。誰も敬語は使っていなかった。

「誰かと会った？」

「どこかに行ったりした？」

聞かれているのは、全《すべ》て男だった。頭のサイズに合っていない小さなキャップをかぶっている男、薄汚れたジャンパーの背中が大きく破れている男、首に大きな傷がある男。それぞれ返事をしている。でも、彼らの声はくぐもっていてよく聞こえなかった。

列の中には女も混じっていた。デニム地のキャスケットを深くかぶった女、息をするのさえ苦しそうなほど太った女、そして、スマートフォンをずっと弄《もてあそ》んでいる若い女。

「病院に行った？」

「……きました。」

「どこが悪いの？」

アキは、若い女から目が離せなかった。一見して、保護を必要としているようには見えなかった。薄いピンク色のコートを着て背中を丸め、スマートフォンから目を離さない。アキの視力でははっきり捉《とら》えられなかったが、おそらくゲームをしているのだろう。

「今月は６万でいいね。」

「な、７万ください。」

「どうして？」

そう男に聞いている職員と、ピンク色のコートを着た女は、同じ年くらいに見える。あるいは若く見せているだけで違うのだろうか。アキは目を細めて、女をもっとよく見ようとした。そのとき、女が顔をあげた。本当に若かった。アキは目を伏せ、そのまま外へ出た。階段を下りながら転びそうになり、体勢を持ち直して、やがて駆け出した。アキは家までの道を、全力で走った。福祉課には、それから二度と行かなかった。

だからアキが、その日が月初めの受給日だったこと、それでたくさんの人がいたこと、相談窓口は福祉事務所の３階にあることを知ることはなかった。アキは黄色い紙を捨ててしまった。そしてその後、アキを福祉課から遠ざける決定的な出来事が起こった。アキと母親のもとに、大金が入ってきたのだ。

発端は、選挙カーだった。俺をかばったアキが代わりに轢《ひ》かれた、あの選挙カーだ。あの日、ワゴン車から降りてきた大人は、アキに名刺を渡していた。

アキが彼らに連絡したのではなかった。連絡して、金を請求することなんて、アキにはもちろん出来なかった。母親がその名刺を見つけたのだ。

母親は、アキの行動の全てを知ろうとした。学校のバッグはもちろん、ポケットというポケットを探り、自分の知らない「アキの世界」があれば、そのことを全て、本当に全て知りたがった。「楽しそうでよかった」と、笑って聞いてくれるときもあれば、アキが自分を捨てて自由になろうとしている、そう責めることもあって、ほとんどの場合が後者だった。

俺がアキにあげた『男たちの朝』を、だからアキは家に持ち帰らなかった。アルバイト先の自分のロッカーにしまい、それを観たのも、ガソリンスタンドの休憩室だった（休憩室には、古いテレビデオが置いてあった）。激昂《げきこう》した母親が、アキの持ち物を壊したり捨てたりすることがよくあったからだし、そもそもアキの家にはビデオデッキがなかった。

名刺を見つけた母親は、また、攻撃的な時期でもあった。自分の息子に起こったことに激昂し、大人たちの対応に激昂し、絶対に許さないと息巻いた。「ことを荒立てない代わり」にもらったのは、アキが見たこともない大金で、それを得た母親は、深沢家の金銭事情とは全く釣り合わないものを購入したのだった。

それは、ある日突然家にやってきた。真っ赤なスズキアルトだった。それは最初家の前に停められ、やがて近くの駐車場に納車された。

彼女は免許を持っていたが、長らく運転していなかったし、東京で車に乗ることなど出来なかった。でも、「そうなった」ときの母親を止めることは、アキには出来なかった。母親は、赤い車が欲しかったのだ。

母親は駐車場まで出向き、定期的に車を洗った。スズキアルトはピカピカに磨き上げられ、空を反射して光った。雨の予報があっても、実際に雨が降っても、彼女は車を洗った。

時々、車を買った自分をなじることがあった。

「なんであんなもの。」

泣き、アキに許しを乞《こ》うた。

「はやく売るからね。」

でも、母親がそれを手放すことはなかった。全く乗られることのない赤のスズキアルトはずっと美しかった。傷ひとつ、曇りひとつなかった。母親は、定期的に家を出た。早朝、昼間、時には深夜。

「車があるから。」

母親は言った。

「車を綺麗《きれい》にしなくちゃ。」

アキはその度に、ゆっくりとうなずいた。マケライネンならそうしただろうと思ったからだ。

にんげんは、にんげんをあいさない。
　　　にくまない。しゅくふくしない。だんざいしない。
にんげんは、にんげんのなかにしかいない。
　　にんげんは、にんげんのそとでいきている。
　　にんげんがにんげんをやるのはさみしい。

就職活動が始まった。

就職課が賑《にぎ》わい始め、真新しいスーツを着て歩く学生が目立った。みんなどこかふわふわとして、校内は落ち着かなかった。

あの飲み会以来ずっと、中島さんからは、社会の役に立つことをしろ、と言われていた。

「弱い人間を助けるんだ。」

中島さんのように優しく、強い男になりたかった。でも、弁護士など無理だった。自分が通っているのは社会学部だったし、俺の学力と根性では絶望的だ。あれだけ頑張った勉強も結局遅れを取り、2年生からすでに、学費免除の審査には落ちていた。

もちろん医者も無理だったし、警察官も、父親の事故での対応を思い出す限り、俺たちを守ってくれる存在だとは思えなかった。俺はずっと迷い続けていた。

3年生のとき、授業の一環で訪れた報道写真展で、ある写真に出会った。

南半球の小さな国にある、村の写真だ。風が吹いたら倒れそうなボロボロの小屋に、禍々《まがまが》しい色の布が垂れ下がっている。おそらく扉の役目を果たしているのだろう。布の前には大きな水桶《みずおけ》のようなものが置かれ、水が貯《た》められているが、茶色く濁って、見るからに不潔だった。

水桶にもたれるようにして、小さな男の子が座っている。7歳くらいだろうか。裸の上半身には骨が浮き、曲げた膝《ひざ》小僧には血が滲《にじ》んでいる。ちびた煙草《たばこ》を持っている左手は、壊死《えし》しているように黒ずんでいる。

少年の瞳《ひとみ》から目が離せなかった。どこか惑星を思わせる黒い瞳は、強い怒りをたたえていた。よく見るとカメラマンの姿が写っている。カメラマンがどんな人間なのかは知らなかったが、この少年を撮影したい、と思う気持ちは分かった。そして同時に、よくカメラを向けることが出来たな、とも思った。大人を怯《ひる》ませるほどの怒りが、彼の瞳には宿っていた。

しばらく写真を見つめ、結局気圧《けお》され、隣に貼《は》られていた解説を読んだ。しばらく目を閉じて、それからまた、写真を見つめた。

彼は11歳。貧困のあまり学校に通うことが許されず、この年齢で仕事をしている。それは客引きだ。観光客に声をかけ、小屋まで連れて来た彼が売るのは母親。つまり、母親の売春の斡旋を、彼がしているのだった。

報道写真展には賞があり、その写真は選に漏れていた。でも俺は、その写真だけを見続けた。

この世界には、誰にも知られていない不幸がある。

自らに与えられた環境に疑問を持つことが出来ず、ただただ現実を受け入れるしかなく、慢性的な、もはやその怒りで自分自身を殺してしまいかねないほどの怒りを抱えながら、生きて行くしかない存在。

「俺たちは、そんな人間たちの不幸の上にあぐらをかいてるんだ。」

　中島さんは、正しかった。

　就職活動は、マスコミに絞った。

　あらゆる新聞社、あらゆるテレビ局を受けた。芳《かんば》しい結果は出なかったが、諦めなかった。時々中島さんと飲み、励ましてもらった。

「負けるな。」

　今時珍しい圧迫面接に耐え、安物のスーツの裾《すそ》がほつれたら、自分で繕《つくろ》った。眠らずにエントリーシートを書き、新聞を隅々まで読んで、あらゆる質問に備えた。

　そして８月のある日、とうとう採用通知が届いた。キー局の下請けをしている制作会社で、手がけているものには報道番組もあった。エントリーは２００人ほどあったと聞いた。その中で雇われた６人に、俺は入ったのだ。通知を握りしめながら、声にならない声をあげた。母も喜んでくれたし、バイト先の先輩たちも喜んでくれた。

「ハードなバイトしながら、よく就活したよ。お前すごいな！」

中でも、中島さんの喜びようは尋常じゃなかった。

「これから社会の不正をどんどん暴《あば》いてくれよ！」

中島さんは、俺の頭に手を置いて、力一杯撫《な》でた。

「俺とお前、それぞれ違う場所で弱い人間を助けるんだ。」

もちろん、アキにも伝えた。

「お、お、お、おめでとう！」

アキは、どす黒い顔をして、ますます人相が悪くなっていた。

お互いの忙しさで、俺たちが会ったのはほとんど1年ぶりだった。中島さんに連れて行ってもらった焼き鳥屋に、アキを連れて行った。もちろん奢《おご》るつもりだった。俺たちが二人でそんな場所に入ったのは、人生で初めてのことだった（そして残念ながら、人生で最後の出来事となった）。

ビールを飲むと、アキの目はみるみるうちに潤《うる》んだ。瞬《まばた》きが多くなって、元々ひどい吃音がますます、ひどくなった。マケライネンになろうとしていながら、アキは壊滅的に酒に弱いのだった。

「て、て、て、テレビなんて、す、す、すごいなぁ。」

「すごくないよ。それに俺は、テレビ業界にどっぷり浸《つ》かるつもりはないし。」

「ど、どう、いい、いう意味？」

「いや、テレビ業界っていう言い方はおかしいかな。例えば俺は、視聴者に当たり障《さわ》りのないものを提供して、それで視聴率稼ぐみたいな、そんな番組を作りたいわけじゃないんだ。もちろん業界から、ノウハウは学ぶつもりだよ。でも俺は、なんていうか、テレビの力を利用したいんだよ。」

「り、り、利用？」

「そう。テレビの力を利用して、世界を変えたいんだ。ちょっと大げさに言い過ぎかな。でも、とにかく俺は自分の撮りたいものを撮る。芸能人や視聴者にゴマするようなものじゃなくって、見ている人の脳天を揺らすようなものを撮りたい。」

「の、の、脳天。」

「俺酔ってんな、ごめん。なんか恥ずかしくなってきたわ。でも、うん。世界を変えるなんておこがましいけど、俺の作った映像を見た誰かが、世界を変えるきっかけになれたらって思う。」

　アキは、じっと俺の目を見つめてきた。新しい飼い主を見る、犬のような目だった。

「なんだよ。」

「か、か、か、格好いいなぁ。」

「なんだよ、余計気持ち悪ぃよ！」

もちろん、そんなことは思っていなかった。それどころか、気分が良かった。俺は酔っていた。俺はアキのことが好きだった。

「お前、そろそろ役もらえんの？」

「や、や、役なんて恐れ多いよ。い、今はこ、こ、心を鍛えている途中。」

「まだ鍛えてんのかよ！　何年鍛えんだよ！」

「ひ、ひ、東国さんはち、ち、ちょっとずつ、強くなってきたねって。」

相変わらずアキは、一番の新人のようだった。劇団員の雑用を一手に引き受け、働いていた。

「ていうか、いつから新人じゃなくなるんだよ？　いいように使われてるだけじゃねえのか？」

「み、み、みんなの役に立ちたいから、全然い、いい、い、いいんだ。ぼ、僕は嬉《うれ》しいんだ。」

劇団は、積極的に新人を採ることはしなかった。そもそも客演を受け入れない劇団は珍しかった。東国は劇団員に、外で活動することを禁じてはいなかったし、団員たちも自由に活動の場を行き来してはいたが、プウラの固定メンバーはずっと変わらなかった。そんな劇団の舞台は往々にして行き詰まるものだが、東国は広がりよりも深さに賭《か》け、それが奇跡的に成功していた。それはひとえに、劇団員の東国への絶対的な信頼からなっていた。

　公演が近くなると、稽古は明け方にまで及んだ。アキは深夜の警備のアルバイトを休まねばならず、家賃や光熱費などの入金が滞った。だからアキは、忙しくない時期に新薬の治験アルバイトもするようになった。それも、劇団員から紹介されたものだった。

「し、し、し、新薬って言ったってそんな危険なものじゃないからさ。2日くらい病院でね、寝て過ごして、結構なが、が、額をもらえるんだ。」

　アキは屈強な体を持っていた。だから投薬の被験者になる試験はすぐにクリアしたという。劇団員の中にはかつて、当時一番報酬が良かったらしい複雑骨折の治験を体験した者もいた。

「も、も、もちろん麻酔はするんだって。でも、で、でもさ、ま、万力みたいなもんでう、腕を固定されて、ギ、ギリギリやられるんだって。」

　アキにそのアルバイトを紹介したのは麻《あ》生《そう》という男だった。背が高く、鋭い猛禽《もうきん》類のような顔をしている。時々テレビドラマや映画に出演しているのを、俺も知っていた。彼はその容貌《ようぼう》から、謎《なぞ》めいた役を与えられていることが多かった。

麻生は、東国が一番評価している男だった。演技が圧倒的に上手《うま》いのはナミエという女だったが、東国は、麻生のその強さを尊んだ。

「あ、あ、麻生さんは心がしっかり出来てるから、すごくいい演技をするんだ。」

麻生は声が大きかった。小さな声で話す東国の思いを誰よりも早く察知し、東国の代わりに皆を叱咤《しった》した。

稽古場では、よくエチュードを求められた。設定だけ与えられた劇団員たちがアドリブで演技をする。その間、東国は静かな顔で皆を見つめていた。そういうとき麻生は、東国の隣にさりげなく寄り添い、東国が動きを見せると、かがんで彼女の言うことに耳を澄ませた。

「よし、みんな一旦《いったん》座ろう。」

麻生の一言で、みんな集まり、そして各々《おのおの》の意見を言い合う。どんな些細《ささい》なことでも車座になってみんなで話し合う。それが「家族」にとって大切なことなのだった。

そしてそういう時も麻生は東国の隣に座り、東国の気持ちを代弁し、補足した。

「それってさ、その二人デキてるんじゃねぇの？」

「ち、ち、違うよ！」

分かりやすい奴《やつ》だな、と思った。アキは東国を特別視している。

「みんな家族なんだから。」

アキはその言葉を、日記に何度も書いている。施設の大人にはあれほど頑なだったアキが、プウラの劇団員たちには、簡単に心を開いた。それが年齢によるものなのか、特殊な環境によるものなのかは分からなかったが、アキはとにかく、プウラに全てを捧《ささ》げていた。

『みんな家族』

それがある意味現実のものとなったのは、ある秋の日だった。アキの母親が死んだ。早朝、吐瀉物《としゃぶつ》にまみれて冷たくなっているのを、帰宅したアキが発見した。警備のアルバイトの帰りだった。死因は吐瀉物による窒息死、規定量以上の向精神薬と酒を一緒に飲み、眠っている間に吐いたのだった。

葬儀には、俺も参列した。アキが住んでいる市の役所内にある、小さな部屋だった。会議用のテーブルに白い布がかけられ、紙でできた花が飾られていて、棺《ひつぎ》はベニヤだった。プウラの劇団員が、一番安い市民葬を手配してくれたらしかった（そしてのちに、あの赤いスズキアルトを売って金銭に換えてくれたのも彼らだった）。

俺は初めて、アキの母親を見た。棺の中に横たわったその人は、驚くほど痩《や》せていた。俺が今までに見た母親という生物の中で、彼女は一番小さかった。滑稽《こっけい》な化粧が施された顔は、彼女の頭蓋骨《ずがいこつ》の輪郭《りんかく》を露《あら》わにし、ぽっかりと開いた口は、眼窩と同じくらいの大きな穴になっていた。

俺はそこで、東国を見た。彼女も、とても小さかった。アキと並ぶと、アキの胸にも達しなかったし、顔はほとんど、アキの握り拳《こぶし》くらいしかなかった。東国は当然生きており、メディアでちらりと見たその姿よりも、数倍美しかった。

アキは、俺の姿を認めると口を開けた。笑ったのかもしれないし、何かを言いたかったのかもしれなかった。

数年前、俺はアキの側に立っていた。

俺の父が死んだときも、寂しい葬儀だった。でも、今日とは比べ物にならなかった。劇団員たちがいるからやっと様になっていたが、アキの母親の葬儀は俺が知る「葬儀」の惨《みじ》めさを、大きく上回っていた。彼女の死を世界の誰も知らない。彼女が死んでも世界は微塵《みじん》も変わらない。そう密《ひそ》やかに宣言しているような景色だった。

アキは、俺の目をまっすぐ見ていた。こんな風に見られたのは初めてだった。なんとなく気圧されてしまって、俺はそのまま葬儀場を後にした。会場を出る時に振り返ると、東国と一人の男（麻生だったのだが、その時の俺は何故か、彼を認識出来なかった）が、アキの両サイドに立っていた。アキの腕に東国がそっと触れ、反対側の肩に、麻生が手を置いていた。

俺は突然湧《わ》いてきた感情に戸惑った。それは嫉妬《しっと》だと思っていたが、違った。後になってそれが寂しさだったと気づいた。そのことをアキに伝える機会は、結局一度も訪れなかった。

ひかりがまぶしくて、きゃくせきをみるれなかった。

まちからやってきたおとこが、うまをさがしている。いえからにげたのだといった。でも、のうふはうまをみなかったし、まちでうまがかえるのはむずかしい。でもおとこは、ぜったいにこっちににげてきたのだといっている。

くりげの、うつくしいうま。

どうしてもとりもどさなくてはいけない。

そのうまがいないと、じぶんはいきてゆけない。

のうふはきっとおおかみにやられたんだといった。ここいらの、おおかみは、とてもゆうかんだからじぶんよりおおきなどうぶつもおそうから。

そして、こういう。あんたにいじめられるより、おおかみにやられたほうがしあわせさ。おとこは、じぶんがうまをいじめていたなんて、いわなかったのに。

母親の死の数ヶ月後、アキは役をもらった。

アキからメールをもらった時は、思わず声をあげた。アキも興奮していたのだろう。珍しく語尾に「！」をつけていた。

『役をもらったよ！』

吃音《きつおん》はどうするのだろう。万が一にもマケライネンを演じるということはないのだろうか。もちろん不安は尽きなかった。でも、それを超える嬉しさがあった。アキのことに関しては、俺は自分のことのように喜ぶことが出来るのだった。

アキが得た役は、台詞《せりふ》のない大男だった。特別、登場人物に絡《から》むことはない。でも、物語が展開する重要なシーンでみんなの背後を通ったり、舞台の端でじっと誰かを見つめていたり、「全て嘘《うそ》」と書いた看板を持って立っていたりする。まるで、『マルホランド・ドライブ』に登場する謎のカウボーイみたいだった。

舞台のタイトルは『呼ぶ』、最後は文字通り舞台上にいる劇団員皆がそれぞれ、思い思いの誰か、何かを呼ぶ。毎日その対象は異なるが、そのシーンでもアキは黙って舞台に立ち、誰も呼ばなかったのだそうだ。伝聞なのは、結局その舞台を観《み》に行けなかったからだ。舞台が上演されたのは初夏。新入社員の俺は、その頃、休む暇なく働いていた。

「家に帰れると思うなよ。」

仕事初日に、先輩にそう言われた。髪を短く切ったその女は田沢という名前で、俺の教育係ということだった。

「あと、絶対辞めんなよ。」

俺の前にいた田沢付きの新人は軒並み辞め、だからいつまでたっても田沢は教育係を脱することが出来ないのだそうだ。実際、俺と同期で入った社員６人のうち３人が、夏までに辞めていた。新入社員を採るとき、半分以上は辞める人間だとみなして採用するのだと、のちに社長に聞かされた。

社長は50代の男性だった。高卒でこの業界に入り、自ら制作会社を立ち上げるまでに成り上がった。眼光が異様に鋭く、極真空手で日本４位の成績を持っている。「自分に出来ることは他の人間にも出来ないとおかしい」と豪語し、新入社員に自分より長く眠ることを禁じた。

「とにかく根性。根性ある奴だけが残れる世界だから。」

同期はそれぞれ、それなりに根性がありそうに見えた。でも、１ヶ月が過ぎ、２ヶ月が過ぎてゆくうちに、目から生気がなくなり、黒目がキョロキョロと泳ぐようになった。皆、１年も続かなかった。忙しいのは覚悟していたがここまでとは思わなかった、というのは理解出来たが、芸能人に会える華やかな世界だと思ったけれど違った、などという理由は論外だった。

そもそも田沢の風貌が、仕事の壮絶さを物語っていた。いつも分厚いメガネをかけ（コンタクトレンズをつけ外しする時間がないのだと言う）、もちろん化粧などしていなかった。時々口元に濃い髭《ひげ》が生えていたし（生えているのは別によかった。嫌な気持ちになるのは、むしろ髭がないときだ。田沢がカミソリを使って髭を剃《そ》っているところを想像するのはやるせなかった）、そばに行くと、なんとも言えない饐《す》えた匂いがした。でも、ブラジャーをしていない胸元は明らかに女で、

「あいつの巨乳邪魔だよなぁ。」

男性社員たちは、そのことを陰で笑った。

俺の仕事は、多岐《たき》にわたった。車の手配、ハコと呼ばれる編集所の確保、細々《こまごま》とした買い物、小道具作り。間違えてシュレッダーにかけてしまった書類をつなぎ合わせたこともあるし、バラエティ番組のために一つの瓶の中に塩が何粒入っているか数えたこともある。

体を洗う体力も、歯を磨く体力すらないときもあった。１週間家に帰れないなどということはざらで、帰れたとしても明け方の数時間という有様だった。俺の体からは

すぐに、田沢と同じ匂いがし始めた。

　それでも、業界用語は暗号めいていてワクワクしたし、張り詰めた空気はいかにもプロフェッショナルの現場、という感じがして誇らしかった。番組の企画に合う人物（例えば整形で人生が変わらなかった人）や場所（例えば日本でまだ野良《のら》犬に遭遇する確率は？）をリサーチしたりする仕事は、それだけで自分が頼られているような気がして、嬉しかった。

　入社して数ヶ月後に、俺は伝説の人と会える機会を得た。俺と同じような境遇でスタートした、ある先輩だ。

　彼は俺のように、小さな制作会社に入社した。最初の半年は、深夜ドラマのＡＤだった。ドラマのＡＤは３、４人いるのが通常だ。でも、他のＡＤが飛んだ（この業界では、辞めることを「飛ぶ」という。文字通り飛ぶようにいなくなる奴が多いから、あながち間違ってはいない）から、彼ともう一人でＡＤ業務をやらなければならなかったそうだ。多忙という言葉では収まらなかった。彼は結局、半年間で90日あまりを局で寝泊まりした。

「朝まで編集作業して、その合間に小道具を作るんです。段ボールとか、発泡スチロールとかで。で、寝ずにそのままリハやって、家に帰って5時間くらい死んだように寝て、それから徹夜でロケハン行って、そのまま別のロケ。局に帰ったら、先週編集したものをミックスして、それが終わったら3週先のロケ場所を探しに行くんです。それの繰り返し。死んだように寝る5時間以外、1週間ほとんど寝てなかったんじゃないかな。記憶にないもんなぁ。はは、よく出来ましたよね。若かったからなぁ。もう一人のＡＤですか？　今はもう辞めちゃいましたね。確か、タイかラオスでＤＪしてるんじゃなかったかな？」

納土《のうど》という名のその人は、業界でもちょっとした有名人だった。今では総合演出家兼プロデューサーをしていて、俺たちのような人間からすれば大人物なのに、誰に対しても敬語で話し、腰も低かった。

29歳でフリーのディレクターになった彼が最初に作ったのは、芸人と異業種の専門家との30分の対談番組だった。脳外科医、トレジャーハンター、阿闍梨《あじゃり》、数学者などと若手の芸人を対談させ、彼らの話にインスパイアされた芸人がそれに基づいた漫才なりコントなりを作って披露する、という内容だった。

前半に対談を持ってきて、番組の最後に芸人が作ったネタを披露するのが分かりやすい作り方のはずだった。でも、その番組では最初に芸人のネタが披露される。つまり視聴者は何のインフォメーションもないままに芸人のネタを見ることになる。

初めての人にどれだけ分かりやすく、しかもわざとらしくないように、面白く伝えられるか、もちろん芸人の腕が問われる。結果答え合わせのように後半の対談を見て、この話からあんなネタを作れる芸人はすごいと感心したり、ネタの不出来は専門家の話の乏しさにも原因があるのだなと気づいたりする。

番組が進むにつれ、内容もどんどんぶっ飛んだものになった。冒頭、芸人二人がネタを作っているシーンから始まったり、結果「ごめんなさい、作れません」と謝って、本当にネタの時間がなかったりもする。

対談中の気まずい沈黙もそのままに流したし、ネタを見た専門家たちが「自分が話した内容を理解していない」と怒っているところも流した。ネタを作っている最中に芸人たちの空気が悪くなれば、それをしつこく撮り続けた。専門家の矛盾を明らかにして、彼らが黙り込むところも逃さなかった。

それはもはや、ネタ番組、対談番組、といったものではなく、プロフェッショナルたちのドキュメンタリーだった。俺たちは芸人の人となりや来歴、彼らの人間関係を知ることになり（当時はまだ、芸人の「本当の姿」みたいなものはそこまで知られたコンテンツではなかった）、彼らがネタを作る時の努力を知ることになり、また、専門家たちの自身の仕事への姿勢を、そして時には彼らの狂気を知ることになった。

視聴率が取れていたとは言えない。でも、とにかく話題にはなったし、何よりその番組に出演した芸人が、その後皆ことごとくテレビで活躍し続けたことは、番組の意義として大きかった。プロフェッショナルとして登場した教授の一人が、のちに世界的な賞を取ったことも大きな話題になった。

「あれは深夜だから出来たことだし、たまたま皆さんの才能が。」

納土はそう言ったが、実際自分の転機となった場としてこの番組名を、そして納土の名前を挙げる芸人は多かった。

だが、納土が、その信頼を担保にすることはなかった。納土はその番組以降あっさりバラエティ番組を離れ、学術系の番組やドキュメンタリー番組に注力するようになった。各国から学者を呼んでスタジオで講義をさせたり、テレビのドキュメンタリーに映画で使われるような35ミリフィルムを取り入れて、美しい映像を撮った。

入社してすぐの俺が観たのも、そんなドキュメンタリーの一つだった。日本にいる難民を撮ったその番組は、テレビ界で優れた番組に与えられるギャラクシー賞を受賞していた。まだ、世界的に難民の問題が顕在化していなかった時期だ。納土は、彼らの信頼を得るために各国の言語を学んだ。

アフマドという男がいる。眉毛《まゆげ》が垂れ下がり、いつも笑顔なのに泣いているように見えるアフマドは、クルド人難民だった。彼の姿を、納土のカメラが執拗《しつよう》に追い続ける。ちょっとした表情の変化を見逃さないし、表情に現れない感情は、手や背中を撮ることで記録していた。

アフマドが日本語クラスで短歌を詠《よ》むシーンがある。日本に来て12年になるアフマドだったが、短歌を詠むのは初めてだった。お題は「赤」、アフマドが詠んだのは、こんな歌だった。

「いつもいつも赤がつくのがいやだったぼくのからだは白いめいさい」

彼の歌を受けて、先生や歌会のメンバーが様々な解釈を試みる。迫害と紛争を逃れて来た彼の出自を思い、解釈は自然と、ある方向に傾いてゆく。

「赤は血ですよね。」

「めいさいは、迷彩服のことかと。」

「それは彼の抵抗する力を表しているのではないでしょうか。」

「いや、彼の混乱を表してるのでは？」

「白は明らかに赤と対比されていますよね。」

「少年だった彼の無垢《むく》さじゃないだろうか。」

「きっと目には見えない抵抗を表しているのだと思う。」

「暴力以外で抵抗する力ですよね。」

議論は白熱し、中には涙を浮かべる人もいる。

そんな中、アフマドだけが黙っている。困った子犬のような表情で、じっと、何かに耐えているように見える。皆はアフマドに真意を求めない。歌に正解はないわけだし、彼に無理強いをしたくない。ただ優しい空気のまま、歌会は終了する。

二人だけになった時、納士が感想を聞く。

「どうでしたか?」

アフマドは納士にも、あの子犬の目を向ける。

「みんな優しいね。」

「ありがたかったね。」

そんなことを、モゴモゴと話す。でも、納士はそこで諦《あきら》めない。しつこくカメラを回し続け、アフマドを追う。結局根負けしたアフマドは、こう言うのだ。

「ケチャップ好きなの僕、でも、白いTシャツにいつもつくから、嫌なの。ついたら、先に強い石鹸《せっけん》でこすってから洗濯機で洗うの。白なのにその部分が、こんなに、まだら、になっちゃうの。」

赤は言うまでもなくケチャップ、「白い迷彩《めいさい》」は、白いのにまだらになってしまったTシャツのことを言っていたわけだ。アフマドは頭を下げる。

「ごめんなさい。」

そこで、アフマドに難民らしさを求めていたことに気づく。俺たちは難民らしい振る舞いを見て、安心したかったのだ。アフマドは、きっといつもそうやって、誰かに謝りながら生きて来たのだろう。あるいはずっと、感謝を強制されながら生きて来たのだろう。「受け入れてくれてありがとう」「優しくしてくれてありがとう」「住まわせてくれてありがとう」と。

「あの、アフマドの表情が忘れられないんです。」

納土にそのドキュメンタリーの感想を直接言えた俺は、とても幸運だった。納土が酒席に現れるのは、ほとんどないことだったからだ。

「あの人、自分の番組の打ち上げにも行かないらしいよ。」

「そんなこと許されるの、納土さんだけですよね。」

「てか、何が楽しくて生きてるんでしょうね？」

「知ってます？　あの人ビデオカメラ、ジャンクも捨てずに１００台以上持ってるらしいですよ。」

「知ってる、それ見て一人で酒飲むんだろ？　変態だよな。」

納土は、あらゆる意味で噂《うわさ》の的だった。俺くらいの下っ端《ぱ》になると、もはや納土は幻で、存在すらしていないのではないかと言われることもあった。

でも、もちろん、納土は存在した。そして、業界に入って1年にも満たない俺と、酒席を共にしてくれたのだ。現場の先輩が昔納土と仕事をしていたことがあり、話題に上った納土を、酔っ払った勢いで呼び出したのだった。

「納土さんは分かってらしたんですよね。アフマドの短歌が紛争や戦争を想起するものじゃないってこと。それはきっと、アフマドと長く過ごしたからですよね。」

「いやいや。」

熱っぽく語る俺に、納土は曖昧《あいまい》に頭を下げるだけだった。

彼は終始そうだった。俺が熱く語れば語るほど身を引き、腰をかがめ、少しだけ辛《つら》そうな顔をする時もあった。あの優しい中島さんですら、謙遜《けんそん》しながらではあったが、嬉しそうな顔はしてくれた。これだけ褒められるのを嫌う人に初めて会った。ただ、俺の質問には、絶対に答えてくれた。

「納土さんにとって、大切なことってなんですか？」

こんな漠然とした、馬鹿《ばか》な問いにもだ。

「うーん、大切っていうか。そうだなぁ。何を撮るかっていうより、何を撮らなかったかを、僕はいつも考えています。」

「何を撮らなかった？」

「そうです。自分が不要だと考えて切り捨てた部分ですよね。僕はどうしてそれを捨てたのか。どうして不要だと思ったのか。後々、自分の作品を観ることってほぼないんだけど。ずっと、自分が切り捨てたもののことを考えています。」

　納土と会ったのは、その一度きりだ。

　一緒に酒席を囲んだ先輩たちは、皆感動していた。納土が帰った後、彼を呼んだ先輩が、「あの人が来てくれたのは、お前の存在もあると思うよ」、そう言った。信じられなかった。そもそも俺は、納土と仕事したことはおろか、会ったことすらなかった。

「いや、もちろんお前だけが理由じゃないよ。あの人ちょうどおっきな仕事終わったときだったし、ちょっと息抜きしたい、ていうのもあっただろうし。でも、俺が電話でお前のこと言ったんだよ。若くて根性ある生意気な奴がいますって。」

「生意気ですか？　俺。」

「生意気だろ！」

　そんな自覚はなかった。でも確かに、目つきはずっと悪いままだったし、先輩にお世辞を言うこともしなかった。それは、アルバイトの時代から決意していたことだった。仕事自体は誰よりも頑張るし、絶対に弱音を吐かない分、必要以上におもねらない。無駄に頭を下げない。とにかく人間として負けないようにしたかった。そんな俺を疎《うと》ましがる先輩もいたが、可愛《かわい》がってくれる先輩もいて、この先輩も、そんなうちの一人だった。

「それ言ったら、じゃあ行きます、て。」

「本当ですか？」

「納土さんも、もうあのクラスになったらお前みたいな下っ端とがっつり触れ合うことなんてほとんどないわけじゃん。でも、若い頃の納土さんもお前みたいに弱小制作会社から頑張ったわけだからさ。なんていうか、お前と話をして、昔を思い出したくなったんじゃないかな。」

　それから俺は、納土を目標にすることにした。小さな制作会社の人間でも、根性とセンスが認められれば仕事がくる。俺もフリーのディレクターになれば、自由な番組を作ることが出来る。その望みだけは捨てなかった。

　田沢に理不尽なことで八つ当たりされても、生理用のナプキンを買いに行けと言われ、銘柄が違うと怒鳴られても、納土のことを思い浮かべて耐えた。

「お前なんか全然いいよ、インターネットがあんだから。あっしの時は口コミと足で探しかなかったんだからな？」

　そう言う田沢の言葉には、頷《うなず》かざるを得なかった。確かにこの仕事でインターネットがない状態は考えられなかった。足で探せと言われても、今の俺に足を使う時間など、物理的になかったからだ。納土も田沢もそれをやってきたのだと思うと、その一点だけで尊敬出来た。

　インターネットは、画期的な発明だ。移動せずとも、世界のことを知ることが出来る。そのおかげで、俺は観に行けなかったアキの舞台の評判を知ることも出来た。『プウラの世田谷　呼ぶ』と検索すると、プロアマ問わず、熱心な人が書いたレビューや感想があがっていた。その頃には「2ちゃんねる」という掲示板がインターネット空間で台頭していて、プウラの世田谷に関しては、スレッドと呼ばれる独自の掲示板が作られていた。

　その中でもかなりの数の人間が、アキについて言及していた。異形、狂気、忘れられない、夢に出る。存在が気になりすぎて邪魔、と書いている人までいた。

　アキという人間が、客に大きなインパクトを残した、そう思うと嬉しかった。

　俺はどこかで、アキのプロデューサーのような気でいた。怖がられ、皆に遠巻きに見られていたアキの面白さに気づいたのは俺だったし、アキを皆に紹介したのも、つまり皆の人気者に仕立て上げたのも俺だった。

いつか自分がドキュメンタリーを撮ることが出来たら、アキを主役にしよう。

幼い頃から、その風貌のせいで内向的、友人もおらず、社会に対して心を閉ざしていた男が、ある日アキ・マケライネンという俳優になろうと決意する。彼を変えたのは、１本の映画だ。

マケライネンの軌跡を同時に辿《たど》る為《ため》に、いつかフィンランドにも行くことになるだろう。寒い、冬のフィンランドだ。俳優として評価を得ながらもパッとせず、最後は酔って外で寝て凍死する。そんな孤独な男の人生は、もしかしたらアキよりも魅力的なドキュメンタリーになるかもしれない。タイトルはもちろん、『男たちの朝』だ。

そんな風に思いながら会社の床で眠る明け方、俺は限界まで疲れている。でも同時に、希望にも満ち溢《あふ》れているのだった。

　弁当の容器を捨てようとゴミ箱を開けると、有機物の腐った匂《にお》いが立ち上ってくる。一度咳《せ》き込むと、そのまま止まらなくなった。最近、いつもこうだ。止まらない咳はやがて喉《のど》を締め付け、悪い時は喘息《ぜんそく》の症状になる。咳止めシロップを、一日何度飲んでいるか分からない。

　咳がおさまるのを待って、容器を押し込んだ。無理やりゴミ袋の口を縛ってベランダに出ると、同じような袋が積まれている。山の一番上に袋を放り投げ、足で袋を押さえながら窓を閉めた。可燃ゴミの日が定期的に変わるから、いつまでたっても覚えられない。一番下の袋は、いつからそこにあるのだろう。

　番組で余った弁当をもらったから、それで夕飯は済ませた。洗濯機は帰宅してすぐに回してある。でも、干す場所も気力もない。そもそもこの洗濯機を使うことは、洗うことなのかカビを付着させることなのか。洗濯槽用の洗浄剤があると聞いたのに、いつも買うのを忘れてしまう。結局今日の洗濯物もそのまま放置され、洗濯機の中でカビにまみれてゆくことになるのだろう。

　風呂《ふろ》に浸《つ》かりたい。でも、湯を溜《た》める気になれない。ユニットバスの浴槽も数ヶ月掃除しておらず、水垢《みずあか》と髪の毛だらけだ。シャワーカーテンは真っ黒にカビてしまったので捨てた。その分飛沫《しぶき》が部屋全体に飛び、トイレットペーパーが常に波打っている。排便をする時、それが思った以上のストレスになる。

　服を脱いで、しばらくぼうっとしていた。陰茎を右手でいじりながら、左手でスマートフォンを操作する。ネットニュースをスクロールするが、目的があるわけではない。

　この時間が一番無駄だと分かっている。さっさと目覚ましをセットし、シャワーを浴びて、出来るならついでに風呂を洗い、洗濯物を干して眠ればいい。そしてどこかのタイミングで可燃ゴミの日を確かめ、ベランダを綺麗《きれい》にして、室内に光を入れるのだ。それだけでこの止まらない咳も、慢性的なダルさも、治る気がする。

　でも、出来ることを一つ一つ考えていると、「そんなこと出来るかよ」という、やけっぱちな気持ちになる。清潔な部屋、光の差すベランダ、そんなものは、今の自分から一番遠い場所にある。

スマートフォンから、目を離せない。誰かの熱愛、誰かの愚痴、誰かの失言。それらが無機質に流れてゆく。何も心に引っかからない。仕事の役に立つかもしれない、という言い訳を思いついても、頭に入っていないのだから意味がない。気がついたらもう、30分ほど経《た》っている。2時間後には起きないといけない。

25歳で、一人暮らしを始めた。

ずっと、実家暮らしであることがコンプレックスだった。でも、奨学金の返済や母の少ない給料のことを思うと、少しでも家に金を入れながら実家で暮らした方が、効率は良いはずだった。何より、どんなに体がボロボロでも帰宅したら飯があったし、清潔な風呂が用意されていた。その環境には代えがたかった。

でも、往復2時間超えの通勤時間は体力的にキツかったし、寝過ごして埼玉の方まで行ってしまった時の絶望は計り知れなかった。何より一番耐えられないのは、田沢に実家暮らしを揶揄《やゆ》されることだった。

「いいよなぁ実家暮らし！」

どんなにハードなスケジュールをこなしていても、誰より重いものを運ぶことができても、実家で暮らしているというだけで「甘っちょろい人間」だと判断される。

一人暮らしをして家に金は入れる、そう母親に宣言して引っ越した。

会社から電車を乗り継いで30分ほどの駅にある、ワンルームのアパートだ。商店街が長く続き、若者にも人気のエリアで、駅から徒歩10分、1階、格安の物件を見つけた。古い漫画に出てきそうな外観で（築年数は40年を超えていた）、洗濯機は廊下に置くようになっていて、後から設置したのだろうユニットバスは狭く、コンロも一口しかなかった。でも、何故《なぜ》かベランダがあり、小さな公園に面していて、光が入った。生まれて初めて手に入れた自分の城だ。これでもう、誰にも馬鹿《ばか》にされずに済む。

会社までは、自転車で行くことにした。そうすれば始発を待たずに帰れるし、体も鍛えられる。ロケ先からの直帰が出来ず、正直、疲れすぎていてペダルなんて漕《こ》げない、そう思う夜は度々ある。それでも軽く汗をかくわずかなこの時間が、俺には必要だった。深夜、車の少ない道路を大声で叫びながらペダルを漕ぐと、後頭部が少しだけ軽くなるのだった。

でもそれも、家に着くまでだ。鍵《かぎ》を回すときから、心底うんざりしている。汚い部屋、淀《よど》んだ空気、傷《いた》んだもの以外何も入っていない冷蔵庫。この家に暮らして、もう9年目になる。

その間に、様々なことを経験した。特に俺の仕事は、あらゆるニュースに左右された。死ぬ思いで作ったＶＴＲが、飛び込んできた緊急ニュースで潰《つぶ》されることなんてザラだったし、緊急特番の仕事が入って眠れなかった日々は数えきれない。

ある日は、秋葉原で、男が2トントラックを暴走させ、通行人を無差別に轢《ひ》いた。トラックを降りた後も、男は所持していたダガーナイフで次々と人を刺した。７人が死に、10人が怪我《けが》を負った。

ある年は、政権与党から、野党が政権を奪取した。歴史的な圧勝だった。

東日本大震災が起こったときは、数日家に帰れなかった。久しぶりに帰った家は、あらゆる物が床に落ち、何故か外廊下には、傘と腐った玉ねぎが散乱していた。

２０２０年のオリンピックの開催地が、日本に決まった。列島は浮かれ、大会のプレゼンテーションで、ある女性アナウンサーが発した「おもてなし」という言葉がブームになった。

政権が元に戻るのも、あっけなかった。特定秘密保護法が成立する際は、国会議事堂前に反対派が大挙して押し寄せた。若者たちが「自由と民主主義のための学生緊急行動」と称してアクションを起こし、大きなムーブメントになった。

でも、そういった政治的なことは、テレビではあまり放映されなかった。

視聴者、特に俺が多く関わったワイドショー番組の視聴者が好むのは、いつだってゴシップの方だった。中でも、ノーベル賞級の発見だと言われたＳＴＡＰ細胞の捏造《ねつぞう》騒動は、連日画面を賑《にぎ》わせた。

先月は、ある母親がＳＮＳに投稿した「保育園落ちた日本死ね」が話題になった。日本、特に都心部の保育園不足は深刻で、有利になる誕生月を計算して「仕込む」親や、「点数」をあげるためにわざと離婚する親までいる、というようなＶＴＲを作った。

どの事件が起きた時も、俺はこの部屋で暮らしていた。そんなにも長くここにいるのに、この部屋には、今だに馴染《なじ》んでいる気がしなかった。

ＡＤ時代が長くなることは、覚悟していた。

俺たちが自分の番組を持てるようになるまでは、もちろん段階がある。まずＡＤとしてスタートし、ロケディレクターを手伝うようになる。ロケディレクターとは、スタジオで流す映像を撮るディレクターだ。映像は、例えば動物の出産シーンから海外の街ロケまで多岐にわたる。ロケディレクターとしてやれるようになると、次は「一本化」と呼ばれる段階だ。自身で担当回を持ち、それをディレクションする。それが認められれば演出家になり、最終的には総合演出、そしてプロデューサーという肩書きが待っている。

ディレクターになれるのは優秀な人間で20代後半、30歳を過ぎてからのことだってある。中には25歳ですでに一本化のディレクターを名乗れるような人間もいるし、局の社員で、企画が通り、飛び抜けて優秀であれば26歳か27歳で総合演出になれることもある。でも、俺が勤めているような小さな制作会社の人間には、そんな僥倖《ぎょうこう》は滅多に訪れない。現に俺はもう30歳を過ぎたが、いまだにＡＤとして局に派遣されることがままある。

一人暮らしを始めてしばらく経った頃、「番宣」と呼ばれる番組の宣伝素材や、過去放送の総集編のディレクションを任されるようになった。それは、ディレクションの初歩中の初歩業務で、主にディレクターの仕事を減らすために振り当てられるものだった。それでも、自分の責任で一つの映像が出来るのは嬉《うれ》しかった。何度もやり直しを命じられ、放送当日ギリギリまで、一睡《いっすい》もせず作業をした。その頃から、ブラックコーヒーやエナジードリンクのカフェインが、全く効かなくなってきた。

28歳の時に、深夜番組の末端ディレクターになることが出来た。流行《はや》りの商品のランキング番組や、潰れそうな店を巡る都内の旅番組、局の新人アナウンサーのトーク番組など、関わった番組は数知れない。末端である限り、俺に決定権はなかったが、番組最後に流れるテロップで、「ディレクター」として名前が載るのを見るだけで報われた。

だが、それから5年が経っても、俺が順調にメインのディレクターになれる未来は見えない。ゴールデンタイムの番組では、一応チーフＡＤとして参加出来ているが、それでも、肩書きが「ＡＤ」であることには変わりがない。

業界では、この時期が一番辛《つら》いと言われている。つまり、俺のように、末端ディレクターとチーフＡＤを掛け持ちしている状態だ。あらゆる場所から、あらゆる仕事を振られて、死ぬほど忙しい。この場合の「死ぬほど」はあながち比喩《ひゆ》ではなく、実際この時期に心を病んで辞める人間が大勢いるし、ディレクターとしてやってゆく自信をなくして、あえてＡＤ業務だけを続けさせてくれ、と頼む人間までいる。人間の人間らしさを剥奪《はくだつ》される時期だ。

先日は、ＡＤがディレクターに襲いかかる事件があった。一人でやらなければならないはずのわずかな編集作業の最中、ディレクターは「勉強」だと言ってＡＤを後ろに立たせ、彼のわずかな睡眠時間を奪った。その合間にも、深夜3時や4時に、編集所と局の間の無駄なお使いを延々とやらせた。そして、最終的に、そのＡＤに初めて任せた編集のプレビューを流しながら、「ここが違うんだよ」「クソかよ」そう揶揄しながら、彼の頭を叩《たた》き続けた。何度目かの打擲《ちょうちゃく》の後、いよいよ頭がおかしくなったＡＤが、ハサミを摑《つか》んで彼を刺そうとしたのだった。

もちろん騒動にはなったが、そのＡＤはまだ、怒りが外に向かっていたから健全だ。大抵の人間は、怒りを表明する前に、「自分が悪いのだ」と思わされる。自分はクズだ、才能がない、何も出来ない。

刺されそうになったディレクターは、さすがに問題になって飛ばされたそうだが、彼自身も、今の俺と同じ状況だった。結局鬱《うつ》になって、仕事自体を辞めてしまった。鬱が手の届く場所にある。あまりに近い。少々のことでは、心が動かなくなっている。その事件のことを聞いても、「なんだ、死ななかったのか」、そう思っただけだった。

俺の直近の仕事は、ワイドショー番組内のＶＴＲを作ることだった。セクシャルハラスメントを訴えた女性市議の、過去の水着映像を探して編集している。彼女はかつてグラビアアイドルで、扇情的《せんじょうてき》なポーズで様々な映像を残していた。それに関して、司会者やコメンテーターが何を言うかは任せている。でも、制作側の意図を汲《く》むその司会者はきっと、「こういう過去がある人が言うのはちょっと説得力がないですよね」などと言うだろう。それは彼が思っていることではなく、視聴者が望んでいることだ、という姿勢で。それがプロフェッショナルのやることだ、という姿勢で。

「あれ？　ちょっと大きくなってない？」

若かった頃の市議が、カメラを見てそう言っていた。明らかに小さなサイズの水着を着て、こぼれ落ちそうな胸をこちらに見せている。彼女は、ミニスカートを穿《は》いて議会に出たことを、年配の市議に性的に揶揄されたことに、怒りを表明していた。

「やっぱり、大きくなってるよね？」

何度か、彼女を思い浮かべて自慰をした。布団《ふとん》には、溢《あふ》れてしまった精液の染みが付いている。精液は白いのに、染みは茶色い。

「うふふ、嬉しいな。」

この状態が、いつまで続くのかは分からない。

最初の頃は、納土と自分を比べた。この歳《とし》で納土はこれをやっていた、この歳ではこれを。彼は俺の目標だったからだ。でも、いつしかそれが枷《かせ》になってきた。納土との違いを思うと苦しかった。時代が違うんだ、そう思っても、もちろんそれがただの言い訳にすぎないことは、痛いほど分かっていた。

「があぁああ、がっ。」

壁が薄いから、隣人の声がはっきり聞こえる。この家の一番嫌いなところは、これだった。まるで相部屋の入院だ。しかも隣に住んでいる老人は、いつもこうやって痰《たん》を切っている。日がな一日家にいて、一体何をしているのだろうと訝《いぶか》しんでいたが、生活保護で暮らしているらしかった。ずっと部屋にいて、酒を飲んでいるのだそうだ。大家に聞いた。

「ご家族もいないみたいでね。」

大家は咲口《さきぐち》さんという70代の女性で、この辺りに昔から数軒のアパートを持っている。死別したのか離婚したのか、そもそも独身だったのかは分からないが、夫はいない。大きな目と細い体をしていて、外国の血が入っているのか、年を取った後のオードリー・ヘップバーンのように見える。彼女は優しかった。

老人は「ダンさん」（苗字《みょうじ》なのか名前なのか分からない）と呼ばれている。ダンが、なけなしの保護費を全《すべ》て酒に使って家賃が払えなくなった時も、咲口さんは辛抱強く待ってやっているし、酒を買いに行く途中で意識を失って倒れていたダンが病院に運ばれた時も、迎えに行ってやっていた。

「孤独な方だから。」

まるで、孤独であればそれだけで全てが許されるかのように。

数年前には、芸人の母親の生活保護受給問題がニュースになった。その芸人は有名で、テレビ出演も多くこなし、つまり潤沢に金があるはずだと言われていた（メディアは彼の推定年収も明かした）。その母親が生活保護を受給し続けているのはおかしいと、あらゆる人が声をあげた。結果、法律的には問題はないらしかった。それよりは道義の問題なのだった。でも、そんなことは関係がなかった。

彼は記者会見を開いた。涙を流し、「甘い考えだった」「税金を負担している皆さんに申し訳ない」、そう謝罪した。そして、遡《さかのぼ》って受給分を返還した。でも、視聴者は彼を許さなかった。メディアはこの出来事を扇情的に報じた。つまり、今俺が作っている女性市議のVTRのようなものを、あらゆる局が作った。それから彼の姿を、テレビで見なくなった。

「があっ、ああ、ガッ。」

ダンの声がうるさい。イライラしてスマートフォンに集中できなくなってきた。壁を一度、思い切り殴る。ドン、と、部屋が震えるほどの音がする。ダンはそれで静かになった。少しだけ、本当に少しだけ、気が晴れた。やっとスマートフォンを手放し、シャワーを浴びた。そしてそのまま、1時間ほどの浅い眠りについた。

ディレクターの苛立《いらだ》ちが増している。

カメラを止めるたび、舌打ちをしたりため息をつくのは、分かりやすいこちらへのアピールだろう。スタッフへのではない、俺一人への。もうこちらは十分分かっているのに、ご丁寧に俺を睨《にら》むことまでする。
ロケに来ている。やはり昼の情報番組の、スタジオで流すVTRのロケだ。若いタレント二人が、都内の小さな商店街を散策する。一人はバラエティ番組で活躍している元アイドルで、もう一人は読者モデルとして人気が出て、タレントに転身した女だ。二人とも20代、「バカ」を売りにしていて、そんな二人が商店街を「大暴れ」という企画だった。

ここには、1週間前に一人でロケハンに来た。局の社員ディレクターの林は、いつも来ない。俺を信頼しているからではなく、局の仕事が忙しいからだ。といっても、タレントと飲み歩いているという噂《うわさ》を聞く。3年前、27歳で一本化ディレクターになった男だそうだ。俺より年下の、現場のボスだ。つまり俺は、年下に舌打ちされ、年下にため息をつかれ、年下に睨まれているのだ。

カメラを持って、当日タレントたちが通るルートを開拓するのが、俺の仕事だった。なるべく話題になりそうな場所、面白そうな人物を探すためだ。前夜は深夜番組の編集作業と、別企画のスケジューリング作業で、眠っていなかった。体がボロボロなのはデフォルトだ。

歩いていると、老婆《ろうば》を見つけた。古い布団屋の前に出した椅子《いす》に座る、みすぼらしい、いかにも「下町のお婆《ばあ》さん」といった感じの雰囲気だった。話しかけると、話が支離滅裂で何を言っているか分からなかった。これは使える、そう思った。若いタレント二人もまともに話が出来ないから「会話が成り立たない」シーンが撮れるのではないか。

　最近の視聴者は、理路整然と正しいことを話そうと努力するタレントよりも、支離滅裂なことを言い、あらゆることに無知なタレントの方を好む傾向がある。ある現場で、先輩が言っていた。

「みんな、安心したいんとちゃうん？　自分より賢くてバランスええ人見るのはしんどいんやろ。賢くてイケてておもろくて、挙句明らかに自分より金もらってる奴《やつ》見ると落ち込む一方やん。でも、阿呆《あほ》見とったらさ、いくらそいつが自分より金もらってても、そいつになりたいとは思わんやん。安心してバカにできるやん。」

　関西の人間は辛辣《しんらつ》なことを言う、そう思った。でも実際、番組内で、ポンコツとか、バカとか、ブスという言葉を頻繁に聞いた。そしてそれらの言葉には、必ず笑いが付与されていた。「尊敬されること」ではなく、「愛《め》でられる」ことが、最近のタレントに与えられた条件のように思える。

話の長い饅頭《まんじゅう》屋の主人にも会った。自分の話ばかりするその主人の、暴走族だった頃の写真も見せてもらえた。出来ればその写真を見えるところに飾っておいてもらえないかと頼んだ。

魚を嫌う猫がいる魚屋も見つけた。太ったキジトラの猫は、こちらが撫《な》でても反応せず、魚を近づけると、嫌そうに顔を歪《ゆが》めただけだった。緑の首輪をしていて、そこにリードが繋《つな》がれている。リードは短く、猫はほとんど身動きが取れないように見えた。もしかしたら「動物虐待《ぎゃくたい》だ」などと言われるかもしれないから、当日はリードを外すことが出来るか聞いて、了解を得た。

これだけのトピックがあれば大体大丈夫だろう、そう思っていた。商店街の皆が、テレビに映ることを喜んでくれたし、俺が撮った写真や動画を見た林は、「まあ、なんとか」、そう言った。俺はそれを、許可と取った。

でも、当日、予想外のことが起こった。「下町のお婆さん」は、テレビに映るという事実に気負って髪を美容室で整え、小ぎれいな服を着ていた。見た目のインパクトが失われた挙句、緊張してしまったのか、全く話をしなかった。

饅頭屋の主人は結石が悪化し、代わりに特徴のない息子が店に立っていた。写真を飾ってくれてはいたが、主人がいないのでは話は盛り上がらなかったし、タレント二人は写真に触れ、「やだ、ベタベタしてる」と、見当違いなことを言った。

魚屋の猫は、リードを外した瞬間、巨体をものともしない速さで逃げた。タレント二人は「逃げたんだけど」と顔をしかめ、林はカメラを止めた。

皆が涼しいロケバスで冷たい飲み物を飲んでいる間、自動販売機の下で動かない猫を、這《は》いつくばって呼んだ。こめかみからダラダラと汗が流れた。塩分を摂《と》りすぎているのか、目に入ると、刺すように痛む。猫は毛を逆立てながら、時々唸《うな》り声を上げた。手を伸ばすとヘドロのような泥がつき、それを洗うような場所もなかった。仕方なくタオルで雑に拭《ふ》き取った。

ロケハンの時は優しかった魚屋の主人も、気分にムラがあるのか、緊張からくるパニックなのか、猫が逃げたことに、異常に怒っていた。

「訴えることも出来るからな？」

身動きの取れないくらいの短いリードをつけていたくせに、俺が箒《ほうき》の柄で猫を自動販売機の下から追い出そうとすると、虐待だ、うちの子がかわいそうだと叫ぶ。そして、何事かと集まってきた商店街の人たちには、

「最初っから嫌な予感がしてたんだよ！」

そう、言いつのった。

そもそも主人は、タレントの一人（読者モデル上がりの方）のことを「下品だか

ら」と嫌っていて、ロケの序盤から機嫌が悪かった。ロケハンの時にタレントの名前は伝えていたはずなのに、似た名前の女優が来ると勘違いしていたようだ。もしそうなら、カメラの前で「○○が来るかと思ったのに」などと毒づいてくれれば、少しは盛り上がったかもしれない。でも、彼はただ、不機嫌そうに黙るだけだった。そしてもちろんその時も、林は舌打ちをし、ため息をついて、俺を睨んだ。

　結局、猫はカメラアシスタントが差し出した鰯《いわし》に食いつき、事なきを得た。魚嫌いな訳ではなく、ただの使えない猫だった。猫を抱いた俺の腕は血だらけになった。その腕を洗う時間もなかったから、ヘドロがついたタオルの中で、何とか汚れていない部分を探し、押さえた。変な病気が伝染したら、そう不安になったが、いっそ変な病気になって休みたいとも思った。実際田沢は、自身がやっている番組で猿に嚙《か》まれて高熱を出したので、ここ数日休んでいる。

　俺が辞めずに続けたおかげなのか、田沢は晴れてチーフディレクターになった。当時33歳、今の俺と同じ歳だった。田沢がやっているのはBSのペット番組だが、田沢は動物アレルギーだ。毎日真っ赤な目、爛《ただ》れた皮膚で現場にやってくるようになった。それで一度、出演タレントから苦情が入った。

「あの人、何か感染《うつ》る系の病気じゃないですよね？」

関節部分や耳の後ろが特に痒《かゆ》いらしい。ボリボリとかくものだから皮膚が剝《は》がれ、田沢が歩いた後はすぐに分かった。苦情が入ってからは強いステロイド剤を塗るようになり、内服薬も飲んでいる。副作用なのか、酒量が増えたからなのか、いつも顔がむくみ、白髪も増えて、実際の歳よりもずっと上に見える。

田沢と同じような症状に、俺もなっている。首が真っ赤になり、体中が痒い。自分も猫アレルギーだったと、この仕事を始めてから知った。それともただの蕁麻《じんま》疹《しん》なのだろうか。

「猫捕まりました。」

ロケバスのドアを開けて、そう報告する。林はタレント二人と何事かで盛り上がっていて、こちらを見なかった。

「すみませんでした。」

業界用語で「撮れ高」という言葉がある。テレビで放送出来る、つまり面白い、と判断された十分な映像量のことを言う。今回はどう考えても足りなかった。それは、間違いなく俺のせいだ、という雰囲気があった。そしてその雰囲気を作ったのは、林だった。林は頭を下げる俺を見ながら、鬱陶しそうに言った。

「で、どうすんの？」

これは俺のせいなのだろうか。俺が今後のことを決めないといけないのだろうか。このロケの責任者はお前ではないのか。言いたいことは山ほどあった。でももちろん、そんなことは言えなかった。

「すみません。使えそうな場所探してきます。」

えー大変じゃん、という声が聞こえた。タレントのうちのどちらかだ。

「いつ終わんの？」

二人はまだこの業界でのキャリアも浅い。それなのにテレビに頻繁に呼ばれ、その度に爆笑をさらうので、全能感に溢れている。「撮れ高」のことを気にするようなタマではなかった。実際どうして俺が、これ以上撮る場所を探しに行くのか分からないようだ。そもそも、彼女たちがもっと臨機応変にやっていれば、ロケもうまくいったのではないのか。そう思うが、こらえる。タレントのせいにするのはスタッフとして最低のことだと、納土から学んだ。

でも以前、別の現場で似たようなことが起こった時、タレントの方がディレクターに頭を下げていた。うまくできなくてすみません、と。そしてそのディレクターは、ロケハンには絶対に一緒に来たし、うまくいかなかったことを、絶対にＡＤのせいにはしなかった。

「ケツあんだから早くしろや！」

ロケバスの窓を開け、林がこっちに向かって叫んだ。その後、「ごめんねー、マジで！」と謝る猫撫で声が聞こえた。

林の節操のなさは、ある意味尊敬に値する。どんな人物であれ、「有名人」であればとにかく持ちあげる。自分よりも10ほども若い女の子二人に「はやちん」と呼ばれ、タメ口で話されても絶対に怒らないし、それどころか嬉しそうに笑う。

「俺たちの仕事は演者を盛り上げること。」

そう公言していて、だからか、タレントたちには評判が良い。

正直、今回の二人のタレントのことを、俺はよく知らなかった。名前も覚えていられなかったし、覚えていようとも思わなかった。俺の未来には関係ない。でも、林にとって、彼女たちは大事な人材なのだろう。

数年前、飲み会で林と隣の席になった。その当時林は一本化のディレクターになったばかりで気が大きく、テレビ業界にもまだ金があった。林は俺たちを含めたスタッフを誘い、頻繁に奢《おご》ってくれていた。

バラエティ番組の総合演出になるのが、彼の夢だった。彼はいつも、自分がいつか作る番組のことを、具体的に話した。彼が「出てほしい」と言って名前を挙げるタレントは、毎回違った。その時その時の旬の人間を挙げるからだ。そのうちの何人かを、俺は知らなかった。それを素直に告げると、林の態度が変わった。

「いるよな、お前みたいな奴。」

あれほど憎しみを込めて睨まれたのは、生まれて初めてだった。

それから林は、明らかに俺を目の敵にするようになった。理不尽なこと、無茶なことを言い、俺が少しでも戸惑いを見せると、

「あ、こんな仕事は出来ないって？　自分にふさわしくないって？」

そう煽《あお》る。それだけ俺のことが憎いのであれば、俺を現場から外せばいいのに、事あるごとに俺を指名してくる。社長からは、

「お前、林君にめっちゃ気に入られてんな！」

とまで言われた。それは、会社にとってはいいことだった。

「ちゃんと食らいついていけよ。林君に色々教えてもらえ。」

お前の代わりなんていくらでもいる。

テレビドラマでしか聞かないと思っていたこんな台詞《せりふ》を、テレビの現場でよく聞く。

昨日会った他社のスタッフが、朝になったらいなくなっていることがある。ここ数年は、その人がどうしたのか聞くこともなくなった。黙って辞めてゆく人間が多いの

も、この業界の特徴だ。みんな飛ぶ。

「一番笑った辞め方はさ、料理番組のチーフＡＤだよ。朝スタッフがスタジオに行ったらかぼちゃに『ヤメロ』って。」

「やめろ？」

「おかしいだろ、辞めるのは自分なのに。」

「怖いっすね。かぼちゃに？」

「しかも書いてたんじゃないんだよ、彫ってたんだよ。キリかなんかで。」

「めっちゃ手が込んでんじゃないすか！」

「だろ？　逆に根性あるよな。」

「ほんと。そんな根性あったら続けられんじゃないか、て。」

俺たちは、居酒屋で酒を飲みながら、その男のことを思い切り笑った。話をしてくれた先輩は、確か当時30歳手前だったと思う。その数ヶ月後、その人も姿を消した。編集室に赤い字で書いた、遺書みたいな辞表が置いてあったそうだ。今度は誰も笑わなかった。才能のある先輩だったが、すぐに忘れた。

走っていても、撮影場所なんて見つかるわけはない。分かっている。でも、歩いていられなかった。商店街の人たちが俺を見る。ロケハンに来た時は優しかったのに、今は皆が俺に腹を立てているように思える。お前が悪い、どうしてくれるんだと、糾弾しているように。俺は誰も見ないで、何も見ないで、小さな商店街を、ただ走り続ける。

俺の知らない間に、アキの、プウラへの奉仕は加速していた。

稽古場《けいこば》の掃除や雑用はもちろん変わらずこなしていたし、とにかく何か出来ることがあれば、眠る時間を削って尽力した。劇団員の一人が引っ越しする時は、梱包《こんぽう》から運搬、トイレから排水口の掃除まで引き受け、劇団員の飼っていた猫が脱走したのなら、朝から晩まで近隣を這《は》いつくばって探した。女性劇団員が夜道で痴漢に遭ったと知ると、彼女を家まで送っていき、そのまま朝まで、彼女の家の前で見張った。

『みんな家族』

亡《な》くなる直前まで、つまりほとんど体力がなくなっていた状態でも、母親はアキを責めた。わずかな力でアキに何かを投げ、皮膚をつねり、背中を叩き、同時にアキを恐れた。

「何なの？　見ないでよ。」

母親の体からは嫌な匂いがし、布団は垢で光った。へちまはもう、アキしか使っていなかった。アキは出来うる限り清潔を心がけた。それなのに母親は、アキを傷つける時以外は、彼に近づくことは決してなかった。

「私に復讐《ふくしゅう》するようになるんだよね。知ってるよ。大人になったら、私をいじめるようになるんだもんね。みんなそうだよ。」

母親は、アキがもうとっくに大人になっていること、そして復讐するのに十分な力を有していながら、まだ母親に怯《おび》え続けていることには、気づいていなかった。

「みんなそう。」

かつてのように、気まぐれにでもアキを抱きしめてくれることはなかった。時々、何かを言葉にしたが、小さなその声はアキを呼ぶのではなく、他の人を呼んだ。それが誰なのかは、ついに分からなかった。

母親の死後、アキはあの家を出た。大家が老朽化したアパートを取り壊すことになったのだった。結果、アキは家の敷金を返してもらったばかりか、引っ越し先のアパートの1ヶ月分の家賃、そして引っ越し代も補償してもらえた。その上、アキの手元には劇団員が売った母の赤いスズキアルトの代金があった。保証会社と管理会社に金を払い、自分だけの責任で、自分だけの部屋を借りることが出来た。

アキは、自分の僥倖が信じられなかった。かつてないほど恵まれた状態で、でもアキは、自分が不当な幸福の中にいるような気がした。母親は限界までアキのために働き、苦しんで死んだ。なのに自分はそれで得た金でゆとりを得ている。そんなことは許されないと思った。

アルバイトは極力減らした。余った時間は全て劇団に出来ることにあて、金はわずかだけ自分の生活費に、残りは金に困っている劇団員に気前よく与えた。最初は受け取るのを躊躇《ちゅうちょ》していた団員たちも、結局アキの強引さに圧《お》された。

東国には、大きな舞台の依頼も舞い込んできた。でも、彼女はそれを喜ばなかった。

「人見知りしちゃうし。」

そう言った東国を、みんなで笑った。

「そんなんでよく主宰とか出来てますよね。」

「それは別だよ。私は劇団の主宰をしたいんじゃなくて、頭の中のものを出したいだけなんだよ。」

そういう東国の表現者としての純粋さを、劇団員たちは愛した。アキもだ。

「なるべく人に会いたくない。でも、」

東国は時々、瞬《まばた》きが多くなった。

「アキ君はすんなり受けいれられたんだよね。」

東国を説得するのは、麻生の役目だった。麻生は、大きな舞台に挑戦することの意義を、そして結果それが劇団員たちのためにもなることを東国に説いた。何より東国の描く世界を、もっと多くの人間に知ってもらうべきだ、と。

「あなたはこの規模で終わる人間じゃないんだよ。」

アキはとにかく、東国が疲れるようなことはしてほしくなかった。頭の中のものを形にして、それで満足なのであれば、その満足の中にいてほしかった。多くを望まなければ、自分たちはこれからも、家族として安全に生きてゆける。

「団員にとっても、大きな舞台で演じるっていう経験は、きっとこれからの糧《かて》になると思うんだ。」

　でも同時に、麻生の言葉にも強く惹《ひ》かれた。確かに、大きな舞台に立った時、自分はどんな景色を見るのだろう。どんな自分になれるのだろう。たった一度の舞台、それも台詞はなかったが、それでもアキは「役者」として舞台に立つことの喜びを、十分に知ってしまった。

　舞台に立った瞬間、「深沢暁」は大きく後退し（もう残っているとも思っていなかったのに）、自分の知らなかった誰かに体を乗っ取られる。自分は自分だ。それは間違いがないのに、自分として生きていない。この瞬きも、この呼吸も、この関節の軋《きし》みも、すべて誰かのものなのだ。そんな時は、アキ・マケライネンさえも彼方《かなた》に去った。

　自分から逃れること。そうすることで、自分の体の構造が驚くほど詳《つまび》らかになった。瞬きや呼吸や関節の軋みを、顕微鏡で覗《のぞ》き込んでいるように仔細《しさい》に観察することが出来た。他の誰かになっている時、アキは一番自分に肉迫する。そしてあらゆる人が、たくさんの人が、そんな自分の証人になる。

結果、東国が引き受けた舞台は、プウラ史上一番ハードなものになった。『みがわり』というその舞台の中で、アキは主演を虐待した人間の一人、「カコ」という役を得た。他に「イマ」「ミライ」がいて、代わる代わる舞台上で主演を追い詰めた。

3人とも台詞はなかった。カコが現れる時は主演の言葉が拙《つたな》くなり、ミライが現れる時は動作を遅くする。つまり主演の振る舞いでそれが過去に起こったことなのか、今、そして未来に起こったことなのかを観客が知ることになった。

主演のササゲ役は、小西来尊《らいそん》という若い俳優が務めた。容貌《ようぼう》からアイドル的な人気もあり、勉強熱心で真面目《まじめ》、舞台演劇での評価も高かった。

アキは、その俳優のことを知らなかった。

『こんなに綺麗な男の人を初めて見た。』

そうメールに書いていた。その上、

『誰よりも熱心で優しい。』

のだという。

『なんだよ、そんな人間いるのかよ！』

俺がメールを返すと、アキは苦笑いの絵文字を送ってきた。そんな人間が実際にいることよりも、そんなことをするようになったアキに驚いた。アキは人間になった。人間になって、やっと社会と対峙《たいじ》するようになった。

あかいはなをうっているおんなのひとがいた。ぼくはそれをかった。
かびんをもっていないから、こっぷにさした。
とてもちいさなおんなのひとだった。
ぼくのことを、こわがらなかった。
もうあえないけれど、きょういちにちは、あのひとのためにいきよう。

給料日は、27日だ。本当は25日なのだが、27日に奨学金の返済金が引き落とされるので、実質の１ヶ月の可処分所得は27日の残高だ。大学を卒業して半年後から返済が始まった。月に１万５０００円を、およそ13年かけて返済し続ける予定だった。

本当は、もっとまとめて返したかった。借りた奨学金のうち、有利子の返済金の利率は２％で、返済期間が長くなればなるほど、利息がつくようになっている。13年も金を返し続ける現実は重く、いつも緩やかに喉《のど》を圧迫されているような気がした。

大学生の頃はアルバイトに明け暮れていたし、働けば働くだけ時給を稼げたから、月々の額を増やしても返せるのではないかと考えていた。でも、中島さんに返済金額の上限をあげようと思っていると相談すると、アルバイトと正社員は違うから、と言われた。

「今は健康でも、もしかしたら、将来お母さんの生活を支えなくてはならなくなるかもしれない。とにかくまとまった金ができたら返す、というくらいに考えて、月々の返済はこれくらいで留めておいた方がいいんじゃないか？」

中島さんの言うことを聞いておいて良かった。実際に就職してみると、月々の負担は想像以上に大きかった。

給料明細を見るとき、返済額を引いて金額を見る癖がついている。そこから家賃を払い、光熱費を払い、実家に金を送る。仕事以外で誰にも会わないから、金は使っていないはずなのに、生活にゆとりはない。俺たちには残業手当がつかない。自分の給料を時間給に換算すればいくらになるだろう。時々そう考えるが、絶望することは分かっているので、しない。

中島さんが連絡をくれるのは、いつも給料日前だった。きっと俺の懐《ふところ》具合を心配してくれているのだろう。そのことに触れないのは、とても中島さんらしかった。

ここ数年、会えたのは数える程だ。終電があるような時間に会社を出られる日はほとんどなく、あってもさっさと帰宅して泥のように眠るだけだった。でも、たまにぽっかりと時間が空くときがあった。編集素材が上がって来ず、次の企画も決まっていないような時期だ。

皆が飲みに行くような時間に放り出されると、嬉しさよりも戸惑いが勝った。街は夜なのに眩《まぶ》しく、道ゆく人間は皆、何か目的があって歩いているように見えた。当てもなくふらついているのは、俺だけのような気がした。

自転車を押してぶらつきながら、幸せそうな女の後を少しだけつけたり、缶コーヒーを買って道端に座って飲んだりする。何か美味《うま》いものを食いたくても、何も思いつかない。結局ファストフードかチェーンの牛丼《ぎゅうどん》屋で夕飯を済まして、家に帰る。帰ってもやはりやることはなく、だからと言って掃除や家の諸々《もろもろ》をする気にもなれない。スマートフォンを見るともなく見ながら、ダラダラと過ごす。さっさと眠ればいいのに、眠れない。

　その日は久しぶりに、本当に久しぶりに、日付が変わる前に会社を出ることが出来た。しかも28日、「給料日」の、まさに翌日だった。俺は初めて、自分から中島さんを誘ってみることにした。

『久しぶりに早く終わったんですが、飯ご一緒しませんか？』

　メールを打ってから気づいた。俺にとってこの時間は早いが、普通の社会人にとっては深夜だ。もう家に帰っているか、もしかしたらもう眠っているかもしれない。そもそも夕飯などとっくに食べているだろう。後悔していると、すぐに返事が来た。

『行こう！』

　無理をして合わせてくれていたら申し訳なかった。でも、それ以上に嬉しかった。久しぶりに中島さんに会える。いつかの焼き鳥屋に行くのだろうと予想して自転車を漕ぎ始めたら（もう閉店していることにすら思い至らなかった）、中島さんは思いがけず、麻布にあるワインバーを指定してきた。

『食いもんも美味いから！』

送られて来た店のホームページを見ると、高そうな店で怯《ひる》んだ。しかも、会社の近くだ。

今日は、自分がご馳走《ちそう》しようと思っていた。散々世話になった中島さんにお礼がしたいとずっと思ってきたし、そう申し出てもきた。でも、その度に優しく断られてきた。

今日こそは、そう思っていたが、この店ならきっと1万以上かかるだろう。自転車にまたがったまま、写真をスクロールする。赤い壁と暗い木目のテーブル、ロウソクの淡い光。若い女を連れて行ったら喜びそうな店だ。

ここ数年、風俗以外で女を抱いていない。最近は金と体力も惜しいから、自慰でさっさと済ます。もし、そんな機会が訪れたとしても、高い金を出して女を飯に連れてゆき、雰囲気の良いバーに寄って酔わせ……そう考えると気が遠くなる。それから、会ったこともない女のことを想像して腹が立つ。想像の中で、それはいつも、仕事をしたことのある女優や、アイドルや、テレビタレントだ（そして時に、あの女性市議だ）。

自転車を漕ぎながら、股間《こかん》が痛くなってきた。そういうとき俺は、いつも数字を思い出すようにしている。番組の視聴率を、手取りの給料を、そして、俺がこれから返済しなければいけない金額を、その年月を。効き目は大きい。股間はすぐに、元どおりになる。

中島さんは、すでに席に座っていた。ネクタイはしていなかったが、スーツ姿だった。俺のＴシャツはヨレヨレで、場違いではないかと怯んだが、店員は俺にも優しかった。

「また焼けたなぁ！」

目が合った中島さんが、嬉しそうに笑った。

「いやもうボロボロですよ。」

席に着くと、店員がシャンパングラスを二つと、ボトルを持って来た。俺でも知っているような名前の高級なシャンパンだ。もちろん、飲んだことなどなかった。それを素直に伝えると、中島さんは笑った。

「しゃらくさいからだろ？　分かるよ、俺もそう思ってた。なんだよシャンパンって、てな。でもさ、大人として一応知っておいてもいいだろ？」

正直、冷たいビールをごくごく飲みたい気分だった。でも、注がれたシャンパンを飲むと、叫びだしたくなるくらい美味《おい》しかった。

「うまい……！」

中島さんは嬉しそうに、俺の肩を叩いた。

「そうだろ?　まあ、そんなふうに一気に飲むもんじゃないけどな。」

「そうなんすか?　いや、マジで美味い。俺もっとシャンパンって甘ったるいのかと思ってました。」

「安いシャンパンにはそういうのもあるよ。ワインのことは俺全然分からないけど、シャンパンに関してはいい値段のものだとだいたい間違いない。」

「あ、やっぱ高いんすね。」

「お、嫌味だった?」

「聞かなかったことにしていいっすか?」

「はは!」

シャンパンの後は、冷えた白ワインが運ばれて来た。白ワインはゴムみたいな味がするから嫌いだった。でもそのワインは、俺の想像するそれとは全然違った。

「なんだ、これ、美味い。」

「さっきからそれしか言わないな!」

「いや、高いワインって美味いんすね。」

「それはそんなに高くないよ。」

「あ、高くないんすね。」

「ははは！」

そうじゃないことは分かった。一度もメニューを見せてもらえなかったが、グルメサイトで平均予算額を見ていた。俺たちの周りにいる客は皆、金を持っていそうな雰囲気だった。中には、俺が業界で見るような美しい女を連れている男もいた。

テーブルに次々と料理が運ばれて来る。生ハムは流石《さすが》に分かったが、あとは何ていう料理なのか見当もつかない。とにかく全てが美味しかった。

「これ異常に美味いっす、なんですか？」

「それ？　それはセビーチェだよ。」

「せび？　分かんないけど、まじウメェ！」

中島さんは、楽しくて仕方ない、という風に笑う。それが嬉《うれ》しくて、いつもより乱暴な言い方をしたくなる。そうすると、中島さんが喜ぶからだ。

「これはつぶ貝のアヒージョな。」

「あひ？　なんでもいいや。どうせウメェんだし！」

「はは、熱いから気をつけろよ。」

そうやって俺に気を遣ってくれる中島さんも弁護士なのだ。下北沢の焼き鳥屋でビールを呷《あお》る姿や、汗だくになりながら引っ越しを手伝ってくれた姿しか見ていないから、時々忘れてしまう。でも、中島さんは実社会では圧倒的に「この店に似合う側」の人間なのだ。

「中島さんって、弁護士なんすよね。」

「なんだよ、急に。」

「いや、なんかこういう店にいるのを見るとそうなんだなって。」

「何言ってんだよ！」

「最近はどんな仕事してるんすか？」

中島さんは、店員に赤ワインを注文した。値段も見ずに、「重めのを」、それだけ言う。そんな機会が訪れることはないのに、中島さんの注文の仕方を、覚えておこうとしていた。

「嫌な仕事だよ。」

「嫌な？」

「そう。まあ……、虐待。」

「虐待？　それは、子供の？」

中島さんは、残った白ワインを飲み干した。

「2歳かな。母親がな。」

「事件ですか。」

「死んでない。」

　中島さんの言い方は、死なないと事件にはならないことを示唆《しさ》していた。

「訴えたのは父親だ。俺が弁護してるのも父親。離婚して、母親が一人で育ててるんだ、子供を。親権も母親が持ってて。」

「それで虐待を？」

「そう。1ヶ月に一度会う約束でな、会った時に体に痣《あざ》があったらしい。母親は否定してるんだけど、まあそりゃ否定するだろう。それからは、その面会の約束も反故《ほご》にしてきて。」

「それで、父親が。」

「そう。親権を返してほしいって訴えてるのを、俺が手伝ってるんだ。母親は全く応じないけどな。」

「それって。」

「酷《ひど》いだろ。」

　ワインを飲むペースが早くなった。中島さんは飲みながら、何度か首を振った。

「元々不安定だったらしいんだ。子供が産まれて少しはましになったんだけど、だんだんヒステリックになって、依頼主に当たるようになったらしい。育児以外の全ての家事を放棄して、それで一方的に離婚を突きつけられたそうだ。」

「応じたんですか？」

「依頼主も疲れてたみたいなんだ。当時も今も同じ建設会社に勤めてるんだけど、朝から晩まで働いて、クッタクタになって家に帰ったらヒステリックに怒鳴られる。そりゃ疲労困憊《こんぱい》するよな。子供に悪い影響があるかもしれないからって、応じたらしい。」

「それで親権も。」

「育児に関しては熱心だったそうだよ、その時は。子供も母親になついてたらしいし。そりゃ、母親だからな。母親を慕わない子供なんていないよ。」

「依頼主の人は、その仕事をまだしてるんですよね？」

「うん。」

「それで、子供を引き取ることは出来るんですか？」

「再婚したんだ。新しい奥さんは安定してて子供好きらしい。実家の近くに引っ越したのもあるし、母親も面倒を見てくれるだろうって言ってる。」

　中島さんはワインをお代わりするたび、「さっきより重めのものを」と告げた。こんなに重くなっていったら、最後はどうなるのだろうか。結局俺には味の違いが分からなかった。とにかく酔っていた。

「あの、子供はなんて言ってるんですか。」

「まだ意見なんて言わないよ。２歳だ。母親が全てだろ。叩かれても蹴《け》られても、それでも母親を愛してしまうんだ。そんな母親でもな。」

「そんな母親でも。」

　手が滑った。危ういところで、グラスは倒れなかった。

「一番かわいそうなのは子供だよ。」

　その言葉を最後に、記憶が飛んだ。


　目が覚めたのは、会社の小さなソファの上だった。

　立ち上がろうとすると、頭が揺れた。そのままトイレに行き、吐いた。昨晩の間に散々吐いたのだろう、酸《す》っぱい胃液しか出なかった。

　スマートフォンを見ると、中島さんからメールが入っていた。送信時刻は４時40分。こんな時間まで付き合ってくれたのだ。

『大丈夫？　会社で寝るというのでそこまで送りました。自転車は会社の前に鍵《かぎ》をかけて停めてあります。その場所で合っているか分からないから、起きたら確認してみて。鍵は君の右の前ポケット。』

ジーンズのポケットに手を入れると、確かに鍵があった。

ワインは美味かった。次々に出してくれるから、水のように飲んだ。中島さんがそうしていたから、そうするものだと思った。でも、結果俺は潰《つぶ》れ、中島さんに介抱してもらったのだろう。あんなに美味かった料理も、全部吐き戻した。

返信ボタンを押して、やめた。また強烈な吐き気が襲ってきたからだ。あと40分で、ロケ現場に行かなければならない。

「んがっ。」

痰《たん》が絡《から》む。吐き出そうと思ったが、その前に恥じた。その音は、ダンを思い出させたからだ。俺はトイレに行き、もう一度指を喉《のど》の奥に突っ込んだ。

アキは、カコとして生きていた。

稽古場に姿を現す時から、つまり一人でいる時から、アキはササゲを虐《しいた》げ、苦しめるカコだった。凶暴で、醜い大人だった。

ミライを演じたのは麻生だった。麻生も背が高かった。カコもミライも、主役の小西を虐げるために「大きな体をしていないとだめ」だと、東国が言ったのだ。

麻生とアキが並ぶと、異様な迫力があった。団員たちははじめ冗談で、のちに本当に二人を恐れるようになった。

「怖い。」

ササゲを虐げ、苦しめるのが二人とも男性であることは不自然ではないか、という意見も上がった。

「母親からの虐待《ぎゃくたい》も多いし、女性からのいじめもあると思うんです。」

そのことについては、何度も話し合った。でも、東国はそれを受け入れなかった。

「これは絶対に男の人なんだよ。」

その話をするとき、東国の瞼《まぶた》がピクピクと痙攣《けいれん》した。団員たちは、それを見逃すまいとした。何故《なぜ》かそれが、とても大切な徴《しるし》のように思えたからだ。

「化け物みたいに体が大きいの。それだけで誰かを脅《おびや》かすような男の人。」

例えば彼らの過去についての言及があっていいのではないか、という意見も上がった。化け物は化け物として生まれついているわけではない。なんらかの原因があって残酷になりうるのではないか、と。

「虐待のニュースとか、親のことを鬼畜みたいに報道しますけど、でも、同じように虐待された経験がある人が多いですよね。いじめもそう。生まれつきいじめっ子なんじゃなくて、なんらかの理由があって手を下すわけだから。」

「そういうのはもういい。悪い人間にも理由があるとか、本当はいい人だった、とか、そういうのはもういい。そこから、根本から、社会の構造から、しっかり考えないと虐待がなくならないんだよね、知ってるよ。でも、いらない。そういうのは、他の人にやってもらおう。」

東国の瞼は、麻痺《まひ》的な動きを続けた。

「この舞台は、徹底的に奴《やつ》らを加害者として描く。理由のない悪として描く。考えさせたいんじゃない。意義とかそんなのどうでもいい。」

それ以上、誰も何も言わなかった。

「私が責任を取るから。」

直接的な暴力描写は避けた。カコやミライは、実際にササゲを殴るわけでも、蹴るわけでもなく、かえってそのようなシーンになると、動きを止めた。紫のランプがササゲを照らしたり、舞台上に置いてある小さな枝を団員が折った時がその時だった。舞台上でササゲは身をよじり、叫び、完全に静止した。

ササゲ役の小西にとっても、かつてないほど過酷な舞台だった。役の難しさはもちろん、彼にとってイレギュラーな環境だったからだ。

顔合わせの時も、衣装合わせの時も、台本読みの時も、東国は小西の方を見なかった。小西のマネージャーである彼の実姉が、

「なんでもさせます。」

と言っても、小西自身が、

「なんでもします。」

そう付け足しても、東国は目を合わさなかった。頭を下げ、少しだけ口角をあげたが、それだけだった。

東国にとって、初めて客演を迎えた舞台だ、緊張は理解できた。それに、とてもデリケートなテーマでもある（広報は業界向けに「東国が初めて自身の悪から離れ、社会の悪を正面から描く」とパブリシティを打った）。それでも皆が心配するほど、東国は小西を警戒していた。

小西はもちろん、その警戒に気づいていた。元々彼はプウラの舞台をすべて観《み》ており、東国のことを尊敬していた。プウラの舞台に立ちたいと望んだのは小西自身だった。劇団にとって初めての客演俳優であることに、大きな喜びも感じていた。だからこそ努力を惜しまなかった。

彼は、テーマを聞いた時から、徹底したカロリー管理をした。体重を大幅に減らすためだ。健康的に痩《や》せるのではなく、病的に痩せるようにした。そして、稽古が始まる頃には子供に見えるように、全身を剃毛《ていもう》した（再び生えたらまた剃《そ》った）。爪《つめ》を伸ばしっぱなしにし、歯で噛《か》みちぎった。稽古期間、姉も彼の熱意に配慮し、他の仕事をほとんど入れなかった（小さな個人事務所だからできることだった）。時々公園で夜を明かしたり、小さな段ボールの中に体を折り曲げて入り、長い間出て来なかった。

努力は役作りに対してだけに止《とど》まらなかった。あらゆるスタッフの声に耳を傾け、すべての劇団員、アキのような下っ端《ぱ》にまで気を配った。他の人間の演技に意識を研ぎ澄ませて、集中力を途切れさせなかった。

驚いたのは、アキだけではない。皆、彼の人間性に惹かれ、瞬《またた》く間に彼を愛した。

『誰よりも熱心で優しい。』

『なんだよ、そんな人間いるのかよ！』

俺たちは、ちょうどその頃に、このメールをやり取りしていたのだった。

東国だけが、彼への警戒を解かなかった。小西を見ず、小西に意見を求めず、時々稽古場から姿を消し、長らく戻ってこなかった。皆、東国を少しだけ疎《うと》んだ。そしてどうか、東国が小西に心を開きますように、そう願った。

東国が変わったのは、稽古が中盤を迎えた頃だ。徐々に、本当にわずかずつ、東国は小西を見るようになった。演出が俳優を見るのは当たりまえのことだ。むしろこれまで見てこなかったことが異常だ。演出として、あってはならない。小西を「認めた」ということでもなさそうだった。もちろん、小西を追い込んだ結果、彼を許したというのでもなかった。東国の体内で、何かが静かに開いた。

一度見始めると、止まらなかった。東国の視線は、日を追うごとに過剰なものになっていった。稽古中も、稽古を中断していても、東国は小西を見た。そして小西は、その視線を受け入れた。彼も、東国を見た。二人が意思を持って見つめあったところから、それはつまり、始まったのだった。

二人は、どこかに姿を消すようになった。最初は休憩中だけ、でも段々、東国が望んだ時間に、つまり稽古中でも、姿を消した。

プウラの世田谷にとって、それはとてもイレギュラーな光景だった。主演の小西と演出の東国との、演技上のディスカッションだとしても、今までは全《すべ》て、劇団員が皆揃《そろ》って車座になり、話し合っていた。自分とは関係のない場面であっても、皆で話し合うことによって風通しをよくし、新しい解決策を得ることを目的としていた。そしてその家族的な時間は、プウラの大きな特徴でもあったし、東国が望んでいるものでもあった。

「みんなで話そう。」

　でも東国は、小西とは二人きりになりたがった。

「ちょっと話して来ます。」

　劇団員たちは、二人の関係を知りながら、そのことには触れなかった。それで舞台が良くなるのなら、という思いを共有していたし、小西は皆への配慮を忘れなかった(小西から東国を誘うことは皆無だった)。何より、小西に心を開いてくれと願ったのは、他でもない自分たちなのだ。

　とにかく東国は、人間になった。周りがそれに驚き、戸惑い、はにかんでいる間に、小西の演技はどんどん磨かれ、東国は大きくなった。実際にだ。彼女はよく食べるようになり、みるみるうちに体重を増やした。

二人が姿を消し、長すぎるディスカッションをしている間、劇団員たちは各々《おのおの》体を動かし、台詞を覚え、時には麻生が皆をまとめた。東国が戻ってくるのを待つその様子は、それぞれ犬のようだったが、中でも一番巨大で忠実な犬が、アキだった。

アキは、東国と小西が稽古場を去ると、二人の行く先を見た。二人が戻ってきても、稽古中も、稽古が終わっても、帰り支度をしていても、アキは東国を見た。いつまでも見た。話しかけることはなかったし、何かを求めているようなそぶりは見せなかったが、見ることをやめなかった。

一方で東国は、アキを見なくなった。

アキの演技を見て、東国は何度か眉《まゆ》をひそめた。凶暴なアキ。残酷なアキ。アキの演技の拙さに怒っている時もあれば、そうではない時もあった。そして、そうではない時の方が多かった。アキに話しかけず、車座になっても、アキの演技に触れることはなかった。

アキはなんでもした。東国の期待に応《こた》えたかった。髭《ひげ》剃りで顔に傷をつけ、演技の途中で急に自分の髪を抜いた。鼠《ねずみ》か鳥を殺してみようか、そう思ったこともあった。でも、どうしても出来なかった。かわいそうだ、と思う自分の気持ちが邪魔だった。

団員は皆、アキを思いやった。でも、優しくしようとする前に恐怖が勝った。アキ自身が暴力を孕《はら》み、カコを凌駕《りょうが》した。アキは誰も傷つけなかったし、誰のことも求めなかった。東国以外は。皆は口をつぐんだ。あらゆることがおかしな状況にあった。
でも、この舞台が確実に転機になることは分かっていた。

初日の公演で、東国は暗幕を全て落とすという演出をした。そしてこの演出は、舞台スタッフ以外には誰にも知らされていなかった。舞台上にいた役者たちの何人かは動揺し、何人かは動じなかった。

暗幕が落ちたことで、バックヤードが全て晒《さら》された。団員は観客に見られながら着替えをし、水を飲んだ。私服の舞台スタッフたちはライトに照らされながら道具を運び、走り回った。落ちた暗幕は回収されず、役者たちはそれが存在しないかのように演技をしたが、小西だけはそれを使った。かぶって隠れたり、踏みつけたり、口に詰めたり、演技プランに入っていなかったことをやり続けた。

時々、背景で稽古中の映像が流れた。東国が撮っていたハンディカメラの映像は、小西ばかりをズームで捉《とら》えていた。それも、笑う小西ばかりを。

小西の笑顔は、観客を安堵《あんど》させた。でもそれは同時に、彼らの「安堵」を糾弾する映像でもあった。小西はラフなジャージを着ていて、劇団員たちに囲まれ、美しかった。小西が輝けば輝くほど、その光が誰かの残酷な日常の上になり立っているものであることを、観客たちに知らしめた。

『みがわり』は商業的には成功したが、いつもより多くの批判を受けた。結局東国は自意識から離れられない、演出が散漫、役者を駒《こま》として扱うならもっと徹底的にやるべき。そのような批判から、ライソン君に色目使ってんじゃねぇババア、などという、主に小西のファンからの罵詈雑言《ばりぞうごん》もあった。東国は毎日、それら全てに目を通した。昔は2ちゃんねるで目にしていたそれらの意見は、今ではTwitterに取って代わられた。検索ボックスに名前を入れると、あらゆる人間の「呟《つぶや》き」を見ることが出来る。東国は、『プウラ』だけではなく、自分の名前も検索し、念を入れて、誤字の可能性まで考慮に入れた検索をした。

アキは再び話題になった。強烈な印象を残したのは『呼ぶ』以上だったが、多くは演出の雑さからくる批判だった。

『容貌に頼りすぎ。』

『あの体であんな風に動いたら、それだけで説得力になる。それはギフトではあるけど実力ではない。』

『東国さんは深沢さんが嫌いなの？　なんか悲しくなった』

東国はそれらにも目を通したが、アキへの演出を変えることはなかった。アキの演技はどんどん狂気を孕んだが、どんどん拙くなっていった。最終日を迎える頃には吃音《きつおん》が復活し、カーテンコールの時には白目を剝《む》いていた。気を失いそうだったからだ。

ぼくのからだをのっとるのなら、てっていてきにしてほしい。
ぼくのこころを、すこしでものこさないでほしい。
ぼくをけして、ころして、そして、ぼくをかんぺきに（不明）してほしい。
ぼくのからだのなかで、ぼくでいることが、ときどき、とてもさみしくなる。
ねこのように、しぬときをさとって、きえたい。
ぼくは、ぼくのからだから、かんぺきにきえたい。

タレントが、大麻所持で捕まった。バカを売りにしたあのタレント二人のうちの一人、ある女優に名前が似ている方だった。報道を知った一般人が、大物が薬物に手を染めたのだと勘違いして、インターネットは一時、パニックになった。

誰が何をしようと構わない。大麻をやろうが、コカインをやろうが、誰かを殺そうが、勝手にしてくれていい。でも、俺が関わった番組に出た人間となると、話が違う。しかも、ロケのＶＴＲは、まだ放送されていなかった。

日本では、罪を犯したばかりの人間が出演する番組を、地上波で放送してはいけない、という暗黙のルールがある。法律で決められているわけではないし、「作品に罪はない」と主張する人間ももちろんいる。でも、基本的に許されない。誰に許されないかというと、視聴者にだ。うっかり放送しようものなら「不謹慎だ」に始まり、果ては「犯罪者を見たせいで具合が悪くなった、お前たちを訴える」まで、様々な苦情が寄せられる。ほとんどがインターネット上での批判だが、中には、ご丁寧に局まで電話をかけてくる人間もいる。その多数が、団塊の世代と呼ばれる年代の視聴者だ。

若者のテレビ離れが進んでいると言われている。折々にＣＭが入ってまどろっこしいテレビより、自分で観たいものを好きなタイミングで観ることが出来る YouTube

の方が、よほど生活に寄り添っているのだろう。

それでもテレビは、まだ影響力を持っている。それを支えているのが、高齢の視聴者、つまり、インターネットを知らない世代だ。仕事をリタイアしている人間が多いから、まず時間がある（働き盛りの人間には、平日夜7時や8時からテレビをリアルタイムで視聴することは難しいし、ましてや昼間の番組になるとなおさらだ）。時間帯にもよるが、テレビのコアターゲットは基本彼らで、制作側も当然、彼らの嗜《し》好《こう》を意識せざるを得ない。

日本礼賛《らいさん》番組が増えたのも、彼らの存在が大きいと言われている。高度経済成長期を経験した、つまり「頑張れば必ず上向きになる」ことを信じ込まされてきた彼らは、日本の経済がどう頑張っても傾き続けていること、日本の「国力」が弱まっていることを受け入れられない。だからか、日本の職人技や技術が世界で称賛されているのを見ると安心する。世界において日本が「さすが」と言われているのを見たいのだ。

それでも、経済の傾きは実生活に関わってくる。どうしても無視出来ない。信じていた終身雇用が揺らぎ、年金制度が揺らぎ、かつて（そしてきっと今も）「下」に見ていた他国の経済ばかりが上り調子だ。日本の存在は、国際社会において取るに足らないものになりつつあるのだと、否応《いやおう》なく突きつけられる。

そうなると次は、日本人の精神性を称賛する番組の登場だ。確かに我々は経済では負けているかもしれない、でもそれは我々が強欲でないということの証《あかし》で、それどころか足るを知り、真の美しさを知り、人間の尊厳を知っている。つまり我々日本人は、誰よりも高潔な民族なのだ、そう確認するための番組。

「日本は今経済的に危機にあるが高潔である」という表明は、「バカを見て安心したい」という思いと共通点がある（この場合、その「バカ」も日本人であることは度外視される）。彼らの核を揺さぶってはならない。彼らの人生を否定してはならない。とにかく彼らの機嫌を損ねてはならない。

テレビ業界では、視聴率が取れるということが第一義だ。それによってスポンサーの数や質が変わってくる。つまり、稼げる金の額が変わる。桁《けた》が違うことだってある。資金難の業界にとって、切実な問題だ。

数字を気にせず好きなことが出来たことに関して、「時代のおかげだ」と言った納土のことを、なんて謙虚な人なのだろうと思っていた。でも最近では、その意見に抗《あらが》えないようになってきた。

昔の番組を見ていると、今では考えられないような過激なものがある。当時20代のタレントたちが誰かの容姿をこき下ろし、セクシャルハラスメントをして、食べ物をめちゃくちゃにしている（もちろんたくさんの人間が消えたが、そのうちの何人かは今だにテレビで活躍している。そのおかげで、30代半ばのタレントでも「若手」扱いになっている。出演者の高齢化も、最近のテレビの特徴だ）。よく放送出来ていたなと驚くが、苦情が来ても数字が取れるので、よほどのことではない限り、気にせずに済んだのだろう。

テレビ業界には、かつて潤沢に金があった。YouTubeもNetflixも存在しなかったから、ほとんど一人勝ち状態だ。当然スタッフの給料もよかったはずだし、過酷なスケジュールにも耐えられたのだろう。金も人手もない俺たちの現状とは大違いだ。

大麻タレントを使うことで苦情が来ることは、間違いなかった。それに、俺たちが作ったのは昼の情報番組内のＶＴＲで、そこそこの視聴率を得ている。保守的な「主婦層」が許すわけがない。差し替えは当然のことだった。

いっそ放送日当日に捕まってくれたら良かった。そうであったなら、俺たちはなすすべも無かった。きっと局の誰かがなんとかしてくれたはずだ（そしてもちろん、放送された後なら、いつ捕まってくれたって構わない）。でも、奴が捕まったのは放送の３日前だった。

３日間、差し替えＶＴＲの制作に追われた。林の指示で、別の理由でお蔵入りになったＶＴＲを漁《あさ》った。めぼしいものを何本かピックアップしたが、どれも時節に合わなかったり、番組の性格上、深刻過ぎる内容だったりした。お昼の情報番組は、誰も傷つけず、誰も刺激してはならない。最近は特にそうだ。少しでも過激な内容が入ると、瞬く間に苦情がくる。例えば国会議事堂前に集まったデモ隊の映像が「過激」なのかどうかは分からないし、直接禁じられた記憶もない。でも、誰に言われずとも、現場には暗黙の了解があった。これは視聴者が好まないだろう。

季節に合った服のコーディネート、若く見える、でも若作りではないメイク術、作り置きに便利な食材、簡単にできる収納術、効率的な掃除の方法、そして時々、皆が安心して笑えるようなトピック。その部分を、俺たちのＶＴＲが担《にな》っていた。一番てっとり早いのは、別のタレントを連れて同じ商店街に行くことだった。でも、アポイントメントを取り直そうとしたら、まるで口裏を合わせたみたいに軒並み断られた。商店街の人たち皆が、俺たちに不信感を持っている。タレントが大麻で捕まったのは番組のせいではないのに、そうだというような。

もちろん林はそのことで、俺に嫌味を言うことを忘れなかった。

「お前がもっとうまくやれてたらな。」

俺のせいなのだろうか。あの日と同じことを思った。

これは、いちＡＤの、俺のせいなのか？

でも、もちろん、そんなことを考えている時間はなかった。

結局、差し替えはスタジオを借りての料理ロケになった。また違うバカタレントを集めて、めちゃくちゃな料理を作らせる（もちろん、「スタッフで美味しくいただきました」のテロップを、忘れてはならない）。

通常は、不祥事を起こしたタレントの事務所が代わりになるタレントを用意してくれる。今回もそうだった。でも、どれも知名度のないタレントばかりで使えないと、林がジャッジを下した（林はとにかく、少しでも旬《しゅん》なタレントを使いたがる）。

林が気まぐれに挙げるタレントの名前を全てメモして、片っぱしから電話をかけた。同時に、スタジオのアポイントメントも取らなければならない。局が持っているスタジオはどれも埋まっていたから、都内のキッチンスタジオを探すことになった。

数十件電話をかけた。何人かのタレント事務所に答えを保留にされた。やっと出演が決まったタレント同士が共演ＮＧと知った。キッチンスタジオは比較的簡単に見つかったが、スタッフが朝早くに来るのを嫌がった。俺は頭を下げ続けた。

小道具やカンペと呼ばれる進行表、台本を作った。その合間に編集所までタクシーで乗り付け、自分が担当している深夜番組の編集をした。３日間で15分程度しか寝ていない。トイレに行った際、便座に腰掛けてほとんど気絶するように眠った、その15分だけ。

それでも俺たちはラッキーだと、田沢に言われた。１日で全てを撮り直すことも、この業界ではあり得ることなのだと。

「１日で番組内の再現ドラマのキャスティングとアポ入れとロケ場所探しと撮影をやったことなんて、余裕であるから。」

お前より自分の方が頑張っている。お前より自分の方が大変だった。被《こうむ》ったトラブル、乗り越えた厄介ごと、その規模が大きければ大きいほど武勇伝になり、箔《はく》がつく。３日間の制作期間で、音《ね》をあげることは許されない。

食材の買い出しは、末端ＡＤに頼むはずだった。俺より５歳下の、屈強な男だ。俺と同じように、そいつは同期が軒並み辞め、最後に残った一人だった。根性も体力もあると思っていた。でも、昨日飛んだ。あっさりと姿を消した。何度も携帯電話を鳴らし、時に恫喝《どうかつ》し、時に優しい言葉を留守番電話に残した。でも、膨大な着信履歴が残るだけで、そいつが二度と戻らないことは分かっていた。

結果、食材は俺が用意しなければならなくなった。それだけではなく、別番組で撮影を終えたマスターテープを、局から編集所まで運ばないといけなくなった。それは本来、ＡＤの大切な仕事だ。

「ハコ」と呼ばれる編集所は、局関連の会社だけではなく、都内に散らばっている。若い頃は、先輩たちから何度も「ハコを押さえろ」、と言われた。レギュラー番組は大抵毎週押さえているハコがあるが、特番や急に入った編集、とにかくイレギュラーなことがあれば、急遽《きゅうきょ》探さなければならない。今回もそうだった。

　今回のマスターテープは、スタジオ内のトーク番組、３カメと４カメの映像だけだった。それでもテープは４本ほどあった。段ボールに詰め、他に使用した小道具や諸々《もろもろ》の荷物と一緒に、タクシーの後部座席に積んだ。編集所に持っていってＤＶＣＡＭと言われる機材にコピーして、それで編集をする。マスターテープは大事なものなので、編集所に保管するのが常だ。

　編集所に先に行くのが安全だった。でも、会社の方が近かったので、先に会社に寄ることにした。少しでも効率的にやりたかった。

　タクシー運転手は、片言の日本語を話した。助手席後ろについているネームタグを見ると、「李」に続いて、読めない漢字が書かれてあった。写真を見る限りは、俺より若い。ふっくらとした頬が赤く、幼くさえ見える。李がどういった経緯でこの仕事をしているかに、瞬間思いを馳《は》せたが、すぐにやめた。数分だけでも眠りたかった。

マスターテープを入れた段ボールがないことに気づいたのは、編集所に着いてからだった。どれだけ荷物を漁っても、タクシーを降りたところまで走っても、なかった。領収書を取り出し、記載してある番号に電話をかけた。受付時間は朝8時から、のガイダンスが流れて、スマートフォンを床に投げつけた。死んだ、と思ったが、ヒビが入っただけだった。もう一度投げつけそうになるのを、ぐっと堪えた。連絡手段を断たれれば、俺たちはやっていけない。代わりに壁を殴った。拳《こぶし》を擦りむき、血が出たが痛みは感じなかった。

　結果は分かっているのに、また電話をかける。ガイダンスの声は女で、高い声で、馬鹿《ばか》にされていると思って、壁を殴る。蹴る。受付時間になるまで、あと3時間待たなくてはならない。この間に、取り返しのつかないことになる気がする。間違いなくそうなる。

　マスターテープを紛失することは、俺たちが一番恐れていることだった。撮影した素材を失《な》くすこと。しかも編集前に失くすこと。まず、損害が大きい。今回のテープは若手芸人と地下アイドルのトークバラエティだ。彼らにまた依頼し、スケジュールを合わせ、スタッフも揃えなくてはならない。その経済的損害は、基本的に会社が負担する。社長の顔が浮かぶ。それだけで、眼球が焼かれるように熱くなる。

もっと恐ろしいのは、そのマスターテープの映像が流出することだ。編集前の映像、放送で禁じられていることを言ってしまっているタレントもいるし、肖像権の問題もある。とにかく失くしたら終わりだ。

震える体で、今度は24時間営業のスーパーマーケットまで走った。ＡＤが飛んだ。ＡＤが飛んだ。ＡＤが飛んだ。あいつがいれば、こんなことにはならなかった。もう一度、奴の電話番号にかける。電源を切っているのはもう分かっている。戻ってこないからには、番号も変えるのかもしれない。留守番電話に切り替わった瞬間、殺すぞ、と言う。

収録は朝の10時から。俺たちは最低でも、８時半までには準備のためにスタジオに行かなければならない。買い物のメモもＡＤに渡してあった。生鮮食品売り場で立ち尽くしている間に、メモは携帯で送っていたことに気づく。どうしてそんな簡単なことに気づかないのか。頭を叩《たた》きつけたくなる。実際叩きつける。カートに頭を何度も叩きつける。少し視界が揺れて、ぐらりとして、それからまぶたが震えだす。なんて馬鹿なんだと思う。俺はなんて馬鹿なんだろう。スクロールしてメモを探す。手も震えている。買わなければならない食材のリストが添付されている。でも、頭に入ってこない。

食材を、無茶苦茶にカートに放り込む。レジ袋で7つ分になった。タクシーが拾える場所まで歩くうちに、1枚破れた。玉ねぎが転がり、牛乳パックが割けて、道路に白い水たまりを作る。俺は大根を見ている。袋から大きく突き出している。白くて柔らかい切っ先が見える。それに、飛び込みたくなる。飛び込む？　どうやって？　でも、飛び込みたい。顔から思い切り、そこに飛び込みたい。でもしない。

そばを通るタクシーが速度を落とす。わずかな願いをかけるが、それはもちろん李のタクシーではない。座席越しに見えた李の肩を思い出す。紺色のスーツには、白いフケがたくさん落ちていた。降りるとき、李は片言で、お疲れ様です、と言った。

事務所に戻っても、電話がつながるまで時間がある。この間に眠らないと、あと3日は眠れないだろう。俺にはやることがある。俺にはやることがある。顔全体に薄い靄《もや》がかかっている。それが睡魔なのかどうか分からない。トイレに行って吐く。数時間前に食べたカップの焼きそばが溢《あふ》れ出てくる。まだソースの味が残っている。涙が出たので、ついでに泣く。結局便器にもたれたまま、気を失っている。

目が覚めたら、奇跡のように8時だ。電話をかける。「サービス向上のため、この会話は録音されます」のガイダンスが流れる。嘘《うそ》つけ、と思う。サービスのためなどではなく、頭のおかしい人間からかかって来た電話の内容を、保存しておきたいだけだろう。揉《も》めた時に有利になるように。そいつを叩きのめせるように。そいつを社会から抹殺できるように。係の人間が出る。俺は説明する。領収書に記載された車両番号を伝え、乗車時間と降車時間を伝え、李という男だったと伝え、料金まで伝える。マスターテープがどのような形状をしていたか、それを入れた段ボールがどんな状態で、どれくらいの重さだったか。出来る中で、一番優しい声をだす。おかしな人間ではないと、分かってもらうために。

係員は、会社にはそういった忘れ物の届けはない、と言う。そんなはずはない。絶対にそんなはずはない、と訴える。声を変える。李に聞いてくれ、と言う。係員が調べると、李はまだ実車中だと言う。そんなことは関係ない、あれがなくなったらお前たちを訴える、と言う。自分がどんな声を出しているのかは分からない。俺の声は、録音されている。

しばらくお待ちください、と、係が言った後、音楽が流れる。ベートーベンの第九、朝の8時に聴く曲ではない。機械的で安っぽくなったその音に、でもどうしようもなく感動してしまう。嗚咽《おえつ》するほど泣いてしまう。

「確認しましたが、残念ながらそんな荷物はなかったそうです。」

何かが何かを超える。叫ぶ。嘘つくんじゃねぇお前らが嘘ついてんのは分かってんだよ李だよ李が盗んだんだあれが大切なものだと分かって盗んだんだそうだろう転売して金儲《もう》けしようとしてやがるそうだろう卑《いや》しい人間恥を知れ。でも、それ以上は覚えていない。

結局それは、局の遺失物センターに届けられていた。全てタクシーに積んだと思っていた。でも積んでいなかった。頼んで見せてもらった局の防犯カメラに、俺の姿が写っている。画面越しに見る俺は、まるで知らない人間のようだった。表情がない。荷物を淡々と積む俺は、一番最後に、一番大切なものを忘れている。マスターテープが入ったその段ボールだけ、俺はその場に忘れている。

事務所を出なければいけない。食材の入ったレジ袋から、野菜が覗《のぞ》いている。大根は買い物リストに入っていなかった。だから膝で割った。もう大根はない。それはゴミ箱の中で、ぐちゃぐちゃに砕けて、潰れている。残った野菜が、誰かの顔に見える。一つ一つに意思があり、言いたいことがあるような顔をしている。その中で、特別生意気そうに見えるのがかぼちゃだ。キリでかぼちゃに「ヤメロ」と刻んだ男の話を思い出す。あれは、辞める意思を伝えたかったのではなく、かぼちゃを黙らせたかったのではなかったか。

デスクにはカッターがあった。俺はそれを自然に手に取り、刃を出した。それをかぼちゃに突き刺すことはせず、そのまま手首に当てた。自然に、さりげなく、少しだけ力を入れる。あっけなく血が出てから初めて、自分がやったことに驚く。それでも、これが間違ったことだとは、どうしても思えなかった。

「アキ君が怖い。」

ある日、東国が言った。

東国は言いながら、目を閉じていた。しばらくしてから目を開いたが、誰も見なかった。東国はただ、目を開いただけだった。そこには、アキを除く劇団員がいた。彼らは東国の目を見ていた。正確には瞼を。それがいつかの時のように、麻痺的に震えるのではと思ったからだ。でも震えなかった。いつもより瞬きが遅かったが、それだけだった。

アキに声をかけるのは、麻生の役目だった。麻生は言葉を選んだ。アキを傷つけないように、アキが理解できるように、様々に尽くした彼の言葉の中で、でもアキの心に残ったのは「東国がアキを怖がっている」という、その一点だけだった。

東国を今後「見ないようにすればいい」というようなことではなかった。なぜならそれは不可能だったからだ。「劇団員として演出家を見ないでいること」が不可能なのではなく、「アキが東国を見ないでいること」が不可能だった。東国が小西を思うのよりも強い決意で、アキは東国の姿を網膜《もうまく》に残した。

「アキ君が怖い。」

その言葉で、アキは概《おおむ》ね決意出来ていたと思う。でも、麻生が、東国が時々怖がって涙を流すのだと伝えた時に、完全に決まった。アキは誰の手も煩《わずら》わすことなく、劇団から離れた。たった2度、他者を演じただけで、驚くほどあっさりと、静かに。

問題は、家族としての話し合いが一切行われなかったことだ。

今まで全て、どんな些《さ》細《さい》なことでも、みんなで決定してきた。車座になって、みんなで意見を交し合った。家族の一員である劇団員が、その家族の元を離れるときに、家族が全くそのことに関与しないこの状況は異常だ。そして、『プウラの世田谷』として、あってはならないことだった。はずだ。

後年、俺は、その時の劇団員に会いに行った。劇団はすでに解散し、俺がコンタクトを取ることが出来たのは、一人だけだった。彼女、友原由紀はまだ、別の小さな劇団で演技を続けていた。

アキの親友、と名乗る得体のしれない男からの連絡に、彼女はもちろん戸惑っていた。でも、理由を話すと、時間を作ってくれた。優しい人だった。彼女だけではなく、プウラにいた劇団員は皆優しい人だったのだろう。そうでなくても、少なくとも純粋だったのだ。東国という存在を、才能を、盲目的に信じ、愛した。

東国はベルリンに移住していた。小西とは別れ（定かではないが、その後も小西は芸能界で活躍し、何人かと浮名を流していたからそうだろう、ということだった）、演劇も辞めたらしい。誰も彼女の連絡先を知らないという。

　劇団の解散も突然だったそうだ。でも、劇団を辞めたい、演劇も辞めたい、そう言って泣いた東国を、誰も責めなかったし、友原も、東国を恨んでいなかった。

「東国さんが不安定なのは昔からだったし。最後の方は特に無理してたのは、みんな分かってたと思います。全然眠っていなかったみたいですし。」

だからと言って、俺の親友をあっさりと「捨てる」理由にはならないのではないか、俺がそう言うと、友原は言いにくそうに、でもはっきりと答えた。

「東国さんがアキ君のことを怖がったのは、私にも理解出来るんです。」

　親友のあなたにこんなことを言いたくないけれど、そう断り、実際何度も謝りながら、でも友原は譲らなかった。

　アキの視線は異様だったと、友原は言った。

　はじめは目が悪いからだと思った。目が悪い人は、見えないものをよく見ようとして、睨《にら》んでいるように見えることがあるから、と。でも、アキのそれは違った。

　鋭いのではない。むしろ、怯《おび》えたような色をしている。でも、アキの目には「異様な集中力」があった。そしてそれは、「東国さん以外には向けられなかった」。東国を見つめる時の目は、「ただ東国さんを見るっていうのじゃなくて、丸ごと飲み込んでしまうような」力があったのだと。

「あんな目で見られたら。特に、アキ君みたいに体の大きな男の人から、あんな風に見られたら……。」

それは、東国と小西のことがあってからかと聞くと、友原はしばらく黙り込んだ。当時のことを、思い出していたのだろう。

「はっきり分かりませんけど……、でも、そうだと思います。でも、小西さんに嫉妬《しっと》しているとか、そういうことではなかったんです。アキ君はとにかく、そういう普通っぽい感情とは、なんかすごく遠くて。とにかく、見るんです。見る……。あ、そういえば。」

友原は、少しずつ何かを思い出していた。その頃にはもう、それを聞いたところでアキの人生が変わるようなことはなかった。それでも、アキに関することは、どんなことであれ知らなければならなかった。

「アキ君が私を家まで送ってくれて、家の前で朝まで見張ってくれたことがあったんです。あ、私痴漢にあっちゃったんですよね。それで、怖くて。アキ君は劇団員に何かあったら、じっとしていられないんです。それがどんなことであれ、絶対に誰かを助けようとするんです。家族だからって、アキ君は言ったけど、そういうのとは違う、何かもう、それも、異常な優しさ、優しさっていうか、何だろう、あれは……。」

友原は、じっと考え込んだ。辛抱強く待ったが、友原が答えに辿《たど》り着くことはないだろうと分かっていた。

「あ、ええっと、とにかく、その後に、東国さんに聞かれたんです。アキ君が怖くなかったか、て。家の前にずっとアキ君がいて、それで、怖くなかったかって。」

友原は澄んだ、でも複雑な色を放つ目をしていた。とてもいい役者なのだろうと、素人《しろうと》の俺でも分かった。それでも主要なメディアで名前を聞いたことはなかったから、厳しい世界なのは間違いなかった。

「私は、怖くなかったと言いました。アキ君みたいな人がいてくれるのは心強かったから。東国さんは、そのことで傷ついたように見えました。確か、私だけなんだね、て言ったと思います。」

友原の言い方には、余白があった。何か俺に、分かってほしいことがあるような気がした。だから、彼女にこう聞いた。

「東国さんは、過去に虐待されていたんですか？」

でも彼女は、不思議そうな顔で俺を見た。

「いいえ、そんな話は……、聞いたことないです。」

彼女の口からは、八重歯が少しのぞいていた。

「でも、体の小さな女ってだけで、怖い思いはたくさんするから。本当にたくさん。」

きっと、歯が大きすぎるのだ。それを見ていると、何故か胸が苦しくなった。

「あの、東国さんは、劇団のみんなは、『男たちの朝』は観たんですか？」

アキの日記には、その頃のことは断片的にしか書かれていない。

「え？　男たちの朝？」

ただ、劇団を辞めた、と書いてあった。

「なんですか、それ？」


麻生は、アキを知り合いの劇団に推薦した（最後の「家族愛」を見せたわけだ）。たった2度の舞台でも、アキのインパクトを覚えている人間は多く、何人かがアキの獲得に興味を示した。でも、アキの精神がそれを受け入れなかった。

まず、治りかけていた吃音が完全に復活していた。それどころか、アキはほとんど言葉を失っていた。もともと小さかった声が、蚊の鳴くような儚《はかな》い声になり、自分の意思を伝えるのに甚大《じんだい》な力を必要とした。人の目を見ることが出来ず、人から見られることを恐れ、世界から身を隠した。

何よりアキは、もう東国を怖がらせたくなかった。少しでも自分の気配がすれば、きっと彼女が怖がるに違いない。結果劇団は、軒並みアキを諦《あきら》めざるを得ず、麻生ももちろんそうだった。それでも、アキの人生は続いた。生きなければいけなかった。新しい仕事を探す必要があった。治験のアルバイトも、警備のアルバイトも、プウラを連想させるものには近づけなかった。高校生の頃から長く勤めたガソリンスタンドも、声を張り上げないといけないのでダメだった。コンビニエンスストアの前に置いてあった無料のアルバイト雑誌をパラパラとめくりながら、でもアキがしたことは、ただ街を、野良《のら》犬のように徘徊《はいかい》することだった。

徘徊する場所に選んだのは、下北沢ではなく、母と住んでいたアパートの近くでもなく、高校の、そして自分が住んでいる家の近くでもなく、ヤクザとホストがうろうろしている歓楽街だった。今までの人生に、何も関係がなかった街だ。関わろうとも思わなかったし、恐れていた場所でもあった。でもどういうわけか、足が向いた。

初めてこの街を訪れた夜、アキは、祭りが行われているのだろうかと思った。数えきれないほどの人がいて、皆大声で話しながら、目的の場所へ向かっていた。路地ではスーツを着た男たちが、女の悲鳴に聞こえる音楽を鳴らした店の前で、客引きをしていた。信じられないほど細いヒールを履いた女たちが足早に歩き、ホストクラブの看板には、同じ髪型をした男たちの写真が並んでいた。

怯《ひる》む前に、もう歩き出していた。アキの容貌《ようぼう》は異様だったが、誰もアキを見なかった。皆それぞれの快楽に夢中で、それ以外の、それも異形の男には用がないのだった。

昼の街は、また違った顔を見せた。欲望の数は圧倒的に減り、その代わり好奇の目をした外国人観光客の姿が増えた。酒や食材を配達する業者が忙しそうに走り、路上駐車を示すハザードランプが点滅していた。音のない街は、ピンク色の看板だけをギラギラと光らせ、かろうじて息をしていた。

アキが一番好きなのは、早朝だった。

膝《ひざ》をついて吐いている男や、ヒールの靴を持って裸足《はだし》で歩く女。始発を待つ若者たちはところ構わず眠っていて、客引きたちは背中を丸めてタクシーを待った。誰もが動物に近づく中で、本物の動物が一番強く、たくましかった。ゴキブリたちは家で見るものよりも巨大で、七色に光った。鼠たちは路地裏から縦横無尽に現れ、街が残していった残飯を丁寧に漁った。その鼠を猫が狙《ねら》い、弄《もてあそ》びながら優雅に殺した。そして鼠の死《し》骸《がい》は、カラスが残らず綺《き》麗《れい》に平らげた。

アキが近づいても彼らは逃げず、黒い目でじっと見返してきた。死骸ですらそうだった。カラスに突《つつ》かれながら、鼠はじっと、アキを見た。いつか祖母の家で見た狸《たぬき》や狐《きつね》、怯むほどにたくましかった彼らの姿を、今アキは、都会で見ているのだった。

アキの徘徊は終わらなかった。毎日夕方電車に乗り、時々は歩いてやって来て、夜が明けるまでその街にいた。

懐《なつ》かしい感覚だった。小さな頃、母が暴れるときやアキを恐れるとき、家を出て、近所をさまよっていた時の記憶。あの頃と違って、現在のアキには帰る家があった。でも、そこには誰もいなかった。暴力も痛みも悲しみもなかったが、誰の体温もなかった。

どうして、俺に連絡をくれなかったんだろう。

人生の岐路に立ったとき、そしてそれがどうしようもなく苦しいものであるとき、助けを求められるのが親友なのではないだろうか。俺は親友ではなかったのか。でも、同時に、アキは俺には連絡をしてこなかっただろう。そう、納得もしていた。

本当の犬のような嗅覚《きゅうかく》の持ち主だったから、俺がアキと同じような人生を送っていることに気づいていたのかもしれない。あるいは、俺が教えたマケライネンを一度でも捨てたことに対して、罪悪感を持っていたのかもしれない。それとも、アキはそもそも、「誰かに助けを求める」ということを、知らなかったのかもしれない。

実際のところ、アキはその頃には携帯電話を手放していた。月々の料金を支払えなかったからだし、それ自体が劇団を思い出させたからだ。

とにかく、アキは俺には連絡をしなかった。それが事実だ。アキは一人で街を徘徊し、一人で家に帰り、一人で眠った。金はもちろん減り、また空腹の恐怖に怯えるようになった。

この恐怖を克服すれば、静かな世界がやってくることは、経験から知っていた。空腹は最初体を緩慢に苦しめ、それが深くなって、やがて芯《しん》を貫く痛みに変わる。でも、それが過ぎると、ただ眠くなる。視界が狭くなり、自分が今空腹であるのかどうかが、分からなくなってくる。小さな頃は、その時間がくると、安心すらしていた。食べ物のことを考えなくて済むからだ。

でも、大人になった今は、それが死と直結したものであることが分かっていた。アキは死ぬのが怖かった。家族を失い、一人きりで犬のように徘徊する人生でも、それでも、死が怖かった。そして、死を怖がる自分を恥じた。自分の「生きたい」という欲求に赤面しながら、それでもアキは、生きる方へ足を進めた。体を前に傾けたら、意思と関係なく足が出る。アキの生は、その軌跡だった。

近所のパン屋で廃棄されているパンの耳をもらい、閉店間近のスーパーで半額のシールが貼《は》られた商品を買い、時にはフードコートで客が席に残していった残飯を狙った。一度、食器を返却口まで戻さなければいけないと知った女二人が、席に戻ってきたことがあった。自分たちが残したラーメンの汁や春巻きに食らいついているアキを見て、二人は小さな悲鳴をあげた。アキは春巻きを掴《つか》んで逃げ、トイレの中で食べた。

家に洗濯機がなかったから（以前は劇団員と共にコインランドリーへ行っていた）、台所の流しで最低限の水を出しながら服を洗い、部屋の中で乾かした。裁縫もできるようになった。それは劇団のおかげだった。昔は制服が破れても縫うことが出来ず、ホチキスで留めなくてはならなかった。体だけは清潔に保った。小さな頃のように、へちまのタワシで体が赤くなるまでゴシゴシこすった。時には皮膚から血が出たが、アキはそれをやめなかった。

徘徊するのに一番適しているのは、雨の日だった。皆、傘を差すので、視界が限られる。雨の日は、ほとんど透明人間のような気持ちになれた。アキは傘を差さなかった。パーカーのフードを目深《まぶか》に被《かぶ》って、目を伏せて歩いた。

その日も、そんな数ある中の1日だった。

夕方には小降りだった雨は、街が賑《にぎ》わう頃には本降りになった。時々横殴りの風が吹き、あらゆる人間の傘を破壊した。それでも街を訪れる人の数は減らず、雨に濡《ぬ》れることを嫌う人たちは傘を差す角度を何度も変えるので、いつもより道が混んだ。

アキはなるべく、人混みを避けて歩いた。当然ながら大通りより小さな道、それも路地や、もっと奥深く、路地裏の方が落ち着いた。つまり、鼠《ねずみ》や野良猫が暮らしやすいと感じるだろう場所を、アキも好んだ。

今では、彼らよりも、自分はこの街を知っていると自負していた。どの路地にちょうどいい高さの段差があって体を休ませることが出来るか、どの自動販売機の周りによく金が落ちているか。体を温めたいときは室外機が固まっている場所へ行けば良かったし、音楽が聞きたいときは音の漏れるバーの裏を行ったり来たりした。

でもその日、アキが初めて発見したのは、小さな看板だった。

何度も通った路地だ。でも、ビルの上方に掲げられてあったから、下ばかり見て歩いていたアキには見つけられなかった。その日はたまたま、赤い電球が不規則に明滅しているのに気づいて、上を向いたのだった。

最初に目が合ったのはマイケル・ジャクソンだった。次にチャーリー・チャップリン、マリリン・モンロー、エルビス・プレスリー。どれも、よく見たら微妙に本物とは違っている。それでも、モノマネ芸人が出演する店だと気づくのには、少し時間がかかった。そういった店は繁華街に数軒あったし、もっと大きな看板が出ていたが、どれも日本の有名人のモノマネを売りにしていたからだ。イチロー、タモリ、美空ひばり。

アキは悪い目を細めて、もっとよく見てみた。ガンジーがいた。ヒトラーがいた。パイプをくわえているのは、マッカーサーだろうか。

アキは、ビルの階段を登った。不思議と恐れは感じなかった。びしょ濡れになったパーカーのフードをはずし、アキは3階にあるその店、「FAKE」の扉を開いた。

てをきったことがある。

ちがおちて、かみがあかくそまった。

けはいをかんじたから、みると、まどのむこうのきに、からすがとまっていた。

からすはまるで、はじめてちをみたような、かおをしていた。かわいいからす。けれど、ぼくは、からすをうたがうた。

ちをしらないなんて、きみは、きっとにせものだ。

あれから何度か、手首を切った。

自分でも、陳腐《ちんぷ》なことをしている、と思った。手首を切る人間のことを、俺は軽蔑《けいべつ》していた。誰かに自分を認めてもらうために、死なない程度の傷をつけるなんて、自己愛と自己顕示欲にまみれた、卑しい行為だと。でも、実際にやってみると、それは自分で思っていたものとは違った。全然違った。

いつも、息が苦しかった。喉《のど》の周りを何かが圧迫していた。仕事中はなんとか誤魔化せた。でも、家に帰って布団《ふとん》に寝転ぶと、我慢できなくなった。息を吸うことは出来る。でも、吐き出すことが難しい。苦しくて、涙が出ることもあったし、咳《せ》き込んで、止まらなくて、このまま死ぬんじゃないかと思うこともあった。

そんな時、俺はカッターを手にとった。

適当に刃先を出して、手首に当てる。少しだけ力を入れる。それだけだ。入れたところから順に、細く、赤い線が現れる。その瞬間、痛みはほとんど感じない。おそらく、カッターの刃が鋭いからだ。

でも、しばらくすると、手首が熱くなる。チリチリと、内側からくすぐられているような熱さだ。体のあらゆる場所から、何かがそこに運ばれているのがわかる。小さくて無数の何か、それは俺の味方でも敵でもない。ただ生きているだけの何かが、熱い何かが、体内を高速で移動する。

そうして初めて、俺は呼吸することが出来る。肺が空っぽになるまで、思う存分息を吐き出すことが出来る。息を吐き、吸って、吐く。そんなシンプルなことが、当たり前に出来るようになる。それは手を叩きたいようなことではなく、噎《むせ》び泣きたいようなことでもなく、ただ静かだ。その静けさが訪れると、俺はその静けさの中で、生きていられた。

仕事には、リストバンドをして出かけた。黒いパイル地のリストバンドは、何かの番組のオフィシャルグッズだった。高視聴率を取った記念に作ったのだそうだ。出向いた局内のあらゆる場所に、その番組を讃《たた》える「祝！　視聴率○％突破！」の張り紙がしてあった。林が、入社以来そのすべての張り紙を写真に撮って記録していると、いつか誰かに聞いた。

傷は、そのバンド内に収まる程度のものにしておいた。いつしか、自分の左手首に、奇妙な感覚を覚えるようになった。幅3センチほど、ぐるりと手首を囲むそのリストバンドの中に、何かが存在しているような気がした。深い穴のようなもの、広がる闇《やみ》、つまりほとんど宇宙と同じような何かが。そこに答えめいたものはないし、問いかけても、何も返ってこない。徹底的に無益で、無音だ。そして、だからこそ、時々そこに手を触れると安心した。俺はそこに手を触れている時、ただそこに手を触れているだけだったから。

傷は最初、シンプルな皮膚の裂け目だ。日が経《た》つと徐々に盛り上がってくる。中から押されるように膨らんで、やがてかさぶたになる。そうすると、次に襲ってくるのは、強烈な痒《かゆ》みだった。人前でリストバンドを取ることは出来ない。だから、指を入れて掻《か》いた。すると、乾いた血のかけらがパイル地にたくさんついた。家に帰るまで、そのままにしておくことにしていた。数時間経ってリストバンドを強く振ると、かさぶたがチラチラと落ちた。血の塊は、思ったより重いのか、舞わずに、比較的真《ま》っ直《す》ぐ落ちてゆく。それを見ているときも、俺はただそれを見ているだけだった。息を吸って、吐いて、それを見ているだけだった。

何度目かのかさぶたが落ちた頃、俺は遠峰に会った。

遠峰とは、大学を卒業する頃に連絡を取ったきりだった。適当な女と遊び、時にはアルバイト先の先輩とキャバクラや風俗に繰り出すようになった生活の中で、だんだん連絡を取る回数が減っていった。大学時代の生活の方が、今よりも豊かだった。アルバイトは時間給だから、残業したらしただけ収入になったからだ。

会社には、よく宅配便が届く。若い男、時には女が、テキパキと荷物をさばいている。肌は透明な汗で光り、決して臭《にお》わず、ふとした瞬間に、腕の筋肉が山脈のように盛り上がる。この中には、かつての俺と同じような勤労学生がいるのかもしれない、そう思う。

過去に何度か、こういった制作会社の引っ越しを担当したことがあった。当時は、彼らが具体的に何をしているのか分からなかった。でも、パソコンや編集装置やカメラ、やたらと重い機材があるから、嫌な案件だった。引っ越しに立ち会う事務所の男は異臭を放ち、目も赤く濁っていた。テキパキと荷物を抱え上げる俺を見て、その男が、

「お兄さん、よく食べるでしょ？　お肉？」

そう言った。

男の腹はみるからにたるみ、歯はタバコのヤニで濁っていた。口角が上がっていたから、おそらく笑っていたのだろう。でも、笑っているように見えなかった。

時々、自分の体をチェックしてみる。自転車通勤と搬入作業、諸々の肉体労働で脚と腕の筋肉はついている。でも、腹筋がなくなってきた。腰が痛むのもその証拠だ。わずかに下腹が出ているだけで耐えられない。思い切り腹を引っ込める。疲れて、す

ぐに諦める。それだけで息が切れる。

たくさんの荷物を抱え上げ、疲れた大人たちを圧倒していた当時、俺の体は屈強だった。美しかった。金がなくとも、女と性交することが出来た。俺は、そんな生活の中で、遠峰に対して、罪悪感を覚えるようになっていった。

もちろん俺たちは、将来を約束しあった仲ではない。それどころか、俺は彼女に思いを告げてすらいなかった。それでも遠峰とは、通じ合っていると思っていた。どこかで分かり合えているのだと。そしてやはり、あえて会わないことで、確実に美しい部分が残ることを、俺は信じていた。

自分が汚れてゆく姿を遠峰に見られたくなかった。体は欲にまみれていたが、遠峰のことに関してだけは禁欲的だった。遠峰の存在を忘れかけている自分を、遠峰その人に、絶対に知られてはいけなかった。俺は自然と、遠峰を避けるようになった。彼女に関することからも逃げた。

今になって再び遠峰に連絡を取ったのには、もちろん理由があった。

ある日、編集所で編集作業をしていたら、先輩のディレクターが入ってきた。編集所内にはたくさんの部屋があり、そこで各々《おのおの》編集をする。別の制作会社の人間と会ったり、仕事に関しての雑談を交わしたり、打ち合わせスペースで簡単な打ち合わせをすることもあった。

「ごめん、ちょっとプレビューしたいんだけど。他の部屋空いてなくて。まじごめん。いいかな？」

自分の関わった番組で、確認したいことがあると言う。

「いいっすよ。」

席を譲り、部屋を出てゆこうとすると、すぐ終わるからそこで待ってて、と言われた。ちょうどトイレに行こうと思っていた。でも、何となく出づらくなって、先輩の後ろに座った。

先輩が画面に流したのは、俺たちが関わっている情報番組のインサートＶＴＲだった。余った時間を利用して、主婦がＳＮＳで発信している漫画が人気、という特集のようだ。３人の主婦が取り上げられていた。先輩は一人目を早送りで飛ばし（どうやら育児の諸々を深刻な劇画タッチで描いている人だった）、二人目の主婦で映像を止めた。テロップに出ている名前を確認したかったようだ。

「なんか難しい名前でさ。」

独り言のように言う。確かに、漢字自体は難しくはないが、ふりがながないと読めない。天屯《たかみち》あづさ、というのが、そのひとの名前だった。

「なんか、やんごとない名前ですね。」

「だよな。家もめっちゃ広くてさぁ。東京にこんな家買える？　てレベルの。そんなんでさらっと漫画描いて話題になんだから、やってらんないよな。」

「漫画、面白いですか？」

「ああ、うん、それが面白いんだよな。えっと、たかみちな、オッケー、合ってた。」

画面を切ろうとした先輩を、思わず制した。

「ん？」

「あ、すみません。もしかしたら、」

「知ってる人とか？」

「いえ、あの。」

知ってる人ではなかった。でも、彼女が描いている漫画は知っていた。

遠峰の絵だ。学年中で人気があった遠峰の、『にちじょう』の絵だった。

でも、その女、天屯あづさという主婦は遠峰とは違う。結婚して名字が変わっていたとしても、絶対に遠峰ではなかった。

「すみません、違いました。」

「ていうか、お前顔ぼろぼろだぞ。まあ、いつものことだけど。」

先輩が出て行った後、もう一度こっそりプレビューした。そして、天屯あづさと、彼女の漫画が映っている部分を、スマートフォンで録画した。きちんと保存できたのを確認して、天屯あづさの名前を検索した。顔の画像は出なかった。きっと、先ほどの映像が初めての「顔出し」になるのだろう。

画像検索で表示された漫画を見てみる。彼女が日常で出会った面白い人や家族とのひと時を描いたその絵は、やはりどう見ても遠峰のものだった。決定的だったのが、彼女の夫をコマからはみ出させ（体が大きいのだろう）、時にページからもはみ出させる、そのやり方だ。それは紛れもなく、遠峰が描いたアキの姿だった。

突然の、それも久しぶりの連絡に、遠峰は驚いていた。

『うわあ、久しぶりだね、元気⁇』

返事の速度や文面から、俺のことを嫌がっていない様子が分かって、胸が鳴った。伝えたいことの内容を考えるとふさわしくない感情だったが、思うことは止められなかった。

お互いの近況を何度かやり取りした後、思い切って『会えないかな？』と送った。もし断られても、言いたかったことを分かってもらえれば、どうして俺が会いたいと言ったのかは理解してくれるだろうと思った。

遠峰からは、すぐに返事がきた。

『もちろん！』

パソコンで何かを検索していた田沢がこちらを睨んだ。

「何だよ？」

知らぬ間に、声が出ていたのだ。

会うのは3日後になった。放送日の前日だ。遠峰が午後出勤の日の朝9時に、渋谷でお茶を飲む。会社のソファで軽く寝て向かうつもりだった。でも、ソファに寝転がっても、全く眠れなかった。体の匂《にお》いが気になり、24時間やっている漫画喫茶のシャワールームで髪と体を洗った。スッキリすると、今度は服の匂いが気になったので、これも24時間やっている量販店で下着とスウェットを買って着替えた。靴もボロボロだったが、それは諦めた。結局一睡もしないまま、待ち合わせ場所に向かった。

遠峰は、渋谷の東急本店の近くのスターバックスを指定していた。朝のピークは過ぎたはずなのに、サラリーマン風の男や若い学生で、店は混んでいた。

一番奥の席に、遠峰を見つけた。文庫本を読んでいるので、こちらには気づいていない。その間にアイスコーヒーを注文した。アイスコーヒーを受け取るまで、遠峰のことは見なかった。俺が目の前に立つと、遠峰はやっと顔を上げた。目が合った。

「久しぶり。」

長かった髪は顎《あご》のラインで切られ、黒さが増していた。派手な化粧はしていなかった。爪《つめ》にも何も塗っておらず、Vネックの淡いグレーのニットを着ていた。

「久しぶり。」

遠峰の前にはマグカップが置かれていた。カフェラテかティーラテか、とにかく茶色く白濁したもので満たされていた。

「変わらないね。」

思わずそう言った俺に、遠峰は笑顔を返した。

「そっちは、変わった?」

ネガティブな意味なのか、そうではないのか分からず、焦《あせ》った。遠峰と最後に会った頃の自分を必死で思い出そうとする。でも、遠峰が先に答えを言ってくれた。

「もっとひょろっとしてたじゃん。」

「なんだよ、太ったってこと?」

「違うよ、逞《たくま》しくなったってことだよ。」

「あぁえ。」

変な声を出してしまった。そういえば、遠峰は肉体労働に明け暮れ、屈強な体を手に入れていた、かつての俺を知らない。高校卒業間近の、父を亡《な》くした頼りない男子高校生の姿しか、記憶にないのだ。

「テレビの仕事ってすごいね。」

「すごくないよ、まだ番組一つ任せてもらってないんだし。もう33なのに。」

「やめてよ、私も同じ年なんだから。」

メールのやり取りでお互いの仕事は理解していた。遠峰は、かつて就職した所とは別のホテルチェーンに転職していた。客室係ではなく、受付に昇進したそうだ。今は外国人観光客が多く、中国語を勉強しているという。

「英語をすっ飛ばして中国語なんだ。」

「英語圏の方もいらっしゃるけど、圧倒的に中国の方が多いから。」

「なんか話してみてよ。」

「いや、恥ずかしいよ！」

「頼むよ。」

「じゃあ……。有什么我可以帮你的吗？　何か、お手伝いしましょうか？」

美しい響きだった。俺は遠峰が発した中国語を、その美しさを、耳の中にいつまでも留めておきたかった。

「完璧《かんぺき》じゃん。」

「いや、正解を知らないでしょ！」

遠峰は昔のようによく笑い、俺の目をじっと見て話を聞いてくれた。

遠峰と俺の間にはテーブル一つ分の距離があった。でも、俺の体は熱を持っていた。この数年感じたことのない暖かさだった。遠峰に触れられた（それがかなり強めのキックであっても）部分から熱くなった、高校生の頃の自分の体を思い出した。自分の体が、今のこの体が、あの時から地続きで存在していることが信じられなかった。

　何もなかったように過ごすことが出来たら、どんなにいいだろう。あるいは、もしかしたら、遠峰はもうそのことを知っているのかもしれない。天屯あづさからコンタクトがあって、遠峰の『にちじょう』に影響を受けたから、作品として発表させてほしいと言われたのかもしれない。二人の間では解決していることで、俺の懸念《けねん》は杞憂《きゆう》で、だからこの時間はただ暖かく、ただ美しいままだ。遠峰は笑って、「気にしなくていい」と言うだろう。俺も、安心して笑うだろう。

「でさ。」

遠峰が言った。

「ん？」

「今日は、どうした？　話したいことがあるんじゃなくって？」

「……いや、あの。」

「言いにくいこと？　てか、別に何もなかったらいいし。」

「うん、ううん。」

「もしかして……、結婚するとか？」

「違うよ！　あの、天屯あづさ。」

「え？」

「天屯あづさって知ってる？」

　遠峰は、一瞬考える顔をした。思い当たらないようだった。

「あ、天屯っていうのは結婚した後の名前だと思う。だから、なんとかあづさって、俺、全然覚えてないんだけど。」

「ヒントなさ過ぎなんだけど。」

　笑う遠峰に、あの映像は見せたくなかった。でも、後にはひけなかった。こっそり録画しておいた映像を、スマートフォンで開いた。

「これ、俺の先輩が作った映像で、だから口外しないでほしいんだけど。」

遠峰は「画面バッキバキに割れてるじゃん！」そう言って笑った。俺が渡したイヤホンをしているので、どこの場面を見ているのか分からない。時々、「何これ、画面を撮影してるの？」、と言ったり、「大きな家、お金持ちなんだね」、そう呟《つぶや》くときだけ、こちらを見る。笑っている。でも、遠峰の口角が下がった瞬間があった。「その場面」になったと分かった。遠峰はやはり、天屯あづさの漫画のことを知らなかったのだ。

遠峰は、真顔のまま、画面をじっと見ている。なんとなく目を伏せたら、リストバンドが目に入った。その瞬間、引きちぎって捨てたい衝動に駆られた。

「この子、高校のとき一緒だったよね。」

返してくれた動画は、まだ途中だった。

「覚えてる？」

「うん。覚えてる。珍しい苗字になったんだね。高校の時は、坂根あづさちゃんだった。」

「坂根あづさ……、俺は覚えてない。」

覚えてない、に力を込めた。それだけで、坂根あづさを軽蔑していることを伝えたかった。誰にも覚えられないような、取るに足らない奴《やつ》だ、と。でも、そんなつまらない軽蔑は、遠峰には通じなかった。

「私、３年の時同じクラスだったよ。確か、漫画部の。」

「漫画部？　そんな部活あったっけ？」

「あったよ！　４人くらいの小さな部活だったけど。私も一度誘われたな。でも、断ったんだよね。」

「そうなんだ。」

「いい子だった、すごく。」

　映像を見た遠峰から、何らかの拒否反応が返ってくると思っていた。「何これ？」とか、「どういうこと？」とか。俺はそれに対して返答をし、それから対策を考えればいいと思っていた。訴えるなどという大層なことではなくても、その作品がすでにある作品の模倣であるということ、天屯あづさが不当な評価を手にしていることを、世間に知らしめるべきだと。

　いや、そうでなくてもいい。少なくとも遠峰に怒ってほしかった。俺の前で怒りを露《あら》わにし、悲しみを露わにし、とにかく、俺が見たことのない遠峰を見せてほしかった。

　でも、遠峰は、美しい思い出を話している、という、ただそれだけに見えた。口角を上げて、懐かしそうに目を細めてすらいる。

「あづさちゃん。なんか、垢抜《あかぬ》けたね。メイクもしてるのかな？　華やかだよね。」

「……テレビだから、頼んだらメイクはしてもらえると思う。」

　俺は何を言っているんだろう？

「プロに？」

「うん。」

「そうなんだ、いいねぇ。」

　遠峰が飲んでいるティーラテ（カフェラテではなかった）も、俺が飲んでいるアイスコーヒーも、とっくになくなっていた。だからといって、どちらも立ち上がらなかった。俺はほとんど氷だけになったアイスコーヒーをすすった。

「俺は、」

「何？」

「俺はムカついたんだけど。」

「何に？」

「何って、あの、この絵、遠峰の絵だよな。模倣とかそういう次元を超えて、ほとんど遠峰の。」

「うーん、まあ、似てるとこもあるかな。」

「似てるってレベルじゃないよ。この旦那《だんな》？　の描き方とか、アキそのものじゃん。」

「アキくん！　懐かしいね、元気にしてる？」

「いや、あの、そういうことじゃなくて。」

「どういうこと？」

遠峰は笑っている。

悔しくないのだろうか。自分の絵を盗んだ人間が、自分の手柄のような顔をしてテレビに出ていることが。しかも、天屯あづさは主婦として生活し、時間が余ったから描いたと、映像でも言っていた。

「似てるけど、これはもうあづさちゃんの作品じゃない？」

「え？」

「確かに似てるし、そうだね、コマ割りとかも、もしかしたら似てるかもしれない。」

「もしかしたらじゃない、似てるどころじゃないって。」

「うん、もしそうだとしても、あづさちゃんが日常で感じたことを描いて、それを作品にしたのなら、それはもうあづさちゃんの作品だよ。」

遠峰の真意を探ろうとした。遠峰の目を見つめ、その奥にあるものを見つけようとした。でも、彼女の瞳《ひとみ》は、微塵《みじん》も揺れなかった。

「遠峰は、なんで。」

「え？」

「なんでそんなに優しいんだよ？」

「え、優しくなんてないよ！」

「優しいよ、優しすぎるよ。ずっと。ずっと。」

「ずっと？」

「ずっと。高校の時からずっとそうだった。」

「何が？」

「俺、遠峰が怒ってるとこ見たことない。」

そこまで言って思い出した。高校生の頃、ガソリンスタンドでアルバイトをしている遠峰に、俺がこう聞いた時だ。

「他のアルバイトにすることは出来ないの？」

遠峰がガソリンのにおいを気にしながら働くことを、勝手に心配していた。でも、遠峰にすぐ、こう返されたのだ。

「時給がいいから。」

遠峰の「怒り」のようなものを感じたのは、その時だけだった。

あの時の俺は、普通の生徒だった。生活が脅《おびや》かされることもなく、家に金がない、ということの現実を知らなかった。金がない人間に選択肢はない。他の人間と同じように好きなことを選び、やりたくないことを退ける余裕などない。そんなことも知らずに、俺は当たり前のように親の金で高校に行き、自分に偶然与えられた特権を受け入れていた。そして、あらゆる人間に選択肢があることを疑わなかった。そんな俺に、あの時遠峰は、怒りを示したのだ。

「時給がいいから。」

それでも、すぐに遠峰は俺を、ひるんだ俺を許した。自分の境遇を理解しない人間の、その無知を許して、笑ってくれた。

「それでも、生活カツカツだよ！」

あの時の遠峰の笑顔を思い出すと、恥ずかしくて、情けなくて、今でも吐きそうになる。俺はガキだった。俺は無知だった。でも今なら、遠峰の気持ちが分かる。いや、まだ分からなかった。遠峰はどうして怒らないのか。怒りを鎮《しず》めているようでもない。諦めているようでもない。遠峰はただ、静かだ。

「俺、遠峰が怒ってるとこ見たことない。」

「あはは、怒るよ、私だって！　職場で毎日怒ってるよ。」

「そういうことじゃなくて。なんだろう。怒るのは普通だよ。そうじゃなくて、憎む？　恨む？　誰かを憎んだり、恨んだりしているところを見たことがない。今だって。」

「今？」

「これは確実に許されない案件だろ。天屯？　坂根？　知らないけどそいつが遠峰の漫画をパクって、遠峰がなんて言っても、これは絶対にパクリだよ。パクって、それでちやほやされて、いい家住んで。それって、俺は、俺なら、絶対に許せない。」

「サムくない？」

「え？」

「アイスコーヒーって。ごめん今更だけど。結構寒くない？」

「ああ、ああ。ああ。えっと、俺いつも。」

「いつもなんだ？」

「一番早く飲み終わるもんを頼むようにしてるんだよ。」

「仕事で？」

「熱いのは一気に飲めないし、出てくるのに時間かかるのも、ダメで。多分、その癖だ。あと、」

「あと？」

「緊張してたから、ずっと。喉渇いて。」

遠峰はふ、と声を出して笑った。目尻《めじり》が伸び、鼻に皺《しわ》が寄った。こんな時なのに、体の中心が固くなった。

「水取ってこようか？」

「大丈夫。氷あるし。」

「あはは、小学生みたい。私も飲みたいから。」

遠峰は席を立つと、水を入れに行った。真剣な顔で紙コップに水を注ぐ遠峰を見ていると、この場から消えてなくなりたくなった。それは、リストバンドを引きちぎりたいと思った衝動と、とてもよく似ていた。

席に戻って来た遠峰は、水を一口飲んだ。唇を湿らせた、という感じだった。何か話してくれるんだ、と分かった。大切な話を。

「私ね。」

遠峰は、俺に同情したのかもしれない。30を過ぎた男が、自分の一挙手一投足に動揺し、怯《おび》えている。それを「かわいそうだ」と思ったのかもしれない。あるいは、遠峰の周りには、こんな人間ばかりいるのかもしれない。遠峰に甘え、遠峰に受け入れられたいと思っている人間ばかりが。

「ずっと家が貧乏で。もう、貧乏って言葉も足りないんじゃないかってほどの貧乏で。すごいんだよ、家も冬なんてほとんど外なの？　ってくらい寒くて。隙間《すきま》もすごいから、鼠とか余裕で入ってきて。1匹じゃないんだよ。数匹でダーッて走るの。それを野良《のら》猫が追いかけるんだよ。家の中を、通り過ぎてくの。人間が住んでる家だって認識されてなかったんだよね、きっと。ひどくない？

　母親はいなかった。みんなには亡くなった、て言ってたけど、本当は出て行ったんだ。何でかは分かんない。父親が教えてくれなかったから。父親はいい人なんだけど手に障害があって、仕事が続かなくて、なんかいつも、ずっと謝ってた。

　二つ下に弟がいたんだけど、すごく不安定でね。学校も行かなかったり、行っても服が臭いとか髪の毛が汚いとかで、虐《いじ》められるんだよね。なるべく服も綺麗《きれい》にしてあげたし、髪の毛も梳《と》かしてあげたんだけど、小学生や中学生の私ができることって限られるじゃん。それに、貧乏って、きっとそういうことじゃないんだよね。実際臭うことよりも、実際汚いことよりも、どうやら臭そうだ、どうやら汚そうだ、ていうことだけなんだよ。誰かがそれを知ったら、その子がどれだけ清潔にしてても、きちんとしてても、貧乏なんだよ。そして、貧乏ってだけで、虐めてもいいんだよね。

中学のときかな、お弁当がないから、お昼休みは教室でずっと絵を描いてた。絵に集中してるんだってポーズを取ってた。お弁当、持っていけないことはなかったんだけど、ご飯だけとか、海苔《のり》だけとか、そんなの恥ずかしいから、それで、恥ずかしくて隠しながら食べるのとか、まじで嫌だから、そうしてた。水を飲むのも嫌だった。お腹空《なかす》いてるんだ、水で誤魔化してるんだって思われるのが嫌だから。お弁当食べないの？って聞いてくる子がいると、その子に腹が立って仕方なかった。私のお弁当、良かったら一緒に食べない？って聞いてくる子には、もっと腹が立った。

自意識過剰だって思う。被害妄想だって思う。ううん、思ってた。クラスメイトはみんな優しいのに、本当に心配でそう聞いてくれてるだけかもしれないのに、きっとそうなのに、私が素直じゃなくて、性格歪《ゆが》んでて、だから馬鹿《ばか》にされてると思うんだって。私が勝手に、クラスメイトの優しさを否定しちゃうんだって。

でも、じゃあ、なんでそんな風に思わないといけないの？

クラスメイトが優しいことを、私だって素直に信じたいよ。誰にも馬鹿になんてされてない、世界は優しいって、そう信じたいよ。でも、そもそもそう感じる心を与えてもらえる環境じゃなかったんだよ。あらゆる人の優しさを、そのまま受け止められるような世界に、私はいなかったんだよ。

お腹も鳴るじゃん？　恥ずかしいから、必死にお腹に力を込めるんだ。だから私、今でも、お腹空いてもお腹が鳴らないんだよ。ただ、キリキリ痛くなるだけなんだ。お腹が鳴ったら、ただ恥ずかしそうに笑えばいいなんて、そんな余裕、私にはずっとなかったんだよ。

その時は恨んだ。何を恨んでいいのか分からないから、とにかく手当たり次第に恨んだ。優しいクラスメイトも、親も、先生も、世界も。だってそうじゃない？　不公平だよ。私は、自分が望んでこの環境にいるわけじゃない。同じように、ほかのみんなも偶然、たまたまお金持ちだったり、お金を持っていなくても、当たり前みたいに学校に通える。少なくともお弁当を食べられる環境にいる。それで、お弁当を食べてない子のことを心配して、声をかけてあげられる世界にいる。優しい人間でいられる。当然のように、そこにいる。

それって何で？

でも、ある日ね、自分の親戚《しんせき》がもっと辛《つら》い状況にあるんだって知ったんだよね。親戚も同じように貧乏で、父親のお兄さんで、やっぱりとにかくお金がなくて。うちの父親の借金の連帯保証人になってたんだよ。それで、借金取りがずっとそっちの家に行ってて。
いとこに聞かされたんだ。私の二つ上のお姉ちゃんなんだけどね。やっちゃんていうんだけど、高校に行かずに、めちゃくちゃグレて。15歳で背中に大きな般若《はんにゃ》の刺青《いれずみ》入れてたよ。すごいよね。でも、そのお金は、誰が出したんだろうね？　刺青って、お金がかかるでしょ？

私、一度やっちゃんに殴られたんだよね。わざわざ家に来たんだよ。ヤンキーの彼氏と一緒に。お前の父親のせいだって。パーじゃないよ、グーでだよ。しかもメリケンサックって知ってる？　あの、喧嘩《けんか》の時指にはめるやつ。漫画でしか見たことないやつ。あれでだよ？　やばくない？　私、だから、左側の奥歯が、今でもちょっと欠けてるんだよね。

めちゃくちゃ痛かったし、ショックだったけど、そらそうだよなって思った。

私には何かを恨む権利はない。

最初はそうだったんだ。私よりもっと辛い人がいる。だから恨んじゃいけないって。

でも、いつからかな、恨むことが負けだと思うようになった。恨んでたら、恨んでる側が弱いんだって。

強い人は恨まないんでしょう？　弱いから、弱さの中にいるから恨むんでしょう？

誰かの、世界の優しさを信じられないのは、その人が弱いからなんでしょう？　やっちゃんもそうだよ。きっと周りの人間は、やっちゃんのことを可哀想《かわいそう》だと思ってる。優しさを信じられないんだね、手を差し伸べても拒絶するんだよね、それって弱いからだよね。かわいそうにって、そう思ってる。

恨んだら負けなんだ。世界を恨んだら負け。負けるのは悔しい。もともと不公平なのに、その上に負け確定なんて、やってられない。どうしていつも、優しさをもらう側でいないといけないの？

やっちゃんはね、そのまま姿を消して、妊娠して、ヤクザと結婚したんだって。自分たちを脅してた側の人間とだよ。おかしいよね、でもきっと、強くなりたかったんだと思う。強い側に立ちたかったんだよ。それって、強さじゃないのにね。

私は笑うようになった。

絶対に恨まないって決めた。

貧乏で、母親が逃げて、父親が働けなくて、弟がいじめられっ子で引きこもりで、そんな人間だから恨むんだって、思われたくなかった。

もちろん、私みたいに意識しないでも、強く踏ん張らなくても、誰も恨まずにいられる人はいる。どんな境遇でもね。知ってるよ、すごいよね。

でも私は、もう、とにかく、踏ん張ってそうしたの。全力でそうしたの。
私は優しいんじゃない。私は誰も恨まない。ずっと笑ってる。
負けたくないから。」

遠峰の声は、昔と変わらなかった。低くて、少し掠《かす》れる、遠峰の声だった。遠峰の中国語を、あの美しい言葉を、俺はもう一度聞きたいと思った。

「これが私の戦い方なんだよ。」

そしてそう思うと、止まらなくなった。遠峰に優しく話しかけられる人間、異国の人間たちを、俺は憎んだ。

タクシー会社には、マスターテープが見つかったことは、報告していなかった。李がどうなったのかは、知らない。

数日後、Facebookを覗《のぞ》いたら、天屯あづさのことが話題になっていた。テレビに出ていた、すごい、というのは最初の方の投稿だけで、あとはほとんど、遠峰のパクリだ、という投稿だった。それはやがてTwitterに飛び火し、天屯のTwitterは炎上した。まとめサイトが出来、彼女の卒業写真があげられ、家も特定された。

遠峰がFacebookに、

「自分は盗用されたなんて思ってないよ。素敵な作品だと思います。」

そう投稿したが、その頃には天屯は、FacebookもTwitterも閉鎖していた。

FAKEは不思議なバーだった。

こういった類《たぐい》の店では通常、モノマネ芸人たちのショーがある。酒を飲みながら彼らの芸を見て金を支払う、というのがよく知られているスタイルだ。芸人たちは達者で、あらゆる人の歌声を真似《まね》したり、趣向を凝らして笑いを取る。でも、FAKEでは、ただただ「似ているだけの人たち」が、バーテンダーとして働いていた。ショーも無し、芸も無し。歌声を真似られる人間はいたが、ほとんどは造形が似ている、または似せている、というその一点だけで在籍していた。

例えば月曜と水曜の夜にカウンターに立つイエス・キリストとジョン・F・ケネディの二人は、それなりに雰囲気はあった。イエス・キリストは長髪のカツラを被《かぶ》って髭《ひげ》を生やし、ローブをまとい、冬でも裸足《はだし》か、またはサンダル履きという姿勢を見せていたし、ジョン・F・ケネディは古い型のスーツを着て、自信に満ちた笑顔を浮かべていた。でも、それだけだった。キリストが奇跡を見せることはなかったし、ケネディが力強い演説をすることもなかった。

火曜の夜のカート・コバーンはかなり彼に似ていたが、歌を歌うこともなく、ただどろりとした目で客を見るだけで、同じ日にカウンターに立つエルビス・プレスリーは腰を振って歌うことは出来るが、小人と言っていいほど背が低かった。

木曜の夜の2PACに至ってはラップが出来なかったし、共に立つオードリー・ヘップバーンは『ローマの休日』や『ティファニーで朝食を』の頃のオードリーではなく、つまり若い頃の彼女ではなく、後年、活動家として各地を訪れていた時の彼女に似せていた。

白眉《はくび》は金曜日だった。アドルフ・ヒトラーと毛沢東とヨシフ・スターリンが一堂に会する。でも、3人とも壊滅的にコミュニケーションが下手だった。

どの擬態もクオリティは低く、皆日本語を話すので、ほとんどコスプレイヤーの域だったが、不思議と客足は絶えなかった。多数が冷やかしの酔客で、中には常連もいた。常連はほとんど男で、静かに酒を飲んだ。

オーナーは、誰にも似ていなかった。左側の耳が潰《つぶ》れ、穴だけが空いていた。年齢は50代に見えたり70代に見えたりした。店には滅多に来ず、どこに住んでいるのか、誰も分からないという。ウズと呼ばれているその男は、店と同じように、とにかく不可解な存在だった。そんな彼がアキを雇ったことは、FAKEの新たな謎《なぞ》の一つだった。

ほとんどうまく話せないアキでも、マケライネンのことだけは、かろうじて伝えることが出来た。ウズはその場でスマートフォンを開き、マケライネンの写真を見た。

そしてうなずいた。それだけだった。

ウズには、人を雇う際の条件があった。誰かに似ていること（自称であっても）、その人物が外国人であること（そういう理由で東條英機《ひでき》は落とされた）、そして死んでいること。それが条件だった（つまり、この店にはレディー・ガガもマドンナもいなかった）。

アキが入店したことで、対象が「著名でなくても良い」ことが明らかになった。とにかくウズはおかしな奴なのだと、みんな思った。みすぼらしい格好をしているが、きっと金持ちに違いない、だから酔狂でこんな店をやっているのだと。

アキはマケライネンとして出勤し、マケライネンとして店に立った。といっても、カウンターに立たせてもらうことはなく、一つだけある４人がけのテーブル席に客が来たらそこに酒を運んだり、客が吐いたゲロの掃除をする。それ以外にも、トイレ掃除、配管掃除、鼠《ねずみ》とゴキブリの駆除、買い物まで、あらゆることをした。誰もアキが誰に似ているか分からなかった。それでも異形の男であるということは明らかだったので、彼が店にいることに、すぐに慣れた。とにかく、ここは「おかしな店」なのだ。何かに疑問を持ち始めたらキリがない。

イエス・キリストも、ジョン・Ｆ・ケネディも、エルビス・プレスリーも、カート・コバーンも、オードリー・ヘップバーンも、アドルフ・ヒトラーも、毛沢東も、ヨシフ・スターリンも、決して本名は明かさなかったし、頑《かたく》なに「本当の自分」を見せなかった。皆、出勤してくるときと退勤するときはトイレで着替え、メイクを落としていた（２ＰＡＣに至っては、とても色が白かったので、茶色いファンデーションを塗っていた）。皆、「そのままの格好」で外に出て、道ゆく人にからかわれたり、もっと悪いときは誰かに暴力を振るわれることを恐れていたからだ。ここはそういう街だった。

　彼らは、自分の臆病《おくびょう》さを、そして「本当の自分」を恥じた。だから皆、擬態していないときは、お互いのことをなるべく見ないようにした。店に立っている間だけ、彼らは彼らになり、親しげにお互いを見つめることが出来るのだった。そんな中でウズは、誰にも興味がないように見えた。つまり、店に来ても、誰のことも見なかった。

　アキは再び、マケライネンになった。深沢暁を遠くに追いやり、深沢暁の言葉を手放した（実質ほとんど失っていたのだったが）。マケライネンの仕草を学び直し、言葉を真似、とうとう、劇中のフィンランド語を覚えるに至った。

　アキは劇団員時代、つまりまだ金があった頃、『男たちの朝』を観《み》るためだけにテレビデオを購入していた。下北沢の中古電気屋で４０００円で買った14インチのブラウン管テレビはほとんどガラクタだったが、アキにとっては宝物だった。それがアキとマケライネンをつなぐ光だったからだ。

　アキはテープが擦り切れるまで、何度も、何度も、『男たちの朝』を観た。マケライネンが無口な役だったとはいえ、2時間を超える作品だ。暗記するのは困難を極めた。でもアキはそれを、異様な集中力でこなした。

　せっかく覚えたフィンランド語を披露するチャンスは、滅多に訪れなかった。アキは店では言葉を求められなかったし、ほとんど誰もアキに話しかけなかった。話しかけても、「お水ちょうだい」や、「これ持って行って」、というような事務的なものだけで、つまり、長い返事を必要としなかった。

「Ｊｏｏ」

　それが、フィンランド語の返事だ。アキはそれを声に出さず、心の中でつぶやくことにしていた。結果返事をしないアキに腹を立てる客はいなかった。アキはただ「おかしな奴」としてそこに存在し、その枠から決してはみ出さなかった。誰の感情も害してはいけないのはもちろん、誰の気も引こうとしてはいけない。自分が何かを能動的にする時、そこには恐怖が生まれる。誰かを怖がらせたくないし、もちろん、怖い思いをするのも嫌だった。

いつからか、家では声を出さないようになった。いくら擬態しても、自分の声はマケライネンのそれと全く同じではなかった。だからアキは、言葉をなぞるために口を開くだけで、決して声は出さなかった。

アキの時給は、東京都の最低賃金を下回った。月の終わりにウズから手渡される現金は、家賃と光熱費を払うとほとんどなくなった。もちろん労働基準法に引っかかっていたが、アキはそもそも法を知らなかった。生活は変わらず困窮を極め、アキは台所の流しで服を洗い、体をこすり、見知らぬ人の残り物を漁《あさ》る人生を続けなければならなかった。

アパートの隣室には、女が住んでいた。彼女はアキのように朝方、家に帰ってきた。劇団員時代には知り得なかったことだった。アキはほとんど家にいなかったし、いたとしても泥のように眠るだけだったから。

女の姿を見たことがなかったし、壁越しに聞こえる声からは、彼女が何歳なのか想像するのは困難だった。でも、彼女が女であること、そして頻繁に性交していることは間違いがなかった。彼女の相手が同一人物なのか、そうでないのかは分からなかった。男は大概唸《うな》るだけで、何ごとか言葉を発する時も、くぐもっていてよく聞こえなかった。

彼女の声を聞きながら自慰をすることを、最初アキはためらった。彼女への敬意を欠いていると思ったし、それ以上に、もし彼女に知られたらと思うと、恐ろしかった。外廊下や家の外で、彼女に会わないように注意を払った。自分のような人間が隣に住み、あまつさえ性交の声を聞かれていることを知ったら、彼女は恐怖におののくだろう。

でも、欲望にはどうしても抗《あらが》えなかった。彼女の声がすると体が自然に反応し、手をそこに持ってゆくことをやめられなかった。そして触れたが最後、アキは必ず手を激しく動かしてしまうのだった。射精する瞬間、母親の顔が浮かぶことがあった。アキはその時だけ、声を出しそうになった。隣室の女の声は、いつか聞いた母親の声に、とてもよく似ていた。

母親が家に男を連れてきた記憶はないはずだった。母親は家にいるときは一人で眠ったし、アキが小さな頃は、彼を抱きしめながら眠った。でも、どうしてこれほどはっきりと、あの時の声を思い出すのだろう。記憶の中の母は、声をあげながら、誰かに懇願していた。

「殺して。」

かつてのことを思い出そうとすると、頭《ず》蓋《がい》が締まった。万力でギリギリと締め付けられているように痛んだ。痛みを感じると、アキは耳を引っ張った。それでも痛みは去らず、アキはしばらく耳を摑《つか》んだままうずくまった。この耳がなくなればいいのにと、何度も思った。

　精液を拭《ふ》くのに使うのは、フードコートで得た紙ナプキンだった。鼻をかむのも、掃除をするのもこれで済ませた。道で配っているティッシュは貧弱だったし、そばを通ってても手渡してもらえないことが多かった。ティッシュは大体、女性、それも若い女性ばかりに配られていた。

　隣の部屋からは、鼻をかむ音もよく聞こえた。女はよく咳《せき》をし、くしゃみをし、鼻をかんだ。アキは咳の数を数え、くしゃみの変化に耳を澄ませた。鼻をかむ音が聞こえたら、彼女が高価で柔らかいティッシュを使っていたらいいのに、そう願った。

「風邪が治らんのよ。」

　ある日は、こんな声が聞こえてきた。返事は聞こえなかった。おそらく、誰かと電話で話しているのだろう。

「もう1ヶ月かな？　もっとかもしれん。」

　女の言葉にはなまりがあった。でも、それがどの地方のものなのか、アキには分からなかった。

「飲んだって。何錠飲んだか知れんわ。」

「そうばい、よう眠れるし、良かったとけど、最近はそいも効かんとよ。」

「え？」

「プレコールばい。」

「分かっとるって。なんかだるかし。」

「あはは、何言うとっと。そがんやっとらんとよ。そっちは？」

「嘘《うそ》やろ、あいはどうしたと？ あの、カラオケ屋で見つけたって言っとった？」

「ああ、あいはだめやね。なかね。」

「そがん言って。」

「そうばい、色々年取るとやから。」

「ああ、そうばい、筋肉ばい。」

「あははは。」

「怖かねぇ。もう何歳よ？ はは、忘れたわ。」

「そうやね。もうそれも限られてくるけんね。」

咳。しばらく止まらない。

「ごめんごめん。ダメごたん、止まらん。」

咳。

「切るけん、ごめん。」

咳。

「はーい、ほな。」

アキは壁に耳をくっつけていた。そうしていると、頭の痛みを忘れることが出来た。

ものすごくつかれたときは、ぼくはただしずかにしている。

よこになるひつようはない。たったままでもいい。こころをしずかにして、きえたいといのる。ときどきせいこうする。ぼくはきえる。

でも、(不明)だけがのこる。

それだけはきえない。

いきをころす。みつからないように。

いきをころす。

アキは、「無害」でいることを選んだ。誰のことも脅かさず、誰の感情も害しない人生を。それがアキの生きる術《すべ》だった。

俺の業界にも、アキのように「無害」な人間はいる。考えることを手放し、与えられた仕事をこなす。決して文句を言わず、理不尽なことを理不尽と思わない。気配を消し、己を殺し、ただそこにいる人間として、そこにいる。でも俺は、どうしてもそうなれなかった。

与えられた仕事はこなしたし、文句は言わなかった。でも、理不尽なことは理不尽だと思ったし、いない者として扱われることには耐えられなかった。俺は「生意気」だと言われ、それは1年目に先輩たちに言われたそれとは、意味が違った。

1年目の「生意気」は、「先輩に媚《こ》びない骨のある奴」の意味を含んでいた。つまりどこかに称賛の気配があった。でも今は、「ろくに成果も出していないのに態度だけはデカい奴」という意味らしかった。大麻騒動のためにやらなければならなかった差し替えＶＴＲ制作中、林が丁寧に教えてくれたのだ。

「お前さぁ、自分では何者か感出してるつもりかもしれないけど、マジで何者でもないからね？　30すぎて成果も出せなくて使えねぇ、イタい男ってだけだから。」

かぼちゃを丸ごと出しておいたのが、いけなかったらしい。

　料理撮影に入る前に、材料のインサートを撮る予定だった。インサートとは、本編の合間に挟まれる挿入映像のことだ。取材先の建物の外観だったり、料理だったり、説明的な要素を孕《はら》むことが多い。「今日はこちらの材料を使って料理を作ってもらいます！」というナレーションが流れる時に使用する映像で、カメラで食材をなめるように撮影することになっていた。

　朝一番でスタジオに入り、見栄《みば》えを良くするようにかごの上に綺麗に並べた。でも、かぼちゃを丸ごと置いておいたのがいけなかった。あらかじめ半分に切って、断面を見せた状態で置いておかねばならなかった。

「なんかやたら目立つな。でかくない？」

　カメラマンの一言で、林が俺を見た。

「マジ頼むわ。」

　そんなことは誰からも、一言も、聞いていなかった。でも、「気が利《き》くＡＤ」なら、当たり前に出来ていることなのらしかった。

　それからかぼちゃを切り、また改めてインサートを撮らなければいけなくなった。タレントたちには待機してもらった。その間、林は俺の隣に立ち、ずっと耳元でささやいていた。

「マジで使えねぇ。」

「すみません。」

「すごいよな。すみません、て言いながらムカついてる感絶対隠さねぇんだからさ。どこまでも自分の無能さを認められないんだよな？　いるよな、そういう奴。この仕事のこともバカにしてんだろ？　こんなクソ仕事って、そう思ってんだろ？　なんだっけ？　本当は高尚なドキュメンタリー撮りたいんだっけ？　その夢持ったまま、40、50になるんだろうね、怖いわ、俺。」

「すみません。」

「お前さ、何？　タレントか何かのつもり？　違うか、この番組のディレクターか、プロデューサーなんだっけ？　もしかして革命家気取りですか？　なんでそんな偉そうでいられんの？　それが、すみませんっていう態度？」

　膝《ひざ》につくまで頭を下げた俺を、誰も見なかった。見ないようにしてくれていたのではなく、俺のことなんて、誰も気にかけてはいられないからだ。さっさとインサートを撮り、予定時間までに、スムーズに作業を終えねばならないからだ。

「すいません、切れました！」

　結局かぼちゃは、もう一人のフロアアシスタントが切った。真っ二つにされるとき、かぼちゃが何か言った。やはりあの夜に、黙らせておけば良かったのだ。

　田沢が仕事を休んだ。

　この数週間、体調が悪そうだとは思っていた。もともとどす黒く、分厚かった皮膚がますます黒くむくみ、ふう、ふう、と、苦しそうに息をする姿は、蝿《はえ》を食い過ぎて動けなくなったウシガエルを思わせた。

　最初、番組の編集は田沢の同期の男性社員が担当した。でも、彼は他にも４つ番組を抱えており、物理的に無理だということになった。それで、俺に仕事が回ってきた。

　撮影された素材の編集をするだけだ。でも、丸ごと一番組の編集をするのは初めてだった。今までの番組を全《すべ》て見直し、番組の趣旨を理解して、撮れ高の中からふさわしい箇所を選んで繋《つな》げた。プロデューサーと田沢に送り、そのまま少しだけ仮眠を取った。

　別のロケの準備をしている時、そのプロデューサーからメールが届いた。ＯＫ、の文字を見て一気に目が覚めた。田沢からは、「ありがとう」と返信がきた。田沢から初めて、礼を言われた。

『次のロケまでには戻るから。』

でも彼女は、戻って来なかった。ウイルス性の胃腸炎をこじらせたということだった。

「あいつ、何かおかしなもんでも食ったんじゃねぇのか。」

「犬の餌《えさ》とか？」

「虫とか？」

「あり得ますね。」

俺が代理ディレクターとして、番組を担当することになった。他にも仕事を抱えている中、しかも代理だったが、「チーフディレクター」という肩書きは、視界をわずかに明るくした。

番組はシンプルな構成だった。押見《おしみ》チカという女優が進行を務め、毎週ゲストを迎えて、ペット談義をする。

押見は50代の女優だ。女優と言っても、いまはほとんど演技をすることはない。数年前に出演したトーク番組での、歯に衣《きぬ》着せぬ物言いが視聴者に受け、それからはタレントとしての需要の方が多い。犬好きとして有名で、シェルターから保護した犬たちを、通算10匹以上飼っていた。犬だけではなく、非営利の動物保護団体を作って、あらゆる動物の保護に努めている。

田沢からは、番組に関して細かな注意事項が届いた。その中に、「押見の前で肉類を食べないこと」「革製品を身につけないこと」も含まれた。押見はヴィーガンだった。公表していないのは、事務所として、仕事が限定されることを危惧《きぐ》したのだろう。日本ではまだ、ヴィーガンは珍しかった。そして何故《なぜ》か、ヴィーガンや菜食主義を公表すると、インターネットで批判される傾向があった。主義として肉を食べない人間の、その「高尚さ」に腹が立つのだろうし、そもそも食べるものに意識的であるためには、ある程度の生活水準を確保しなければいけない。つまり、「豊かな環境で許された贅沢《ぜいたく》」だと見なされるのだった。

一度、情報番組のゲストに来た若いタレントが、ヴィーガン食を始めている、と言ったことがあった。彼女は地球環境のことと、動物の命のことを考えてそうしたのだと。その後、「じゃあ今後絶対にゴキブリを殺さないでください」「そもそもなんでそんな偉そうなの？」など、彼女を批判する意見がインターネット上に溢《あふ》れた。彼女はそれからも環境保護や動物愛護を訴え続けたが、やがてテレビから姿を消した。

押見の事務所は、おそらくそれを恐れているのだろう。実際、押見が出演した他番組のＶＴＲを見ると、レストランで（もちろん押見以外の人間だが）肉や魚を食うものもあった。タレントとして売り出すからには、仕事が限られるのは困る。個人的な主義があることは許すが、公的に主張することは控えてほしい。何より「庶民的」であることが大切だ。事務所の態度はそういうものだった。

今回、番組で行くのは「ペットと一緒に泊まって楽しめる宿」だった（押見はこの「ペット」という言葉も嫌っていた。でもそれも、事務所の意向で、仕方なく受け入れさせられていた）。とにかく意識の高い人間を、視聴者は嫌う。

田沢なりに、毎回番組を工夫しているのが見て取れた。スタジオにペットを連れてくるゲストもいれば、ゲストの自宅に行くこともあった（猫や爬虫《はちゅう》類の場合は大抵そうだった）。犬、ときにミニブタと一緒に公園を散歩したり、犬のしつけに困っているゲストと共にしつけ教室に行く回もあった。最終的には、犬猫の殺処分ゼロを達成した国の取材、という野望もあるようだった。

ゲストは、２匹のチワワを飼っている、いわゆる「オネエ」と呼ばれるタレントだ。彼も押見と同じような経歴だった。つまり、元々俳優だったが、数年前のカミングアウトからは、タレントとして需要がある。

硬派な俳優として通していたから（名前も杉崎剛健《すぎさきごうけん》というマッチョな名前だった）、そのギャップが受けた。最近では本人も過剰に「オネエ言葉」を使い、「オネエらしく」振る舞う。いつからか皆、彼のことを「Ｇｏネエ」と呼ぶようになり、女性誌で人生相談の連載もしている。

チワワの名前はコーマとナム、その日は杉崎とお揃《そろ》いの服を着ていた。明るい緑地に白い水玉のシャツ、同じ生地のリボンもつけている。2匹とも、全くしつけが出来ていなかった。宿に移動するロケバスの中で吠《ほ》え続け、コーマが脱糞《だっぷん》した時は、ロケバス内に臭い匂《にお》いが充満した。杉崎はいびきをかいて寝ていて、後始末は全てマネージャーがした。

「ありがたいことに最近忙しくさせていただいていて……。」

眠る時間が、移動時間中しか確保出来ないのだと言う。気を遣った俺が、

「押見さんも寝る時間ないんじゃないですか？」

そう話を振ると、あるよ、と即答された。

「私は剛ちゃんとは違うからねー。」

どう返事をしていいか迷っていると、押見は、

「寝かしておいてあげよう。」

そう言って、指を唇に当てた。

押見と杉崎は昔からの知り合いで、番組での共演も多かった。番組内ではお互いを「おじさん（杉崎が押見のことを）」「おばさん（押見が杉崎のことを）」と呼び合う。

時々こちらがハラハラするような口論をするが、その数分後には笑って肩を叩《たた》き合っている。大抵、杉崎がボケて押見が突っ込む、という構図だった。

二人のおかげで、ロケは概《おおむ》ね、予定通りに行った。田沢が選んだのは、新しく出来た宿だった。緑に囲まれた犬の散歩コースには、糞の始末用に、土に還る成分で出来た袋が用意され、糞を再利用するコンポストが置かれていた。犬用の水道は大型犬と小型犬用に分かれていた。基本持ち込みＯＫだが、オプションでつけられる犬の「餌」（この言葉も押見は嫌った）はオーガニックを徹底し、野菜で出来た犬用の誕生日ケーキもあった。犬と一緒に眠れるベッドも一緒に入れる温泉も清潔で、犬がリラックスできるＤＶＤなるものまで用意されていた。杉崎ははしゃぎ、今度は男と来たーい、と叫んだ。それに対して、すかさず押見が突っ込んだ。

「これは動物番組なんだよ！」

彼らの需要が多いのは理解出来た。こちらが期待していることを即座に理解し、ためらわずに行動に移す。例えば犬と温泉に入るとき、杉崎はしっかり胸元までタオルを巻き、でも、ここぞという時に（わざと）タオルをずらした。

「やあだぁ！　見ないで〜！」

それを受けて、風呂《ふろ》に入っていない押見が、杉崎の頭を小突くのだ。

「誰が見たいんだよ、そんな汚い乳首！」

テレビは、特にバラエティ番組は、ほとんどこの勘に頼っていると言える。どのタイミングで何を言うか、あるいはどのタイミングで何を言わないか。

勘が良いとは、すなわち空気を読む、という才能だ。捕まった大麻タレントたちには、その才能が全くなかった。彼女たちは、「空気を読めない」ことを売りにしていたが、その「空気の読めなさ」は、企画内でだけ発揮される「読めなさ」でないといけない。本格的に読めないのではダメなのだ。「ここは空気を読むべきでない、という空気」を読まないと、業界では生き残れない。

押見も田沢も、最初は真面目《まじめ》な動物番組を目指していたようだ。動物虐待《ぎゃくたい》の根絶やペットショップの廃止、取り上げるテーマも相談して決めていた。でも、それでは視聴率が期待出来なくなった。そもそも押見を司会として起用する時点で、局側が求めているものは明らかだ。押見も早々にそのことに気づき、別段抵抗もしなかった。速やかに軌道修正した後は、ゲストに軽口を叩き、ギリギリ（これが重要なのだ）の失礼なことを言い、時にはペットにまで毒を吐く、いつもの彼女のスタイルに戻った。

田沢の演出はどんどんバラエティ寄りになっていたし、俺ももちろんその流れに寄せた。バラエティ番組にＡＤとしてつく経験が多く、ある程度のことも分かっていたが、こんなにスムーズなロケは、初めてだった。二人の熟年の勘のおかげで、まだ日が明るいうちに、ロケバスに戻ることが出来た。

「今日は本当にありがとうございました！」

押見に頭を下げると、押見は「はいよー」と返事をし、ヘッドフォンを装着した。銀色のラメがびっしり施されている。カスタムされた高級品だろう。ロケの時間を共に過ごして分かった。とっつきにくいように思われてその実、押見は、ただシャイな人なのだ。言葉はきついが、細やかな気配りをする。その気遣いは宿の人たちやディレクターである俺にだけではなく、末端のＡＤにまで及んだ。

ＡＤは、森という若い女だった。やはり次々に辞めていった同期の中で唯一《ゆいいつ》残った人間で、主に田沢の下につかされていた。つまり俺よりも、この番組のことを知っていた。小型犬を思わせる丸顔はいつも何かで光って、唇と爪《つめ》は日によって鮮やかに塗り替えられていた。

俺は森のことを、他の人間と同じように、「すぐ辞める人間」とみなしていた。でも、予想に反して、森には体力があった。聞くと、中学からずっと強豪校のバレーボール部だったのだと言う。高校はスポーツ推薦で入り、大事な試合の前には、気合いを入れるために、チームメイト全員でスポーツ刈りにしていたそうだ。

「今のお洒落《しゃれ》はその時代の反動です。」

そう言って笑う。よく気がつき、よく動き、疲れた様子も見せない。皆に敬意を払い、もちろん「田沢の代わり」だからと言って、俺を一切軽んじなかった。

森が、バスの中で皆にお茶を配って回った。受け取った押見は、わざわざヘッドフォンを外し、「ありがと、可愛《かわい》い爪だね」と言った。森の爪は、紺色と黄色が交互に塗られていた。

「わ！　ありがとうございます！　自分で塗ったんです。」

「へぇ、器用だねぇ。」

森は嬉《うれ》しそうだった。もともとバラエティ番組志望で業界に入ってきたらしい。押見や杉崎と仕事をするのは、それだけで光栄だと言っていた。

杉崎は、一番後ろの席に座っていた。杉崎さん、と声をかけ、

「今日はありがとうございました！」

そう言って頭を下げた。

「えー、こっち来て言ってよ。」

俺は、運転席の後ろにいた。

「あ、すみません！」

お茶を配り終わり、前方に戻って来た森と、入れ違いに後ろに移動した。カーブにさしかかって、バスが大きく揺れた。とっさに座席を摑んで、杉崎に「ありがとうございました」と繰り返した。その時、股間《こかん》を摑まれた。衝撃で腰が引けた。

「頑張ったでしょう？　あたし？」

杉崎は、上目遣いに俺を見上げて来た。甘えている顔ではなかった。試していた。

「満足だよねぇ、あれで？」

唇を突き出している。キスをせがんでいるのだと気づくのに、少しだけ時間がかかった。

「あの、……。」

皆が俺を見ているのかどうか、分からなかった。俺は皆に背中を向けていたし、車内は静かだ。でも何故か、森だけは俺を見ているような気がした。こういう時、ディレクターとしてどう対処するのかを、じっと観察しているように思った。

「いや、あの。」

杉崎は、手を離さなかった。股間がキリキリと痛んだ。森が見ている。きっと見ている。杉崎の唇は、何かで濡《ぬ》れていた。振り向くと、森はこちらを見ていなかった。森だけではない。誰も、こちらを見ていなかった。

アキの部屋には、母親の遺骨がずっと置いてあった。葬式を執り行なうことが出来たのは劇団員たちのおかげだ。でも、墓を買うことなど出来なかった。祖母の墓に入れたらどうか、安い共同墓地を探すのはどうか、そんな風に劇団員たちが様々な提案をしてはくれた。でも、迷っているうちに時が過ぎてしまった。そしてそもそも、アキには、自分の部屋に遺骨を置き続けることと、墓を作ってそこに遺骨を埋葬することの違いが、よく理解出来ていなかった。誰も教えてくれなかったからだ。

電球を入れるほどの骨壺《こつつぼ》が、複雑な刺繡《ししゅう》が施された赤い色の布に包まれていた。アキはそれを、台所の流しの上、外廊下に面した窓のサンに置いた。サンは細く、もちろん遺骨を置くのに適してはいなかった。骨壺は傾き、窓にもたれかかった。家に戻る時、廊下を歩いて最初に目に入るのが、窓に映ったその赤い塊だった。

線香をあげることも思いつかなかったし、母の写真も持っていなかった。アキはそれを、ただ見た。

FAKEで働き始めて、３ヶ月ほどが経《た》った頃、２ＰＡＣが店を辞めた。

２ＰＡＣはシャイな従業員の中でも、まだ社交的な方だった。擬態していない時の皆が必ず目を伏せる中、唯一アキの目を見て（恥ずかしそうにではあったが）挨拶《あいさつ》をする人物だった。

「お疲れ様です。」

　そして、とても丁寧なお辞儀をした。

　25歳で死んだ本物の２ＰＡＣは、いつまでも若いままだったが、彼はおそらく40歳を超えていた。丸めた頭は剃《そ》り上げている部分もあったが、頭頂部にほとんど毛穴はなかった。つまり禿《は》げていた。多汗症で、頭に巻いたバンダナは、時間が経つと、いつも茶色いファンデーションで汚れた。彼は顔色を塗り直すために、何度もトイレに行かねばならなかった。

　誰も、２ＰＡＣが辞める理由を知らなかったし、本人に聞きもしなかった。ウズだけが、それを知っているはずだった。でもウズは当然のように、何も話さなかった。ただ、アキに、木曜日の２ＰＡＣの穴を埋めるのはお前になった、とだけ告げた。つまりアキは、カウンターの中に立つことを許されるようになった。

　共に立つオードリーは、店に出勤する際はサングラスをかけ、全く気配を消していた。トイレの中で着替え、白髪混じりの髪を一つに縛って、オードリー・ヘップバーンとして現れても、強い存在感を発揮することはなかった。そもそも一見《いちげん》の客の間で、誰に似ているのか推測してもらえない最たる存在が彼女で、時にはただ「つまみを作るだけの老女」とされた。

　つまり木曜日は、客にとって一番難解な日になった。目がギョロリと大きく痩《や》せた老女と、異形の大男がカウンターに立っているのだ。自然、客足は遠のき、木曜日はほとんど、つまみを仕込むだけの日になった。

　オードリーは、実際のオードリー・ヘップバーンその人がおそらくそうであったように、穏やかで優しい人だった。客がいないときでも、もちろん彼女はオードリーとしてアキと接した。そしてその時だけアキの目を見て、アキを気遣い、世界中の恵まれない子供たちのために祈った。

「大根をすりおろしてくださる？」

「トマトは半分に切ってちょうだい。」

「ああ、くたびれた。少し休憩することにしましょう。」

　オードリーの話し方は、いつもそんな風だった。きっと、映画やインタビューの翻訳を見てそうしているのだろう。アキは、彼女が英語を理解していないとふんでいた。『男たちの朝』のフィンランド語を覚える前の自分もそうだったから、分かった。

「なんてこと。」

「あら、まあ。」

オードリーの「正解」が、アキには分からなかった。でも、オードリー自身もアキ・マケライネンの正解を知らなかった。オードリーといる時、アキはフィンランド語ではなく、「日本語字幕版のアキ・マケライネン」として返事をした。

「やれやれ。」

「いいだろう。」

二人の会話はもちろん奇妙だった。だが、奇妙であればあるだけ礼節を持ち、

「そうよね？」

「そうだ。」

無意味であればあるほど、意味のあるものになった。

時々、ウズがやって来た。彼が黙ってカウンターに座ると、オードリーがグラスに水を入れて出す。ウズが酒を飲んでいるのを、誰も見たことがなかった。そして誰かが入れてくれたその水を、ウズが飲むこともなかった。

ウズはいつも、くたびれた服を着ていた。形容出来ない色をした、はっきりと覚えていられない服で、目立ったところは何もなかった。

こんなに匿名《とくめい》性のある人間に、アキは初めて出会った。アキや彼の母親が、かつて

世界から身を隠そうとしていたのとは違った形で、ウズは完全に、世界から身を隠すことが出来ていた。「隠れたい」と願い、恐怖を発することで、かえって存在を晒《さら》してしまうのとは違って、ウズは「何からも隠れないこと」によって、その目的に達していた。

それは、勇敢である、ということとは違った。そして、力を持っている、ということとも違った。ウズはとにかく丸腰だった。そして、意識せずとも、人との距離を絶妙な冷酷さの内に保つことが出来た。ウズがそこにいるときは、もちろんウズを認識する。客のうちの何人かはウズに話しかけもするし、ウズも返事をする。でも、彼が店から姿を消すと、たちまち彼の容貌《ようぼう》を忘れてしまう、ウズはそんな男だった。

一人で閉店準備をしていると、ウズが現れた。木曜日だった。

元々、ウズが店にやってくる日に規則性はなかった。何時であろうとふらりと現れ、ふらりと去る男だ。でも、その日の彼は、目的があってやって来たように見えた。案の定、ウズはカウンターに座る前に、こう言った。

「アキ。」

記憶している限り、それはウズが初めて、アキの名前を呼んだ瞬間だった。

アキは、体の一部が熱く、硬くなるのを感じた。何故か分からなかったし、それを抑えることも出来なかった。

「次の木曜日の夜に、あいつが来る。」

ウズは、いつの間にか封筒を手にしていた。

「あいつが来たら、これを渡してくれ。」

その封筒は、アキが給料をもらうときに見る、薄茶色の封筒だった。給料日はまだ、10日ほど先のはずだ。ポケットの中に入っている残額で、大体のことが分かるようになっていた。電気代を数ヶ月分支払っておらず、数日前、家の電気が消えた。でも、別段困ることはなかった。どうしても部屋の中に光が必要なときは、街で拾ったライターをつければ良かったし、暗闇《くらやみ》であればあるほど、隣室の声はよく聞こえた。生命力に溢れた、「彼女」の声は。

「ああ。」

体の一部は、痛いほど硬くなっていた。爆発しそうだった。

「分かった。」

アキはウズの前でも、マケライネンでいることを貫いていた。他の皆もそうしていたからだし、それがもちろん、アキがここにいる大きな理由の一つだったからだ。アキは、ウズに「あいつ」が誰のことなのかを聞かなかった。

「そこに、入れておくから。」

ウズはそう言って、カウンターの中に入った。

狭いカウンターだ。初めて入った時、アキは自分の体の大きさを改めて感じた。何かを取ろうとすると、何かにぶつかる。振り向くのも、方向を変えるのも一苦労だった。グラスを割ってしまうこともあった。それでも、マケライネンとしてのアキは、自分の体を小さく見せるわけにはいかなかったし、割ったグラスを気にすることもなかった。

今、目の前のウズは、カウンターの中をやすやすと歩いていた。アキのように、何かにぶつかる気配もなかった。それで初めてアキは、ウズの体がとても小さいことを知った（オードリーですら、時々何かにぶつかり、何かを落とした）。

彼は、カウンター背面の壁にかけてある絵を手に取った。なんてことのない雪の日の風景画だったが、アキはそれが好きだった。もちろんそれは、『男たちの朝』を思わせたからだ。

「ここに、金庫がある。」

ウズが絵を外すと、黒い扉が現れた。

「鍵《かぎ》はかけていない。」

ウズは、アキに確認するようにそう言った。ダイアルを回さずに、扉が開いた。

「ここに、入れておくから。」

他にこのことを知っている人間がいるのか聞きたかった。自分以外の誰かが、この（雑なやり方で）隠された金庫のことを、果たして知っているのだろうか。

「分かった。」

でも、やはり聞かなかった。マケライネンなら、そうしただろうと思ったからだ。

ウズは封筒を入れた後も、金庫を開けっぱなしにしていた。初めて見る人のようにそれをじっと見つめ、その場を去らなかった。

「母親の、」

ウズはそのまま話し続けた。そんなことは、これまでなかった。

「母親の、介護をしないといけないそうだ。」

ウズの、潰《つぶ》れた耳がこちらを向いている。あの耳は機能するのだろうか。

「だから、シフトを深夜に変えてもらったらしい。」

暗い穴から、放射状に傷が広がっている。それが、何かの徴《しるし》のように見える。でも何なのかは分からない。金庫の中には、大量の札束が入っている。

「あいつが、介護施設で働いているのは知ってたか？」

ウズが去った後、アキはトイレで自慰をした。そうしないと、体が破裂してしまいそうだった。


次の木曜日、ウズの言う「あいつ」がやって来た。２ＰＡＣだった。

オードリーはまだ来ていなかった。アキはいつも、一人で開店準備を進めていた。ウズから鍵は預かっていたし、それ以前に皆が共有している合鍵は、店の扉前に敷いてある、『WELCOME』と書かれた汚いマットの下に隠してあった。セキュリティの甘さを指摘する従業員は誰もいなかったし、金庫の存在を知ったアキですら、それを不用心だと思わなかった。

２ＰＡＣが来たことに、アキは驚かなかった。でも、彼が店に入ってくる時から２ＰＡＣであったことには心を動かされた。いつも擬態していない状態で現れ、トイレで着替えるまで、ずっとはにかんでいた彼の姿しか記憶になかったからだ。

「よう！」

彼の声は力強かった。かつてのように、恥ずかしそうに「お疲れ様です」などとは言わなかった。

「金をもらいに来たんだ。」

久しぶりに会ったからだけではなく、２ＰＡＣが家から（あるいは駅のトイレかもしれないが）この服を着て、茶色く顔を塗り、弾むようなあの歩き方をしてこの店に現れたことに、アキの心が動いた。

「ああ。」

それでもアキは、いつものように、マケライネンとして返事をした。金とは、もらいそびれていた給料のことだろう。そしてそれは、金庫の中にある。あの絵の後ろだ。２ＰＡＣがそれを知っているのか、アキには分からなかった。

「ションベンして待ってるからよ。」

２ＰＡＣは、軽くステップを踏みながら、トイレへ姿を消した。あの日、自分がトイレを汚してしまったことを、アキは強く恥じた。いつもより念入りに掃除をしても、匂いは取れないような気がした。そしてそれが、２ＰＡＣの何かを汚してしまうような気が。

アキは、急いで絵を外した（驚くほど簡単に外れた）。扉を開け（簡単に開いた）、金庫を開け（これも簡単に）、札束の一番上に乗っていた封筒を手に取った。封筒は軽かったが、アキは何らかの奇跡を見ているような気持ちになっていた。

振り返ると、２ＰＡＣがトイレから出てくるところだった。弾むように歩きながら、何か口ずさんでいる。アキが封筒を手渡すと、彼は「おう」と言って受け取り、

「なんだよ、これっぽっちかよ！」

両手を広げてみせた。給料は毎月変わらないはずだった。アキはどうしていいか分からず、マケライネンのまま、声を出した。

「そうだ。」

自分で予想したより、大きな声だった。少しだけ頭蓋《ずがい》が揺れた。その時、

「あいつが行ってるのは、要介護５の人間がいる施設だ。」

ウズの言葉が蘇《よみがえ》った。

「分かるか。自分でものを食うこともできない、小便も、クソをすることも出来ない。そんな奴《やつ》ばかりの施設だ。

中には、動ける奴もいる。そいつらが時々暴れる。体は立派に大人だから、あいつはそれを止めないといけない。殴られたり、蹴《け》られたり、噛《か》みつかれたりする。自分のクソを、引き出しの中に隠す奴もいるそうだ。

あいつはその掃除をする。吐き出したものを、顔にかけられることもある。」

どうして今ここで、ウズの言葉が浮かぶのか。いや、それよりも、どうして自分は、

人の言ったことをこんなにもはっきり、覚えているのか。

「あいつはそこにもう、25年勤めている。25年だ。あいつがヘルニア持ちなことは知ってるか？　治らないんだ。腰がずっと、ずっと痛むんだ。それはもう、言い難い痛みだ。あいつは薬を飲んでいる。強い痛み止めを飲んで、仕事をしている。副作用があって眠くなる。でも眠ってはいけない。あいつは時々、尖《とが》ったもので自分の太ももを刺す。眠らないためにだ。

　仕事を変えたい。でも出来ない。

新しい資格を取らないと、給料も上がらないし、待遇も良くならない。でも、資格の勉強をする時間なんてない。それどころか、勤務時間が長すぎて、女に会う時間もない。

　あいつは45歳で、女を知らない。この意味が分かるか？　あいつは、女と寝たことがないんだ。」

　それでも、蘇ってくるウズの声は、彼の声ではなかった。どうしてウズはこんなにも見事に、気配を消すことができるのか。

「そうこうしている間に、母親がボケた。施設に預ける金もない。自分が働いているのにだ。頼れる親戚《しんせき》もいない。あいつが母親の面倒を見るしかない。昼間は母親の面倒を見て、夜に出勤するんだ。

だからあいつは、寝てない。やっぱり、全然寝てない。出勤するとき、あいつは母親の体をベッドに縛ってくるらしい。暴れたり、家から出て行ったりしないためだ。

もし、彼女が叫んだらどうする？　夜中に？

そうなったらあいつは、母親の口にタオルか何かを噛ませて、仕事に行くしかなくなるだろう。」

ウズの声ではないとするなら、この声は、誰の声なのだろう。

「それとも、」

2PACが、アキを見ている。

「殺すしかない。」

これは彼の声だったのか？

「　　」

違う。口を開いた2PACの声は、アキの頭の中で響く声と全く異なっている。そして後年、インターネット動画で見た2PACその人の声とも、全く違った。

「I'm not saying I'm gonna change the world, but I guarantee that I will spark the brain that will change the world.」

　振り向くと、オードリーがそこにいた。

　いつもならすぐに、トイレに着替えに行くのに、その日は入り口で立ったままだった。サングラスをしていたから、どんな表情をしているかはうかがえなかった。でも、まっすぐ2PACを見ていることは分かった。

　2PACはしばらく、オードリーを見つめ返していた。その時ほど彼が、2PACになった瞬間はなかった。2PACそのものになって、生きていた瞬間はなかった。挑発的な、でもどこか繊細さが感じられる目を、ひたむきにオードリーに向けていた。そして、呆《あき》れたように両手をあげると、やはり弾むように、踊るように、その場を去った。

　アキと二人になってからやっと、オードリーはいつもの彼女に戻った。速やかにトイレに入り、時間をかけてオードリー・ヘップバーンとなって、アキの前に姿を現した。彼女は、優しく微笑《ほほえ》んでいた。

「彼が言ったこと、分かるかしら?」

　彼女は、英語を理解していた。2PACが言ったことを、アキに翻訳してくれた。正確に、丁寧に、全てを。

人が言ったことを、細部まで全て覚えていられるのは、自分だけではなかったのだ。

おばあさんがころされた。

ころしたのは、むすこだった。おばあさんはねたきりで、ひとりでごはんをたべることも、おしっこすることもできなかった。

むすこは、おばあさんのかおに、まくらをおいた。そして、ちからをいれた。

むすこは、それだけなのに、おばあさんのくびはおれていた。

むすこのくびも、そのあと、くびをくくった。

むすこのくびも、おれていた。

それはにゅーすになったけれど、みんなすぐにわすれた。

田沢が会社を辞めた。

胃腸炎は嘘《うそ》で、彼女は妊娠9ヶ月だった。妊娠高血圧症候群にかかり、出産まで絶対安静にしなければいけなくなったのだった。

田沢が妊娠していたことに、誰も気づかなかった。実際田沢は、自分のキャリアのために、最後まで隠し通そうと思っていたようだった。もともと太っていたし、顔色が悪いのも息が荒いのも、いつものことだった。そういえば時々トイレで吐いていたと、社長が言っていた（会社のトイレは男女兼用だ）。大方、酒でも飲み過ぎたのだろうと思っていたそうだ。もちろん、最近のむくみと顔色は異常だったが、胃腸炎だと言われれば、それ以上疑う人間などいなかった。俺たちにとって、体調不良は、前提以前のことなのだ。

会社や田沢が関わった現場では、田沢の相手が誰なのか、静かな憶測が飛んだ。田沢は絶対に相手を明かさなかったし、結婚する予定もないらしかった。

育休を取ることは叶《かな》わなかった。そもそも、育休後に職場復帰したところで、シングルマザーに務まる仕事ではない。田沢が会社に連泊しているところを、俺たちは何度も見ていた。よもや戻ったとして、今までと同じようにディレクターとしてやっていけるとは思えない。あるいは局の社員なら可能なことなのかもしれないが、俺たちのような弱小制作会社社員に、それは望めない。とにかく、田沢は辞めたのだ。

彼女の退社は、「よりによって田沢のような女の妊娠」、という衝撃があったから少し話題になったが、こと退社という一点に絞ると、ありふれた日常の一コマにすぎなかった。俺も、すぐに田沢のことは忘れた。田沢の安産を祈らなかったし、田沢の復帰を願わなかった。

ペット番組は、俺が引き継ぐことになった。それによって俺は、正式にチーフディレクターの地位を得ることが出来た。

これでもう、手首を切らなくて済むと思った。呼吸がしやすくなると思った。でもどういうわけか、手首の傷は増え続け、首を何かに圧迫されているような感覚は消えなかった。

ますます眠れなくなった。眠れたとしても、何度も目が覚めた。酒を飲んだわけでもなく、大したものも食べていないのに、何度もえずき、涎《よだれ》を垂らした。そんな時頼るのはカッターで、もう、傷はリストバンドの範囲内に収まり切らなかった。いつもより深く切ってしまうのが恐ろしかったし、いつかきっと、いつもより深く切ってしまう確信があった。

スマートフォンを見たくなかった。でも、見ないと仕事にならないのだった。ミュートにして、バイブレーションも切っている。この間に、大事な連絡が入っているかもしれない。ディレクターとして、俺には電話に出る義務があった。

やっと触れた液晶が映すのは、数十件のメールと着信履歴だ。

『話せない？』

『無視ですか？』

『1分でいいから』

毎日欠かさず、それは届いた。差出人は、いつも同じだ。今では、画面に表示された名前を見る前に、誰からなのか分かる。

最初は電話だった。

いい仕事ぶりだった。あなたを見込んで、相談したいことがある。そう言われた。

指定された店は、白金にあるイタリアンだった。中島さんに連れて行ってもらって以来の高級店だ。個室に通されて、一気に緊張が増した。壁に絵がかかっている。赤とピンクと紫色で構成された抽象的な絵で、何を描いているのか分からなかったが、なんとなく卑《ひ》猥《わい》だった。

もちろん上座を空け、自分は入り口の方に背を向けて座った。スマートフォンを机

の上に出し、急な連絡に備える。15分程経つと、気配がした。席を立って待っていると、

「ごめんね、遅れて！」

押見チカが入ってきた。

「時間通りに着くはずだったんだけど、タクシーの運ちゃんが通り過ぎちゃって！ わけわかんないところで降ろされて、走ったよー、久しぶりに。ごめんね、待ったよね？ 私いつも、人は絶対に待たせないんだけど。」

「いえ、全然大丈夫です。それより、急がせてすみません。」

「あはは、急ぐのは当然じゃない！ 先に飲んでてもらったら良かったね。ほんとごめん。頼もう、すぐに！」

押見は俺に、お酒飲めるよね、そう聞いて、返事を待たずにシャンパンのボトルを頼んだ。若い男性店員が、「いいのがありますよ」と言って、メニューを見せようとしたが、

「いい、いい、君のお任せで！ 信頼してるから！」

そう押見が遮った。

「料理もお任せを適当に持ってきて！ あ、あなた、よく食べる人？」

「はい！」

この食事のために、昼を抜いた。とにかく「よく食べる」ということが、相手への敬意になると、昔誰かに聞いた。特に大御所のタレントは、こちらが少食だったり料理を残すと不機嫌になることがある、と。

「良かった、じゃあ、じゃんじゃん持ってきて！」

「分かりました！」

料理はすべて、植物性のものを使っていて、そして、そうだと思えないほど美味《うま》かった。

「押見さん、料理、まだまだ来ますからね！」

彼だけではなく、押見に挨拶をしに来る店員たちは皆若く、社交的だった。中には、「押見さ～ん」と言って、彼女を抱き締める女性店員もいたが、そんな親密さの中にも、適切な礼節があった。

「今日はいろんな料理を頼めるから、罪悪感がなくっていいわ！　いつもおつまみばっかだもんねぇ、ごめんね。」

いつもは、一人で来るのだろうか。そんな風に考えた俺の心を察したように、若い男性店員が言った。

「押見さんはそう言っていろんな方を連れてきてくださいますよね？」

「そうかな？」

「それに、押見さんは、いつもたくさん飲んでくれるから助かってますよ！」

「何それ？　酔っ払いのカモってこと？」

「違いますよ！」

「勘定誤魔化してるんじゃないだろうね？」

「わはは、そんなことするわけないじゃないですか！」

「本当かよ～？」

「マジで、ありがたいです！」

　彼女の人柄を、みんなが分かっているのだと思うと、何故《なぜ》か誇らしかった。シャイで言葉は悪いが、押見は優しい。

「じゃあ、乾杯ね、はい。」

「ありがとうございます。」

　押見は、いろんな話をしてくれた。番組について率直に話してくれる押見の熱心さも嬉しかったし、シェルターの動物たちのことを話しながら涙を流す彼女を見たときは、感動を覚えた。話が上手《うま》く、どの話でもきちんと起承転結をつけて話すので、それがどんな内容であれ飽きなかった。

「美味《おい》しい？」

「はい、めちゃくちゃ美味しいです！」

「良かった。」

彼女が杉崎の話を始めたときも、だから、それが「相談」なのだとは思わなかった。

「剛ちゃんのことなんだけど。」

彼女の食べ方は美しかった。ナイフとフォークの使い方は完璧《かんぺき》だったし、自然だった。昨日今日で身についたことではないだろう。プロフィールを調べる限り、彼女は東北の貧困家庭に産まれ、とても過酷な少女時代を過ごしたとあった。

「なんていうの？　マイノリティじゃない、彼。ああ、彼って言っちゃいけないね、彼女だね。」

押見は酒に強く、その日俺たちは、２本目のボトルを空にしようとしていた。中島さんがおごってくれた赤ワインとの違いは分からなかったが、やはり高いのは間違いないだろう（ビオワイン、という言葉も、そのとき初めて知った）。

「今みたいに売れて良かったと思うよ。サービス精神もあるし、無邪気じゃない？　あの子。チャーミングだよね。でもさ、それって本当にあの子だけの実力？　って思うんだよ。こんなこと言っちゃいけないけどさ、ここだけの話にしてね？　あなたのこと信頼してるから言うわけだから。」

「はい、もちろんです。」

ありがとう、と言って、押見は口にナプキンを当てた。口を拭《ふ》く、という行為には見えなかった。ささやかで厳かな、何かの儀式のようだった。

「大前提、剛ちゃんはいい子よ？　私があの子のこと、人間として好きなのは分かった上で聞いてね？」

ナプキンで押さえても、押見の唇に綺麗《きれい》に塗られた口紅が落ちない、それが不思議だった。それなのに押見は何度も席を立ち、改めて口紅を塗り直してきた。艶《つや》の違いで、それが分かった。深い赤が、もっと深くなる。

「でも、みんなは、剛ちゃんが男の役者じゃなくて、オネエだから好きなんじゃないの？　なんでさ、みんな、いわゆるマイノリティの言うことって説得力あるって思うんだろ？　いや、もちろん、マイノリティだからこそ苦労してきたこといっぱいあるよね。分かるよ。分かるけど、なんかもう、みんな、そこしか見ないじゃない。ほら、剛ちゃんもいろんなところで人生相談とかしてるでしょう？　あたし時々ネットの感想を見るのよ。もう、ほとんどの人が剛ちゃんのこと称賛してるわけ。さすがだ、とか言葉に重みがあるとか。正直だとか、テレビ界のルールに囚《とら》われてないとか、媚《こび》売ってないから好きとか。」

少し、酔って来たのかなと思った。でも、顔は赤くなっていなかったし、仕草もしっかりしていた。押見と飲むのが初めてで、どこが彼女のラインなのか分からない。酒癖が悪いという話も、聞いたことがなかった。

「はっきり言わしてもらうけど、剛ちゃんすっごい嘘つくし、めちゃくちゃテレビのルール気にしてるし、あとなんだっけ？　あ、媚なんて売りまくりじゃない。もちろんいい子よ、いい子なんだけど、私が言いたいのは、なんでみんな、剛ちゃんのことを、それだけで賢いとか、愛すべきだとか思うのかなってこと。ほら、まるで珍しいフクロウかなにかみたいじゃない。それって逆に失礼だと思うんだよ。同じ人間として見てないっていうか。安心したいっていうの？　自分たちとは違うって根本的に思ってるから、素直に言うこと聞くし称賛するんだよ。過剰に神聖視するんだよ。」

「なるほど。」

押見は、嬉しそうな顔をした。

「ああ、この話が出来て嬉しい。すっごくデリケートな話題じゃない？」

「そうですね。」

押見が飲み干したワインのグラスに、ボトルを傾ける。それも、すぐに飲んでしまった。

「違うボトル頼んじゃおっか。ね？」

新しいボトルを注文するときに、水も頼みたかったが、言えなかった。「酔わないようにしている」と思われない方がいいと思っていた。話が切れたところを見計らって、やっと席を立ったとき、頭がクラクラした。レストランに来てから、俺は一度も席を立っていなかった。

トイレは、俺の家の居室よりも清潔だった。床がピカピカに磨かれ、ほのかに良い匂《にお》いがした。小便が、ものすごい勢いで出た。

冷たい水で顔を洗って、水を大量に飲んだ。一度使ったらカゴに放り込むようになっているタオルは、トイレの芳香とは違う、いいにおいがした。杉崎のにおいと、似ている気がした。薔薇《ばら》なのだろうか、それとも、百合《ゆり》なのか。力一杯顔を叩《たた》いた。みるみる赤くなった。また顔を洗って、顔の代わりに、拳《こぶし》で体を殴った。胸を、腹を、太ももを。ここには、カッターはなかった。

「おかえり！」

テーブルに戻った俺を、押見が笑顔で迎えた。

「もうこのボトルで、何本目だっけ⁇　大丈夫？」

「大丈夫です。」

「良かったー、私、お酒飲めない人とご飯食べるの嫌いなんだよね。ほら、なんか、観察されてる気にならない？」

「向こうは素面《しらふ》ですもんね。」

「そう！　ずるいよね？」

若い男性店員が、チーズのプレートを運んできた。

「これ、お店からサービスです。押見さんのお好きな種類を集めました。」

「えー、もー、いつもありがとね！」

チーズも植物性らしかった。少し淡白だったが、十分美味しいチーズだった。

「私、こればっかり食べてるんだ。」

押見はそれを、手でつまんだ。押見の爪《つめ》は美しかった。綺麗に赤に染まっている。

「えっと、何の話だったっけ？」

「あの、杉崎さんの。」

「ああ、そうだ、そうだね。やだね、悪口みたいになっちゃった。でも、本当、何度も言うけど、剛ちゃんはいい子よ？　友達として、人間として心から大好きだよ？

分かってくれるでしょ？」

「押見さんは、杉崎さんご本人のことを言ってるんじゃなくて、彼の、彼女の、扱い方に疑問があるんですよね。」

「そう！　分かってくれて嬉しい！」

押見はその日、「分かってくれて嬉しい」を、何度も繰り返した。彼女曰《いわ》く、彼女の人生は、「分かってもらえないこと」の連続だったそうだ。

「私、こんな性格だから。全部一人で解決してきたんだよね。嫌なこともいっぱいされたけど、誰にも言えなくて。ああ、ほら、昔の芸能界なんてある意味めちゃくちゃだからさ。」

押見はそう言いながら、ボトルを傾けてきた。慌《あわ》てて飲み干し、グラスを差し出す。

「私の時代で、女としてこの業界に残るのって、本当に大変だったんだよ。女ってだけで差別されたり、軽く扱われたり、でも強いこと言うと偉そうだって言われたり、散々だったんだから。」

カッターが頭から離れなかった。早く家に帰って、それを手に取りたかった。

「もちろん剛ちゃんだってずっと辛《つら》い思いして来たと思うよ。カミングアウトするのも、すごく勇気いったと思うしさ。わかるよ、尊敬するよ、そりゃ。でも、例えば、昔に比べてコンプライアンス厳しくなって来てるじゃない？ 言っちゃいけないことも、やっちゃいけないことも多いじゃん。私たちはどうなんのって話。散々セクハラとかパワハラとかに遭ってきて、我慢して来て、いざ自分が自由になれると思ったら、今度は苦情とか気にかけないといけなくて、言動にすごく注意しないといけない。なのに、なんで剛ちゃんたちは許されるわけ？ 若いタレントとかスタッフのお尻《しり》触ったりさ、抱きついたり、キスしたり。人のことブスとかバカとか言うし。普通だったらアウトでしょ。私が言ったら、どうなる？」

無意識に唇を拭いていた。杉崎の唾液《だえき》が残っているはずはなく、俺の手についたのはおそらく高級な赤ワインだ。

「あなたも、被害に遭ってたよね？」

そこから記憶は、飛び飛びになっている。

俺は最後までしっかりしていたはずだ。失礼なこともしていないし、酔っていない振りも出来ていた。でも、店の前に自転車を忘れて来た。取りにも行かなかった。

「見てたんだ、私。」

そう言った押見の顔は、はっきり覚えている。押見の唇は、濡《ぬ》れて光っていた。爪の色と同じだった。

「かわいそうに。」

それから、毎日のように、電話が鳴るようになった。

電話は、深夜を過ぎると始まった。一応、仕事に配慮してくれているのだろう。でも、俺の仕事は深夜でも終わらない。なんとか会社を出てかけ直したら、彼女は何時でも電話に出た。そして、数時間切らなかった。ごめんね、仕事の相談なんだけど、から始まり、最近収録した別番組のスタッフの愚痴になり、時には泣き、泣き終わると俺を気遣った。

「大丈夫？　またセクハラとか、遭ってない？」

俺の翌日の仕事の相手を聞き、誰が気をつけなければいけない相手か、誰が裏でどんなことをしているかを、詳細に話した。彼女はあらゆることを、驚くほどよく知っていた。

「あなたが心配だよ。」

俺の仕事を聞くだけではなく、押見は自分の仕事のスケジュールも、送ってくるようになった。

『これからの予定です。』

彼女の事務所では、2週間おきにスケジュールを出す。押見の希望で、メールではなく、紙に書いたスケジュールをマネージャーから手渡しでもらっているそうだ。押見はそれを写真に撮り、俺に送ってきた。

『今日はスタジオでV見るだけの仕事！』

『企画で人間ドックを受けさせられます泣』

スケジュールに変更があれば、もれなく報告し、時には新幹線や航空券のチケットも写真に撮って送ってきた。それ以外にも、その日の衣装を着た自分の自撮り、自分が食べたケータリングの写真、飾っている花、とにかく押見は、生活の全《すべ》てを俺に伝えたいようだった。

メールは、時間を問わなかった。彼女の仕事の空き時間、移動時間に送ってくるのだろう。1分おきに、あるいは1分も経《た》たないうちに、新たなメールが届いた。仕事が長引くと、メールが200件ほど入っていることがあった。返信をしないでいると、

『大丈夫？　疲れてるよね？』

そんな風に始まり、最終的には、

『どうして返事をくれないの？』

が連投された。支離滅裂なメールがくるときもあれば、留守番電話に怒鳴り声が入

っていることもあった。でも、その数分後に出た電話では、

「ごめんね。あなたを見てると、どうしても放っておけないんだよ。」

そう言いながら泣いていた。

「ごめんね。」

あれから番組で押見を見かけるたび、視界が揺らいだ。

どの番組でも、押見は周りの空気を読み、適度に毒を吐いて、適度に無茶なことをした。杉崎と一緒のことも多かった。二人のやりとりは相変わらず視聴者に愛されていたし、数多《あまた》いる「毒を吐く」タレントの中でも、押見は嫌われないギリギリのところを歩いていた。

『きついこと言うけど正論』

『テレビ的に媚びてないのがいい』

『ほんとは優しいおばさん』

押見チカを検索すると、大抵そんな意見だった。それは彼女の言う、杉崎に対する評価と酷似していた。中にはもちろん罵詈《ばり》雑言《ぞうごん》もあったが、そういう人間は大抵、他のタレントのこともクソミソにこき下ろしているのだった。

押見がどうして俺に執着するのか分からなかった。押見は他番組のスタッフにも、

俺のことを「優秀だ」と伝えているようだった。根性がある。冷静だ。自分のやるべきことをきちんと分かっている。

「お前、押見さんにハマってんなぁ。」

そう言ってくる古株のスタッフから、さりげなく押見の評判を聞こうとしても、悪い噂《うわさ》は聞こえてこなかった。

俺が押見に気に入られている、と知ったときから、林の態度がまた少し変わった。俺に厳しく接するのは変わらない。でも、その厳しさが、以前はただ林のストレス発散のためだったのに対して、今は、どこかに「お前のことを評価しているからこそ」だという気配を滲《にじ》ませるようになった。チーフディレクターとして仕事を始めた俺を、チーフＡＤとして借りたいと、会社に連絡してくる。「優秀だから」と。「自分の仕事のやり方を、一番よく理解してくれているから」と。

「ほんとお前、林君からの信頼が厚いよなぁ。」

杉崎のセクシャルハラスメントは、業界では有名だった。俺のような「被害者」が、業界には何人もいて、でも、誰もそれに傷ついているようには見えなかった。

「やばいすよねえ、あの人。」

「寂しいんだろ。」

時々、杉崎からセクシャルハラスメントを受けることが、勲章のようになっていると感じた。それはみんなが経る通過儀礼で、この業界で、特にバラエティ番組で生きてゆくには、それを経験しないと、良いディレクターになれないかのようだった。

「お前も被害に遭った？」

「遭いましたよ！」

「おお、ようこそ！」

そんな会話を聞くたび、そこに入れない自分に苛立《いらだ》った。どうしてもそうなれなかった。大したことはない、俺もみんなと同じだ、そう思おうとしても、代わりに何か得体の知れないものに塗りつぶされて、頭が真っ白になった。

『あなたが心配だよ。』

ペット番組の収録は、もっとも視界が歪《ゆが》む時間だった。

押見は、まるで何もなかったかのように俺に接した。思わせ振りな態度も取らなかったし、何かをほのめかすことも一切なかった。俺と話すときは、いつものぶっきらぼうでシャイな押見に戻る。そういうとき俺は、何故か、押見に見捨てられたような気持ちになった。

スタッフに気を遣い、ゲストの気持ちを尊重する。押見はいつだって信頼されるタ

レントだった。森は押見を憧《あこが》れの目で見るようになり、

「押見さんみたいな女性になりたい。」

そう、憚《はばか》らずに言った。

「格好いいし、優しいし、度胸もあって、理想の女性です。」

「森ちゃん、そんなこと言ったって、なんも出てこないよー！」

俺は時々、夢を見ているのじゃないかと思った。スマートフォンに届くメールも留守電も全て幻で、俺の心がおかしくなっているのではないかと。でも違った。それは現実だった。ロケが終わると、すぐにメールが届き、深夜になると電話が鳴った。

『大丈夫？　また、手首切ってないよね？』

押見は俺のことを、何もかも知っているのだった。

『それが心配なんだよ。一杯だけ飲みに行かない？　本当に、一杯だけ。』

疲労は限界を超えているのに、押見が手配したタクシーがもう、家の前まで来ている。自分でも、いつ住所を教えたか覚えていない。タクシーの運転手は、行き先を知っていて、それは大抵、都内にあるホテルだ。押見から届いたメールには、最上階のバーのＵＲＬが貼《は》り付けられている。

『あったかいお酒もあるからね！』

とにかく押見は、俺の体が心配なようだった。会うたび、あらゆる健康グッズ（五本指ソックス、ハーブ茶、ヨモギが入ったアイピローなど）を持参していた。その一つ一つの使用法や効能を丁寧に告げ、最終的には、自分の身の上話を語り始めた。

5歳の時から始まった義母による虐待《ぎゃくたい》、14歳の時に入った芸能界、そこで受けた性的被害、事務所でヤクザに脅されたこと、世界的な俳優と恋人同士だった時期、そして手《て》酷《ひど》く裏切られたこと。押見は時々涙ぐみ、そういう時、まるで俺が泣いているかのように、俺の背中を撫《な》でた。そして、化粧を直しにトイレに行く。彼女はいつも完璧だった。

トイレから長く戻ってこないときは、俺が迎えに行かなければならなかった。席を立つ時、バーテンダーと目が合うのも、いつものことだった。初老の、枯れ枝のような男だ。俺に向かって、少しだけうなずく。俺はそれを、無視する。

トイレに行くには、エレベーターホールを通る。いつも、このまま帰ってしまおうか、そう頭をよぎる。もちろん、そんなことはしない。ただ、エレベーターの呼び出しボタンを押す。押すだけだ。エレベーターが52階のこの場所まで来る頃には、俺はその場にいない。無人のエレベーターが、扉を開けて誰かを待っているところを想像しながら、俺はトイレに向かっている。でも今日は、ボタンを押した瞬間、扉が開いた。

「あ。」

男が二人いた。体の大きな男が、細い男の肩を抱き、細い男は、自分の腕を、大きな男に巻きつけていた。大きな方の男と、目が合った。中島さんだった。

中島さんは、歯を見せた。笑っているのとは違った。歯をむき出しにした。俺はとっさに、目を逸《そ》らした。中島さんの歯は白く、その白さだけが残った。

家に帰って、少しだけ仮眠を取った。

起きてすぐに、スマートフォンを手に取るのが習慣になっている。押見からのメールには、写真が添付されていた。トイレの前で、押見を待っている俺の写真だ。いつ撮ったのだろう。

『盗撮しちゃった笑笑』

ホテルの廊下に佇《たたず》んでいる俺は、少しブレている。壁のグレーと、同じような色のシャツを着ているから、そのまま壁に溶けてしまいそうに見える。俺はその写真を削除し、思い直して元に戻した。

森からの業務連絡、仕事のメールをチェックする。それから、スマートフォンに流れるニュースを見る。最初に飛び込んで来たのが、ある女優の結婚だった。名前は菅谷すみ、父親は著名な映画監督だったが、「二世」であることに頼らない、確かな演技力と、凛《りん》とした姿に定評のある女優だった。菅谷は、まだ22歳だった。それでも10代でデビューを果たし、プライベートでも、豊富な知識に裏打ちされた言葉で、落ち着いた受け答えをする彼女は、ほとんど大御所女優のような貫禄《かんろく》を持っていた。

今まで取り立てて恋の噂がなかったことも、彼女の評判を高めていた。だから、そんな彼女が結婚を決意したことに世間は驚き、もちろんその相手も話題になるだろうと予想できた。そして実際、そうなった。とりわけ俺たちの業界内でだ。

相手は、林だった。

常連の中に、時々驚くほど若い女が交じった。女は、３人いた。

一人はいつも、淡い、パステルカラーの服を着ている。ふわふわとした素材で、パジャマのようにも見える。まだらに染まった髪の毛を、高い位置で二つに分けて結んでいて、時々ピンク色のフレームの、大きなメガネをかけて来た。彼女は「きゅん」と名乗った。

二人目は細く、いつも複雑なつくりの服を着ている。肩のところにたくさん紐《ひも》が集まっていたり、あるいは背中にジッパーが縦横無尽に走っていたりする。いつも驚くほど高いヒールの靴を履いていて、中でもアキの印象に残っているのは、膝《ひざ》の上まですっぽりと覆《おお》う、赤いハイヒールのブーツだった。彼女は「アカ」と名乗った。

３人目は、おそらく一番若く、いつも黒のパーカーを着ている。それは、彼女の小さな体には大きすぎ、彼女の太ももまで隠している。時々泣きはらしたような顔をしてやって来て、そういう時は、目の周りを赤く塗っているのだった。彼女は、「クティ」と名乗った。

彼女たちの来店は、曜日も時間も問わなかった。開店してすぐにやって来ることもあれば、深夜を過ぎてから来ることもあった。毛沢東も、ヨシフ・スターリンも、ジョン・Ｆ・ケネディも、みんな彼女たちのことを知っていた。

アカは酒を飲んだが、きゅんもクティも飲まなかった。オレンジジュースやコーラを飲むきゅんと違って、クティは水すら飲まない。「飲み物が嫌い」なのだと言う。

「なにそれ、どうやって生きてくの？」

「ギリギリまで我慢して、ちょっとだけ飲む。」

「水を？」

「水は嫌いだから。ポカリがギリ。」

「水が嫌い？　なんで？」

「味がないから。」

「水が嫌いって、壊滅的だね。」

「かいめつてきって？」

でも、そんな風に彼女たちに話しかける客は稀《まれ》だった。彼女たちは揃《そろ》ってやって来ることはなかったが、話しかけるのをためらってしまうような雰囲気は共通していた。彼女たちが店にやって来ると、店員も客も、明らかに緊張した。彼女たちの若さが完全に場違いだったからだし、彼女たちが誰からも話しかけられることを望んでいないように見えたからだ。

アキも、彼女たちが来ると後頭部が重くなった。だが、アキのそれは、おそらく皆のものとは違っていた。彼女たちを、脅かしたくなかった。3人とも小さく、細かった。彼女たちを見ていると、小さな命の塊を、そのまま無造作に預けられているような気持ちになった。それはアキの掌《てのひら》にあり、少しでも強く握ったら、呆気《あっけ》なく息絶えてしまうのだ。

　アキは、彼女たちを見ないようにした。それは容易なことだった。劇中のマケライネンも、人のことはあまり見なかったからだ。陰になった目をいつも伏せ、大切なときだけじっと、誰かを見た。だからこそ、マケライネンの視線は意味を持った。

　アキは同時に、体を少しだけ小さくしながら、いつものマケライネンであろうとした。それはもちろん、難しいミッションだった。マケライネンはそんなことはしなかったし、アキはそもそも、マケライネンと同じ身長にするために、靴底に細工していた。足りない数センチを、それで稼いでいたのだ。大きくなりたいと願いながら、同時に小さくなりたいと願う。彼女たちの前で、アキは引き裂かれていた。

　店に一番頻繁に来るのは、きゅんだった。他の二人のように、一人でふらりと現れ、必ずカウンターの端に座る（そしてその席は、なぜかいつも約束されたように空いていた）。店員の誰かが飲み物を出すと、「どうも」と礼を言う。時には口角を上げることもある。それからは、自身のスマートフォンに集中して、顔をあげない。イヤホンをして、何かの動画を熱心に観《み》ていることもある。時々トイレに立つ。大抵はすぐに戻ってくるが、あるときは長く戻ってこない（そういうとき、彼女はトイレで吐いていた）。そうして30分ほどすると、店を後にする。それも、皆同じだった。

アキが見ている限り、彼女たちが金を払ったことはなかった。彼女たちの勘定は、いつも別の人間が払った。クティは何も飲まなかった。その代わり、オードリーが作ったものを貪《むさぼ》るように食べた。概《おおむ》ねつまみの類《たぐい》だったが、彼女があまりによく食べるので、いつしか店には彼女たちのためだけに炊飯器が置かれ、ほとんど賄《まかな》いとも言えるようなものを提供するようになった。

きゅんですら、オードリーが作ったものは美味しそうに食べた。普段の彼女は、いつも自分の服と同じような色のグミキャンディーを食べるだけだった。作り手の顔が見えないものしか食べられないからだ、と言った。

「誰が作ったか分かるものって、気持ち悪くないですか？」

小学校の給食が、本当に辛かったそうだ。給食のおばさんが作った、と思うと、気持ち悪くて口に入れるのも辛かった。教師が厳しく、食べないという選択肢がなかった。無理やり食べて、後でトイレで吐いた。その時から、吐くことは習慣になっていたと言う。

「母親にはマジでキモいからご飯作んなって言ってるんです。もともと全然作る人じゃなかったけど。」

でも、木曜日、オードリーが目の前で作ってみせるものだけは食べた。よく食べる、と言っても良かった。

「美味しい。」

オードリーには、不思議な力があった。

アカは、何も食べなかった。酒だけを飲んだ。グラスを見つめて、課されているかのように杯を重ねた。彼女が飲む酒代も、別の人間が払った。彼女たちと同じように、カウンターに座っている人間が。

それはいつも、男だった。

初老の、中年の、痩《や》せた、太った、汗をかいた、とにかくありとあらゆる男だった。彼らはずっと黙って飲んでいる。でも突然、彼女たちの勘定を「一緒に」と言う。彼女たちと知り合いでもなさそうだったし、彼女たちがそう頼むわけでもなかった。

アキが金銭のやり取りをすることはまだ許されていなかった。でも、見る限り、彼らの支払いは、彼らが飲んだ分を大幅に超えているように思えた。そして、誰も釣りを渡したことがなかった。

彼らが席を立つと、彼女たちもその後に従った。アキたちを見ることもなく、どこか呆《ほう》けたような表情で、店を出た。

それが意味することを理解するのに、時間はかからなかった。彼女たちは、体を売っているのだ。男たちは「客」で、この店は、彼らが落ち合う場所になっているのだ。客はカウンターで彼女たちを見定め、気に入れば金を払う。金額は知らない。おそらく、ウズが決めているのだろう。

ウズ。

アキはウズのことを思った。何も言わずにアキを雇ってくれた男。アキに金庫の場所を教えてくれた男。アキのことを、「アキ・マケライネン」として認めてくれた男。

アキはますますウズのことが分からなくなった。彼は何者なのか。そしてやはり、ウズのことを思うとき、ウズ本人は頭の中に現れなかった。どこかぼんやりした影となって現れ、決して正体を表さないのだった。

アキが覚えている限り、ウズと彼女たちが顔を合わせる時間はなかった。あるいは、かつてはあったのかもしれないが、とにかく、このシステムがこの店で確立していることは確かだった。そしてそれが、ある一定の男たちの間で知られていることも。

時々、自分だけの分を支払って帰る男もいた。それは、彼女たちのことを気に入らなかった、ということだった。つまり、「商品」としての価値がないのだと。

そういうとき、残された彼女たちは、静かにそれを受け入れた。今までと同じように席に座って、あるときは食べ、ある時は食べずにいて、しばらくすると帰った。

アカだけは、残ってしばらく酒を飲んだ。

アカは酒に強かった。彼女が好むのはジャックダニエルのコーラ割りで、杯を重ねるたびにコーラの割合は減っていく。カウンターに立つ皆も、それについては慣れたものだった。アカのグラスが空になると、黙ってそれ以上に濃いジャックコークを作ってやった。そしてもちろん、酒代は請求しなかった。

時々、新たに来た男が、アカに話しかけることがあった。それは「客」ではなく、偶然この店に来た人間だった。

「一人で飲んでんの？」

「そうですけど。」

彼らがアカに話しかけることを、アキは恐れた。少なくとも、彼女の顔を見てほしくなかった。

「この店なんで知ったの？　怪し過ぎない？」

その日、アカに話しかけていたのは、サラリーマンの二人連れだった。見る限り初めての顔で、概ね冷やかしだろうと想像できた。

その日、カウンターに立っていたのは、カート・コバーンとエルビス・プレスリーだった。店の中は暑かったが、カート・コバーンは金髪のかつらを取らなかったし、毛羽立ったカーディガンも脱がなかった。ひっきりなしにタバコを吸い、時々どろりとした目で彼らを見る。彼の擬態は、店員の中でも、クオリティの高い方だった。

かたやエルビス・プレスリーは見られたものではなかった。腰を振り、挑発するように何かをハミングするのだが、アキの腰くらいまでしかない身長では、カウンターからかろうじて姿が見えるだけだった。シールで貼ったもみあげも、同じくシールで貼った胸毛も、汗で剝《は》がれかけるので、彼は何度もトイレに行かねばならなかった（その姿はもちろん、２ＰＡＣを思い起こさせた）。

「いや、クオリティひっく！」

「背もひっく！」

「今まで見たプレスリーの中で一番似てないかも。」

案の定、サラリーマンの二人は彼のことを冷やかした。エルビス・プレスリーは彼らに投げキッスをし、ますます笑われた。そしてその状況を、全く意に介さなかった。

「Thanks」

アキが見ている限り、彼はいつもある種の瞑想《めいそう》状態にあった。彼は擬態すると、他のスタッフの誰よりも強く自分の中に閉じこもっていることが出来た。サングラスの奥にある目は想像することしか出来なかったが、時折指を鳴らし、体を反らすその姿は、快楽とは程遠く、時折僧侶《そうりょ》の行のように見えることすらあった。

「ねえ、もしかしてあんたも誰かの真似《まね》してんの？」

エルビス・プレスリーに飽きた男が、アキに話しかけてきた。いつもそうだった。初めて来た客は、あらゆることに飽きてから初めて、アキに話しかけるのだ。

「そうだ。」

「え、誰？　てか、逆にデカすぎない？　目の錯覚？　小人と巨人じゃん。」

「さあな。」

「いや、なんだよ、それ！」

アキも皆も、「自己紹介をしない」という矜持《きょうじ》を持っていた。それは店のルールではなかったが、自然と出来た戒律だった。もちろん、もし「本人」がどこかで自己紹介をしていたのなら別だ。でも、名を名乗る彼らを見たことがない場合は、その状況を捏造《ねつぞう》すべきではない。アキもそれを、律儀《りちぎ》に守っていた。

「当然だ。」

　アキが知っているマケライネンは『男たちの朝』の彼だけだった。自然、アキの行動は、他の誰よりも制限された。高校生の頃と同じだ。アキは今、懐《なつ》かしい枷《かせ》に繋《つな》がれているのだった。

「誰だろう？　当てましょうよ。」

　若い方の男が言った。

「絶対当たんねぇよ！」

「えっと、カストロとか？」

「いや違うだろ！」

「違いますかね？　だってこの人、背が高いし。」

「カストロだったら軍服着るんじゃね？　確かに、背は異常に高いから、えっと、なんか、バスケ選手とか？」

「いや、それならなおさらユニフォーム着てるんじゃないですか？　古い感じの服着てるから、古い時代の人ですよ。」

「いや、なんだよ古い時代の人って。分かんねぇよ！　もういいや、あんた誰？　教えてよ。」

「風任せさ。」

「なんだよそれ！」

「こわー。」

こういう客は最初面白がって、その後も数回は店にやって来る。でも、ある日から、ぱたっと来なくなる。酒代は安い方ではなかったし、スタッフたちは面白い芸をしなかったし、常連の雰囲気は決して馴染《なじ》めるものではなかったからだ。

常連は、「客」も含めて、皆静かだった。一人で静かに酒を飲み、一人で静かに酔い、そして一人で、静かに去った。時々、カウンター越しにアキたちに話しかけはしたが、アキたちが擬態したままで返事をするので、まともな話にならないことは分かっているようだった。そしてそれを分かっているからこそ、どこか安心して、彼らに話しかけているようにも見えた。

「ねぇ、ねぇ、この人が誰か知ってる？」

男に話しかけられたアカも、その特異な立場で皆を緊張させてしまうことを除けば、店の常連たちに馴染んでいた。彼女は静かに酒を飲み、静かに酔った。決して陽気にはならなかったし、攻撃的にもならなかった。酒を飲めば飲むほど、自身の体内に沈んでゆき、そして、

「知らない。」

アキや彼らが「誰」であるのかを、決して知ろうとしなかった。

「なんだよ、誰も知らないじゃん。」

「じゃあ、なんでこの店来てんの？」

アキは、彼らを見ないようにしていた。知らぬ間に包丁を握りしめていた。レモンもライムも、綺麗に櫛形《くしがた》に切ったものが、タッパーの中に溢《あふ》れていた。

「お酒美味しいし。」

「へえ、渋いね、君、すごく若そうなのに！」

アカが飲んでいるのは、ただのジャックコークだ。別段美味しいわけでもない。店員たちは優れたバーテンダーではなかったし、シェーカーの振り方など、とても見られたものではなかった。

「マジで面白いよね、ここ。やばくない？」

「そうですよね、誰に似てるか教えてくれないとか。新しすぎる。」

「どんなモノマネバーなんだよ！」

「モノマネ？」

アカが言った。

「え、そうじゃないの？　俺たち看板見て入って来たんだもん。」

アカはしばらく、男たちを見つめていた。返事を必要としている視線ではなかった。アカはただ彼らを見て、見続けて、しばらくすると、納得したように視線を逸らした。そして、アキを見た。カート・コバーンでも、エルビス・プレスリーでもなく、なぜかアキを。

アキはもちろん、その視線を避けた。だから、何かを呟《つぶや》いたアカのその言葉を、アキが知ることはなかった。

おんなたちのえをかこうとおもっていた。
あるおんなは、かげだけ。
あるおんなは、かおがない。
あるおんなは、ちをはいている。
はんぶんまでかいたけれど、やめた。

吐いたものに血が混ざっているのを見たときは、どこかホッとした。

この数日、ずっと体調が悪かった。首と肩の重さはデフォルトだったし、時々、異常に圧迫される感覚があった。それは上半身のあらゆる場所で起こり、ある日は、胸から上を太い布でギリギリと巻き上げられているようだった。意思に反して体が反応し、特に首が右側にぎゅっと傾いた。

天気が悪くなると、眼球の奥とこめかみが痛んだ。梅雨が近い。おそらく、これを「偏頭痛」と呼ぶのだろう。でも、眼球を絞り上げられ、こめかみが、おそらく俺を苦しめるだけのためにお互いを全力で押し合っているこの状況を、「偏頭痛持ち」の人全てが体験しているなんて、到底信じられなかった。

「なんだ、お前、顔色悪いな。」

そんな風に言ってくる人間がたくさんいた。でも、「休め」と言ってくれる人間はいなかった。

「お前も妊娠してたりして。」

確かに顔がむくんで、太って見えた。長く自転車に乗っていないので筋肉が落ちたし、体重自体は減ったのに、下腹だけは異常に出ていた。裸になって鏡の前に立つことは、もうやめた。見るに堪えないことは分かっていたからだ。

　時々、目の端にチカチカと光るものが現れて、視界を遮った。それはあるときはギザギザの立方体に見え、あるときは横に伸びて、色鮮やかな龍《りゅう》のようにも見えた。遠くを見る分には問題がないのだが、近くを見る時は、その部分だけ視界がすっぽり抜け落ちる。台本やカンペが見えないので困った。スマートフォンで調べると、強いストレスや疲労で、脳の血管が収縮した時に起こる現象、ということだった。若い女性に多い、という記述もあった。俺はそれを恥じた。

　足の痒《かゆ》みに襲われて靴下を脱ぐと、皮が剝《む》けていた。その痒みは徐々にふくらはぎに移動し、皮が剝ける代わりに皮膚が爛《ただ》れた。毛穴がボコボコと浮き上がり、掻《か》くと血が混ざった黄緑色の膿《うみ》が出た。

　そんな最悪な状況の中でも、一番悪いのは胃だった。時々、まるでキリか何かで刺されているように痛んだ。そういう時は、息が出来ないので、しばらく静かにもがくしかなかった。俺はいつから、自分の体とこんなに不仲になったのだろうか。自分の体に虐《いじ》められているとしか思えなかった。そうやって耐えていると、咳《せき》が止まらなくなった。この咳とも、もう長い付き合いだ。

　胃薬をいくら飲んでも治らず、咳止めと併用するから異常な眠気に襲われた。あくびをすると、そのまま吐きそうになるから、体を叩《たた》いたり、腕に爪《つめ》を押し付けたりして誤魔化すしかなかった。あまりに眠くて、ロケ中に数秒眠り込んでいた時もあった。

きっかけは、ラーメンだった。

ロケの後、押見が俺たちスタッフを誘った。千駄《せんだ》ヶ谷《や》にある芸能人宅でのロケだった。近くにヴィーガン仕様の美味《おい》しいラーメン屋がある、いつも混んでいるけど、平日の午後3時頃は狙《ねら》い目なのだと。

俺が行くことは決定していた。自分のスケジュールを送ってくるだけでなく、押見はどういうわけか、俺のスケジュールまで把握していた。その日は森と会社に帰って編集作業をするだけだった。きっと、それを知っていて誘ったのだろう。そういうことが、何度か続いていた。

「行きたい人だけでいいけど！」

押見は相変わらず、仕事になると全く態度を変えなかった。かえって俺を遠ざける、というようなわざとらしさもなく、これくらいの期間を一緒に過ごしたタレントがスタッフに見せる信頼感を、俺にも見せた。それはおそらく、彼女の俳優としての技術ではなかった。そうやって作り込んできた能力以外の何かだった。

「行きたいです！」

森が真っ先に手を挙げ、スタッフの何人かがそれに続いた。

「嬉《うれ》しいです！」

「ごちそうさまです！」

「いや、ご馳走《ちそう》することになってるじゃん、するけどさ！」

押見のおかげで、現場の雰囲気はとても良かった。

「ありがとうございます！」

そう言って、俺も笑っていた。俺は本当に、嬉しそうに笑えているのだった。

押見が運転手に行き先を指示し、ロケバスで移動した。国立競技場の横を通った。４年後のオリンピックに向けて、全面的に建て替えるらしい。工事費は軽く見積もって、１０００億円を超えるだろうということだった。

店に行くと、俺たち６人分だけ、カウンター席が空いていた。押見が知らぬ間に予約していたのだろう。そういうところも、実に彼女らしかった。

「押見さん、いらっしゃいませ！」

彼女は、この店でも愛されていた。

「大勢で押しかけてごめんねー！　これ、ほら、どうぞ。頂き物だけど！」

大きな袋を持っていると思っていたら、店への手土産だった。つまり、今日ここに来ることは、最初から決まっていたのだ。

「ええー、そんな！　なんですか？」

「水茄子《みずなす》、大阪のお漬物屋さんが毎年送ってくれるんだ。まだちょっと時季は早いんだけどね。」

「うわー、ありがとうございます！」

「休憩中につまんでよ、さっぱりして美味しいよ。」

そういう気遣いが出来る押見のことを、森が熱のこもった目で見ている。

森は、かつての俺や田沢と同じように、時々会社に泊まっているようだった。それでも俺たちのように悪臭を放たず、爪も綺麗《きれい》に塗られたままだ。それが信じられなかった。仕事が早く終わる日に、酒を飲みに行きたがるのも驚異だった。しかも彼女は酒に強く、よほど飲まない限り、二日酔いにもならないそうだ。

「この仕事をするために生まれてきたんです！」

そう宣言してはばからない森のことを、俺はどこかで疎《うと》ましく思うようになった。

「早く自分の番組持てるように頑張ります！」

森が頑張れば頑張るほど、仕事をこなせばこなすほど、自分が糾弾されているように感じた。疲れている自分、ダメージを受けている自分が悪い、そう思わされた。あれだけ辛《つら》かった俺のＡＤ時代はなんだったのか。俺はどうして、まだずっと辛いのか。

新人の頃の俺はどうだったのだろう。森のように身ぎれいにしてはいられなかったが、体は鍛えられていたし、皮膚は滑らかで、睡眠時間がいくら短くても耐えることが出来た。森のように先輩たちに夢を語る瞬間も、あったのかもしれない。そんな俺を、田沢や、ほかの疲れた先輩たちは、どんな思いで見ていたのだろう。あれから一体、何人の先輩が飛んだのだろう。

田沢は、先日女児を出産したそうだ。森が教えてくれた。

「帝王切開だったらしいんですけど、無事産まれたって。良かったですね！」

田沢が他の社員と、しかも後輩である森と付き合いを続けているなんて、思いもよらなかった。しかも、出産直後に報告のメールをするような付き合いを。

「女の子かー、田沢に似なければいいなぁ。」

そう言って笑った先輩に、森は、

「どうしてですか？」

そう、はっきり聞いた。森は微笑《ほほえ》んでいたが、まっすぐな目は鋭く、先輩は明らかにひるんだ。

こういう人間だから、田沢も彼女を信頼したのだ。森は誰かのことを絶対に悪く言わなかったし、集団で発生する誰かへのからかいにも、絶対に参加しなかった。それ

だけではなく、

「似るとか似ないとか、その子の人生に関係ないですよね。」

そんな風に、はっきり釘《くぎ》を刺すこともした。相手が先輩であろうが、局の人間であろうが、関係はなかった。それでも波風が立たないのは、森が決して攻撃的な態度を取らず、そういう人間にも愛情を見せるからだった。

森にはどこか、人の武装を解除させる不思議な力があった。現場に森がいると、嫌な空気にならなかった。「一生懸命やること」、そして「相手に好意を表明すること」が、恥ずかしい姿勢などではなく、むしろ生産性を高める結果になると、鮮やかに証明していた。

社長ですら、森に心を動かされていた。彼女の仕事ぶりを評価していることは理解出来たが、森の意見を尊重するようになったのは意外だった。今まで、社長に意見を言う人間などいなかった。社長に睨《にら》まれると、それだけで体が硬くなった。ましてや、森のような若い人間が「楯《たて》突く」などあり得なかった。でも、森はそうした。

旧来残っていたシステムが本当に必要かどうかの議論を求め、改善の余地があればそれを提案した。社長が差別的な言動を取れば異議を申し立て、社員への扱いに違和感があれば、どれだけ時間を使っても社長を説得した。社長は時に不機嫌になり、時に頑《かたく》なになったが、森のまっすぐさ、熱心さに、だんだん態度を軟化させるようになった。森の言葉に耳を傾け、話し合う時間を作り、それだけではなく、俺たちにも意見を求めるようになった。森のおかげで、会社の風通しは明らかに良くなった。そしてその風通しの良さは、わずかずつ、古参の俺たちの雰囲気も変えたのだった。

でも俺は、どうしても森に感謝することが出来なかった。

森は、俺にも敬意を持って接する。侮辱的な態度を見せたりしないし、バカにしたことなどなかった。でも時々、本当に時々、試されているような気持ちになった。

森は、新しかった。根性や気合いや酒を飲むことに関してはむしろ俺よりも前時代的な人間なのに、纏《まと》っている空気が、どうしようもなく新しいのだった。そしてその新しさが、いつか俺の何かを潰《つぶ》すような気がした。

森が入ってきた初期の頃、田沢の下についた森に、

「覚悟してろよ。」

そう言ったことがあった。森はその時も、「どうしてですか?」と聞いてきた。カラーコンタクトをしている森の瞳は、明るい緑色をしていた。よく見るとそれは、爪の色と綺麗に合わせてあった。

「え？　いや、あの、女同士って色々あるだろうからさ。特に田沢さんは、」

そう言った俺に、森は、なおも繰り返した。

「え、どうしてですか？」

森の様子には、非難めいたところは一切見られなかった。本当に、俺の言葉の意味が分からないから、そう言っているように見えた。

「女同士って、何か関係あります？」

若くて可愛《かわい》い女の子が、古株の醜い女にイビられて苦労する、という図式は、森と田沢には当てはまらなかった。彼女は田沢と、とてもうまくやっていた。

「田沢さんのこと、私めっちゃ尊敬してるんですよね！」

彼女がいたから、田沢の妊娠が発覚したときも、田沢を揶揄《やゆ》する人間がいなかったのだ。森は静かに、俺たちの醜い心を監視していた。

俺のことを軽蔑《けいべつ》してくれたら、かえって良かった。そうであれば、俺ははっきり、森を憎むことが出来たからだ。でも、森は、決してそんな態度は取らなかった。森は、美しく、強い水だった。たった数滴だったが、濁った水を透明にし、浄化して行った。

それは素晴らしいことのはずなのに、喜ぶべきことのはずなのに、その濁った水にいた自分、かつてその濁りを作っていた自分のことを、どうしようもなく恥ずかしい存在だと思わされる。それが辛かった。それが嫌だった。

この状況もそうだ。50歳を超え（厳密には53歳だった）、バラエティで活躍するようになった毒舌の元女優を、テレビ視聴者としてではなく、スタッフとして森が慕うようになるなんて、思ってもいなかった。そして、そう「思ってもいなかった」自分の醜さを、俺は直視しなければならないのだった。

「押見さんって、季節をきちんと大事にしてらして、本当に素敵ですね。」

「森ちゃんみたいに若い頃は私だって季節とかどうでも良かったよ！　でも、ほら、年取ると死ぬことが現実的になるじゃん。なんかもう、そうなるとさ、体が、これが最後かも？　て思うんだよ。」

「えー、そんな！」

「本当だよ？　旬《しゅん》の味とかに、めっちゃ敏感になるんだから！　これが最後の旬かもしれないぞーって、細胞が叫ぶんだよ。」

「あははは！」

「おい、笑ってんじゃないよ！」

「えー！」

みんな、笑った。森と押見のやりとりは、この現場の名物になっていた。

「はい、お待ちどお様です！」

野菜で出汁《だし》を取ったラーメンだった。もちろん動物系のものは一切使っていない。黒い器に白濁したスープが入っていて、素揚げにした赤いパプリカが乗っている。いわゆる「インスタ映え」のする見た目だ。押見は食べる前に、ラーメンを写真に収めていた。数ヶ月前からインスタを始めて、今ではフォロワー数が20万人を越したそうだ。

「老眼でちゃんと見えないわ！」

そう言いながら、何度もスマートフォンのシャッターを切る。

森は、押見のいないところで、「押見さんは、加齢を堂々と受け入れているところが格好いい」と言っていた。定期的に白髪染めをしていることを隠さないし、腰が痛いと愚痴る、そこがいいと。現場でも、

「私、おばさんだからさぁ。」

が口癖だ。でも、以前送ってきた腹筋の写真は、とても「おばさん」のものとは思えなかった。パーソナルトレーナーにも、20代の体と言われたそうだ。臍《へそ》に入れたダイアのピアスが、破裂したように白く光っていた。

「うわあ、すごく濃厚！　美味しい！」

スープを飲んだ森が言うと、

「カシューナッツのペーストを入れてるんです。」

若い店主が言った。店主は、俺たちが来店したときから、森と押見のやりとりを嬉しそうに聞いていた。

「うんまい。まじでラーメン。」

普段無口な小野田というカメラマンが思わず漏らした感想に、彼のアシスタントも、俺たちも、皆笑った。

「食レポだったら失格ですよ！」

照明の神崎が突っ込むと、

「いやもう、仕事の話はしなさんな！」

押見が怒ったフリをする。押見は、新たにレギュラー番組を3本獲得していた。でも、昨日の夜は、「本当は舞台演出をしたい。」「作り手にまわりたい。」、そう吐露していた。飲みは深夜の2時から始まり、2時間ほど続いた。帰りのタクシーで倒れこむように眠ったが、家では一睡も出来なかった。そのまま林の現場に行き、皆が結婚のことで林を冷やかすのを見ていなければならなかった。

目眩《めまい》がする。ずっと眠たかったはずなのに、「寝ていない」ことを自覚すると、途端に睡魔に襲われる。今朝は8時に集合だった。押見もほとんど眠っていないだろう。

彼女の体力は異常だ。

「どう？　美味しいかい？」

森越しに、押見が聞いてくる。

「美味しいです、本当に。」

味が全くしなかった。森の言う「濃厚」も、小野田の「まじでラーメン」も、感じることが出来なかった。でも、もちろん水とは違った。味がしないのに、「きっと味がする」ことが分かるのが、とても気持ち悪かった。

「それは良かった！」

とにかく箸《はし》ですくって、口に放り込む。時々麺《めん》のすすり方を忘れるときがあって、そういう時は、レンゲで無理やり押し込んだ。

「ここのスープは化学調味料一切使ってないからね、全部飲み干せるよ。」

そう押見が言ったから、全部飲んだ。

会計は、トイレに行った押見がいつの間にか済ませていた。それも、いつものことだった。皆で押見に礼を言うと、

「お店の人に言って。それとほら、お客さんにも！」

そう促されるのも、ルーティンだ。

「お騒がせしましたね、ごめんなさいね！」

押見の存在に気づいた客たちが、何人か耳打ちしているのには、ずっと気づいていた。帰り際《ぎわ》、彼女は一人一人に挨拶《あいさつ》をした。

「美味しいよねー、ここ。」

「ごめんね、ゆっくり食べてくださいね。」

若い女が「ファンです」と言って握手をせがむのにも快く応じ、

「ほら、ラーメン伸びるよ！」

そう言いながら、彼女の肩を叩いた。女は感激し、「めっちゃ綺麗なんだけど」と、連れの男に言っていた。

店を出てから、皆で押見を囲む形で、改めて頭を下げた。

「ご馳走様でした！」

その瞬間、誰かに腹を蹴《け》られた。そう、思った。でも違った。吐いていた。頭を下げたまま、道路に勢いよく吐き戻していた。吐いている、と理解していても、腹を蹴られている、という感覚は消えなかった。

誰が蹴っているんだろう？

どうしてこんなに、怒っているんだろう？

食べたもの全《すべ》てが、未消化のままあふれ出てきた。嚙《か》まずにほとんど飲み込んでいたから、そのままの形だ。麺、パプリカ、緑色のものは何だ？

「きゃあ！」

押見が叫んだ。無理矢理食べていたことがバレる。

「すみ、」

謝らなければ。でも、何か言おうとすると、胃が喉元《のどもと》までせり上がって来た。嘔吐《おうと》物《ぶつ》の中に赤い点を見つけて、パプリカじゃない、あれは血だ、そう思った瞬間、体の力が抜けた。倒れそうになった時、

「大丈夫?!」

押見が、腕を俺の腰に回した。俺は、何か言ったように思う。でも、自分でも分からなかった。そのまま意識が遠くなり、気が付いた時はタクシーの後部座席で寝ていた。助手席で、森が会社に電話をかけている声が聞こえた。

胃腸炎だと診断された。田沢が偽っていた病気と一緒だった。

「胃壁がだいぶ荒れていますね。よく我慢しましたね。」

体のむくみと足の爛れは極端な水分不足によるものだったが、偏頭痛と上半身の痛

みは、原因が分からなかった。その診断も想定の範囲内だったし、

「ストレスからくるものだと思います。」

そう言われることも、予想していた。

だから、医者には行かなかったのだ。ストレスだと、簡単に片付けられるのが嫌だった。おそらく全ての大人が、いや現代では子供ですらストレスを抱えている中で、こんなに、圧倒的に、ただただ弱っている自分を認めることが耐えられなかった。

「大変なお仕事だとは思いますが、少しでも休んでくださいね。」

俺の職種を伝えた記憶はなかった。でも、病院に連れて来てくれたのが森だったことを思い出した。きっと、彼女が伝えたのだろう。

病院には、3日ほど入院することになった。数値が良くない、とのことだったが、何の数値のことかは分からなかった。でも、ストレス、などという曖昧《あいまい》なことではなく、物理的なデータとして悪いところが明らかになるのは嬉しかった。

着替えを持って来た母親と、久しぶりに会った。

「痩せたね。」

そう言う母は、かなり太っていた。髪を短く切り、明るい色に染めていた。それが白髪染めだと気づいたのは、うつむいた母の頭頂部に、放射状に白く光るそれを見つ

けたからだ。

中島さんが紹介してくれた会社に、母はまだ勤めていた。最近は事務作業に加え、簡単な校閲や、対談原稿のテープ起こしなども頼まれるようになったらしい。

中島さんのことを聞かれたくなかった。もちろんあの出来事を言うつもりはなかった。でも、あの出来事を避けて、うまく答えられる自信もなかった。中島さんの、むき出しの白い歯は、今でも時々脳裏に浮かんだ。

「社員さんが一気に二人辞めちゃって。」

退社時間も、17時を大幅に超えるようになったと言う。

「こないだ初めて終電で帰ったよ。すごいね、朝と同じくらい混んでるんだから。」

給料は上がったのか、と聞くと、首を振る。

「あ、そうだ。来月、家引っ越そうと思って。」

「え？」

「実家にね。もう、家賃払うのも大変だし。だから、いるものとかあったらいまのうちに言っておいて。送るから。」

急な話で動揺した。実家を出ている身分だったが、俺に何の相談もなしに決める母親に苛立《いらだ》った。こんなに、決断の早い人間だったろうか。そう考える前に、そもそも俺は、母のことをよく知らなかった。母がどんな人生を歩み、どんな思考を持ち、どのような視線で世界を見てきたのか、俺は母の何にも、思いを馳せたことがなかった。

ただ、母と埼玉にある母の実家との折り合いが悪いことだけは知っていた。俺が覚えている限り、母が俺を連れて実家に帰ったことは数える程しかなく、たまに訪れても、家には冷ややかな空気が流れていた。

「実家って、まだあんの？」

祖父母はすでに他界していた。父が死ぬ数年前のことだ。

「姉さんが、ほら、あんたのおばさんが住んでるんだよ、今。」

「一人で？」

「違う、シュンちゃんと。ほら、あんたのいとこよ。あんまり覚えてないだろうけど。今年40にもなるんだけど、アルバイトしたりやめたりしてるんだって。ほとんど引きこもりみたいなもんだよね。」

「そんなとこに一緒に住むって。」

「仕方ないじゃない。言っても姉妹だし。姉さんも最近、足を悪くしたらしくって。こんな状態のあんたに仕送りしてもらうのも悪いし。私が家賃払う必要なくなったら、少しは楽になるでしょう。」

確かに、仕送りがなくなったら、本当に助かる。でも、礼を言えばいいのか、謝ればいいのかわからなかった。その混乱のうちに俺が選んだのは、母を憎むことだった。

「ね、だから言ってよね。必要なもの。」

俺はその瞬間、心の底から、母を憎んだのだった。

アキは、家の鍵《かぎ》を閉めたことがなかった。

まだ生きていた頃、母親は偏執的に鍵に依存していた。

鍵を閉め、開けてを繰り返し、何度確認した後でも、アキにもう一度閉めるように頼んだ。自分のことが信じられないのだと言う。アキが玄関まで行き、ちゃんと閉まっていると伝えても、今度はアキをなかなか信用しなかった。

「あんたはバカだから。」

そして、それがひどくなると、アキが鍵を閉めたふりをしているのではないかと疑った。

「誰かをこっそり呼んでるんじゃないの？」

母親を安心させることは、アキには難しかった。

「誰か呼んで、私に復讐《ふくしゅう》しようとしてるんだ！」

鍵を買ってこいと、何度も言われた。多すぎる金を渡され、でも何を買えばいいのか分からず、結局いつも１００円ショップの鍵のコーナーで南京《なんきん》錠を一つだけ買った。それを渡すと、母は少しだけ満足するのだった。

「鍵かけて、早く。」

でも、それをどこにどうつけたらいいのかは、アキも母親も知らなかった。結果、カラフルな南京錠は、玄関にただ放置された。それがそこにあるだけで、母親は安心した。南京錠は存在それ自体が、彼女のお守りのようなものだった。

別の日の母は、鍵を全くかけなかった。そして、かけないことすら気にかけなかった。時には、扉を開け放ったまま眠ることもあった。

「何も取られるものなんてないんだから、ねえ！」

そう言って笑った。

アキにとって鍵は、得体の知れないものだった。防犯のため、という概念は知っていても、この小さな金属がそれほどに心身の安定と不安定に関わっていることが信じ難かった。例えば家に侵入しようと思えば、ガラス窓を破って入れるし、斧《おの》か何かがあれば、玄関ドアだって突破出来る。破壊するのは、簡単だ。

そしてアキは今、ウズと出会ってしまった。札束を入れた金庫を持ち、それを額縁の後ろに隠す、という「警戒」を見せておきながら、その実全く鍵をかけないウズという男と。

アキは家を出ると、鍵をかけるかわりに、動きを止めた。ほんの一瞬だけ動きを止めて、それから、振り返らずに出かけた。ボロボロのアパートに空き巣が入る余地はなかった。アキは家に帰ると、また少しだけ動きを止めて、それから静かに扉を開けた。

給料日の後は、いつも金を枕元《まくらもと》に置いていた（といっても、枕がなかったから、折りたたんだ汚いバスタオルが、アキの枕代わりだった）。もらった封筒の中に入れたままにして、必要な時だけ抜き出した。

アパートの裏に住んでいる大家（男性か女性か判別できない老人だった）が家賃を徴収しに来ると、その中から金を出して払った。風呂《ふろ》なしではあったが、この地域では破格の安さだった。残った金で光熱費を気まぐれに払い、さらに残った金で、食べ物を買った。金は、あっという間になくなった。

それでも、FAKEがあることが、アキにはありがたかった。オードリーが時々、余った米で作ったおにぎりを持たせてくれた。雨風が凌《しの》げるだけで幸せだった。暴力の気配がないだけで幸せだった。何よりアキは、生きていた。

ある日、家に帰ると、給料が入った袋が消えていた。タオルをまくり、薄い布《ふ》団《とん》をまくり、家中のありとあらゆる場所を探したが、見つからなかった。昨晩もらったばかりの給料だった。アキはトイレに行き、長い小便をして、それからしばらく、トイレの中にいた。尿はわずかに赤く、濡《ぬ》れた段ボールのような匂《にお》いがした。

昼過ぎ、アパートに警察がやって来た。自転車に乗った二人組の警官だ。窓の隙間《すきま》から外を覗《のぞ》いた。彼らが来る前から、なぜか嫌な予感がしていた。眠れなかった。

アキは警察を恐れていた。何度も高圧的な職務質問に遭った経験があったし、そもそも母親が、彼らを恐れていたからだ。パトカーのサイレンの音がすると、彼女はアキにも分かる程、体をこわばらせた。

「隠れないと。」

酷《ひど》い時は、鍵を持って押入れに姿を隠した。もし警察が来たら私はいないと言いなさい、そう言われた。

自分がうまくやり通せるとは思えなかった。自分にはかつて、パンのビニール袋の音を立てて、市の職員を部屋の中に入れてしまった過去がある。また、母親を危機に晒《さら》してしまうだろう。そうしたら母親はきっと、再び汗をかいて話し続けることになるだろう。アキはそれを、見たくなかった。パトカーのサイレンは、永遠に続くように思えた。でもそれはいつも遠ざかり、母親が警察に連行されたことは一度もなかった。

警察官は大家と話をしているようだった。曇天なのに、大家はサングラスをかけていた。黄色いふちの派手なサングラスで、でも不思議と、紫色に染めた髪との相性は良かった。

　一人が手にメモを持ち、何ごとか書き留めている。大家がこちらを指差したので、アキは身を隠した。しばらく息を止めていたが、何も起こらなかった。もう一度覗くと、警察官たちはそこにおらず、代わりに隣室から声がした。

「３ヶ月分ですよ。それは催促しますよ、こっちも生活があるからね。」

「催促は電話で？」

「電話もしたし、ノックもしましたよ。こっちも生活があるから。」

「返事は？」

「なかったですよ、ねぇ、こっちも生活があるのに。あの、私は悪くないですよね？」

「え？」

「私は悪くないですよねって。だって、生活があるんだから。全然払ってくれないんだから。」

「とにかく姿は見てないんですね。」

「見てませんよ、だってずっと逃げるんだもん。こっちだって生活があるんですよ。

３ヶ月も払わないんだから。」

大家と二人の警察官は、隣の部屋の中にいた。時々扉が開く音がし、何かをごそごそと探す気配も窺《うかが》えた。

「おまわりさん、あの、殺されたり、怪我《けが》した人はいないんですか？」

「ええ、窃盗だけですね。今の所。」

「それでも怖いよねぇ。泥棒なんて。ねえ、私電話してみますよ？　ほら、電話番号はまだ保存してあるんだから。」

「いや、大丈夫です。」

「家賃はどうなるんですかね？　３ヶ月も溜《た》めちゃって。」

「ちょっと通りますね。」

「どうせ泥棒するなら払ってくれりゃいいのに。」

「とにかくまた何かあれば。」

「こっちだって生活があるんだから。」

警察官の足音が遠ざかって行く。大家のため息が聞こえた。「彼女」の声を聞くときのようには、クリアに聞こえなかった。

ここ数日、「彼女」の声を聞いていなかった。性交の声も、電話の声も。トイレを流している音も聞こえなかったし、鼻歌も聞こえなかった。そのことに、こうして壁に耳を当てている今、思い至った。

大家も、出て行ったようだ。そしてもちろん、「彼女」もいない。アキはもっと強く、耳を押し当ててみた。「彼女」も、こうやって耳を澄ませたことがあったのだろうか。自分の気配に耳を澄ませ、そしてその姿を想像しようとしたことが、あったのだろうか。

そもそも彼女はどうして、アキの給料日を知っていたのか。


決意をすると、早かった。劇団を辞めた時と、同じ速度だった。

家賃を待ってもらうため、大家に交渉する気はなかった。最後まで、名前も、年齢も、性別も分からなかった。彼女、あるいは彼は「生活があるのだ」と繰り返していた。大家は「生活のある誰か」という存在として、少しアキの脳裏に留まり、そして消えた。

床に放置してあったスポーツバッグに、詰められるものを詰めた。

そのスポーツバッグは、まだ母親と住んでいた頃、母親が買ってきたものだった。バスケットボールを3つほど入れられる筒状のバッグで、表面にも、バスケットボールのイラストが描いてあった。母はバスケットボールなど、やったことはなかった。それとも、学生の頃に経験していたのだろうか。母親の過去を、アキは何も知らなかった。

このアパートに引っ越してくるときも、そのスポーツバッグに詰められるだけのものを詰めて来た。枕にしているタオルも、そのとき入れたものだ。明るい青色だったが、いまでは桃色がかった淡い水色になっている。

「今まで見た中で、一番荷物が少ない引っ越しだね。」

東国がそう言って笑ったことを、アキはもちろん鮮明に覚えていた。

東国のことを思うと、自分の全てが、恐ろしいスピードで腹のあたりに集まるような気がした。そこから苦いものが産まれ、最後は液体に変わる。それは自分が自分の体内で生成しているもののはずなのに、小さくなった自分が、そこで溺《おぼ》れていた。

「目を逸《そ》らさないで。」

東国は言った。

「体に起こったことから、目を逸らさないで。」

体に起こったことが何なのか、そしてその体を、この空白をどうやって埋めればいいのかを、東国は教えてくれなかった。

アキは淡々と荷物を詰めた。錆《さ》びた剃刀、毛羽立ったタオル、割り箸数本とわずかな着替え、波打ったトイレットペーパー、数冊のノートと鉛筆、フードコートで得た紙ナプキン、プラスチックのフォークとスプーン、裁縫の道具、完全に開ききった黄色い歯ブラシ、かかとに大きな丸い穴の空いた靴下、3本と半分だけ残っているスティックパン、そして最後に母親の骨壺《こつつぼ》を入れ、バッグのジッパーを閉めた。サイドのジッパーが開いていたので、手を入れると、小さなピンク色の南京錠が入っていた。それを手のひらに乗せて、しばらくじっとしていたら、涙は止まった。

その日はそのまま、FAKEに出勤した。金曜日で、ヨシフ・スターリンと毛沢東とアドルフ・ヒトラーの出勤日だ。いつもと同じ夜だった。

終電がなくなる頃、クティがやって来た。その日のクティは、いつもより幼く見えた。パーカーのフードをかぶっていないからだと気づいた。薄暗い照明でも、顔がはっきり見える。アキは氷を取るために屈《かが》むときだけ、彼女を見ることが出来た。あごに絆創膏《ばんそうこう》を貼《は》っている。ベージュの絆創膏が目立つのは、彼女の顔がとても白いからだ。

ふと、彼女も自分と同じように泣いていたのではないかと思った。クティは何も飲まず、背中を丸めて座っていた。スマートフォンから、目を離さなかった。

しばらくすると、「客」がやって来た。時計は1時を回っていたが、彼は酔っていなかった。何度か店に来ている「客」だ。根元からきつくカールした髪、大きな鼻、油脂で汚れた黒縁の眼鏡、ロゴの入ったTシャツ。今日は少し肌寒いが、彼のスタイルはそのままだ。Tシャツは黒地に白い文字で「GO HOME」。

彼はジョニー・ウォーカーのロックを頼んだ。でも、唇を湿らせるように一口だけ飲んで、席を立った。

「行こっか?」

男がやって来るのはいつもクティの日で、おそらく、彼女の年齢を知っていた。

クティは返事をしなかった。スマートフォンから目を離さずに席を立ち、ついてゆく意思を示した。毛沢東が金を受け取り（アキが見る限り、それは万札が3枚だった）、アドルフ・ヒトラーがグラスを片付け、ヨシフ・スターリンがテーブルを拭《ふ》いた。アキは何も言わず、ただ彼らを見送った。男が先に店を出て、クティが後に続いた。クティは、振り返らなかった。

店が終わると、眠る場所を探さなければならなかった。もう家には帰れない。外で夜を過ごすのは、久しぶりのことだった。大人になった今、眠る場所を探すのにこんなに苦労することになるとは思わなかった。

まず、街から人が絶えなかった。それは自分がよく知っている景色のはずだった。でも、「徘徊《はいかい》する場所」として見る街と、「眠る場所」として見る街の違いは歴然だった。アキは、新しい目を手に入れたような気持ちで、街を見渡した。

あらゆるものが混じった匂いも、甲高い騒音も、淀《よど》んだ空気も相変わらずだ。でも、それは昼間よりも強烈だったし、昼間よりも閉塞《へいそく》していた。そして一度息を吸ったが最後、それを吐き出す場所はなかなか見つからなかった。

誰かが眠る、それもぐっすり眠る余地など、ないように思えた。道端で寝入っているサラリーマンはいる。でも、それはもちろん一時的な眠りだったし、自分には許されないことだった。ふと心配になり、通り過ぎた後にまた戻ってみた。サラリーマンのバッグは、彼の近くになかった。

小さな頃眠ったのは、高架下だ。家から随分遠い場所まで歩かなければ、たどり着くことが出来なかった。そう思っていたのは施設に入るまでで、高校生になったアキが行ってみると、そこは家から目と鼻の先にあった（実際、家から見えすらした）。

そこには大抵、段ボールや、それに代わる何か柔らかなものが落ちていた。アキはその上で、またはそれにくるまって眠った。もしかしたらそれは、アキが家から持ちだした毛布か何かだったのかもしれない。よく覚えていなかった。

このところとみに、小さな頃のことを忘れる。思い出そうとすると、体内の暗がりに、自ら飛び込んでゆくような気持ちになる。そしてそこはやはり、光がなく、音がなかった。アキはただそこで、静かに窒息していた。

この街にも、高架下がある。でも、着いてみると、そこにも喧騒《けんそう》があった。深夜1時を過ぎているのに、電車はまだ動いていて、通り過ぎる人の数も減らなかった。そんな状況にもかかわらず、先客がいた。どこで手に入れたのか、分厚い布団を被《かぶ》って眠っている。布団の下から出た足は裸足《はだし》で、ほとんどの爪が黒く潰れていた。近づくと、強烈なアンモニアの匂いがする。

大きな公園は有料でゲートが閉まっており、小さな公園には当然のように先客がいた。高架下で見たような人の場合もあったし、街で見たサラリーマンのような人の場合もあったし、そのどちらでもなく、ただベンチに座って、タバコを吸って、誰かを待っているように見える人の場合もあった。

公園以外で、ちょうどいいスペースを見つけても、そこには鉄で出来たオブジェや、一見して槍《やり》が何本も突き立てられているように見える障害物が置いてあった。その景色は静かに、でも強固にアキを拒絶していた。

アキは、2時間ほど歩きまわった。街を離れ、新しい街へ行き、そして結局、また元の街へ戻ってきた。空が白んでいた。

　街中の動物たちが、蠢《うごめ》き始めた。きっとこの街の動物たちは、野生で暮らす動物たちよりも行動を開始するのが遅いのだろう。人間たちに奪われて、自分たちの夜を、自分たちの闇《やみ》を持たないから、この夜明け前の、空が白んでくるこのわずかな時間、人間たちが一番油断するときを見計らって、自分たちの王国を作るのだ。

　眠っていたサラリーマンはいつの間にかいなくなり、彼が残していった吐《と》瀉物《しゃぶつ》を、カラスが突《つつ》いていた。目を凝らすと、それを自動販売機の下から狙っている鼠《ねずみ》の姿も、すぐに捉《とら》えられた。目が悪いアキだったが、彼らの姿は驚くほどよく見えるのだった。ゴキブリたちは？　そう思い出して見回すと、外に出されたゴミの山の中に、簡単に見つけることが出来た。彼らは赤茶色の羽をして、触角を積極的に動かし、時々何かに耳を澄ませるように、動きを止めた。

　アキは、店が入っているビルの路地に潜り込んだ。

　室外機に頭をぶつけるので、屈まなければ前に進めなかった。ある程度進んだところで、スポーツバッグを枕にして、そこに横になってみた。地面は固く、アキの太い骨と相性が悪かった。でも、しばらくすると、まどろんで来た。そういえば昨日から、一睡もしていなかった。後頭部を圧迫しているのは、母親の骨壺か南京錠だ。きっと、小さな頃を思い出すだろう、そう思っていたが、眠りに落ちる瞬間に浮かんだのは、違う場面だった。

２ＰＡＣだ。

それは、店を出てゆく前、アキを見ていた２ＰＡＣの姿だった。

彼の英語を日本語に訳してくれたのはオードリーだ。なのに、その言葉は２ＰＡＣの声で再生された。もちろん、本物の２ＰＡＣの声ではない。

「私が世界を変えると言っているのではないのです。でも約束します。私が刺激した脳が、世界を変えるのだと。」

アキが知っている、あの２ＰＡＣの声でだ。

おかあさんは、どろぼうにだけはなるなといった。

あらゆるわるいことのなかで、どろぼうをすることは、いちばんはずかしくて、みっともないことだといった。

おかあさんは、ちいさなころ、かみかざりをもっていた。おかあさんは、それを、とてもたいせつにしていた。はなのかたちをした、きれいなかみかざりで、ともだちはそれをうらやましかった。

でも、あるひなくなった。どこをさがしてもなかった。おかあさんは、ともだちをうたがいたくなかった。といれのなかもさがした。ねこのおなかを（不明）。

あるひ、おかあさんのおとうさんが、おさけをかってきた。かみかざりは、おとうさんが、うってしまった。おかあさんはないた。かえしてくれといった。でもおとうさんは、おかあさんをぶった。

涙が止まらなくなった。

悲しいとか、寂しいとか、この涙に見合う感情があるわけではなかった。担当医から、明日退院ですね、そう告げられた瞬間、急に溢《あふ》れて、止まらなくなった。映画やドラマなどの扇情的なコピーとして、「涙腺《るいせん》が崩壊する」という文言を聞くことがある。あれが実際に、俺の体に起こった。

「すみません。」

自分でも、何故《なぜ》謝っているのか分からなかった。でも、とにかく悲しいわけではないことを伝えたかった。この涙に理由はないことを、ただ「涙腺が崩壊した」ことを。

担当医は、何故か納得したように小さくうなずくと、心療内科の受診を勧めた。

「同じ院内にありますし。」

大したことではない、という雰囲気を作ってくれているのは分かった。でも、大の男が、「退院」という言葉を聞いた途端、泣き出しているのだ。大したことではない訳がない。それとも、こんな状況には慣れているのか。「ストレス」で胃《い》潰瘍《かいよう》や胃腸炎を患《わずら》った人間は、大抵心療内科の診察が必要なのだろうか。

「私が予約しておきますね。」

医師は女で、少年のように短く切った髪に、大きな瞳《ひとみ》が印象的だった。どこか医師らしからぬ雰囲気なのは、その若さのせいだと思っていた。でも、豊かすぎると言っていいまつ毛が原因なのだと思い至った。いつかのロケバスの中で、森が講釈してくれた。医師は両目に、びっしりとまつ毛のエクステンションをしていた（まつエク、と言うらしい。つけまつ毛との違いも、細かく森に教えてもらった）。

「この生活でよくそんな時間あるよな。」

　そう言った先輩に、森は、興奮気味に答えた。

「目瞑《つむ》ってるだけですから。１００パー寝落ちしてますし。起きたら綺麗《きれい》なまつ毛が手に入ってるんですよ。そんな幸せあります？　ただ寝てるのと違って、めちゃくちゃ合理的じゃないですか⁈」

　その頃、もうすでに俺は横になって眠れなくなっていた。布団であろうがソファであろうが、横になると、得体のしれない悪夢を見る。ある時は柔らかいが殺傷力のある植物に首を絞められ、ある時は自慰をしているところを大勢の老婆《ろうば》に囃《はや》し立てられ、ある時はただただ大きな何かに踏み潰《つぶ》されそうになっていた。

「今日の４時に予約取りましたんで。」

「４時、夕方のですか？」

「え？」

「16時ということですか？」

「あ、はい、そうです。」

「分かりました。」

医師も、まつ毛のエクステンションをしてもらいながら眠るのだろうか。目が覚めて、美しいまつ毛を手に入れて、そのことを幸せに思うのだろうか。例えば俺は、目を覚ました時、何が手に入っていたら幸せなのだろうか。

一旦《いったん》ベッドに戻った。6人部屋のベッドは、皆カーテンを引き、そこが個室という扱いになっていた。俺も、24時間、ずっとカーテンを引いている。ベッドに横になって見えるのは、わずかな天井とカーテンレールだけだ。この病院は新しく、天井に染《し》みも見られない。皆が同じ風景を見ているはずだ。でも、皆が何を考えているのかは分からない。

時々咳《せき》をする声や、冷蔵庫を開けている気配はする。でも、顔を合わせたのは数人だ。激しい咳をするのは窓際「個室」の、年配の男だろう。時間を問わず、夜中でも発作のように始まるので、眠れない。俺の隣には、若い男がいる。俺よりも年下だと思う。異様にガタイがいいので、何らかの運動部員だとふんでいる。時々女の見舞客が来る。二人でこそこそと話し、すぐに談話室に行く。ソファで話しているのを何度か見たことがあった。色が白く、派手な服装の女だった。

スリッパを脱ぐ時、自分のすねが見えた。すね毛が所々抜けて、小さなハゲが出来ている。傷と虫に刺された痕《あと》が多く、しかも、知らぬ間にかきむしっていたのか、血が滲《にじ》んでいたり、かさぶたになっていたりする。入院着が膝《ひざ》までの丈なので、常に露《あら》わになっている状態だ。もちろん、爛《ただ》れたふくらはぎも見える。

全ての入院患者が、これを着なければいけないわけではない。自分のパジャマを着ている患者が圧倒的だったし、俺のような若い部類、例えば隣の若い男も、シンプルなスウェットの上下を着ていることが多かった。母親も、俺が大学生の頃に着ていた、似たようなスウェットを持ってきてくれてはいた。でも俺は、それを着るかわりに、この入院着を選んだ。

色は、男は薄いブルー。女は薄いピンクだ。膝までの丈、前開き、ビジネスホテルで見るものと似ている。レンタルするのに金がかかった。でも、迷わなかった。何故こんなにみっともない入院着を自分が着たいと思ったのか分からない。ただ、普段あれだけ眠れなかったのに、入院中よく眠れたことが、この入院着にわずかでも関係しているような気がした。

ベッドに座って、スマートフォンを手に取る。この病院の心療内科の評判を知りたかった。いくら入院患者でも、今日予約を取って、すぐに診療してもらえるものなのか。

最近は、心療内科を訪れる患者数が激増していると聞いている。昔と違って、皆SNSなどでカジュアルに「メンヘラ」だと告白する。俺たちの業界でも、若い人間が「心療内科で処方された薬を飲んでいる」とか、「鬱《うつ》と診断されたので休みたい」などと、簡単に言ってくる。それなのに、こんなにすぐ予約が取れるとは、よほど評判が悪いのではないか。それとも、簡単に予約が取れるようになったから、皆気軽に受診しにゆくようになったのだろうか。

　病院名を打ち込んでいる時、画面にLINEの通知が入った。咄嗟《とっさ》に目を逸《そ》らした。逸らした先にはいつもカーテンレールがあって、チカチカと瞬《またた》いて見えた。脳内で血管の収縮が始まる。猛烈な頭痛に襲われる。今日は目眩もある。頭がぐらりと後ろに傾く感じがあって、平衡《へいこう》感覚を失う。時々は、ベッドの柵《さく》を握り締めないと、座っていられない。

　入院中、スマートフォンに通知が入る度に目を逸らし、その度に目眩を覚えていた。押見からの連絡はなかった。俺の体調を気遣ってのことだろう。でも、同時に、「そんなこと、あるだろうか」とも思った。病名は、森か他のスタッフから聞いて知っているはずだ。命に関わる病気ではないのだから、『返信無用です』という言葉をつけて、何かしら見舞いのメッセージを送ってくるタイプの人間だ。

タイプ。押見のタイプ？

押見からは、通算１０００通を超えるメッセージを受け取っていたし、累計数十時間に及ぶ通話をしたし、何度も朝まで飲んだ。それでも、俺は押見のことを何も知らなかった。こういう時にどういう対応をするのか、結局正確に予想することが出来ない。

押見はどういう人間なのだろう。

俺が何か、彼女の機嫌を損ねるようなことをしたのだろうか。

気を失う瞬間、自分は何かを言った。それがなんなのか思い出せない。そしてそれが、押見が沈黙を貫く原因になっているような気がしてならない。

何か罵詈《ばり》雑言《ぞうごん》を叫んだのか。酔ってもいなかったのに、そんなことがあり得るのか。何故、覚えていないのか。

胃から何かがせり上がってくる。それはあの日食べたラーメンのような気がした。

もちろんそんなことはなかった。この3日間、俺は栄養のほとんどを点滴から摂取している。それだけで太った。そのことに、わずかに感動する。人間は、口から食べ物を入れないでも、生きてゆけるのだ。

3日ぶりの自宅は、異臭がした。

原因はシンクに放置した弁当だった。ほとんど手をつけていないから、そのままの状態で腐っている。俺が入院しているときに梅雨入りし、食べ物が腐りやすい季節に突入した。特にひどいのが里芋を使った何かで、青緑色のカビに覆《おお》われていた。触りたくないので、ビニール袋越しに弁当を摑《つか》んだ。そのまま、ゴミ袋に押し込む。ゴミ箱からも異臭がする。食器用洗剤をぐるぐるとまわしかけて、蓋《ふた》をした。排水口には、小《こ》蝿《ばえ》が発生している。そこにも食器用洗剤をかけた。洗剤をかけられた小蝿たちは、緑色の粘液の中でしばらくヌルヌルと動いていたが、やがて動きを止めた。それを、そのまま流した。

その行為だけで、異常に疲れた。手も洗わず、布団に横になる。気のせいか、布団も腐ったような匂いがする。それとも、ベランダのゴミ袋が臭ってきているのか。今日は30度近くまで上がった。それなのに、手足が異常に冷え、時々悪《お》寒《かん》が走る。タオルケットを手《た》繰《ぐ》り寄せて、頭から被る。でも、そんなことではこの震えは治まらない。押入れの中に冬用の布団が入っているはずだ。でも、そこまで行く気力がない。

自律神経が乱れている、と言われた。

「お仕事休めませんか？」

初老の医師が、そう言った。腹が立った。

どうして俺に聞くんだ。どうして俺が決めないといけないんだ。

これは、俺の責任なのか？

お前が命令してくれるべきではないのか？

この感情、この怒りとともに思い出すのは、林のことだった。

菅谷すみの結婚は、しばらくインターネットのニュースでトップに上がっていた。ニュースに触れないでいようと思っても、俺のスマートフォンはご丁寧にそれを届けてくる。

『菅谷すみ　お相手はテレビ局職員　地味愛貫き結婚』

『若手実力派女優の結婚　周囲からは祝福の声』

タイトルを見ている限り、ほとんどのニュースが彼女の結婚を好意的に取り上げているようだった。そういうニュースは絶対に開かなかった。中に、

『「プロポーズは自分から」菅谷を射止めた男性とは？』

『出逢《であ》いは俳優主催の飲み会か　実力派テレビマンの評判』

など、林に言及していそうなものがあって、それは開いた。でも、「関係者」が語る林は、「仕事熱心で優秀」「エリートなのに腰が低い」など、好意的なものばかりだ。こめかみがジリジリと熱くなった。それは時々限界を超えて、俺の目の前を暗くした。

本当に、暗幕が落ちるように暗くなった。

林のフルネームを検索しても、スタッフとして番組にクレジットされた名前が出てくるだけだった。画像検索もした。顔写真は出てこない。『菅谷すみ』と打つと、頻繁に検索されているものの中に『菅谷すみ　相手　誰』とある。皆、気になっているのだろう。名前を出せないのは、一般人だからだろうか。

誰か林の横暴さを、人のことをクソのように扱うその本性を、暴《あば》いてほしかった。

　そもそも「関係者」とは誰なんだ？

林と仕事をして、こんな風に思える奴《やつ》なんているのか？

それとも、林の上司だったらそう思うのかもしれない。「仕事熱心で優秀」「エリートなのに腰が低い」と。一緒に仕事をしたタレントもそうだろう。あいつにはおぞましい二面性があったから。

よりによってどうして、菅谷すみなのだろう。例えばあのバカタレント、大麻をやったあいつや、あいつに似た他のどうでもいいタレントだったら、まだ納得出来る。まだ軽蔑《けいべつ》出来る。でも、相手は、実力があり、人を見る目がありそうな菅谷だ。なぜ、林などに惹《ひ》かれるのか。それだけで、その一点だけで、菅谷を憎むのに十分だった。

家の天井がチカチカと光る。また始まった。頭が痛い。歯の根も合わない。寒い。処方された薬を飲めばいいはずだ。でも飲まない。

「負けるな。」

「負けないで。」

中島さんの、遠峰の、声が蘇《よみがえ》る。目を開けていられない。目を瞑ると誘うようなあの光が見えて、まだ目眩が続いていることが分かる。そして俺は、きっともう、とっくに負けている。

社長からは、『復帰出来そうな日を教えてくれ』、そう連絡が来た。労《いたわ》りの言葉もあった。昔だったら考えられないことだ。50歳を過ぎた男が、森のような若い女に簡単に感化されることに苛立つ。

自分でもすぐに職場復帰出来るとは思えない。言いようのない焦《あせ》りに襲われる。優しい言葉をかけてはいるが、俺の穴など、すぐに埋まる。

「代わりなんていくらでもいる。」

それが本音だ。いくら甘い言葉でオブラートに包んでも、俺たちのことを駒《こま》としか見ていない。

若い頃の俺は、逆にその言葉を糧《かて》にしてやって来た。では、代わりが見つからないほど優秀になってやろう、そう思った。絶対に音をあげなかったし、言われたことは確実にこなした。仕事を休んだことなど一度もなかったし、熱が38度を越したときも、誰にも体調不良に気づかれずに、山中のロケをこなした。そして翌朝再び、別のロケに挑んだ。どうして、そんな俺が今、心療内科から処方された薬を握りしめながら、涙を流しながら、林の記事を探していなければならないのだろう。

名前は明かされていないが、林の経歴が書かれている記事を見つけた。神奈川県生まれ、某国立大学文学部卒のエリート。幼い頃に両親が離婚、女手一つで育てられた。高校生の頃からアルバイトで家計を支え、奨学金を得て大学に入学した後、マスコミ研究部に所属し、その頃からテレビの現場のアルバイトをしていたと言う。菅谷は同じ記事のインタビューで、林のことをベラベラと話している。

「正直最初は、ちょっと軽薄な人だなと警戒したんですが（笑）、彼の生い立ちを聞いていると、あれ、違うのかなって。すごく苦労していて、でも、それを全然見せないんですよね。」

「彼はバラエティ番組を作っているんですが、それも彼の希望で。アルバイトばかりで辛《つら》かった時、深夜に観《み》るお笑い番組だけが唯一《ゆいいつ》の楽しみだったそうなんです。だから、いつか自分も、誰かの糧になるような番組を作りたいって。」

「いつか彼の番組にですか？　いや、それはないですね、恥ずかしいです（笑）。」

スマートフォンを握った手首が痛い。親指の付け根も痛い。医者からは眠れと言われている。眠れなければ処方された薬を飲んでいいから、と。でも飲まない。眠れない。とても寒い。

冬布団は取りに行くことが出来なかったが、充電コードは絶対に取りに行かなければならなかった。這《は》って行き、手に取る。震える手でコードを、スマートフォンに繋《つな》ぐ。充電のマークが、緑色に光る。ホッとする。死にたいと思ったことはなかったのに、これでまだ、生きる理由が出来た、そう思う。

林の悪評が見つからなかったから、菅谷の悪評や過去の熱愛報道を探しにかかった。卒業アルバムの画像、デビュー作の画像、父親と写った幼い頃の彼女の写真などが発見出来たが、どれも面白いものではなかった。菅谷は昔から美しく、取り立てて悪い噂《うわさ》もなかった。中に一つ、

『菅谷すみ　「大物」ならではの態度に周囲も困惑』

という記事を見つけたので開いた。でも、「完璧《かんぺき》主義」ゆえに演技に「徹底的にこだわり」、周囲のスタッフが「困惑」することもあるが、結果「素晴らしい作品」になるため、皆も彼女のことを「尊敬」しているというものだった。舌打ちをする。同時に、LINEの通知が入る。胃液が逆流する。でも、スマートフォンが手放せない。結局開く。押見ではなく、森からだ。

『次回は急遽《きゅうきょ》総集編にすることになりそうです。』

既読にしないでも、読むことが出来た。ペット番組のことを言っているのだろう。総集編の編集なら、きっと森にでも出来る。だが、それを命じたのは誰だろう。俺の代わりは、森なのだろうか。

『大丈夫ですか？』

何に対してなのだろう。俺の許可を求めているのだろうか。それとも、俺の体調を気遣っているのだろうか。森のメールには、主語がない。

「何がだよ？」

声に出していた。

「何がなんだよ？」

だんだん、大声になった。大声を出すと、少しだけ体が暖かくなった。それで自分の血液のことを思い出して、俺はカッターを探した。それは会社から、盗んだものだった。会社にはカッターがたくさんあるから、一本なくなったところで、誰も気づかなかった。

最初に、腰を蹴《け》られた。

腰を蹴られる数秒前に、気配を感じていた。幼い頃、目を覚ます直前に尿意を覚え、そのまま放尿してしまったときと似ていた。

「生きてんじゃん。」

若い声だった。顔を庇《かば》ったら、庇った腕を蹴られた。

「クセェんだよ。」

「ゴミが。」

腰と腕を同時に蹴られているので、二人以上いるのは明らかだ。声が似ている。何人いるのか判断出来ない。

「気持ち悪ぃな。」

体が動かなかった。目を開けることが出来なかった。何か熱いものが、頭の中に急速に流れ込んで来た。体のどこかを蹴られるたびに、熱いものは頭の中で破裂する。

その日は雨が降った。

いつも眠るFAKEのビルの路地裏に、水が大量に流れこんでいた。よく見ると、死んだ子鼠が浮いていた。２匹だ。しばらくその姿を見つめて、離れた。眠る場所を探すために、街を徘徊した。屋根がある場所には先客がいたし、公園の多目的トイレは、本当に必要としている人がいるはずだった。

結局、道路脇《わき》に、眠れそうな場所を見つけた。幅1メートル、長さ2メートルほどの空間で、公園とは言えない。昔は花壇として使用していたのだろうか。道路からわずかに高く、周囲を古いブロックで覆ってある。堅い草が生えている。それが、簡単な生垣のようになっている。植物の種類は分からなかった。ただ、生垣の下に潜り込んで段ボールを敷き、上にビニールシートをかぶればなんとかなりそうだった。

このビニールシートは、街を徘徊しているときに捨てられているのを見つけた。胸がスイカほどもある半裸の女性が、顔を赤らめて笑っている。街でよく見るアニメの絵だ。緑色のネバネバしたもので汚れていたが、公園のトイレで洗うと、なんとかなった。

スポーツバッグは濡らしたくなかったので、抱きかかえた。ゴッゴッと硬かったが、力を入れて抱きしめると安心した。

雨は弱くなったようだった。でも、しばらくすると、段ボールから水が染みてきた。土の上ではなく、体が痛くてもアスファルトの上で眠るべきだった。それとも、もっと時間をかけて、誰もいない屋根のある場所を探すべきだった。あるいは、金を払って、漫画喫茶で夜を明かすべきだった。

後悔しても遅い。金は、やはり漫画喫茶で借りることができるシャワーのために、取っておきたかった。それは、自分の体を洗うだけでなく、服の洗濯をする大切な時間でもあった。アキはどんな状況でも、絶対に清潔でいたかった。周りの人に不快な思いをさせたくなかった。母親が使っていたへちまのタワシと同じものを見つけて購入し、小さな頃と同じように、血が滲むまで体をこすった。夜の街を徘徊し、路上で眠っても、アキの体に垢《あか》はつかなかったし、アキの頭皮にフケはなかった。だからアキが外で眠っていることを、FAKEの誰も気付かなかった。

ある日、街に新品の香水が箱ごと落ちていた。男性用か女性用か分からなかった。アキはそれを身に纏《まと》った。それだけで自分が強くなったような気がした。マケライネンがどんなにおいをさせていたか知り得ない限り、アキはそれを身に纏うことを自分に許すことが出来た。

この街には、ありとあらゆるものが落ちている。土鍋《どなべ》の蓋、女児用の水着、片方だけのローラースケート、血を吸い込んだタンポン、自転車のタイヤ、麻雀牌《マージャンパイ》と麻雀卓。

赤いバラの造花が落ちていた時はすぐに拾ったし、生クリームと苺《いちご》の載ったホールケーキが丸ごと落ちていた時も、すぐにビニール袋に入れた（もちろん崩れてしまったが、信じられないほど美味《うま》かった）。

拾えるものは限られていたし、迷う時間も限られていた。あまり長く同じ場所をウロウロしていると、警察に職務質問されるからだ。屋外で眠るようになったこの1ヶ月だけで、もう7回も止められた。

職務質問では、スポーツバッグを開けて、中のものをかき回された。体も検査された。バッグの底に入れていた剃刀《かみそり》は奇跡的に見つからなかった。それからは、剃刀を携帯するのはやめにした。FAKEのトイレに隠した。

運転免許証も保険証も持っていないアキは、身元を証明するのに時間がかかった。連絡する家族もいないので、結果3度ほど、交番に連れて行かれた。説明しようとすればするほど吃《ども》り、今まで住んでいた家の住所を言う時は、恐怖で指が震えた。嘘《うそ》がバレたら刑務所に入れられるだろう、そして必ず、その嘘は露見するだろう。そう覚悟していたが、一度も逮捕されたことはなかった。

いつも警察官の無線に連絡が入るのだった。誰かが誰かに殴られた。誰かがどこかで金を賭《か》けていた。誰かが意識を失って倒れていた。誰かが誰かから金を騙《だま》し取られた。それらはいつだって、アキの存在よりも重大な事件だった。それが起こってやっと、アキは解放された。ある日は、警察官が小声で、「害はない」と言うのが聞こえた。はっきり聞こえた。

「きったねぇ。」

「マジでキモいなてめぇ。」

だからアキは、こうやって蹴られていても、害のない人間でい続けようと思った。腕の感覚がなくなり、腰はねじれたまま固定されていた。ビニールシートは足で蹴り払われ、今アキを覆い隠してくれるものは、何もなかった。

「うわ、デケェなこいつ。なんだよ。」

「こんなとこで寝られて迷惑なんですけど。」

「公共の場だって。」

「なんか言えやクズ。」

「ゴミ。」

謝りたかった。彼らの前にひざまずいて、許しを請《こ》いたかった。でも出来なかった。

小さな頃からずっと、謝ることが出来なかった。謝りたい。許しを請いたい。なのに、どうしても、体が動かなかった。体の縁が熱くなり、波立って、アキを、アキ自身の中に閉じ込めるのだった。

小学生の頃は、それで教師にも叱《しか》られた。どうして謝ることが出来ないんだ、そう怒鳴られ、授業が終わるまで教室の後ろで立たされた。同級生たちはアキを避け、アキを見ず、肉体的な虐《いじ》めこそ記憶になくても、言葉で罵《ののし》られた。アキが彼らを見ると、彼らは走って逃げた。叫ぶ声や、笑う声が聞こえた。

中学生の頃は、皆に避けられた。誰もアキに話しかけなかった。時々、自分の上靴や体操着がゴミ箱に捨てられていた。それは、母親がボロボロの体で「おしごと」に行き続けて、やっと手にしたものだった。

「お母さん、頑張るからね。」

アキはそれを拾って、水で綺麗に洗った。アキが黒板の前に立つと、皆が声を殺して笑うのが分かった。問題は全く解けなかった。数学はただの数字の羅列で、国語はただの文字の羅列だった。教師に責められても、アキはやはり、何も言えなかった。

「なんか言えって。」

頭を蹴られた。腕で覆うことは、もう不可能だった。アキは本格的に、目を瞑った。ずっと瞑っていたはずなのに、もっと深く瞑った。小さな頃と同じだ。母親を見てはいけない。母親を脅かしてはいけない。自分は無害でいなければならない。アキは決意をすれば、いくらでも暗い場所に潜る事ができた。何度でも、深く、もっと深く、潜ることが出来た。

「こいつ、頭おかしいんじゃね？」

高校生になって、人生が変わった。

母親が高校進学に固執することが苦しかった。進学してもまた同じ熱さの中に、あの波の中にいなければいけないと思うと、体が竦《すく》んだ。でも、結果母親は、自分に驚くべき経験を与えてくれた。高校1年生の初夏、あの人の一言で、自分の人生は変わった。

「お前はアキ・マケライネンだよ！」

自分は、自分ではなかった。他の誰かとして、生きるはずだった。『男たちの朝』が、自分に新しい生への扉を開いた。

「僕は、アキ・マケライネンだ。」

世界が自分を受け入れ始めた。皆が自分を見るようになった。皆が自分に話しかけるようになった。皆が自分の体に触れるようになった。信じられなかった。

僕はマケライネンだ。

アキは思った。何度も目を瞑って、深く、深く潜りながら思った。

、、、、、、、、、
僕はマケライネンだ。

「なんで生きてんの？」

そろそろかもしれない。

マケライネンが死んだのは40歳の時だ。酒を飲んで、雪の中、屋外で眠って、凍死した。自分はまだ30歳を過ぎたところだ。死ぬには早い。でも、もうその時かもしれない。結局、マケライネンのように酒を飲むことが出来なかったし、東京では、積もるほどの雪を見なかった。でも自分はもう、ここで、アキ・マケライネンとして死ぬべきなのかもしれない。そう思った瞬間、きちんと意識が飛んだ。

おかあさんにあいたい。

会社から、最後通告が届いた。

今まで会社からの連絡は、すべて社長のメールだった。でもそれは、薄い水色の封書で届いた。手に持つと、驚くほど軽かった。１枚しか入っていない。書面を開いたら「退社」の文字が見えた。連絡を取っていないことでじりじりしていたこの数週間よりも、自分の行く末が決定された今の方が、かえって静かな気持ちになった。

俺はクビなのだ。

文面を読むと、非常に残念だが、連絡がないので自主退社扱いになる。そう書かれてあった。何度か読んで、Googleで調べ、やっと意味を理解した。最近は、何かを理解するのに時間がかかる。目は文字を追う。でも、ただ追っているだけで、頭に入ってこない。そういうとき、言葉はただの、黒いぶつぶつだ。不気味なだけで、全く意味をなさない。

何度も読む。目が重くなる。眼球が眼窩《がんか》を押さえつけているような重さだ。それが始まると、また、視界の端がチカチカと光り出す。光は銀色で、青で、時々赤、黄色が混じる。しばらく続く。綺麗だ、と思うときもある。それから息を殺して、堪え難い頭痛が治まるのを待つ。

会社都合でクビになった場合は７日後に失業保険が出る。でも、自己都合で退社すると、およそ3ヶ月間失業保険が出ない。そういうことらしかった。

　仕事が続けられないのは明らかだった。この数週間、コンビニエンスストアに行く以外、ほとんど家から出ていない。ある日は外に出た瞬間、雨の匂《にお》いに気分が悪くなって、部屋に戻った。だからと言って晴れの日に外に出ると、太陽の光で目眩《めまい》がした。何も食べていない日もあれば、何かを食べ続けないといられない日もあった。少し歩いただけで体が異様に疲れて、ハアハアと、全力で走った後のように息が上がった。

　自分が、自分ではない気がした。

　ストレスが限界を超えると、自分の体から意識が離れていく、そんなことを聞いたことがある。「離人」と呼ばれるらしい。でも、俺の場合は、それに当てはまらないような気がした。ここにいる自分が、どうしようもなく自分であることは分かっている。自分が自分から離れることはないし、自分は、間違いなく自分の体内にとどまっている。でも、体内から手を伸ばすと、俺の体は空洞で、俺は何にも触れない。

　もらった薬は2週間分だった。結局5日ほどで全部飲んでしまった。飲んだ後は体がふわふわと軽く、酩酊《めいてい》したような状態になる。そのまま眠れるときもあったし、スマートフォン以外の何か、ヤカンとか本とか、そんなものを手にしようと思える時もあった。そして時々、本当に時々、俺は大丈夫だと、思える瞬間もあった。

　でも、薬の効果が切れると、状況はさらに悪くなった。薬を飲んでしまった自分を、そして薬がないと生活もままならない自分を、とことんまで嫌悪してしまう。泣く。そしてまた、例の目眩と、頭痛と、異常な寒気《さむけ》に見舞われる。

　診察のために、そして薬をもらいに、また通院しなければいけない。でも、予約をすっぽかしてしまったときに、取り返しのつかないことをしてしまったような気がして、再予約の電話をすることが出来なかった。会社に対してもそうだった。社長からメールがあったときに、すぐに連絡すべきだった。一度無視してしまうと、それからもう一度やり直すことが出来なかった。二度目に無視したときは、なおさらだった。

　通帳を確認する。手が震えている。どうしてもっと貯金しておかなかったのだろう。もっと切り詰めて、もっと自分を律しておけば、こんな状況は避けられた。でも、あれ以上切り詰めることが出来ただろうか？　東京で生活しながら、何も楽しみを享受《きょうじゅ》せず、ただただ金を貯《た》める。そんなことが、俺に出来ただろうか？　そもそも俺は、一体どんな楽しみを享受したのだろう。

　考えても仕方がなかった。これが現実だった。あと１ヶ月は生きられる。２ヶ月は？　その間に、仕事は探せるだろうか？　そんなことが出来るだろうか。また、引越しのアルバイトをするか？　アルバイト？　この歳《とし》で？　この体で？

もう、筋肉など残っていない。俺の体を鎧《よろい》のように覆っていた、あの美しい筋肉は、もうない。代わりに残ったのはこのみすぼらしいあばら骨と、だらしなく出た腹だけ。俺はただの、みっともない生き物だ。

手が震えてきた。自分を制する。なるべく希望的に考えてみる。薬がなくてもやっていけるはずだ。薬がほしい。あれを飲んでいるときは、もっと前向きに考えていられた。例えば家賃だ。咲口さんなら、あの、優しい人なら、待ってくれるかもしれない。

現にダンは、度々家賃を滞納しながら、それでもこのアパートに住み続けている。いつも酒を飲み、酔って独り言を言い、あとは大抵痰《たん》を切っている、ゴミみたいな男に、咲口さんは時々何かを差し入れてやっている。この人なら、許してくれるんじゃないか。いつか仕事が見つかった時に、まとめて返せばいいのではないか。

でも今は、そんな風に考えた自分を、もちろん恥じている。優しい咲口さんに迷惑をかけるなんて。ダンと同じクズに、成り下がるつもりか？　でも、待ってもらう以外方法がない。３ヶ月までは待ってもらえるだろうか？　嫌だ。でも、そんな法律がなかったか？　３ヶ月あれば、何らかの仕事につけるだろうか？　今の俺が？

通帳をもう一度見てみる。変わらない。奨学金の返済は毎月、１万５０００円が引き落とされている。今月はなんとか払えるが、来月は？　もし来月払えたとしても、再来月は？

大学を卒業してからおよそ10年間、毎月欠かさず、ずっと返してきた。ここに来て滞るなんて、考えられない。延滞するとそれ相応のペナルティがあると、借りるときに調べた。そして俺の脳裏には、ずっと遠峰の言葉が残っていた。奨学金を借りて進学出来ないか、という話をしていたときに、彼女が呟《つぶや》いた言葉が。

「借金を背負うようなものだなと思って。」

返済額には利子がつき、俺が借りた額を大きく上回る。そういう意味で、民間団体から借りた無利子の奨学金はありがたかった。でも、借りる額にも限度があったし、もちろん返さなければいけないのは同じだった。ここにきて、機関保証制度を利用しなかったことが悔やまれる。俺はバカだった。大バカだった。だが、18歳の俺に、どうやってこんな未来が想像出来ただろう。

返済を遅らせることは、出来ないのだろうか。ただ延滞するのではなく、こちらから連絡をして延滞を申し込んでも、ペナルティになるのだろうか。

スマートフォンで、『奨学金　延滞』と調べた。それだけで、予測変換に『信用情報』と出た。『ブラックリスト』という言葉も見つけた。日本学生支援機構のホームページを開き、『万一、奨学金の返還を延滞した場合は、どうなりますか。』という質問を見つけた。

文字を追う。最初はやはり、目で追うだけだった。全く、頭に入らない。ぶつぶつ。黒い。気持ちが悪い。何度も読んで、目が痛んで、やっぱり眼窩から目玉が押し出されそうな痛みで、それからやっと、読む。これは、自分の未来に関わることだ。

返還に応じない場合は、機構が委託した債権回収会社が、本人、連帯保証人及び保証人に対し奨学金の回収を行います。

延滞3か月以上となった場合、個人信用情報機関に、個人情報を登録する対象となります。

督促にも係わらず返還に応じない場合は、返還期日が到来していない分を含めた返還未済額（発生済利息を含む）及び延滞金について、全額一括での返還を請求します。返済に応じない場合は、保証機関が強制執行にいたるまでの法的措置を執り、給与や財産を差し押さえます。

債権回収会社、個人信用情報機関、全額一括、法的措置、差し押さえ。

自分が、何か呟いているのに気づいた。唇が動いている。耳を澄ますと、言葉になっていなかった。遠峰。遠峰に会いたい。会いたくない。こんな姿を見せたくない。負けないで、そう言ってくれた遠峰。

「これが私の戦い方なんだよ。」

すぐそばに落ちていたカッターを拾った。刃は出しっぱなしにしてある。

もう誰にも会わない。だから、遠慮なく腕を切る。内側の方が切りやすい。刃を当てて、わずかに力を入れる。すぐに赤い線が出来る。熱くなるのはもう少し経《た》ってからだ。静かな気持ちになる。体に血液が循環しているのを感じる。それと同時に、一瞬血の気が引く。

「ガァっ、ガァあっ！」

ダンが声を出した。反射的に、持っていたカッターを壁に突き刺した。そして、血が滴《したた》っている手で、思い切り壁を殴った。

「いい加減にしろよ。」

ダンは、ぐう、という変な音を立てた。死にかけている動物が出すような音だった。

その音を聞いてやっと、俺の体は本格的に熱くなり始めた。血液が回る。体が少し、本当に少しだけ、軽くなる。頭が締め付けられていたのが緩まり、酸素が後頭部まで届く。息が吐きやすくなる。

「殺すぞ。」

そう言って、もう一度壁を叩《たた》く。ダンはもう、声を出さない。

目が覚めたら、同じ場所にいた。生きていた。

何日もここにいたような気がする。でも、雨の様子から察するに、数十分しか経っていないのかもしれない。何も分からなかった。横たわったまま、あたりの様子を窺《うかが》う。どうやら男たちはいない。

首から上にしか感覚がなかった。思い切り息を吸うと、肋骨《ろっこつ》が痛んだ。体はある。あった。でもまだ、上半身だけだ。声を出してみる。

「あ。」

視界に人影が見えた。声を聞かれたのだ。恐怖で体が動かなかった。視界がぼやけて定まらない。左目にはおそらく血が流れ込んでいる。それが雨と混じる。暗い空が赤くなる。諦《あきら》めて目を瞑《つぶ》ると、感じたのはにおいだった。慣れ親しんだにおい。高架下で、公園の隅で、朽ちたテントで横たわる、様々な形をした人間が発するにおいだった。

再び目を開けた。ぼんやりした視界が捉《とら》えたのは、こちらを覗《のぞ》き込む、小さな人間の姿だった。夏なのに黒いダウンを着て、くすんだピンク色の毛糸の帽子をかぶっている。毛糸は水を吸って重そうで、背後に、買い物用のカートが見える。そこに入っているものが、おそらくその人の全《すべ》てだ。

「大丈夫？」

女性の声だった。目が慣れると、顔が見えた。大きなマスクをしているから、目だけしか見えない。においが強くなる。彼女が顔を寄せてきたのだ。

「生きてた。生きてた。ああ、大丈夫？」

泣いていた。雨に濡《ぬ》れていても分かった。アキの方に差し出した手が震えている。爪《つめ》が黒くなっていたが、はっとするほど美しい手だった。

「ごめんね。」

女性は、アキの手を握った。汗で湿り、熱かった。

「怖くて、助けられなかった。」

アキは覚えていた。意識を失う直前、誰かが、

「ライターある？」

そう言った。火傷《やけど》をしている感覚はなかった。でも、ビニールシートを見ると、端が焦《こ》げている。雨だから、火があまり回らなかったのだろう。

「ごめんねぇ。」

女性はしばらく、肩を震わせて泣いていた。やがて、思い出したように立ち上がり、ポケットに手を入れた。最初は、レモンかと思った。目の覚めるような鮮やかな黄色

の、みずみずしいレモンかと。でもそれは、黄色いビニール袋だった。小さく丸められて、彼女の手に収まっている。

「これ、良かったら、持ってて。」

　手渡されたそれは、ずしりと重かった。やはり中にレモンが入っているのかもしれない。でもアキは、レモンの重さを思い出せなかった。

「行くね。一緒にいたら、目立つから、危ない。」

　去り際《ぎわ》、彼女は一度だけ振り返った。においはしばらく残った。アキは何か言おうとしたが、その前に吐いてしまった。緑がかった粘性の何かが、血と共に溢《あふ》れた。全て吐いてから、アキはしばらく、空を見上げていた。眠りについたときよりも、そして襲撃されたときよりも、雨脚が強くなっている。

　スポーツバッグには、何も被害がなかった。濡れているだけだ。彼らはもちろん、強盗ではない。アキから何も盗もうとしなかった。命以外は。あるいは、命を奪おうとまでも思わなかったのかもしれない。ただ気晴らしに、暇つぶしに、アキを痛めつけたかっただけなのかもしれない。蟻《あり》に唾《つば》をかけるみたいに。

　もらったビニール袋を開いた。やはりレモンほどの大きさの石が、一つだけ入っていた。最初、どういう意味か分からなかった。でも、すぐに理解した。あの人はこれで、自分の身を守っているのだ。

アキはしばらく、息が出来なかった。胸の痛みは増し、大きく口を開いても、吐くものはもう何もなかった。アキは何事かを叫びながら、立ち上がった。歩き出すと、彼らがどれほど強い力で蹴っていたのか分かった。痛みがないと思っていた脚は、左の太ももがねじれるように痛んだ。呼吸をすると、胸から何かが漏れているような感覚があった。耳を澄ますと、時々、ポコ、ポコ、と、聞いたことのない音がした。特にひどいのは肋骨で、足を地面に着地させるたび、絞り上げられているように痛んだ。

この痛みには、覚えがあった。母親ではない。母親は自分をここまで痛めつけることはしなかった。つねったり、ぶったり、何かを投げつけてきたりはしたが、動くのが困難なほど叩きのめす力は、彼女にはなかった。でも、この痛みには、覚えがあった。全身が疼《うず》く、この痛みには。

それを思い出したのは、横断歩道を渡ろうとした時だ。

選挙カー。

高校生の頃、選挙カーに体当たりしたことがあった。

車体の前に出た時、ドライバーと目が合った。とっさに目を逸《そ》らした瞬間、体に強い衝撃があった。あの時、自分は死を覚悟した。とても臆病《おくびょう》だったのに、死ぬことをいつだって恐れていたのに、あの時だけは静かに、その予感を受け入れることができた。

でも、自分は死ななかった。痛む体で、再び立つことが出来た。若かったから？　いや、それだけではないだろう。体にはたくさんの痣《あざ》が出来ていたが、それが自分にとって悪いことだとは思えなかった。それどころか誇らしい、何かの祝福されるべき徴《しるし》のように思えた。そして実際、あの場にいた皆が、自分を祝福してくれたのだった。

「アキ！」

「アキ！」

のちにその怪我《けが》で、大金を得た。それで母親が、赤いスズキアルトを買った。美しく光り、巧妙にカーブしたその車を、母親は毎日磨いた。小さな子を慈《いつく》しむように、丁寧に、優しく。その母親は今、赤い布にくるまれて小さな骨になり、自分は、生きている。マケライネンとして生きて、生き残って、ここにいる。

アキは、FAKEに向かっていた。最初は、とにかくあの場を離れることだけが目的だった。でも、途中で気づいた。自分はFAKEに向かっている。それだけで、強く安堵《あんど》した。体の痛みは去らなかったが、少しだけ早く歩くことが出来た。雨脚は強くなり、傘を差さずに歩くアキの姿を隠してくれた。

街にはまだ人がいた。でも、まばらだった。火曜の深夜（もう水曜か）、しかもこの雨脚だ。こんな日は、動物たちが姿を現すのも遅れる。濡れるのを厭《いと》うのではなく、獲物が少ないことを分かっているのだろう。賢い動物たち。たくましい動物たち。

店で、少しだけ雨宿りをさせてもらおう、そう思った。マットの下に置かれた鍵《かぎ》を、今まで勝手に使ったことはなかった。今日みたいな雨の日も、もっとひどい雷雨の日も何度かあった。それでも、店で眠ることは考えもしなかった。でも、今日だけは。細い階段を登った。脚を上げるのに苦労する。違う動きをすると、新しい痛みに気づいた。太ももの裏と、かかとだ。そこにも神経が通っていて、痛点がある。そんな当たり前のことが、奇跡のように思える。

階段の蛍光灯は、数日前から切れかかっていた。ジー、ジジ、と、虫の羽音のような音を出し、白い光が明滅している。自分の大きな影が、不規則に階段に落ちる。

店に着く前に、気配に気づいた。誰かいる。

扉に嵌《は》められている小窓から、光が漏れている。カウンター上に吊《つ》ってある、小さなハロゲン灯だけが灯《とも》っている。桃色の、淡い光。花を象《かたど》ったシェードがついており、とても小さな光なので、ほとんどランプとしての機能を果たしていない。

扉を開け、最初に見えたのは背中だった。女の背中。二人いる。少女だ。それが、クティときゅんであることは分かった。クティはいつもの黒いパーカーのフードをかぶり、きゅんも、パステルカラーの服ではなく、クティのような黒い服を着ている。それなのに、その背中だけで、きゅんだと分かる。自分は、自分で思っているよりも彼女たちのことを見ていたのだと、その時気づく。きゅんが、黒い服を着ている。

振り返った二人の表情は、暗くてよく見えなかった。でも、二人が息を吸ったのは分かった。きゅんの手に握られたナイフが光って、それからやっと、二人の表情が見えた。目が慣れると、店の中はそんなに暗くないのだった。

クティは、太ももの前で、両の拳《こぶし》を握りしめている。今日も、パーカーの下に何も穿《は》いていないように見える。

アキと二人は、しばらく見つめ合った。

こんな風に二人の目を見たのは、初めてのことだった。きゅんの瞳《ひとみ》は銀色っぽいグレー、それが狼《おおかみ》のように見えて息を飲んだ瞬間、彼女が、一歩前に踏み出した。刺される側なのに、その時アキは、何故《なぜ》か、きゅんの気持ちが分かった。自分を刺したいと思うその気持ちが、とてもよく分かった。アキは動かなかった。刺される、ではなく、刺せ、そう思った。それとも、この黄色いビニール袋を、きゅんに渡せば良かった。石が入ったこのビニール袋で、思い切り頭を殴ってほしかった。あの人は、どこでこの夜を明かすのだろう。これからどうやって、身を守るのだろう。そんな毎日が、いつまで続くのだろう。

「やめなさい。」

声が聞こえた。

丸腰のクティはアキを見据えたままだったが、きゅんは、声のする方を見た。その表情で、やっと、きゅんが怖がっていることが分かった。アキを見て、心から怯《おび》えていることが分かった。

「きゅん。」

アキも、声のする方を見た。本当は見なくても、そこに誰がいるのか分かっていた。オードリーだ。カウンターの中に、立っている。

「落ち着いて。」

そしてその隣に、アカがいた。二人の背後にある金庫が、開け放たれている。アキの好きだったあの雪の日の絵は、食器棚に立てかけられている。こんな状況なのに、その丁寧さがオードリーらしかった。

アカはカウンターに置かれた黒いリュックに、金を詰めている途中だった。手に札束を持ったまま、こちらを見ている。アカも、怯えているのが分かる。

アキは何も言わなかった。何も言わず、目を伏せた。誰も見てはいけないと思った。でも、オードリー、彼女のことだけは、どうしても目に焼きつけたかった。これが彼女との別れになると、アキは確信していた。結局欲望に負けて、顔をあげた。

彼女は、数時間前に別れた時と、同じ格好をしていた。つまり、オードリーのままでいた。こぼれ落ちそうなほど大きな、優しい目で、じっとアキを見ていた。

「その子は、」

アキのあごから、水が滴り落ちた。

「その子は一度死んでるから。」

きゅんがまた、アキを見た。もう怯えていなかった。アカもだ。その証拠に、アカはまたリュックに、札束をせっせと詰め始めた。

「一度死んだ人間は、誰にも殺せないのよ。」

ふふ、と、笑い声がした。それで、もう一人いることに気づいた。その人間が発する、血の匂いにも。

クティの手にナイフが握られていなかったのは、クティがもう、それを使ってしまっていたからだった。何故か、アキによく見えるように、きゅんが、体をずらした。

店の真ん中、腹から血を出して笑っているのは、ウズだった。床に尻《しり》をついて、何かを反芻《はんすう》するように笑っていた。

「ふふ、ふ。」

きゅんが、「笑ってんじゃねぇよ」と呟いた。そして、ウズの肩を蹴った。ウズはぐらりと傾き、でも倒れなかった。

「やめなさい。」

オードリーが言った。きゅんはそれで、静かになった。

「詰めたよ、全部。」

アカが言った。それからの彼女たちの行動は、実に速やかだった。きゅんがオードリーにナイフを渡し、彼女はそれを丁寧に洗った。床に落ちていた血のついたナイフも、きゅんが拾った。クティは立ったまま、アキをじっと見ていた。オードリーはそれも丁寧に洗って、布巾《ふきん》でくるんだ。そして、アカと共にカウンターから出た。ウズの隣を通る時、彼の髪に少しだけ触れたのを、アキは見逃さなかった。

きゅんが、クティの手を取った。余った方の手は、アカが握った。手を繋《つな》ぎ、縦になって進む３人は、ずっと昔からそんな風に暮らしてきたように見えた。幼い頃から、

３人で、手に手を取り合って、生きてきた姉妹のように見えた。

アキとすれ違う時、オードリーは立ち止まった。きっとそれは、３人の娘たちに想定されていなかった動きだった。彼女たちは、少しだけ動揺した。

「あなたも逃げなさい。」

耳元で、囁《ささや》くような声だった。

「どこでもいい。」

早く、と、きゅんが言った。アカも口を開き、でも何も言わなかった。クティは泣き出しそうになっていた。その顔は、とても幼く見えた。いや、クティは幼かったのだ。ずっとずっと、幼かったのだ。その幼さを、男たちはずっと、貪《むさぼ》り続けてきたのだ。

オードリーが、小さくうなずいた。

「アキ。」

先ほどより、少しだけ大きな声で、そう言った。

「逃げなさい。」

アキは動かなかった。

ウズと二人になった店で、アキは来た時のまま、ずっと立ち尽くしていた。ハロゲン灯に照らされた自分の影は長く伸び、ウズを完全に覆《おお》っていた。彼を見下ろすような状態でいるのが嫌だった。

あごから、髪から、あらゆる場所から雫《しずく》が滴り落ちている。まるで店の中に、自分が雨を運んできたみたいだ。

ウズは、しばらく笑い続けていた。

「ふふ、ふふふ。」

時々咳《せ》き込む。苦しそうだ。それでも、笑うことはやめられないようだった。

腹から出た血は、もう止まったのだろうか。どれほどの深さなのだろうか。何か声をかけたかったが、声が出なかった。ウズはおそらく、それを知っていた。

「アキ。」

ウズは、アキを見なかった。でも、だからと言って、アキ以外の何を見ているのかは、分からなかった。

「アキ・マケライネン。」

ウズは、血の混じった唾を吐いた。腹を刺されたのに、どうして口からも血が出るんだろう。そんな風に考える自分に、もう一人の自分が怯えていた。その時唐突に、東国のことを思い出した。自分に怯えて泣いたという東国のことを。アキはその場にいなかったはずなのに、東国が怯える顔を、簡単に思い描くことができた。

ウズは着ていたジャケットの内ポケットに、手を突っ込んだ。その動作で初めて、ウズが着ているスーツが焦げ茶色であることに気づいた。床の色と、そっくりなじむ色だった。

「ほら。」

ウズの手には、札束が握られていた。

「これは、あの子たちにも見つからなかった。」

あの子たち、という言い方に、わずかに愛情を感じた。それがおぞましかった。アキはその時、人に対して初めて嫌悪《けんお》を感じた。どろりとした、その黒い感情は、でも不思議と、不快なものではなかった。雨を避ける傘のように、自分に与えられた、正当な道具のように思えた。

差し出された札束は、血で汚れていた。たった今出た、ウズの血だった。

「ほら。」

今度ははっきりと、アキを見ていた。考える余裕がなかった。札束を取るとき、自分の手が震えているのに気づいた。ビニール袋の中で、石が動いた。

「教えてやる。」

アキはウズを見た。正確に言うと、ウズの左の耳を見た。潰《つぶ》れた耳は、それ自体が闇《やみ》だった。そこから傷が広がったのではなく、傷はその闇を目指していたのだと、そのとき気づいた。傷は闇に惹《ひ》かれ、導かれて、こんな軌跡を作ったのだ。

「これからお前がするべきことを、教えてやる。」

アキは、その軌跡を覚えていようと思った。ウズの闇。ウズの暗い闇。そこに集まった傷。爛《ただ》れた火傷の痕《あと》のような、無数の傷。

「一度しか言わない。だから、」

それはきっと、ウズ自らが作ったものだ。

「よく、覚えておくんだぞ。」

ウズはかつて、自分の耳を、自分で切り落としたのだ。

おかあさんは、かみさまはいるといっていた。

どこに、ときくと、あなたがいのると、ちかくにくるんだ、といった。

ぼくは、いつもいのっていた。おかあさんが、ぼくをたたくとき。おかあさんが、ぼくをつねるとき。でも、かみさまをみたことはなかった。

それとも、おかあさんがいのらなかったから、かみさまがいなかったのでしょうか。

おかあさんのかみさまと、ぼくのかみさまはおなじなのでしょうか。

みんなのかみさまと、ぼくのかみさまは？

一日中、家にいる。布団《ふとん》の上にいる。汗が止まらない。俺はまだ、生きている。部屋の中は6月なのに、地獄の暑さだ。建物が古いから断熱性が悪い上、冷房を入れる余裕がない。昔現場でもらった小さな扇風機でやり過ごしている。絶望的なほどぬるい風しか発生しない。汗が止まらない。

薬が効いているときは、気持ちが大きくなって、冷房をつけてしまうことがあった。後から涙が出るほど後悔するので、薬も止《や》めたし、リモコンも隠した。その存在を忘れてしまいたかった。でも、流しの下に入っていることを、俺は知っている。

ほとんど動いていないのに、規則正しく空腹になることにイラつく。死ぬほど暑いのだから、食欲もなくなっていいはずだ。なのに、なくならない。こんな体になっても、俺はみっともなく、しつこく、生きている。

家から出たくない。でも、空腹を満たすために外に出ないといけない。デリバリーなんて、贅沢《ぜいたく》で望めない。家から徒歩5分のスーパーマーケットに行くのに、蛮勇を要する。商店街はいつも、人で溢れている。

腹が減っている時に買い物に行くのは、散財に繋がるのでやめにした。無理矢理にでも何かを食べてから家を出て、数日分まとめて買ってくる。片手で持てる程度の量だ。それでも、家に戻って来る頃には、息が切れている。

美味《おい》しいものを食べる、という行為は、今の俺には許されていない。その時に手に入る、一番安くて腹の膨れるものを食べる。毎回必ず買うのが、７本入りのスティックパンで、これは１００円均一ショップで売っている。いつも行くスーパーより、少しだけ向こうにある。その２ブロックが、果てしなく遠く感じる。だから行けるときは、大量に買っておく。賞味期限など関係ない。俺には甘すぎても、マヨネーズをかければ、なんとかなる。

家に炊飯器がないので、パンが主食だ。どうしても米を食べたくなって、生米を水から煮た。ちょうどおかゆになった。普通に米を炊《た》くよりも腹が膨れるが、ガス代がかかるのをなんとかしたかった。どれだけ節約しても、確実に金が減る。

いっそ、点滴でも打ってほしい。あれだけで生きることが出来たあの３日間は、まだほんのすこし前のことなのに、ずっと昔のことのように思える。

あの期間、俺は労《いたわ》られていた。入院着を着て、点滴の入ったスタンドを押して、除菌されたトイレに行き、清潔なベッドで眠った。あの生活は、もう望めない。入院費は、奨学金の１ヶ月の返済金額を上回っていた。母への仕送りをストップしても、余裕など出来ない。そもそも余裕とはなんなのか。どういう状態なのか。

安かったので、これも大量に買ったコーンスープの素を、おかゆに混ぜた。当たり前のことなのに、白いおかゆが徐々に黄色に変わってゆくことに、少しだけ心が動いた。プラスチックのスプーンで混ぜ、数秒で出来たものを、数秒で食べ切る。

求人情報は、毎日チェックしている。工場労働や、夜勤の警備、深夜のビルの清掃。人と話さずに済むものばかりをチェックしている。コンビニエンスストアのアルバイトなど、絶対に出来ない。ましてや「マスコミ」に関わることなど、見ることもない。とにかく誰にも会いたくない。

何度も何度も、同じところをチェックして、戻って、読み直して、それだけで疲れて、終わる。その繰り返しだ。布団に体を横たえて、しばらくそのままでいる。

今の俺を、昔の俺が見たらどう思うだろうか。大学生の頃の俺じゃなくたっていい。3年前の、1年前の、いや、1ヶ月前の俺で十分だ。死にたくなるのは分かっているのに、過去の自分にどんな言葉で罵《ののし》られるか、自動的に考えてしまう。

「負け犬」、「クズ」、「クソ」、「役立たず」。

陳腐な罵《ば》倒《とう》しか浮かばない。それは、お前の存在が陳腐だからだ。そう声がして、そしてその声も自分のもので、全身が沈む。

昔、底なし沼を探すロケにADとしてついたことがある。地方の山中をテントで連泊して、沼を探さなければならなかった。どれほど深いか試すのは、もちろん当時末端ＡＤだった俺の役目だった。ドロドロに濁って得体のしれない、沼とも言えない水《みず》溜《たま》りに、何度も体を沈めた。

これは深い、そう思っても大抵俺の腰のあたりで止まり、現場探しは難航した。ディレクターは片階《かたしな》という、それも局の人間だった。林と違って温厚で、俺を罵倒することなどなかった。

「もうちょっと、奥まで行ける？」

片階に言われるがまま、沼を歩いた。直径５メートルくらいの、葦《あし》で囲まれた沼だった。時々足元をぬるりと何かが動いた。その度、叫ぶのを我慢して、静かに声を出した。

「何かいます。」

片階は「冷静だね。」、そう言って笑いながら、ＶＴＲを回していた。

「大丈夫ー？」

「はい、だ、」

そこまで言って、急に沈んだ。トプン、と、耳元で音がした。底なし沼は、ズブズブとゆっくり沈んでゆくものだと思っていた。でも、あっさり沈んだ。必死でもがいて、顔を外に出して息を吸ったら、思い切り水を飲み込んだ。咳き込んで、パニックになって、体をめちゃくちゃに動かして、また沈んだ。

「……くん、大丈夫？」

片階の声が聞こえた。焦《あせ》ってはいないようだった。後で聞いたら、溺《おぼ》れているというより、暴れているように見えたらしい。

「なんか、ヒルかなにかをはらってるのかなって。」

必死で手を伸ばした先に何かあり、とにかく摑《つか》んで、摑んで、陸地に上がった。手のひらをその何かで切っていた。気管に泥が詰まり、陸でもなかなか息が出来なかった。四つん這《ば》いになり、何度も嘔吐《おうと》の真似《まね》を繰り返して、体を震わせた。片階はそんな俺のことも、笑いながら撮影していた。

「いいね、ここ。」

結局、当日豪雨が降って、収録は出来なかった。その後数日、俺の体は、得体のしれない痒《かゆ》みに襲われた。水のような下痢がなかなか治らなかった。下痢止めを何錠も飲みながら、差し替えＶＴＲの制作に挑んだ。片階は右目の上を虻《あぶ》に刺され、試合後のボクサーのようになっていた。

彼はその後、深夜帯の旅番組のチーフディレクターをやるようになり、やがてそれはゴールデンタイムの人気番組になった。俺たちがやったような無茶な企画を、世界規模でやっていた（例えば、家畜が何度も沈んだという、南米にある本当の底なし沼を取材していた）。タレントに行かせるのではなく、自ら行って取材し、編集する。

ちょうどその頃は、ディレクターが表に立つ番組が密《ひそ》かな人気になってきた頃だった。コアなファンは各局の個性的なディレクターの顔を覚え、街で声をかけた。確か片階は、本も1冊出したはずだ。Twitter のフォロワー数も、7万人ほどいる。

納土のことも、インターネットで調べた。今は民間宇宙旅行会社と、それを利用して宇宙に行こうとする一般人のドキュメンタリーを撮影しているらしい。

納土のことを思うと、林のことを思うのとは別の脳が疼く。頭に手を入れて、直接掻《か》きむしりたくなる。

「ガァアッ、があっ。」

またダンが、懲《こ》りずに痰を切っている。

あれから何度、壁を殴っているか分からない。その度にダンは黙る。時々は「すみません」と謝ってくる。なのに、やめない。酒を飲んで酔っ払っているからなのか、それとも、もともと頭が悪いのか。その両方なのか。

「殺すぞ。」

ダンの家の室外機が、度々音を立てている。生活保護受給者が、冷房をつけている。

国民の血税で酒を飲み、国民の血税で涼んでいる。

「マジで殺すぞ。」

何かを破壊したくてたまらない。カッターを探す。もう俺の腕は、傷だらけだ。こんな腕で、仕事が見つかるはずもない。生活費はどうする？　奨学金の返済は？　頭が締め付けられて、吐きそうになって、それで、スマートフォンを手に取る。

『す』と打つと『萱谷すみ』と出る。『は』と打つと、『林　萱谷』と出る。そろそろ皆、二人の結婚の衝撃に飽きている。最近、ある芸能人の不倫が発覚して、インターネットはその話題で持ちきりだ。皆すぐに、新たな「下世話」に群がる。

でも俺は、とうとう、ある記事を見つけた。

『萱谷すみ　射止めた局社員夫の無視出来ない噂《うわさ》』

俺が望んでいたものだった。「関係者」が語る、林の悪行が、とうとう白日の下に晒《さら》される。

記事は主に、林の女癖にフォーカスしていた。林が夜な夜なタレントと飲み明かしていたこと、林と関係を持ったというグラビアアイドルAの話、権力を使ってキャスティングを決めている、つまり枕《まくら》営業を課している、ということなどだ。

正直その記事は、俺の期待を上回らなかった。イライラした。林のおぞましいパワーハラスメントの核心には触れられていなかったし、テレビ業界にいなくても、なんとなく予想出来る範囲のことだったからだ。でも、俺を満足させたのはコメント欄だった。

『クズですね。菅谷すみ好きだったのにガッカリ。』

『だいたいテレビなんてこういう奴《やつ》ばっかだろ。作った番組チラ見したけど秒でやめた。クソつまんなすぎて。』

『誰がこの二人に興味あるんですか。前々から引っ張ってるけど、そもそも菅谷すみ持ち上げすぎだと思います。そんなすごい俳優でもないのに。』

血が巡った。その表現が、一番正しかった。身体《からだ》中に血が巡った。血流とは、こんなにも素晴らしいものだった。一気に視界がクリアになり、後頭部が解放される。

中には、擁護とも取れる意見もあった。それは無視した。全部で１９３のコメントの中で、批判的なものばかりを選んだ。この数ヶ月で、一番鮮明に読むことが出来た文章だった。何度も何度も読んだ。

『キモすぎでしょ。』

『ただただゲスい』

『クズじゃん』

それからは、5分おきに、新しいコメントが更新されていないかチェックした。他のものと変わらないコメントでも、それが批判である限り、光っていた。

『権力使ってセクハラとか典型的ブタ野郎。』

『前からあやうい子だなぁと思ってました。やっぱり小さな頃からこの業界いたら、一般的な感覚を忘れてしまうんですね……。』

『所詮《しょせん》は世間知らずのお嬢様だよね。だまされないでー、すみちゃん！』

俺の血は巡ったままだった。視界はやはりクリアで、後頭部は軽く、ダンの出す音も無視することが出来た。

コメントに集中している間、そのわずかな数分間だけは、カッターを手に取ることを忘れた。腕の傷の何本かは乾き、かさぶたになって剝《は》がれた。翌日には、そんな俺を祝福するかのように、インターネット上で林のTwitterアカウントが明かされた。

『菅谷すみの結婚相手 Twitterアカウント判明 画像』

痺《しび》れる手でクリックすると、番組スタッフとの記念写真が公開されていた。アップにされた林は、今より少し若かった。

コメント欄は期待通りだった。

『吹いた』

『はいキモ。ていうかこれでグラビア抱けるとかどんだけボロいんだよテレビ業界』

『予想を大きく上回るブス！！！！！　菅谷の趣味草』

『すみちゃんの評価下がりませんか？　顔出しやめてあげてまじでｗｗ』

　中でも一番興奮したのが、これだった。

『いつだったか、知り合いがテレビ関係者でこの人と仕事したことあると言っていた。自分より立場が上の人間には媚《こ》びるのに、下の人間にはすごく偉そうで、ただのクソ野郎だったらしい。』

　思わず、立ち上がった。じっとしていられなかった。狭い部屋をぐるぐると歩き回る。スマートフォンを握る手に力が入った。今なら走れる、そう、唐突に思った。

　喜びのピークが去るのも早かった。しばらくすると、筋肉は弛緩《しかん》し、足は止まった。俺は再び布団に寝転んだ。スマートフォンの充電は８％になっている。充電マークが赤く光り、何かを警告しているように見える。無視する。

　誰なんだ、この「知り合い」は？

　どうして「テレビ関係者」自らが、何か暴露してくれないんだ。

「クソ」だけでは足りない。どう「クソ」なのか示してくれないと。実際このコメントの「いいね」の数は圧倒的に少ない。皆、コメントの信憑《しんぴょう》性に疑問を抱いているのではないだろうか。実際、こうやって「関係者」や「知り合い」がしゃしゃり出てくるときは、誂《あつら》えたようなデマばかりだ。記事の衝撃に反応するのは一瞬で、あとは大抵、その「関係者」やら「知り合い」やらを、心から軽蔑《けいべつ》することになる。もっと近い関係性の誰かが書いてくれないか。林と仕事をしたことのある誰かの、信じるに足る具体的な記述がないと。

俺が書けば。

もちろんそれは、今思いついたことではない。誰か林の本性を暴《あば》いてくれ、そう思い続けてきたのと同時に、その「誰か」は紛れもなくお前だ、そう囁く声が、いつも聞こえた。

林は安定してクソだった。でも、誰よりもクソな扱いをされてきたのは俺だ。皆の前でずっと頭を下げさせられたままでいた。収録の間中、耳元で罵詈雑言《ばりぞうごん》を浴びせられた。鼻で笑われた。蔑《さげす》まれた。時には蹴《け》られた。

「お前、マジで使えないよね？」

思い出すと、今でも、いつでも、体が震える。

俺が書くべきだ。

菅谷すみにも、林の本性を知ってもらわなければならない。彼女は騙《だま》されているんだ。将来、悲しい思いをする前に、彼女の目に届くように、林の裏の顔を書いておかねば。そして世の中から、林のようなクズを駆逐するのだ。

　俺が書くべきだ。

　匿名《とくめい》の Twitter アカウントを作ろう。Twitter には、「捨てアカ」と呼ばれるアカウントが多数存在している。自分の身元を明かしたくないのが一番の理由だろう。ただただ、誰かを中傷したいからだ。

　一度でも仕事をしたことのある芸能人の Twitter を見ると、彼らを批判するためだけの、彼らを傷つけるためだけのアカウントを、簡単に見つけることができる。数はもちろん変わってきても、有名無名にかかわらず、必ずいる。そういう人間は大概、誰彼構わず罵っている。でも中には、執拗《しつよう》に一人の人間だけを狙《ねら》うアカウントもある。

　気の小さい林のことだ。このニュースが発表されてからは、自分の名前をインターネットで検索しているに違いない。もう業界に戻るつもりは毛頭ないし、つまり林に会うことは一生ない。でも、俺が書いたことは知られたくない。具体的なことを綴《つづ》ると、簡単に推測出来てしまう。

　どうすれば、林を決定的に傷つけられるか。

　どうすれば林を、この世界から駆逐できるか。

いっそ、何も書かず、林の個人情報を晒すのはどうだろう。林のメールアドレスも、電話番号も知っている。そうすれば、インターネットの住民たちが奴の住所をあっという間に見つけるだろう。あるいはもう、見つけているのかもしれないが。

それとも、林がちょこちょこFacebookに書き込んでいる、誰もが鼻白む、中学生の文章のような「この業界での展望」や、「こんな過激なことも書いてしまう俺」をアピールしたいだけの、差別的な日記を晒すのは？

それとも、その両方は？

気が変わる前に、連絡先を開く。「は」行に、それはすぐに見つかる。『林さん（真日本テレビ）』と、登録されている。スマートフォンが震え、この名前が画面に現れるたびに、喉《のど》と眼球が圧迫された。そんな日々も、もう遠い。あの日に戻りたくはない、絶対に。でも、今の俺は？

目を瞑《つむ》った。あの頃とは別の苦しさに襲われる。首も眼球も、いまだに俺を締めつける。でもそれはもっと緩慢で、長く続く苦しみだ。その間は、いつも息を吐くのを忘れる。大きく、大きく息を吸う。そうしないと、吐けない。呼吸が浅い。肺から変な音がする、キュー、シュー、その音に混じって、誰かが扉をノックする音が聞こえる。

コツ、コツ。

スマートフォンを取り落とす。畳なのに、ごつ、と、硬い音がする。

この部屋には、チャイムはない。そんなものはない。宅配便も、デリバリーも（まだ出来ていた頃は）、ノックの音で知らされた。でも、ほとんど家にいなかったから、この音を聞いたのも数回しかない。

コツ、コツ、コツ。

拳全体ではなく、指を折り曲げて叩《たた》いている。誰だ？　咲口さんか？　家賃の支払日は一昨日だった。２日滞納しただけで、もう催促に来る？　そんなはずはない。

コツ、コツ。

先ほどより強い。息をしようと決意した瞬間、畳の上でスマートフォンが震えた。音を消してはいたが、バイブレーションの音が思いの外大きく響く。思わず舌打ちをしそうになる。

画面には、『森』の文字があった。

『家の前にいます。開けてくれませんか？』

ほとんど1ヶ月ぶりに見た、森の姿だった。

変わらないことは間違いがない。でも、数年来会っていなかった時のような「変わらなさ」だと思ってしまう。太っていない、瘦《や》せていない、老《ふ》けていない、そういう些《さ》細《さい》なことではなく、森の変わらなさは、根本的に揺るぎなかった。もし彼女の容姿が決定的に変わったとしても、森の印象は変わらないだろう。森を誰より森たらしめているものは、森その人ではなく、森の発する何かに宿っていた。

「お久しぶりです。」

そう言って頭を下げる森は、すっかり変わってしまった俺の姿を見て、きっと驚いているはずだ。それを屈辱に思う以上に、そう思うがいい、という投げやりな気持ちになる。だからこそ、扉を開けることが出来たのだ。バイブレーションの音を聞かれてしまった、もう居留守を使えない、そう覚悟したのとは別に、森に「おぞましいものを見せてやろう」と、挑む気持ちがあった。醜くむくみ、髪をボウボウに伸ばし、髭《ひげ》を剃《そ》らず、嫌な匂《にお》いをさせた俺を見て、森にショックを受けてほしかった。

思えばずっと、そう望んできた。森の傷つくところを見たかった。森の怯えるところを見たかった。森の絶望するところを見たかった。森は優しい。森は熱心で、森は健やかだ。そしてその優しさを、熱心さを、健やかさを、俺はどうしようもなく破壊したいのだった。でもそれがどうしてなのかは、ついに分からなかった。

「何？　なんか用？」

　今も、衝動が抑えられない。俺をまっすぐ見る森の目には、恐怖も憐憫《れんびん》も感じられない。その公正さに、また腹が立つ。壊したい。

「事務所に先輩宛《あて》の荷物が届いたんです。」

　そう言って差し出された荷物は、小さな枕ほどの大きさだった。銀色のガムテープでグルグルと巻かれ、ものものしい。宛名を見ると、英語で俺の名前が書かれている。

「フィンランドからです。」

俺の戸惑いに気づいたのか、森が、

　そう言った。

「フィンランド？」

　思わず、聞き返してしまった。

「はい。Lotten Niemiさんという方から。」

「ロ？　ロッテ何？」

「私にも、正しい読み方が分かりません。」

　家にあげるつもりなどなかった。でも、この一連の流れで、思わずこう言ってしまった。

「まあいいや、とりあえず家、入る？」

「いいんですか？」

「いや、わざわざ持ってきたんだし。」

森は、そこでやっと笑顔を見せた。

「ありがとうございます。本当は、家の前で帰れとか言われたら、どうしようかと思ってました！」

そう言ってコンビニの袋を持ち上げた。ペットボトルのお茶と、おにぎりやサンドウィッチが見える。

「ふうん。」

この部屋の暑さと悪臭に耐えられるか、そう試すような気持ちで、部屋に戻った。

かつて、会社の先輩が関わった仕事に、日本の単身女性の貧困を取材する、というものがあった。先輩たちは、番組内で流すＶＴＲを撮影した。ある女の一人暮らしの家に行き、彼女の貧困の状況とインタビューを撮った。

編集を終えた先輩に、総合ディレクターから連絡が入った。彼女の家に置いてあるテレビのインチ数が大きくてどうしても気になるから、カット出来ないか、ということだった。

「あんな大きなテレビのある家が貧困なわけない、やらせだって、絶対にクレームがくるらしいよ。」

先輩は、該当のテレビが映る映像をカットするのに苦労していた。結局、再撮影ということになったようだった。

「テレビがあることの、何がいけないんですか？」

その時も、森はあのまっすぐな目で、先輩に問うていた。

「テレビがあることがダメなんじゃなくて、インチ数がでかいのよ。いいテレビ持ってるじゃん、金あるじゃんってこと。」

「それはお金に余裕があるときに買ったものかもしれないですよね。もらったものかもしれないし。それに、いくらいいテレビがあろうと、彼女自身が自分は貧困だ、苦しいって感じてるなら、」

「森ごめん、俺にじゃなくて、局に直接言ってくれない？　今お前の相手してる余裕ない。」

それで、森は黙った。森の姿を見て、胸がスカッとしたのを覚えている。

「甘いんだよ、お前は。」

その言葉が、喉元まで出た。でも、言わなかった。俺は、森をずっと見ていた。森は、表情を変えなかった。

今もそうだ。森は表情を変えない。森の表情が崩れるところを見たい。

テレビは、とうの昔に売った（買うときは相当の覚悟を必要としたのに、チェーンのリサイクルショップで馬鹿《ばか》みたいな金にしかならなかった）。水道代がもったいないから、今でも洗濯を躊躇《ちゅうちょ》する。当然悪臭がする。風通しとニオイ対策の為《ため》に、窓を開けるべきだ。でも、部屋に網戸がないから、蚊が大量に入ってくる。そして時々、ダンが冷房を入れるせいで、室外機の生ぬるい風が入ってくる。息ができないほどの暑さになる。だから閉める。灼熱《しゃくねつ》と悪臭。これが俺の暮らしだ。

結局、テレビが映る映像はカットして、新たなＶＴＲを撮影した。でも、彼女の部屋にあったアイドルのポスターやグッズで、どっちにしろ番組は炎上した。お前に貧困で苦しんでいると言う資格はない。本当に苦しい人にそんな余裕はない。

彼女が顔を出していたのも悪かった。流行《はや》りのメイクをし、髪を染めた彼女のスクリーンショットが、彼女の持ち物の値段や卒業アルバムの画像と共に、「売名」「貧困ビジネス」「整形する金あり」などの見出しで、インターネット上に出回った。

敷きっぱなしの布団を軽く畳んで、その上に座った。少しでも、森より目線を高くしておきたかった。座布団は出さなかった。そんなもの、持っていないからだ。

「適当に座れば。」

「ありがとうございます。」

畳の上に子供のように座り込んだ森は、すぐにダラダラと汗をかきはじめた。

何度も顔や首を拭《ぬぐ》っているのは、森が愛用している手ぬぐいだ。いろんな柄のものを、俺も見たことがあった。白地に紫と緑の花柄、黄色にオレンジ色の拳《こぶし》柄、黒地に銀色で天秤《てんびん》柄。こんなにも鮮明に覚えていることに、自分でも驚く。俺はいつ、それを見ていたのだろう。

今日の手ぬぐいは、紺地に白でたくさんの鳩《はと》が染め抜かれたものだった。森の汗で、たちまち濃紺になる。森は、嫌な顔をしない。俺と同じように、これ以上に過酷な状況を、彼女は何度も経験している。炎天下の砂丘で数時間に及ぶロケをしたこともあったし、蚊が大量発生している池のほとりでＶＴＲ撮影をしたこともある。滴《したた》るような汗をかき、顔も含めた全身数十ヶ所を刺されながら、森は一度も、音を上げなかった。

対峙《たいじ》したものの、森は何も言わない。元気そうですね、も、元気ですか、も、残酷な質問になることを知っているのだろう。じゃあ、何故《なぜ》来たのか。

「仕事どうなの。」

自分にもまだ、人を気遣う気持ちが残っていることに、わずかに救われる。俺は森のために、自ら言葉を発してやった。

「相変わらずです。でも、番組が飛びました。」

「何の？」

「押見さんのです。」

体の奥が鳴った。絶対に寒くなる、分かる。カッターを手にしたい。でも、森がいる。森はもう、傷だらけの俺の腕を、見ている。俺が何をやっているのか、知っている。

「謝りたくて。」

森が言った。

「え？」

「謝りたくて、来ました。」

森の目を見た。今日も、カラーコンタクトを入れている。薄い紫だろうか。森の目は、太くて長いまつ毛にびっしりと覆われている。

「何を？」

「気づかなくて。私。」

「だから何を？」

「押見さんが先輩にしていたことです。」

喉が細くなる。息を吐かないといけない。いつも忘れてしまう。吸う。吸う。でも、吐けない。

「何。」

森は何を、どこまで知っているのか。知っていたとして、それは森が謝ることなのか。そもそも俺は、何をされたのか。

「何を？」

手が震え出す。止まれ。力を入れようとする。入らない。何かにもたれたい。柔らかなものに。でも出来ない。そんなものは、ここにはない。この部屋に柔らかなものはない。

「内容を全《すべ》て聞いたわけではありません。それはプライベートなことだし、それを私たちが追及することで、先輩の二次被害になるのも避けたいんです。」

森は何を言っているのだろう。何のことを？　何を知っている？

「でも、実際に肉体的な何かが起こったわけではなくても、それが名付けられないものだったとしても、関係として非対称で、本人がそれに傷ついているのであれば、れっきとしたハラスメントだと思います。」

「ハラスメント?」

思ったよりも、大きな声が出る。非難するような口調になっていることに、自分でも驚く。

「押見さんが?　俺に?」

「はい。私はそう判断しています。」

「いやいやいや、あ、もしかして、それが原因で仕事やめたとか思ってる?」

「それは先輩から直接うかがっていないので分かりません。予想するのも失礼だと思うし。でも私は、自分が働いている現場でハラスメントがあって、それに気づけなかったことが申し訳ないと思っています。」

「はは、いや、ちょっと待ってよ。押見さん、おばさんだよ?」

とっさに出た言葉に、目の前が暗くなる。自分は、おばさん、という言葉に力を込めた。でも、それで何を証明したいのかは分からなかった。

「別に俺、エロいことされたわけじゃないし、いじめられたわけじゃないし。それ言ったらあの人だよ、名前忘れた、あのオネエ。あの人からベロチューされたり股間《こかん》つかまれた人何人いると思ってんの？　俺もされたけど。いやぁ。」

「はい、そのことも聞きました。会社に報告して、杉崎剛健さんの事務所にも抗議文を提出しました。」

は、と、乾いた声が出た。笑おうとした。笑えなかったから、代わりに大きな声を出した。

「森、そんなことしても変わらないって。」

森を傷つけたい。

森が傷つくところを見たい。

「変えなきゃダメです。」

自分が出来る中で、一番困った顔をしてみせる。「若いよなぁ」、「革命家気取りですか」、「頑張っちゃってるねぇ」。自分が今まで、田沢や林、ありとあらゆる先輩達に言われて来た言葉。その中で、一番、破壊力のある言葉を探す。一番、森を傷つけられる言葉を。でも、頭が働かない。手の震えが、断続的に起こる。森に見られたくない。でも、見てほしいとも思う。森に見ていてほしい。自分が何を考えているのか、分からない。

「押見さんからは、番組を降りたいという申し出がありました。」

「え？」

「私たちもその方がいいと判断しました。押見さんは、しばらく芸能活動をお休みされるそうです。事務所から体調不良の発表があると思いますが、もし、先輩が法的な措置をお望みなら、」

「いやいや、ちょっと待って、押見さんはあのオネエとは違うから。あのオネエ、杉崎？　あいつはえぐいよ、でも、みんなが経験していて、なんかもう通過儀礼みたいな？　減るもんでもないし。」

「杉崎さんは事務所からの注意処分で済んだそうです。被害に遭った方々が、みんな先輩と同じような意見でした。強い罰は望まない、本人も強く反省しているから、と。杉崎さんから、各社宛に直筆の謝罪文が届きました。ある方が読ませてくれたのですが、彼女自身、自分が差別的な視線に晒されていることを気に病んでいたようです。もちろん彼女は、自身の加害に対しては独立して考えるべきです。先輩に宛てたものもあります。今日、持ってきました。私からこれ以上何か言うことは出来ません。でも、杉崎さんのことに関しては、私も加害者です。杉崎さんが番組内で自虐《じぎゃく》的な言動をされるのを、良しとしてきました。他のタレントの方が、杉崎さんをからかうことを、良しとしてきました。でもその陰で、杉崎さんが傷ついていたことに、思いを馳《は》せなかった。そこには、目を向けなかった。だからこれは、私から先輩に謝らないといけないことでもあります。これはきっと、組織的な、構造的な問題です。そしてもちろん、先輩の意見も尊重されるべきです。謝罪文だけでは許せない、ということであれば、」

「いや待って、マジで待って、怖いわ、なんなの？　まじめか？　そんなこと、この世界でよくあることだろ。そりゃ、逆だったら大問題だけど。でも、いや、逆の方が余裕であるでしょ？　ほら、最近も、枕営業の記事出てたじゃん、あのー、ほら、菅谷すみと結婚した奴、業界の。名前なんだっけ？　俺たち、よく仕事したよな？」

　林の名前を、その存在を、本当に忘れてしまえたらどれだけ良かっただろう。そんなことを森がするはずもないのに、森にスマートフォンを取り上げられたら死のう、そう思った。スマートフォンを開いて、検索履歴を見られたら、俺は死ぬ。

「えっと、なんだっけ、いいや。とにかく、俺は男だし、押見さんからは、本当に、何も。」

「先輩、肉体的な被害がなくても、そして先輩が男性でも、関係ないんです。もちろん、こういったことは公正に裁かれるべきだし、冤罪《えんざい》の可能性や取り扱いには十分注意すべきです。でも、何度も言います。被害者本人が、もし、それを嫌だと思っていたら、それはれっきとしたハラスメントなんです。」

「いや俺は、マジで。マジでさ。」

「先輩。」

森は揺るがない。俺を見ている。紫の目だと思っていた瞳《ひとみ》は、薄い青だった。まぶたを赤く塗っているから、色が反射して、紫色に見えていたのだ。

「あの時。ラーメン屋の外で、倒れる時、なんて言ったか覚えていますか？　押見さんが先輩の体を支えようとして、それで、なんて言ったか？」

頭が働かない。思い出せない。ずっと思い出せなかった。でも、森の唇が動いた時、俺も思い出したのだった。

「怖い。」

その言葉を聞いた瞬間、何故か手の震えが止まった。

「怖いって。先輩、そうおっしゃったんです。」

森は、片目をぎゅっと瞑った。ウインクしたわけではない。俺も経験があるから分かる。目に汗が入って沁《し》みるのだ。

「押見さんにも話をうかがいました。押見さんも、精神的に疲れていて、それで先輩を頼ってしまった。関係の非対称性は分かっていたし、結果過剰な行為になっているのも分かっていた。そう、認めていらっしゃいました。気づかなくて、本当にごめんなさい。」

畳につくほど、頭を下げる森に、何か言おうと思った。でも、言えなかった。自分の手の震えが止まったことが不思議で、奇跡みたいで、今はそのことに集中したかった。そして、自分の体に集中することに成功すると、汗が出てきた。頭からバケツの水をかぶったように、本当にドッと、汗が出てきた。この部屋はこんなにも、暑いのだった。

「あっつい。」

俺が言ったのか、森が言ったのか、分からなかった。

「あの、外に出ません？」

でも、それは間違いなく、森が言った。

「歩きながら話しませんか？」

俺は、何も言わず立ち上がった。1分でも、1秒でもここにはいられなかった。立ち上がると、頭がぐらりとした。

外に出ると、「はああ」と、森が言った。思わず言ってしまった、という感じだった。森はハッとした後、申し訳なさそうな顔で俺を見た。

「外も暑いけど、中よりマシだな。」

そう言うと、森は、意を決したように言った。

「においがやばいです、先輩。」

そして、俺の家のベランダを指差した。

「あれを捨てましょう。」

ベランダに山と積まれたゴミ袋から、悪臭が放たれているのだ。分かっていたつもりでも、どうにかしようと思う気持ちが浮かばなかった。

「ゴミ捨ての日が、分からないんだよ。」

「明日です。」

はっきり言う森に驚いた。何故、と俺が聞く前に、森は、アパートのゴミ捨て場の壁に貼《は》ってある紙を指差していた。

「ここに書いてますよ。可燃ゴミは火曜と金曜。今日は木曜なので、明日です。朝起きれなければ、今日の夜中に、ここに出しておけばいいんです。ほら、上からネットをかぶせて。」

森が緑色のネットをつまんだ。カラス除《よ》けのために、ゴミ袋の上にかけるネットだ。

ここは、何度も通っていた。この前を通らないと、家に入れないからだ。何度も何度も通っていた。なのに、その紙を見ていなかった。

「そっか。」

俺はしばらく、その紙を見ていた。可燃ゴミの日も、不燃ゴミの日も、資源ゴミの日も、そしてゴミの出し方まで、全て書いてある。イラスト入りだ。何か、体の中で強く動く気配があった。でもそれが何なのか分からなかった。それを知りたくて、振り向くと、森が言った。

「歩きません？」

森の首には、手ぬぐいがかけられている。ぐっしょり濡《ぬ》れている。彼女は、バッグから別の手ぬぐいを出した。それを使うのだろうと思っていたら、俺に差し出した。鮮やかな赤の地に、白色でハンガーがたくさん染め抜かれている。

「何この柄？」

「ハンガーです。」

「分かるけど。」

「大切なんです。」

おかしなことを言っている、そう思った。でも、何故かこの先ずっと、このおかしな会話を、俺は覚えているだろうと思った。そして、その後近所を散歩しながら、森が始めた話のことも。実際俺は、森のその長い話を、それからずっと、忘れなかった。

「中学高校と、ずっとバレー部だったって言いましたよね？　強豪校で、高校も推薦で入ったんです。試合前に気合い入れるためにスポ刈りにするようなとこで。もちろん恋愛も禁止でした。マジできつくて、練習中、暑いし辛《つら》いし、たまに吐いちゃう子とかいるんです。でも、それも頑張ってる証拠だからって、逆にみんなの前で褒められるみたいな。私吐くまでやれてないなって、反省しちゃって。今思うとおかしなメンタルですよね。

勝ち負けが全てでした。ほんと、負けたら死ぬ、くらいの感じだった。

今なら体罰で、大問題になりますよね。でも私たち田舎に住んでて、なんかもう、それが当たり前の世界だったから。

それに、私は正直、その思い出があって良かったなと思ってて。そんな状況だったから、チームメイトの絆《きずな》もすごいあったし、今も仲良いんですよ。私の今のルームメイトも、その時の仲間です。彼女はセッターで、私はアタッカーで。

私たち、よく話すんです。若いうちに勝ち負けに命かけることを思う存分やれたから良かったねって。それも、なんだろう。スポーツっていう、すごく健康的な勝ち負けをやれたから。だから、それからは、もう勝ち負けはいいやってなってて。もう、十分なんです、私たち。十分勝ったし、十分負けたんです。

　でも、この世界に入って、この仕事するようになって、ずっと勝ち負けの感覚引きずってる人がいて、びっくりしました。田沢さんなんて、もうはっきり、『負けたくない』って言葉にしちゃってたし。

　それは分かるんです、すごく分かるんだけど、そもそも仕事って勝ち負けの世界なんですか？　特に、私たちの仕事って？　もちろん視聴率を取ることは目標にすべきだけど、取ったから勝ちで、取れなかったら負けなの？　他の番組と競ってるの？　違うなら誰と？　何と戦ってるの？

　一回そのことを、田沢さんと話し合ったことがあったんです。田沢さんの敵は、男性だって言ってました。女性であることで、仕事に差をつけられて、平等な扱いも受けられなくて、容姿のことや、性生活のことを揶揄《やゆ》されるって。

　びっくりしました。私が世間知らずなだけかもしれないけど、ずっと女子校だったし。だから、まだこんな職場あるんだって。だって今、何年ですか？　２０１６年ですよ？　もう、飽きません？　そんなの。

　そういうことは金輪際やめてもらおうって、思いました。もし、田沢さんや私が女であることで不利益を被《こうむ》ったり、からかう人や非難する人がいたら、徹底的に戦おうって決めました。あ、戦うって言っちゃった。これは、勝ち負けとは違うんです。戦うのは戦うんだけど、なんていうんだろう、勝敗じゃないんです。勝敗が決まったら、その戦いがそこで終わっちゃうじゃないですか？　負かしちゃったら、終わってしまうから。まだ、言葉がないのかなぁ。なんていうんだろう、この感じ、あ、抗《あらが》う？　抗い続けるって感じかな？　分かってもらえますか？　とにかく、何かを長く、しつこく、続けるんです。

最初は、私もやり方間違えてて。なんか正直、田沢さんにも嫌なところいっぱいあるし、フラットに人間として見るべきだったんですけど、他の人に、特に男の人に田沢さんのこと、どうなの？　て聞かれたら、私ぶっちゃけそこまで尊敬してなかったし好きでもなかったんですけど、めっちゃ尊敬してます、大好きです、素敵な先輩です、て、過剰に言って。とにかく、お前らの欲しい言葉なんて絶対に言ってやんねぇぞって感じでした。その時はめっちゃ戦っちゃってましたよね。

でも、ルームメイトに、無理してるじゃんって言われて。中には、本当に、先輩として、田沢さんどうなの、困ってることあったら言ってね、て純粋に聞いてくれてる人もいるんじゃないの？　それを、田沢さんのこと貶《おとし》めるようなこと聞きたいんだな！　このやろう！　って先走って勘ぐるのって、自分もちょっと田沢さんのことそう思ってるからじゃないの？　て。私、めっちゃハッとして。

　もちろん、にやにやしながら聞いてくる奴とか完全アウトですし、そもそもそんな風に深読みしないといけない世界自体がおかしいんです。でも、田沢さんもクソマッチョだったし、人の容姿とか余裕で揶揄しまくってたし、まじでダルいとこいっぱいあって。でも、なんだろう、女が女の悪口言うところを見せたくない！　て意地はるのも変だよ、だって人間なんだからって言われたんですよね。仲良いから、美しいから、正しいから権利があるのではなくって、私たちは、どんなにクズでも、ダメな人間でも、生きてるから、権利があるんじゃないの？　て。私の友達、相田みつをみたいじゃないですか？　ヤバくないですか？

　それからは、とにかく正直でいようと決めました。そしたら気づいたんですけど、なんだろう、気張ってた時とか、怒ってたときって、『守る』とか、『言い返す』みたいなことが目的になっちゃうんですよね。敵を作って、その敵をやっつけるために、身内の悪いとこ見ないようにしちゃって。それって不健康なんですよ。悪いところがあれば、身内にも言わないといけないし、それで、そんなもんで壊れるような戦いにしちゃいけないんですよ、これは。勝つことが目的なんじゃなくて、そう、続けることが目的なんだから。

今は、正直に、田沢さんのこと大好きです。田沢さんに嫌なところがあったらきちんと言ったし、田沢さんにも言ってもらって。それで、本当に仲良くなれました。すごい時間がかかったんだけど、うん、でも、マジ良かった、本当に好きになれて。危なかったー、嘘《うそ》ついたまま、無理して好きになるところだった。

最近、また田沢さんに会いに行ったんです。

田沢さん、いわゆるシングルマザーですよね。昔だったら、絶対に『負けない』って思ってたって、言ってました。わけ分かんないまま、得体の知れない世間ってものに戦いを挑んでたと思うって。シングルマザーの子だ、不幸とか言わせない、ふざけんなって、最初から戦闘モードになってたと思うって。田沢さん昔言ってたんですけど、敵を作ったほうが楽だったんですって。それ、今思えばわかります。敵がいたら、目的が一つだから、すごくシンプルになるんですよね。でも、もちろん、人生ってバレーボールの試合ではないから。

お子さん、希《のぞみ》っていうんですけど、脚に障害があって、めっちゃくちゃ可愛《かわい》いんです。もう、その顔見たら、勝ちとか負けとか何なの？　とか、もう、関係ないわってなったらしくて。世間ってそもそも、戦いを挑むものじゃないですよね。もちろんその逆もそうで、世間が私たち個人に戦いを挑むなんておかしいし、絶対にあってはならない。もしそうなら、もしそう思うなら、誰が、何がそうさせてるの？

とにかく今、全力で助けてもらおうって思ってるらしいです。希を安心して、そして、気持ちよく生かすためなら、ありとあらゆる人に助けてもらうって。助けてもらうことは、もちろん負けじゃなくて、得でも損でもなくて、当然のことだから。

田沢さん、出せる限り補助の申請出して、今は、母子寮みたいなところにいるんです。門限があって、お風呂《ふろ》とかも共同らしいんですけど、オムツとか粉ミルクとかおもちゃの寄付とかもあって、すごく助かるんですって。

赤ん坊が泣いたって誰も文句言わないし、なんだったら交代であやしたり出来るらしいんです。私は、ほんのちょっとしかいなかったけど、赤ちゃんって、もうほんと、ずっと泣いてるんですよ。寝かしても泣くし、抱っこしても泣くし、スクワットしても泣くし、おもちゃ見せても、オムツ替えても、ミルクあげても、何したって泣くんですよ。あれは一人じゃ無理です、絶対。それで、希も田沢さんにお礼とか言わないし、当たり前ですよね。だって希には、徹底的に愛されて、徹底的に世話されて生きる権利があるんだから。そんでそれって、田沢さんもそうですよね。田沢さん言ってました、自分には、困ったときにあらゆる人に助けてもらう権利があるんだって。

そうか、だから『助けてもらう』って言葉も改めないといけないですよねぇ。「もらう」んじゃなくて。困ってる人を助けるのは当たり前のことだから。うん、そうだ。なんか、いい言葉ないですかね？

田沢さんの母子寮の寮長さん、みんなに『おばちゃん』って言われてるんですけど、彼女が言ってました。最近自業自得《じごうじとく》だとか、自己責任だとかいう言葉をよく聞くよねって。それはもちろん、もともと適切な言葉としての機能があったのかもしれないけど、最近は、大切な現実を見ないようにするための盾になってる気がするって。だからそんな盾はいらない、みんなもっと堂々と救いを求めてって。それで、自業自得とか、自己責任とか、そんな言葉は、その人が安心して暮らせるようになって、本当に、心から安心して暮らせるようになってから、初めて考えられるんだから。初めて負える責任なんだからって。

私もそう思います。本当に思います。そんな盾はいらないんです。ちゃんと大切な現実を見えるようにしないと。

それで、大切な現実って、今ここに、困ってる人がいるってことなんですよ。」

森と歩いていると、時々見たこともない場所に出た。小さな公園、重機が停まったままの工事現場、昔ながらの魚屋。家からそんなに距離はないはずなのに、自分の家の近所にこんな場所があることを、俺は知らなかった。

「私、今日先輩の家に来るの、正直迷ったんです。気づいてたと思いますけど、私先輩が苦手で……。なんかもう、スーパーごりクソマッチョですよね？　あちゃー、やってんなー、て感じ。俺の勝ちか？　俺の勝ちだな？　って、いつも言ってる感じ。もう、田沢さんの１０００倍ダルくって。何回か、バレーボールぶち当ててやりたいって思いました。至近距離から。顔面に。気づきませんでした？　私、めっちゃ演技上手《うま》いんですよね。そんな人、ほかにもいっぱいいたんですけど、先輩は特に私のこと、嫌ってましたよね？

　先輩宛に荷物が届いて、それを送ろうかどうしようか迷ったのは、押見さんのこともあるし、謝りたくて。でも、メールはずっと無視されてるし、どうしようって悩んで。それで、田沢さんに相談したんです。そしたら、田沢さんからすぐに返事が来て。家に行きなさいって。

　あいつ、あ、先輩のことですよ。あいつはきっと、今、苦しい思いをしているからって。あいつは負けず嫌いで頑張り屋で、自分にも他人にも厳しすぎるんだって。正直何度かぶん殴ってやろうかと思ったけど、はは、それは私と同じですね。でも、あいつの気持ちも分かるんだって。負けたくないって思う先輩の気持ちも、すごく分かるんだって。

先輩って、本当、めっちゃ頑張り屋ですよね。みんなが嫌がる仕事を率先してやるし、文句言ってるの、まじで一度も聞いたことないし。一度、先輩、私が車に轢《ひ》かれそうになったの、助けてくれましたよね？ 覚えてますか？ その時、先輩思いっきり地面に膝《ひざ》と腕を擦って、血とか出て大変だったのに、そのまま、何にもなかったみたいにロケ進めて。私がお礼言っても、全然恩着せがましくなくって。病院も行かなかったですよね？ めちゃくちゃ格好良かったし、感謝したんですけど、でも同時に、いや格好つけすぎだよって思っちゃって。ごめんなさい、助けてもらったのに。

先輩は全部、全部、自分の中で解決しちゃうじゃないですか。思ってることも言わないし。それは、田沢さんもそうだったらしいんです。そういう環境だったんだって。人に助けを求めるなんて、それこそ負けだったたって。

でも、もうそれ、やめません？

もちろん、根性は大切だと思うんです。頑張るべき時は頑張る、それは絶対に大切だと思うんです。でも、頑張っても、頑張っても、ダメな時はありますよね？

先輩には、先輩のために、声を上げてほしいんです。苦しいときに、我慢する必要なんてないんです。それって誰が得するんだろう？ それに我慢を続けたら、きっと、声を上げた人を恨むようになっちゃうと思う。先輩が私のことを嫌いなのは、私が先に声を上げたからじゃないですか？

田沢さんも、最初そうだったんですって。私が、社長に色々意見言うのを、良く思ってなかったんですって。自分はずっと我慢したのに、なんであいつだけって。でも、それって違いますよね。私は、私のために声を上げたんです。それは当然の権利だからなんです。そして先輩、先輩にももちろん、その権利があるんです。男だからとか、我慢しなきゃとか、泣き言言うのは格好悪いとか、そんなこと、金輪際捨てちゃってください。何回も言うけど、今何年ですか？　２０１６年ですよ？

先輩は十分、もう、本当に十分、頑張ってるんです。

これ以上できないくらい、頑張ってるんです。

田沢さんに、先輩の家に直接行って、誠意をもって謝ってきなって、そう言われました。先輩は受け入れないかもしれないけど。でも、困ってるのは絶対そうだから、とにかく家に行けって。あれ？　これさっき言いましたっけ？　なんかわけわかんなくなってきた。

田沢さん、苦しかったら助けを求めろ、先輩に、それだけ伝えてほしいって言っててました。これは言ってないですよね？　本当は、本人から先輩に直接言ってほしいんですけどね。えっと、もう一回言いますね？

苦しかったら、助けを求めろ。

伝えられた、ああ、良かった。ね、先輩。私言いましたからね⁇　忘れないでくださいね？　駄目押しで。

苦しかったら、助けを求めろ。」

結局、森はハンガー柄の手ぬぐいを置いて帰った。

洗って返すと言ったら、断られた。大切なんです、と言っていたのに、これだけ汗や鼻水や体液をつけたら、もうそれは先輩のものです、と言われた。気持ち悪いんだろうな、と思ったら、

「キモいと思ってすみません！」

そう言って、頭を下げた。

去り際《ぎわ》、森は俺にお茶とおにぎりとサンドウィッチを渡した。結構な重さだった。散歩中、森はずっと、これを持ってくれていた。

「あの部屋に放置してたら、秒で腐りますよ。」

おにぎりはチャーハンとスパムで、サンドウィッチは照り焼きチキンとハムエッグ

だった。この数週間で、一番豪華な食事だった。美味《うま》かった。あまりに美味すぎて、一度吹き出してしまった。もちろん吹き出して散らばった米粒も、丁寧に拾って食べた。腹がふくれると、自動的に眠くなった。そのまま横になって眠った。久しぶりに、夢を見なかった。

だから、荷物を開けたのは、夜だった。

銀色のガムテープを剝《は》がすのに、相当手こずった。夜、薄暗い中で見ると、改めて目の覚めるような光る銀色で、どこか未来から届いた何かのようだった。でも、中から出てきたのは、未来とは似ても似つかないものだった。異常に汚れ、何度か濡れたのか波打って広がった大学ノートが数冊と、まとめられた書類の束、雪のように白い封筒に入れられた手紙。

差出人はLotten Niemi、もちろん心当たりはない。フィンランドといえば、俺に思い当たるのは一人の人間だけだ。アキ・マケライネン。男たちの朝。もちろん、それとこの荷物に、関係があるはずはなかった。

手紙を開く前に、ノートを手に取った。パラパラとめくってみる。頼りなく、濃淡がある、汚い字。それが誰のものか、すぐに分かった。こんなに時間が経《た》っているのに、一瞬で過去に戻る。ノートを閉じる。

これは、アキの字だ。

これは、アキのノートだ。

アキとは数年連絡を取っていない。一度メールをしたが、宛先不明で戻ってきた。ショックは受けなかった。あの頃は、何かを感じる心を手放していたから。

ノートを閉じ、しばらくそのままでいた。心臓の音が聞こえた。早かった。それが収まるのを待って、手紙を開いた。

1枚目は、子供が書いたような日本語が書かれていた。それでも、アキの字より美しく、濃淡が安定していた。顔を近づけると、花の香りがする。フィンランドからここまでやってきて、まだこの香りが残っていることに、心が動いた。

『はじめまして。わたくしのなまえは　ロッテン・ニエミ　ともうします。にほんごをべんきょうしておりますが　まだ　みじゅくです。おゆるしてください。

あなたに、わたくしのじんせいにわたるパートナーであります、アキ・マケライネンのことについて、そして、あなたもかならずごぞんじである、フカザワアキラについて、おしらせしたいとおもいます。かなしむことでしょうけれど、フカザワアキラは、せんげつ、おなくなりました。わたくしと、フカザワアキラは、かれのさいごのやく1ねんで、いっしょにくらしました。

わたくしのおめみくるしいてがきもじは、ごあいさつでしつれいします。これからさきは、パソコンでキーボードをうちます。キーボードのてがみは、わたしはきらいだけれども、わたしのにほんごがおろかなので、ゆるしてください。

よんでいただけるとたいへんなしあわせです。

あいをこめて　ロッテン』

アキが死んだ。

大きく息を吸って、吐いた。吐くことが出来た。驚いた、という感情はとうに通過していた。静かだった。

続きは、ノートと共に入れられていた。もはや手紙とは呼べない大量の紙には、パソコンで文字が印刷されていた。日本語だ。さっと目を通す限り、手書きのものよりもおかしな文章になっている。急いだのだろう。

会ったこともない、得体の知れないロッテン・ニエミなる人物だ。でも、面倒臭くて翻訳アプリに頼るような人間とは思えなかった。純白の美しい手紙、花の匂《にお》い、丁寧に書かれた文字。では何故、急いだのだろうか。何か、一刻も早く伝えたいことが、あるのだろうか。

手紙の束を持って、家の外に出た。食料を調達する目的以外で、外に出たのは、久しぶりのことだった。でも、この長い手紙に、ふさわしい場所で読みたかった。それは、この部屋ではなかった。柔らかなもののない、この部屋はふさわしくなかった。

しばらく歩いてから、思い立って戻った。ベランダの柵《さく》越しにゴミ袋を摑み、ゴミ捨て場に運んだ。ネットの下には、すでにいくつかのゴミが置かれている。何度も往復し、ゴミ袋を積んだ。最後の数袋は手が届かなくて、再び家に戻った。家の中からベランダに出て袋を摑み、すべてのゴミを出し終えた。ベランダが思いの外広くて、しばらく眺めた。そして、家の中の散らかったゴミを集め、一つにまとめ、最後にそれも出した。ゴミ捨て場は山のように堆《うずたか》くなり、張り紙も見えなくなった。なんとかネットをかけ、何度か振り返りながら、家を後にした。

夏の夜、街路はまだ暑く、どこへ行っても汗が止まらなかった。家の前の公園も、あるいは数ブロック歩いた先の公園も、サラリーマンや、浮浪者が、ベンチに座って、あるいは眠っていた。歩いて、歩いて、やっと落ち着いたのは、電車の高架下だった。頻繁に通る電車の音がうるさいから、人がおらず、かえって俺には、安定した静けさに思えた。

『再び、こんにちは。

会ったこともない人がこうやってお手紙を書いているので、あなたは驚いていますか。本当は、勉強した日本語で書きたいのですが、時間が限られているので、パソコンの翻訳機能で翻訳した文章を、転載しています。そのことも謝りたい。その上、これから少しだけ、私の話を書かせてください。お付き合いくださることを祈ります。

私は、１９４３年に、フィンランドのトゥルクで生まれました。姉が3人いた。私は、4番目に生まれました。両親からは、特に父からは、心から望んでいた男児ということで、とても愛されました。

私は、芸術学校を卒業しました。もともと彫刻制作をしていましたが、思いがけぬことから、映画の制作を手伝うことになりました。長らくその仕事を続けているうちに、アキ・マケライネンと出会いました。彼と私は、深く愛し合った。それから、彼が亡《な》くなるまで、私たちは、秘密の愛のパートナーシップを続けてきました。

彼は、素晴らしい俳優でした。あなたも知っているよね。彼の作品は、今、インターネットで見ることが出来る。技術の進歩は素晴らしいものですね。最初は疑っていたが、コンピュータの翻訳も、驚くべき正確さであると、私の日本語の先生がおっしゃっていました。今現在映画を見ても、アキ・マケライネンの、振る舞いや、表情は、驚くべきものです。技術に感謝しなければならない。

彼は、公《おおやけ》には、アルコールを摂取して、凍死したということになっています。それは、間違いではありませんが、彼の旅立ちをあまりに悲劇的に彩《いろど》っている。彼は、お酒が好きでしたが、乱れたような飲酒はしませんでしたし、中毒ではありませんでした。社会は時にイメージというものを創作し、愛します。そして歴史は、当人がそのイメージから逃れることを好みません。

彼は野生動物が好きだった。夜、お酒を少し飲んで、それから一人で散歩に出かけるのが好きでした。私たちは、田舎地方に住んでいて、散歩をしていたら、頻繁に野生動物と出会うことが出来たのです。

彼は、中でも特に、狼《おおかみ》が好きでした。狼の強い瞳と孤高さ、美しさに魅了されていました。そして、彼自身、小さな頃は、狼と呼ばれていたのだ。新生児の頃、とても毛深かったことと、狼のような美しい目をしていたから、彼のお母さまが、彼のことを、それと呼んでいたのだそうです。そういえば、俳優としての彼も、狼のような気高さを持っていましたよね。

彼は、ずっと、狼に会いたいと思っていました。でも、狼の、彼らの用心深さは、それは、並大抵のものではなかった。だから、会うことは叶《かな》いませんでした。

そして、その日、お酒を飲んで、散歩に行ったのだ。私はいつも、彼が散歩に行くと、その合間に本を読んだり、薪《まき》を切ったり、絵を描いていました。集中していたので、彼の到着が通常より遅いことに、気づきはしなかった。そして、とうとう異変に気づいて、外に探しに行きました。そして、彼が大きなトウヒの下で、横たわっている姿を発見しました。

私は覚えている。彼のそばに、大きな足跡がありました。それは、紛れもなく、狼の足跡だった。雪が降っていたので、消えてしまいましたが、彼はとうとう狼を見たと、確信がありました。私は彼を祝福したい。私は彼を強く祝福する。

アキ・マケライネンの死は、静かに受け入れられました。本当は、それほど静かではなかったのですが、その話は、長くなりますので、割愛します。私は、彼の友人として、警察の聴取に応じ、お葬式の手配もしました。彼にはもう、お母さまを含めた血縁者はいなかったのです。

彼が亡くなってから、私はずっと一人で暮らしています。彼の存在が、褪《あ》せた日はありません。彼のお墓に行くのはもちろんですが、私は、彼が映画で出演を果たした撮影跡地へ行くことを、自分に課しています。車で約2時間かかりますが、70歳を超えた老人には、良い旅と言えるでしょう。

特に、ある一軒のバーは、もっとも強く彼を感じさせる場所だ。それは、彼の代表作のいくつかが撮影されたバーだ。とても古く、映画を撮影したその時と、同じインテリアを保存してあるので、とても熱心な彼のファンが、今でも、時々訪れて、写真を撮影しますし、花を差し出しています。ほとんどがフィンランド人ですが、時々は、外国の方々も来ます。

　私と彼の関係を、彼らは知りません。私たちの愛の生活は秘密のことでしたし（彼は、プライバシーを大切にする人でした）、彼の死後、私の独断で彼との関係を公表するのは、私の望みではありません。彼との思い出への敬意を、私は持っている。だから、私はそのバーでは、他の方々と同じように、俳優としての彼を愛する、ただのファンなのです。

　およそ1年前のある日、私はまた、バーへ行きました。その日、私は、そのバーで、アキ・マケライネンを目撃しました。本当に、彼が生き返ったと思うほどでした。その男性は、あなたもご存知の男性である、フカザワアキラだった。私が、思わず、アキ、と呼んだら、彼は返事をしたのです。名前も同じだというではありませんか。

　私は彼の話を聞きたかった。彼はどうやらフィンランド語を話しているようでしたが、残念な事に、私には理解出来ませんでした。彼は歯をほとんど失っていました。そして、左の耳たぶが千切れていました。それは見る限り、とても新しい傷でした。彼はまるっきり、弱った野良《のら》犬のようだった。

　この人は誰なのでしょう。神様は、どのような意図をお持ちなのでしょう。

彼はとても衰弱していましたので、彼を私たちの家に連れて帰りました。彼は子供のように私の言うことを聞いていました。彼は浴槽に入り、私が作ったスープを飲み、アキ・マケライネンが眠っていたベッドに横たわりました。そして、それから、彼は実に3日間眠り続けた。

アキラとの奇妙な美しい生活が始まりました。

アキラはとても静かに、私たちの家で暮らしました。時々、アキラを見ていると、私はやはり、アキ・マケライネンが生き返ったのだと思うことを止《と》めることが出来ませんでした。

アキラがどうして、ここにいるのか。それを知ることが出来たのは、およそ半年ほど経った時だった。その半年の間に、私はアキラにフィンランド語を教授したのでした。彼は、簡単なフィンランド語は理解していました。彼が日本人であることも、私はその時知りました。そして、彼がフィンランド語を覚えたのは、アキ・マケライネンの映画によるものだと知った。それは驚くべきことだった。アキラの学習能力も、さらに驚くべきものでした。感受性の柔らかな子供のように、アキラは言語をみるみるうちに習得しました。

そしてアキラは、私に日本語を教えました。私はアキラほど優れた生徒ではありませんでした。日本語とは、なんて難解で、美しい言語なのでしょう。私たちは、とても親密な先生と生徒だった。それはとても美しい時間だった。

アキラの人生の話を聞きました。私はその話を聞くたび、やはり、どうしても神の意図を思索せずにはいられませんでした。

アキラの人生は、彼の容貌《ようぼう》だけではなく、アキ・マケライネンの人生と、とてもよく似ていたからだ。彼の人生は彼の所有物なので、私からあなたに全てをお伝えするのはフェアではない。でも、フカザワアキラの存在を知った今、亡くなった彼も、微笑《ほほえ》んで、許してくれるのではないだろうかと考えています。アキラがアキ・マケライネンのことを知る事になったのは、あなたが原因だと言ったからです。あなたがアキラに、アキ・マケライネンの存在を教えた日から、彼の人生は変わったと言いました。そのような人物に、彼の日記を教えることを、彼はきっと許してくれるでしょう。アキは、この上なく優しい人だったから。

とても悲しい事に、アキ・マケライネンは幼い頃に、子供が値する愛情を母親から授与されていなかった。母親は頻繁に彼を中傷し、叩《たた》きました。「おおかみちゃん」と呼んで彼を愛する瞬間もありましたが、彼女自身も、かつて貧困と虐待に苦しみました。彼女は自分の心をコントロール出来なかった。彼女を襲う感情の波はあまりに大きく、それは彼女自身を蝕《むしば》んでいた。アキ・マケライネンは、彼女のたった一人の子供だった。彼は彼女を心から愛した。幼い頃から、彼女のために働きました。彼女はその働きに充分に感謝することはなく、彼への虐待は続きました。彼は大人になってからも、その傷から完璧《かんぺき》に癒《いや》されることは、ついになかった。これは、世界にあまた溢《あふ》れている、とても悲しい物語のうちの一つだ。

アキラは、彼が幼い頃から書き続けていた日記を、日本語からフィンランド語に翻訳しながら、朗読してくれました。私はそれを書き取り、読みました。私は時々、これは、アキ・マケライネンの日記ではないかと、錯覚するほどでした。そして私も、アキ・マケライネンの日記を、フィンランド語から日本語に翻訳しました。ひらがなしか書くことは出来ませんでしたが、アキラはそれを喜びました。彼は、フィンランド語を話すことは出来たが、読むことはできなかった。

時代も、日時も、場所も、言語も違うが、このように類似した人生が世界にあったのだろうか。驚いたのは私ばかりではなかったようだ。アキラも、その事実にずっと驚いていました。そして、アキラはまた、マケライネンが暮らした家に住んでいる事実に、いつまでも感動しました。そのことに飽きませんでした。彼が座っていた椅子《いす》に、首を傾けて何時間も座っていたことが、なんどもありました。

アキラとの生活は、すべてが不思議な現象に彩られていました。中でも、とても不思議な出来事が起こったことを、私は覚えています。

私がいつか、アキラのために、台所で、あたたかな鮭《さけ》のスープを作っていたときのことです。彼が突然、「私はかつて、あなたに会っている」と言った。彼は、彼が２歳の時に、私に会っていると言った。

「私はこの風景を覚えています」

私は残念ながら、人生で一度も日本に行ったこともありません（いつか行きたいと願っていますが！）。もちろん、２歳のときのアキラに会うことは、実質的に不可能です。アキラが２歳のとき、私は41歳で、すでにこの家で、アキ・マケライネンと暮らしていました。でも、アキラは、彼が幼いとき、彼の家の台所で、私が彼のためにスープを作るのを見た、と言うのです。そしてそれは、アキラの最初の記憶だと言いました。

人生とは、この世界とは、なんと奇妙なことでしょう。

アキラと話をしていると、不思議なことに、私も、それが本当に起こったことのように感じることができるようになりました。アキラの生家を、まるで自分の思い出のように思い出すことが出来た。彼の家の周りにも、たくさんの野生動物がいました。野生動物たちとアキラを、私は信じたい。

　これらの美しい思い出と共に、アキラの死についても触れなければなりません。アキラの体は、初めて会った時から、病に蝕まれていました。

私もアキラも、入院は望みませんでした。彼は、私の作ったスープなら、経口で食事をすることが出来ましたし、希望的に回復することも見込めました。医師も、我々の希望を尊重してくれました。でも、その日は確実に近づいていました。残酷なカウントダウンは、しかし、美しい日々でもありました。その日々の思い出は、どうか私だけの所有物にしてください。私もおそらく、そう遠くない日に天にめされるだろう。私はこの美しさを伴った日々とともに、旅立つつもりです。

同封したノートは、アキラの日記です。彼が亡くなる数日前に、私に託しました。アキラは、この日記を、あなたに読んでほしいと私に伝えました。彼は、電話番号も、住所も、もう知らないが、あなたが、日本のテレビプログラムで働いていたことを私に教えた。彼はあなたのことを、大変誇りに思っていました。あなたのことを、命の恩人だと言いました。あなたが、映像の力で世界を変えると言ったことを、彼は決して忘れませんでした。アキ・マケライネンが、彼の世界を変えたように。あなたの言葉が、どれほどアキラを救ったか。全てを説明することは到底不可能です。

　インターネットであなたの会社を調べました。私たちは今、どれほどこの文明の進歩に頼っているんだろうね！　この住所に送ります。どうかあなたに届きますように。

　私が翻訳したアキ・マケライネンの日記、それは全《すべ》てひらがなでしか書いてありませんが、それと、アキラの日記を、どうか読んでください。アキ・マケライネンの日記のオリジナルは、私が持っていますので、フカザワアキラの日記のオリジナルは、あなたが保管してください。それも、アキラが望んだことです。

　私は日本語をこれからも勉強します。私たちのこの奇妙な縁はどこへ私たちを連れてゆくのでしょうか。

　あなたの心の平穏と健康を、心から願います。

　愛、そして祈りを込めて。

　　　　　　　　　　ロッテン・ニエミ』

からだをだれかにあたためてもらうことを、しらなかった。

からだがさむいのは、こごえてさむいのは、じぶんのせいだとおもっていた。

でも、Ｌが、いった。

〝からだがさむいなら、あたためあいましょう〟

からだがさむいのは、ぼくのせいではなかった。

ロッテンさんは、毛布をくれた。暖炉にもっとちかづきなさい、と言ってくれた。足を温めると、からだも温まると、教えてくれた。たくさん、いろんなことを教えてくれた。フィンランド語だけじゃなくて、「男たちの朝」が、本当は、違うタイトルだったことも、教えてくれた。知らなかった。日本で公開する時に、タイトルを変えたんだと思う。そんな映画はたくさんあるから。本当のタイトルは、「夜が明ける」だった。「男たちの朝」よりも、僕は「夜が明ける」の方が好きだ。夜が明ける。素敵な言葉だと思う。夜が明ける。みんなの夜が明けるんだよ。君にも教えてあげたい。

久しぶりに聞いた中島さんの声は、受話器越しにでも、安心感があった。

最初はメールをしようと思った。でも、長く文章を打ち続けていくうち、気が変わった。メールをせず、いきなり電話をしたのは、初めてのことだった。

もしかしたら出てくれないか、とも思った。ホテルで中島さんと会ったあの日から、彼から連絡はないし、こちらからも連絡はしなかった。でも、中島さんは、8回ほどのコール音の後、電話に出てくれた。

彼が何か言う前に、声を出した。

「中島さんに、お願いがあるんです。」

何度助けてもらったか分からない。いつか恩返しを、そう思いながら、俺は結局何も出来ていない。それでも今、やっぱり、中島さんに助けてもらいたかった。

「奨学金のことなんです。」

うん、と、中島さんが言った。中島さんがうなずいてくれているのは、見なくても分かった。

「金を借してほしいとか、そういうことではないんです。今まで、どれだけ援助してもらったか。感謝しても、しきれません。中島さん。」

奨学金返済の猶予《ゆうよ》を、申請したかった。

何度か支援機構に連絡した。でも、「働けないとはどういうことか」「どうしても無理なのか」「家族には頼めないのか」ということを、丁寧に、そして頑《かたく》なに言われた。優しい声の人だった。とにかく規則は絶対に変えられないということだった。

「お金を借りたのはあなたなので、返していただかなくては困ります。」

彼女を責めるつもりは、もちろんなかった。彼女はただ、与えられた仕事を忠実にこなしているだけだ。彼女にも生活があり、彼女にも立場がある。でも、自分が、悪いことをしているような気持ちになるのは違うと思った。

「やむを得ず延滞する場合は、延滞金がかかります。」

必死で話す俺の言葉を、中島さんは黙って聞いてくれた。今は心も体もボロボロで、すぐにフルタイムで働くことは不可能なこと。もちろん、十分休養を取って、働けるようになったらまた働いて、必ず返すこと。そしてそれが無理なら、生活保護の申請も考えていること。

「生活保護か。」

「はい。」

本当は、他にも言いたいことがあった。たくさんあった。でもそれは、今言うべきことではなかった。俺には、言わなければいけない言葉があった。息を吸った。

「助けてください。」

今、その中島さんが、俺のために動いてくれている。

俺は、再び心療内科に連絡を取った。予約をして、病院まで出向いた。途中何度も怖気《おじけ》づき、引き返そうと思った。でも、力を振り絞って、なんとかたどり着いた。

病院では、長らく予約を取らなかった俺をなじる人など、いなかった。適切な診察を受け、適切な薬をもらった。薬の効果が確実に出るように、出来る限り規則正しい生活をしようと心がけている。もちろん、まだ完全には無理だ。時々は夜中に起きて、カッターを探してしまう。腕の傷は癒えない。

咲口さんには、家賃を少し待ってもらうように掛け合った。咲口さんは、やはり、驚くほど優しい人だった。

「いつもおうちにいらっしゃらなかったものね。きっと、頑張りすぎたのね。」

念のため中島さんに、追って支払う旨《むね》の証書も作ってもらった。それにハンコを押し、咲口さんに渡した。

「必ず、お支払いします。」

あれから、森がちょくちょく家を訪れ、食べ物を置いて行ってくれるようになった。

中には、田沢から託されたものもあった。

「まじで、本人に直接来て欲しいんですけど！」

森はそう、不貞腐《ふてくさ》れたように言った。田沢にお礼のメールをすると、いつも関係のない絵文字が送られて来た。

大量の食べ物を冷蔵庫に入れ、そのたびに涼しさに感動する。どうしても耐えられない時は、クーラーも入れるようになった。その間に眠り、起きて体調がいいときは、インターネットで仕事を探した。

あらゆる人に助けを求める中で、自分でも思いがけなかった相手は、納土だった。

7月、参議院議員選挙のため、たくさんの議員たちが街頭演説を始めた。夏も盛りになっていた。いよいよ頭がおかしくなりそうな暑さの中で、ギャンギャンとスピーカーでがなりたてられると、堪《たま》らなかった。なるべく頭から音を排除しようとしたが、無理だった。

選挙演説は俺にとって、騒音と同じだった。狂ったように鳴く蟬《せみ》の声や、繁華街で聞くキャバクラやガールズバーの呼び込み、苛立《いらだ》ったドライバーが鳴らすクラクション、そんなものと。つまり、意味をなさなかった。

でもその日、俺はある声に耳を奪われた。

「あんべ、あんべ、あんべたくまでございます。」

脳が揺れた。

「あんべたくま。」

俺はこの名前を知っている。この呪文《じゅもん》のような名前を。

思い出そうとするのと同時に、映像が浮かんだ。鮮明な映像だった。猛スピードでやって来た選挙カー。死を覚悟した瞬間。頭上に広がった青空。俺を助けたアキ。みんなで、アキをたたえた言葉。

「あんべたくま！」

「あんべたくまぁ！」

外に出た。足がふわふわした。膝の関節が浮いているような感覚だった。それでも、行かなくては、そう思った。

声のする方へ向かった。2ブロックほど歩いて、自分がほとんど下着のような姿でいることに気づいた。でも、引き返す気力はなかった。

あんべたくま。

顔なんて覚えていなかった。でも、あんべたくまは、そこに立っていた。

俺を轢こうとし、実際アキを轢いたあのワンボックスカーと同じ形の車。あらゆる場所に「あんべたくま」の文字が書かれた車の上に、その男は立っていた。

駅前の交差点、選挙カーの周りには、人だかりが出来ている。驚くほどだ。あんべたくまの隣に、現・内閣総理大臣が立っていた。皆、彼を見に来ているのだ。

「何度も申し上げたい！」

現・内閣総理大臣は、大きな声を出している。声を出すたび、左手を振るのは、彼の癖なのだろうか。

隣に立っている老婆《ろうば》の日傘が、ちょうど俺の肩に当たっている、いや、ほとんど刺さっている。でも、老婆に注意はしなかったし、移動もしなかった。

「私たちの大切な命と生活を、文句ばかり言って代案を出せない、いい加減な党に託すのか。これまで全力で日本人の命を守ってきた、私たちに託していただけるのか。今回はそれを証明する、大切な選挙でございます！」

マイクを通った声は、時々ハウリングをしながら、俺たちに届く。音は見えない。でも、上から降ってきているのは分かる。現・内閣総理大臣の声は上から、下にいる俺たちに届く。

「ここが今、日本の急所です、ここを打破すれば、きっと経済は上向きます。」

あんべは現・内閣総理大臣が何か話すたび、大きくうなずく。聴衆からは、時々「頼むぞ！」と、声がかかる。現・内閣総理大臣はその度、「ありがとうございます」と叫び、あんべたくまは、声のする方に頭を下げる。腰を90度に折り曲げる。

「我々日本人は、元来真面目《まじめ》な民族です。戦後の荒波を、民族一丸となって乗り越えてきたではありませんか！」

現・内閣総理大臣は腕を振る。ネクタイをしているが、ワイシャツの袖《そで》をまくり、ジャケットは着ていない。一方あんべたくまは、濃紺のスーツを着ている。立っているだけなのに、脇《わき》に大きな汗染《じ》みが付いている。

「我々になら出来る。絶対に出来るんです！」

汗を拭《ふ》きたい。でも、忘れてしまった。ハンガー柄の手ぬぐいは、あれからすぐに洗濯した。洗濯槽クリーナーを使って洗濯機も掃除したので、手ぬぐいは清潔だ。

いつの間にかマイクが、あんべたくまに渡されている。現・内閣総理大臣はあんべの肩に手を置き、笑う。あんべが口を開く。彼の口から、声が落ちてくる。

「我が党は２０１２年の大勝から、生活保護改革を進めて参りました！」

日傘の老婆が振り返る。本当にねぇ、と言う。俺は何も言っていない。あるいは、何か言ったのだろうか。

「賛否両論ございました。否の方ですが、これは全くのミスリーディング、野党による悪意あるミスリーディングでありました。これは、本当に困っている方々に支援が出来るようにするための措置でございます。今の日本、真面目な人が損をすることになっていませんか？　本当に頑張っている人が我慢して、不平等な、苦しい思いをしていませんか？　それはおかしいと、私たちは常々、声をあげてまいりました。元来真面目な日本人！　家族のために、真面目に、懸命に働いている方々を尻目《しりめ》に、不真面目な人間が分不相応な支援を受けている。それはおかしいんです。本来彼らには、その支援を恥と感じてもらわなければなりません！」

　すぐ近くで「その通り！」と叫ぶ人間がいた。男の声だった。

「あんべたくまは約束します。本当に真面目に働く方々への分配を増やします。本当に真面目な若者が、将来に夢を見れるようにします。」

　あんべたくまのスーツの脇の部分が、べっとりと濡《ぬ》れている。紺色が、その部分だけ濃い。それはもう、ほとんど真夜中のような濃紺だ。

「本当に頑張っている人たちが、損をする国であってはならない！」

　森に連絡をした。

　最近は、何も考えずに、つまり躊躇《ちゅうちょ》せず、電話をかけられるようになった。仕事中で出られないときも、森は後から必ずかけ直してくれた。その日、森は2コール目で電話に出た。編集中なのだと言う。俺は彼女に一言謝ってから、納土の連絡先を教えてほしい、と伝えた。

「え！　仕事に復帰する気になったんですか？」

　嬉《うれ》しそうに言った森に、違う、と言うのは申し訳なかった。でも、理由を説明したら、理解してくれた。

「分かりました。すぐに調べますね。」

　そして納土も、覚えてもいなかった俺の、どこの馬の骨とも分からない人間の、奇妙な頼みを聞いてくれた。

「そういうことなら、もちろんです。」

　納土から届いた小包は、ロッテン・ニエミから届いた荷物と、ちょうど同じくらいの大きさだった。でも、今回のそれは、銀色のガムテープではなく、茶色のガムテープでぐるぐる巻きにされていた。

　気泡緩衝材に丁寧に包まれた黒い物体は、カメラだ。ソニーのハンディカム「FDR-AX1」。初の民生用、つまり業務用ではないこの4Kカメラの発売を、俺も覚えている。

使わないカメラを譲ってくれませんか、そう納土にお願いした。かつて先輩が、納土が使わなくなったカメラを家に大量に保管してある（そして時々、それを見ながら酒を飲んでいる）と言っていたことを、覚えていた。

「どんなジャンクでも構いません。映れば、なんでも。」

それなのに、こんなにいいカメラを送ってもらえるなんて、思ってもいなかった。メモも手紙も入っていない。そのことに、納土の優しさを感じる。過剰に感謝されることや、褒められることを極端に嫌った納土の、少し疲れた横顔を思い出す。

「ずっと、自分が切り捨てたもののことを考えています。」

カメラを抱きしめると、ゴツゴツして冷たかった。どれだけ強く抱きしめても、それは決して俺の体に沿わなかった。俺の体から離れた場所で、まるっきり独立して存在していた。このカメラで、あんべたくまを撮る。

俺を轢き殺そうとした男。

アキを轢き殺そうとした男。

そして今、もう一度、俺を、俺たちを殺そうとしている男。

あんべたくまを撮る。

でも、このカメラを抱きしめていたら、俺のすべきことは、それだけではないことに気づいた。この冷たさで俺が追うのは、あんべたくまだけではなかった。

あれから、毎日、アキの、そして、アキ・マケライネンの日記を読み返してきた。ロッテン・ニエミが書いていたように、彼らの人生の酷似に、二人の記憶力に驚いた。そしてそれ以上に、こんなに似ている二人でも、絶対に違う人間なのだということに、息を飲んだ。アキの日記と、マケライネンの日記には、異なるところがあった。数多くあった。当たり前のことなのに、その事実が強い光を放って、時々目が眩《くら》んだ。

アキの日記には、俺のことも書かれていた。日記に登場する俺のことが、俺は信じられなかった。これは俺なのか？　一人の人間の人生に、これほどの影響を与えた人間が、いまの俺なのだろうか？

カメラのスイッチを入れる。赤いランプが点《つ》き、懐《なつ》かしい感触がした。カメラが起動すると、それが動かなくても、生きている、と思った。カメラが、自分で選んだ何かを、自分の意思で見ているのだ、と、いつも思った。

アキの人生を撮る。そのためには、俺の人生も撮らなければならない。俺が成そうとしていたことを、俺が手を染めようとしていたことを。そのために、カメラをスマートフォンに向ける。

林のことは、この数週間検索していなかった。久しぶりに名前を入力した。あれから、新しい記事は出ていないようだった。どこかホッとしながら、そして、ホッとしている自分に驚きながら、コメント欄を開いた。

コメントが増えている。それだけで、胸が痛む。この痛みは、なんだろう。そして、

この痛みを、俺が痛む権利は、あるのだろうか。

『菅谷すみさん残念です。好きだったけど、もう応援しません。』

並んでいる言葉は全て、同じフォントで表されていた。当たり前だ。でも、ふと、同じ人間が何度も書いているからかもしれない、と思った。そして、一度そう思ったら、思うことをやめられなくなった。「ひとりの人間」は、みるみるうちに、俺の前に姿を現し始めた。

『この世界には短小の詐欺《さぎ》師が横行。この短小の林という男もそう。大した仕事もしていないのに、巨乳のグラビアアイドルとハメたり、巨乳の女優を騙《だま》して結婚する。短小の裁きを受けるべき。』

それは、黒い影だ。大きくも小さくもない。だからと言って、適切な大きさでもない。それでもその影は、はっきりと人間の姿をしている。

『そもそも皆が祝福、と書いていますが、その皆の中に私は入っていませんが？』

表情は見えない。どんな顔で、どんな体型なのかも分からない。

『菅谷すみのセクス動画入手しましたｗｗ』

男か女かも知らない。そもそもそんな地平にその「人間」はいない。

『悲報　菅谷すみの旦那《だんな》チョン確定』

その「人間」は、血を流している。

鮮血ではない。生きているから流れるそれではない。少しずつ死に近づいている者、自らそうと知らずに死に歩みよっている者が吐き出す、どす黒くて、重みのある血だ。それは瞬間、体を熱くする。体内を巡る。視界をクリアにして、心を楽にする。ように思う。でも違う。それは結果、様々な場所で停滞する。決して循環しない。適切な処置をしない限り、いつまでも、その「人間」の中に留まる。内側から、その「人間」を苦しめ続ける。

『御里が知れますね。名前で大体の検討はついていましたが、そもそも菅谷すみも同郷では？』

全てのコメントを、映像に収めた。途中で、気持ちが悪くなって、撮影を中断した。トイレで吐こうとしたが、何も出なかった。かろうじて出た粘性のあるよだれだけが、便器の中で浮き、ゆらゆらと揺れていた。

「があ、があああっ！」

隣の部屋で、ダンが痰《たん》を切っている。間取りが同じなら、トイレの向こうは小さな台所のはずだ。ならばきっと、俺の嘔吐の音も、彼に聞こえているだろう。こんな深夜に、ダンはまだ、起きているのだろうか。それとも、俺が発する音が大きくて、眠れないのだろうか。

『死ね死ね死ね死ね死ね死ね死ね死ね死ね死ね』

『ブタ同士交尾してブタを増やすなよ』

再び強烈な吐き気が襲ってくる。ギリギリのところで耐える。膝をつく。そうやって俺は、一晩中、苦しみ続ける。

その時の俺はまだ、知らなかった。

この参議院議員選挙で、あんべたくまが圧勝すること。あんべたくまが所属する政党が、その後も長く与党であり続けること。

その時の俺はまだ、知らなかった。

一人の男が知的障害者福祉施設に侵入し、入居者19人を殺害すること。広告代理店勤務の若い女性が、激務とパワーハラスメントに耐えかねて自殺をすること。

その時の俺はまだ、知らなかった。

ある市の職員が、生活保護受給世帯を訪問する際、「HOGO NAMENNA」とプリントされたジャンパーを着用していること。中東で武装勢力に拘束されたジャーナリストが帰国の途についた際、大勢の人間が「自己責任」だと彼を非難すること。

その時の俺はまだ、知らなかった。

ある与党議員が、性的少数者は「生産性がない」のに「支援の度が過ぎる」と言うこと。生活保護費の引き下げは生存権を侵害し違法だとして、受給者が訴訟を起こした裁判で、地裁が請求を棄却すること。

その時の俺はまだ、知らなかった。

ある市の多文化交流施設に、在日コリアンに対する脅迫状が届くこと。そこには「在日韓国朝鮮人をこの世から抹殺しよう。生き残りがいたら、残酷に殺して行こう」と書かれていたこと。

その時の俺はまだ、知らなかった。

その時の俺はまだ、これから起きることを、何も知らなかった。

窓を撮っていた。窓の外は暗く、自分が反射してガラスに映っていた。

長い間、眠れない夜を過ごした。これからが、一番暗くなる時間だ。あらゆるものが闇《やみ》に紛れる。いつしかその闇は、俺たちの体を侵食する。俺たちの姿を、完璧に隠してしまう。そしてその中でなお、俺たちは呼吸し続ける。傷だらけの体で、血だらけの体で、自分自身を、そして誰かを傷つけながら、俺たちは呼吸を続ける。この夜は、本当に明けるのだろうか。苛烈《かれつ》に深く、暗い、この夜は。

主要参考文献

・『貧困児童 子どもの貧困からの脱出』加藤彰彦 創英社
・『子どもに貧困を押しつける国・日本』山野良一 光文社新書
・『子どもの最貧国・日本 学力・心身・社会におよぶ諸影響』山野良一 光文社新書
・『貧困の中の子ども 希望って何ですか』下野新聞 子どもの希望取材班 ポプラ新書
・『貧困 子供のＳＯＳ 記者が聞いた、小さな叫び』読売新聞社会部 中央公論新社
・『一億総貧困時代』雨宮処凛 集英社インターナショナル
・『増補版 子どもと貧困』朝日新聞取材班 朝日文庫
・『ブラック奨学金』今野晴貴 文春新書
・『「奨学金」地獄』岩重佳治 小学館新書
・『東京貧困女子。彼女たちはなぜ躓いたのか』中村淳彦 東洋経済新報社
・『貧困女子のリアル』沢木文 小学館新書

執筆にあたり、都内乳児院職員・施設長の皆さん、某テレビ局プロデューサー・ディレクターの方々、都内小劇場主宰の方にお話をうかがいました。

名前は伏せさせていただきますが、本当にありがとうございました。

尚、この小説に関しての責任は、全て著者にあります。

巻末対談

小泉今日子×西加奈子

夜が明けた、その先へ

小泉今日子（こいずみ・きょうこ）
一九六六年神奈川県生まれ。一九八二年「私の16才」で芸能界デビュー。以後、歌手、女優として舞台、映画、テレビなどで幅広く活躍する。講談社エッセイ賞を受賞した『黄色いマンション　黒い猫』など著書も多数。

芸能界という特殊な社会の中で、十代のころから衆目を集めながらもしなやかに生きる小泉今日子氏と、テレビ局のＡＤ職の若者の生活を通して現代の貧困を描き、人間の本質に迫った西加奈子氏。西氏が本書『夜が明ける』で書きたかったことは。そして、小説の先の現代を生きる小泉氏が語ることは――。

人間は変われる

西　小泉さんはじめまして。西加奈子です。今日は対談を引き受けてくださって本当にありがとうございます。

小泉　こちらこそ、ご指名ありがとうございます。

西　小泉さんに自分の小説を読んでもらえた上に、対談まで引き受けてもらえるなんて、本当に光栄です。まずは、私がどうして小泉さんに『夜が明ける』を読んでいただきたかったか、そこからお話ししていいですか？

小泉　ええ。うれしいです。

西　私、小泉さんはすごくかっこいい女性だなと思っています。そのかっこよさとは、昨日、今日で作られたものではない、変わらないかっこよさです。現代の日本は、素晴らしいムーブメントが起こってると思うんです。フェミニズムしかり、正しいことは正しいと、間違っていることは間違っていると、きちんと声を上げようという流れがありますよね。もちろんまだ過渡期だからうまくいくことばっかりじゃないし、様々なバックラッシュもありますが、そんな中で、日本人で知らない人はいないくらい著名で、且《か》つ今と全く違う常識がまかり通っていた時代に芸能界という場所で生きてこられた小泉さんが、皆と同じように声を上げてらっしゃるということに本当に感動したんです。少し前のテレビなんて、今から考えたら全部アウトみたいなところありますよね。

小泉　そうですね。

西　小泉さんは、一貫して大事にしているものはありながら、一方ですごく柔軟で、変えられるところは積極的に変えてゆこうと意識されている、という印象があります。私は小説を書くにあたって、書きたいものがたくさんあるんですけど、そのうちの一つが、人間は変われるということなんです。

小泉　ありがとうございます。

西　それから、『夜が明ける』では、政治がどう国民に向き合うべきかということを自分なりに書いたつもりです。小泉さんは、最近、積極的に政治に向き合おうと覚悟をしてらっしゃるようにお見受けしました。だからこそ、小泉さんに読んでもらえたらいいなと思っていたんです。

小泉　『夜が明ける』拝読させていただきました。ボリュームたっぷりだけど、もう、一気に、のめり込むように読んでしまいました。演劇やテレビなど自分に近い業界のことが書かれていたから、余計に身につまされるところもありました。

　私は一九六六年生まれなので、昭和の高度成長期のムードの日本で生きてきたんです。途中にはバブルみたいなふざけた時代もありました。今までと同じやり方で成長してきたから、この先の未来、つまり二一世紀は絶対に明るくてキラキラした世界なんだと信じて疑わなくて、あまり深く考えず真《ま》っ直《す》ぐ進んできちゃったんですよね。

でも実際に辿《たど》り着いてみたら、想像していた未来とちょっと違っていて。私がいた業界は特にそういう雰囲気があったと思いますが、でもそれまで信じてきたものを否定するのって難しいんですよ。違和感を感じながら進んでしまって、気がついたらここにいた、というところは主人公の感覚にリンクするところもありました。

西　自分を否定するのって本当に体力がいりますよね。小泉さんが、政治に興味を持たれたり、Twitter（現X）上で発言をするようになったのには何かきっかけがあったんですか？

小泉　先ほど申し上げた通り、私たちの世代は自分が何もしなくても経済や国が成長するのが当たり前の時代を生きてきたんです。こんなことを言うと同世代の方に失礼かもしれないですけど、政治や日本という国のありようについて深く考えなかった世代のように感じています。

　二〇一五、六年あたりだったと思いますが、若い人たちがTwitterなどの新しいツールを使って、憲法九条改正案やSEALDsについて自分なりに意見を表明したりデモをしたりしているのをネットやニュースで見たときに、私たち大人は何をしているんだろう、って思ったんです。でもその時、思わずTwitterで『いいね！』をしたら、数日後に週刊誌の記者が家の前にやって来て「どうしてあれに『いいね！』したんですか？」って取材をされたんです。

その当時はまだ、私のような立場の人間が政治について関心を示したりするのはルール違反というかタブーのような風潮がありました。その時は、そういうものなのかなあって無理やり自分を納得させたりもしたんですが、心のどこかに違和感を抱えていました。そして二〇二〇年、ステイホームや自粛が叫ばれるコロナ禍で、情報を得るためにＳＮＳを見ていたら、誰もがストレスや不安、苦しさを抱えているなと感じたんです。こういう世の中に少しでも風穴を開けたいと思っていた時に、ちょうど検察庁法改正案のハッシュタグのデモを見つけて、これはもう覚悟を決めようと思いました。（編集部註：二〇二〇年五月、内閣が検察官の役職定年延長を決定できるという検察庁法改正案をめぐり、ＳＮＳ等で有名人を含む多くの人が抗議の意を表明し話題となった）

私たちの世代が大事なものから目を背けて、見ないふりをしてきたから、世の中がこんなところまで来てしまったんだと思っています。この小説を読んで、改めて、若者たちが成長していく現代で、私の業界は特にまだハラスメントとか労働時間とか、問題が多いんですけど、そういう問題にきちんと関わって、ひとつひとつ解決に導いていけるような大人でいようと思いました。

西　うれしいです。そして、やっぱり本当にかっこいい。私は、ＳＮＳをやってないんです。話題になっている問題やムーブメントについて、自分なりに一生懸命勉強して考えて自分が納得する形で表現したいというわがままな気持ちがあるんだと思います。私は小説や本、とにかく本という体裁になっている活字が大好きなんです。でも、小説にするのって本当に時間がかかります。小説に落とし込んでいるうちにムーブメントが終わったりすることもあるんですけど、たとえ、そのブームが終わっていたとしても、そのことを長く、しつこく考え続けて書くことが、私のやりたいことなんじゃないかなと思ったんです。

小泉　この小説の中には、西さんが読む人に「気付いてほしい、感じてほしい」と願っている社会の歪《ゆが》みや人の痛みがきっちりと書かれていると思いました。いろんな世代や境遇の方が、漠然と不安に感じていることがくっきりと具体的に感じられるような小説だと思います。それは、私たちにはできない、作家ならではの仕事だなと深く感心しながら読みました。

恐怖を受け入れる

西　私、テレビで拝見する小泉さんも音楽として聞く小泉さんも大好きなんですけど、小泉さんが書かれたエッセイを読むと、なんだかぐっと小泉さんを身近に感じられるようで、文章も大好きです。小泉さんのエッセイと生きてこられた道筋を拝読して改めて感じたんですけど、小泉さんは、きっと、怖さを「乗り越えてきた」のではなく、「引き受けてきた」人なのじゃないかと思ってます。

小泉　うれしい。怖さを引き受けてきたというのはどういうことですか？

西　例えばこの『夜が明ける』の主人公は、男たるもの、絶対に恐怖を乗り越えなくてはいけない、というようなマチズモ的価値観に基づいて生きているところがあるんです。一見耳触りはいい言葉なのですが、「乗り越える」という姿勢には、自分の感情の動きを無視したり我慢したりして、その恐怖を見なかったことにする、という行為も含まれるような気がするんです。

　でも、小泉さんのエッセイの中には、日常の些《さ》細《さい》な恐怖を自覚して、引き受けて、自分のものにしているというエピソードがたくさん出てきます。例えば、子どもの頃近所に住んでいたリッチくんの話。周りからかっこよくてすごいと思われていたリッチくんの、弱くて悲しい部分を知ってしまったことが怖かった。リッチくんも、私がそのことを知っているのが怖かったに違いないというお話がありました。小泉さんはなんでこんなことに気づけるのだろうと、感動しました。他の人でもこういうことは起こると思うんです。例えば母親とか。大人になるにつれて、自分の母親の母親っぽくない一面、母親以外の顔を見ることってあると思うんですが、その時によぎる感情って一種の恐怖だと思います。

　ほかにも、青山通りを恋人とドライブしてたとき、その道が今までと違って見えた話。すごく美しいシーンやけど、私は、それも怖さやと思いました。違ったものに見えるということは、これから二度と同じように見られないということですよね。揚げ句、もしその恋人を失ったときに、その景色がまた違うふうに見えて、襲い掛かってくるじゃないですか。でも、小泉さんはそういう怖さをちゃんと体内に入れて、自分で消化していらっしゃいます。

小泉　そう言われたらそうかもしれない。

西　私も含めて、それができない人がすごく多いんです。まずそもそも、それを怖さであると認めない。認めることが怖いから。小泉さんはどうしてそんなふうに恐怖を受け入れられるようになったんですか？

小泉　うーん、子どもの頃からわりと黙ってひとりで考えていることが多い子どもだったからかな。私は三人姉妹の末っ子なんですが、実は、私が生まれた時には自分以外の四人で家族が既に出来上がっているように感じていました。そこにどうやって入っていこうかなといつも考えていましたね。だからいろんなことを飲み込んで、咀嚼《そしゃく》して、自分なりに解決してから行動するという思考が備わっているんだと思います。

西　でもそういう性格だと、私はしっかりしてるから怖くない、怖いものなんてないって考え方になりそうなのに、大人になっても、ビビッドに、恐怖を感じていられるのってすごく素直で素敵な感性やなと思います。ひとりでおられたというのが大切なんですね……。哲学者のハンナ・アーレントの言葉に「寂しさと孤独は違う」というものがあるそうです。

小泉　分かる気がします。

西　孤独は自分との対話をすることだそうです。自分と向き合うために、孤独である時間はすごく大切で、そこから哲学的な考察が生まれる。その時、自分にうそをつくことだけは絶対にしてはいけない。自分にうそをつくと、前にも進めない。一方で、寂しさは孤独をきちんと受け入れられない状態。だから、寂しい時は人といたがる。ちゃんと孤独な時間が持てる人は、大人数でいてもひとりでいられるそうです。寂しい人は、大勢といても寂しい。小泉さんは小さい頃から孤独でいられたってことですよね。

小泉　そうかもしれないです。学校が終わって家に帰ったとき、親が出掛けていて自分ひとりだって分かった瞬間、やった！　ひとりで何しようってわくわくしてました。今も、猫はいますけど、何日もひとりでいたり、誰とも喋《しゃべ》らなくてもなんの支障もないですね。

西　本当にそういう時間って大切だと思います。今は、ＳＮＳを筆頭に「寂しさ」を容易に埋めるツールがたくさんあるじゃないですか。だから、どんどん孤独が失われていって、自分自身を受け入れる時間、自分自身との対話の時間がなくなっていっていると思います。それもあって、私はＳＮＳをやらない方がいいだろうとも思うんです。

　去年、自分を見失いかけた時期があったんです。自分が尊敬してる人や好きな人のTwitterを見続けた結果、自分が思考する前にその人の考えをトレースしてしまうようになっていて。自分の行動や思考が、すごく怖いなと思いました。私はずっと自分として生きてきたから、私がそんなに正しいわけがない、正しいことばかり言えるわけがないって分かっているのに、尊敬している人の正しい意見をトレースして、自分が最初から正しい意見が言えてる人みたいになっちゃうんですよね。それって、人を傷つけることもなければ炎上もしないかもしれないけど、そこに自分はいなくて……。失敗したとしても、自分が自分の思考の末に得た考えを獲得したい。もちろんそれが間違っているならきちんと謝罪したいし、勉強したい。とにかく自分ではない人の意見をただ上書き保存してゆくと、自分を信じられなくなるからＳＮＳから離れようと思いました。

小泉　そうですよね。私は、こちらからお伝えしたいこともあるからTwitterとかInstagramとかやっていますけど、どうしても、自分の友達とか気が合うひとばかりフォローしちゃうんですよね。そうすると、ふと気づくと自分のタイムラインに流れてくる情報がすごく偏《かたよ》ってるの。

西　分かります。

小泉　いや、これは一部の意見だよっていうことを、毎回、自分に言い聞かせるようにしています。それでも気になったら、自分と考え方が違う人の意見も覗《のぞ》きに行くようにしています。総合的に判断しないと間違えてしまいそうという恐怖を感じています。

西　同性の先輩でこんなふうに頼もしい方がいてくださることに感動してます。というか、素敵な同性の先輩ってどんな業界にも絶対にいるんですよね。この業界にも、もちろんいます。なのに、「お局《つぼね》が若い子に嫉妬《しっと》する」とか、「若手に厳しい先輩がいる」とか、そういう女性同士の対立構造を社会に勝手に作られていたようにも感じます。もちろん、話すときに緊張する先輩はいますが、女性の先輩から意地悪されたことなんてないです。誰がこんな対立構造を作ったんですかね。

小泉　同じようなことが女優の世界でもよく言われますが、実際には意外とないですよ。でも、そういうことを面白がって話しているのって主に男性なんですよね。

西　それって楽しいんですかね。

小泉　女同士のキャットファイトを見たいとか、そういうものを面白いと感じる部分もありそうですが、一方で女の結束を怖がっているんじゃないかとも思います。男の人の社会のほうが上下関係とかいじめ、嫉妬とかがえぐいじゃないですか。小説の中で西さんも書かれてますが、この主人公みたいに、男は男の悪口を言えないというムードがあるのかもしれませんね。だから、そういうしがらみを乗り越えて先輩後輩でシスターフッドを結ぶ女の子たちが羨《うらや》ましくも疎《うと》ましくも見えるんじゃないかな。

西　なるほど……確かにそうかもしれません。

小泉　男の人もかわいそうだなと思います。だからって女性を下に見たり、勝手に争わせる構造を作って優位に立っていいわけないし、もうそんな時代じゃないんだから早く気がついて欲しいと思いますね。

西　そうですよね。そうやって女性とか、自分以外の属性の人を下に見ることでしか保てないプライドって何なんだろう、もしそうじゃないと生きてゆけないのなら、何がそうさせたんだろうって怒りすら覚えます。自分の方が上に立てないと負けだっていう社会の圧があるなら、そんなもの誰が作ったんだろう。そういう圧に押しつぶされないよう、小泉さんみたいに恐怖を受け入れて、ちゃんと怖がって生きていこうって思います。

自分を取り戻す

小泉　西さんはカナダにお引っ越しをされて一年半くらいなんですよね。カナダは日本と比べて官僚やリーダーが若くて女性も多いイメージがあります。日本では権力がある一定の層に握られていて、権力層にいるおじいちゃんたちが誰も辞めないから、新陳代謝が起こらないんですよね。そちらの生活や環境が執筆に影響することもありますか？

西　小泉さんがおっしゃられた通り、リーダーや政治のあり方について日本との違いは色々なところで感じます。一方で、世界から見える日本についても発見がありました。『夜が明ける』は日本にいた頃に書き始めて、カナダで書き上げた小説なんです。

日本にいた頃も、書くうちに小説が変わっていくことはありましたが、この小説はカナダに来てからどんどん変わりました。

小泉　それはどういう部分ですか？

西　カナダに来て、周りの人に「小説家です」と言うと、「今何を書いてるの？」と聞かれます。一言では言えないけれど、今は日本の貧困について書いてると言うと、日本に貧困があるということを知らない人が多くて驚かれるんです。

小泉　そうなのか……。

西　南米や中近東、アフリカ出身の方もたくさんいるので、その方たちからしたら、貧困といってもごはんを食べられているんだからそんなに苦しくはないでしょう、僕たちの国では貧しさで人が死ぬと。でも、先ほどの「恐怖を受け入れる」話にも通じるんですけど、日本のこの辛《つら》さは、他国に比べたら大したことないから我慢しないと、というものではないはずです。日本人は特に、「●●と比べたら」という比較で目を瞑《つぶ》ったりなかったことにしたりしがちです。それは苦しさをやはり「乗り越えている」だけで、それを受け入れて、きちんと自覚していることにならないんですよね。

小泉　そうですね、比べられないですよね。

西　それは違う、嫌だと思って、けっこう変えたところや書き足した部分もあります。

人によってしんどいと感じることは違うんだから、しんどいと思ったらしんどいって言っていいんだ、ということを書きたい気持ちが強くなりました。

小泉　日本人の国民性というか性格みたいなものに依《よ》るものなんでしょうか。他にも何か感じたところはありましたか？

西　自己責任っていう言葉が英語ではなかなか伝わりにくいです。セルフレスポンシビリティと表現することもできますが、それだと自立っぽいニュアンスがあるようで、ちょっと違うような気もします。少なくともこちらでは、「自己責任だからあなたのせいだ」と言われるためのツールにはなっていないと思います。あとは恥の概念ですね。例えば、日本人の中には、自分が職を失ったことや家を失ったことを恥ずかしくて家族に言えない、という方もいらっしゃいます。でもカナダではそういう状況が信じられないみたいです。その話をした時、カナダ人の友人に「どうして家族に言えないの？」と聞かれて「恥の意識があって」と答えると「恥って何？」と聞かれて答えに窮しました。カナダ人は、日本人に比べると「あなたのせいだ」と言われる状況が少なかったんだと思います。だから、しんどいときに、自然と人に助けを求められるんじゃないかなと。日本社会に根付いている「恥」という感覚がみんなを苦しめてるように感じます。

小泉　そうかもしれない。でも、日本社会も日本人の中にも、今まさに、少しずつ意識を変えようとか行動を起こそうという人が増えている気がします。

西　さっき、私が小説で書きたいことの一つに「人間は変われる」ということ、と言ったのですけど、今、小泉さんとお話ししながら、「自分を取り戻す」ということも書きたかったことの一つだと改めて気づきました。私たちは人種や国籍や性別など関係ないピュアな生き物として生まれてきたはずなのに、社会にいる間に自分の軸が分からなくなって、周りから「価値観」や「常識」の粘土で塗り固められた人間になる。例えば、十代の頃の私なんて、「可愛《かわい》くないと駄目」だとか、そんなことばっかり思っていたんです。目指すべき「可愛さ」すら自分のものではないのに。そういう価値観にがんじがらめになってる時点で、私たちの魂や身体《からだ》が社会に奪われてしまってるとも言えますよね。自分が本当に愛している身体とか心がなんなのか分からなくなっちゃう。

　例えば卑近なことで言えば、どんな業界でも、編集者になったら編集者っぽくなるし、広告代理店に入社したら広告代理店の人っぽくなって、みんな自分をどこかで手放してしまってるように思うんですよね。この小説の主人公も、この業界に入ったからにはもう、俺は絶対に愚痴らない、根性でやり遂げる、と思ってしまってたんですよ。そんな状況下で心身を社会から取り戻す作業って本当に大変だし体力を使うけれど、せめて小説内でそれが出来たらと思います。

多面性を赦《ゆる》す

小泉『夜が明ける』で書かれていたテレビの制作会社のお話、すごくリアルに感じました。かなり取材されたんじゃないですか？

西　二人ぐらい、実際にお話を聞いて取材させていただきました。小説に書けないようなひどいこともありました。

小泉　小説で書かれていたのはバラエティの制作現場がメインでしたが、ドラマも同じような感じです。ＡＤさんが、お財布や携帯を置きっぱなしでそのまま失踪《しっそう》したり、睡眠不足のまま働くから大事故を起こしたり、それこそ、自ら命を絶った人の話も聞きました。だから他人事《ひとごと》じゃないというか、読みながら主人公のことをずっと応援してました。主人公と一緒にお仕事をする女優さんが出てきますが、セクハラとかパワハラとか、描写がリアルだからこそ読んでいて辛い部分もたくさんありました。

西　女性から男性へのハラスメントは、自戒も込めて書いたつもりです。私は女性だから、男性からのセクシャルハラスメントや、男性からの性被害にはすごく敏感だったんですけど、女性からのハラスメントも当然あるんですよね。それこそマチズモとか恥の概念に囚《とら》われて、男の人のほうが言い出しにくいところもあるのかなと思います。

小泉　俳優さんに聞くと、実際に結構あるらしいです。力のある女性から飲みやご飯に誘われて、無理して飲んだり食べたりしなきゃいけないとか。善かれと思ってやってることが、人を傷付けたり苦しめたりすることってあるんですよね。私もそういうことについてはあまり深く考えていなかった時期もあったし、無意識にやっているかもしれないから、気を付けようという気になりました。

西　私もです。昔の自分を思い出したら叫びたくなるときがあります。若い男の子に平気で「彼女おんの？」とか言ってたし。その人のセクシャリティーとか事情とか無視して、暴力ですよね。今考えたら、あれは紛れもなくセクハラだったなって深く反省しています。

小泉　自分がされて嫌なことは人にしないって当たり前のことですけど、それもやっぱり自分の痛みに気づかないとできないですよね。ところで、小説の中で出てくる、アキ（深沢暁）が崇拝するアキ・マケライネンというフィンランドの役者は実在しないんですよね？　あまりにディテールが凝っていたし、アキが憧《あこが》れている人ってどんな人かなと思って検索しちゃいましたよ。

西　そうです。架空の役者さんです。私、フィンランドでアキ・カウリスマキ（フィンランドの映画監督）が経営しているらしいバーに行ったことがあるんです。そこに、まさにマケライネンみたいな男性がいたんです。ひとりで来てて、コスケンコルヴァ（フィンランドのウォッカ）を目の前に置いて、何もしてないんですよ。誰とも話さないし携帯も見てない。ただただ、じっとそこにいるんです。それこそさっき言った、本当に孤独でいられる人って感じがしたんです。その人のことがずっと頭に残ってて、そのまま描写しました。

小泉　そうだったんですね。本当にリアルだし、いろんなキャラクターを丁寧に描写して、すごく行き届いてるという印象も受けました。いろんな悩みを抱えて生きている人が出てくるから、てんこ盛りではあるんですが、誰が読んでも、自分に引き寄せて考えたり、共感したり、感情移入したりできる小説だろうなと思います。

西　うれしいです。女優の市原悦子さんの言葉を引用させてもらったんですが「人間は醜い瞬間と美しい瞬間があるだけだ」ということも、すごく書きたかったんです。主人公も、俳優の女性も、他の登場人物もみんなそうなんですが、人間って当たり前に多面的なんですよね。私ももちろんそうです。自分や他人の多面性を受け入れたい。間違ったことをしたら謝らないといけないのはもちろんですが、間違ったことをして、それを認めて、きちんと謝罪した人の、その一度の醜い瞬間をずっと断罪し続けたり決めつけたりするのは残酷だと思います。本当に書きたいことがたくさんあって、実際色々書いちゃったから、確かにてんこ盛りになっちゃいました（笑）。

小泉　ううん、すごく読みごたえがありましたよ。小説は二〇一六年で終わっていますが、私もちょうどその頃から社会の違和感を感じ始めて、五年かかって、今ようやくここまで来たなと思っています。だから小説を読んで感慨深く感じるところもありましたし、同じように感じる人も多いと思います。いろんな世代のたくさんの人に読んで欲しいです。まずは友達に勧めますね。

（「小説新潮」二〇二一年十一月号より再録）

この作品は二〇二一年一〇月新潮社より刊行された。

夜《よ》が明《あ》ける

新潮文庫　に-24-3

令和六年七月一日発行

著者　西《にし》加《か》奈《な》子《こ》

発行者　佐藤隆信

発行所　株式会社　新潮社

郵便番号　一六二—八七一一
東京都新宿区矢来町七一
電話　編集部(〇三)三二六六—五四四〇
読者係(〇三)三二六六—五一一一
https://www.shinchosha.co.jp

価格はカバーに表示してあります。

乱丁・落丁本は、ご面倒ですが小社読者係宛ご送付ください。送料小社負担にてお取替えいたします。

印刷・錦明印刷株式会社　製本・錦明印刷株式会社

ISBN978-4-10-134958-9 C0193